U0528457

大地三部曲

[美] 赛珍珠（Pearl S. Buck）著

韩邦凯 姚中 顾丽萍 译

儿子们

Pearl S. Buck
Sons

一

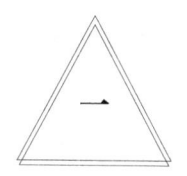

王龙已经奄奄一息了,他躺在他自己田地中间的土屋里,那房子又小又黑。他躺在年轻时住过的那间房间,而且正好就躺在当年洞房花烛夜睡过的那张床上。在城里,他还有一栋大房子,如今是他的儿孙们住着。大房子里的一间厨房都比他现在的这间屋子平坦些。不过,反正早晚都得死,那么能死在这儿他也挺满足了:这儿是他自己的田地,房子是父辈们传下来的旧房子,屋子里桌凳做工相对粗糙,连油漆都没上,床上吊的是蓝色棉布做的床帐。

王龙心里明白自己的死期已到,他看着守在他身边的两个儿子,他也知道他们在等他死,而他的确快要死了。两个儿子为他从城里请来了好大夫,这些大夫带着针和草药,又是号脉,又是看舌苔,但是临了收拾好针药要走之前,大夫们说:"年岁到了,谁也挡不了他死呀!"

王龙接着听到他那两个儿子在说悄悄话,他们是专门赶来陪他,为他送终的。他们以为老人家睡着了,其实他并没睡着,他听见他们说话了。他们俩神情庄重地对视着，并且说："咱们得赶紧派人去南方把咱兄弟叫回来，咱兄弟也是他的儿子啊！"

老二回答道："可不是吗，就得赶紧啦！谁知道他跟着他那位将军在哪儿瞎转悠呢？"

听了这些，王龙知道他们已经在为他预备丧事了。

王龙的儿子为他买的那口棺材就停在他床边，为的是让他看了舒坦些。这口棺材可真不小，是用一棵木质相当坚硬的楠树做的。棺材把那间小屋子挤得满当当的，弄得进进出出的人都非得绕着走，而且还非得蹭着棺材边才过得去。这口棺材花了近六百两银子，不过这一回连老二都没说二话，尽管这小子平时过日子可抠了。的确，王龙这两个儿子这回倒真没心疼这银子，主要是王龙太满意这口棺材了。只要稍微觉着好受一点了，他就会伸出那只颤抖的黄手去抚摸那黑得锃亮的棺材。棺材里还套着一口内棺，光滑得跟黄绸缎似的，里外两个棺材套得那么合适，就像人的灵魂装在人的躯体里一样。真是一口谁看了都会满意的棺材。

尽管如此，王龙倒不像他父亲死得那么痛快，虽然他的灵魂有八九十来次都打算上路了，但他那强健的肉体却一次次坚持不让灵魂动身，一天就这么结束了。当肉体与灵魂在体内搏斗时，王龙感觉到了，他害怕见到这场灵与肉的搏斗。年轻时，王龙是个粗壮、精力充沛的人，他是个肉多于灵的人。他不能轻易地让肉体逝去，他在灵魂打算悄悄溜走的时候感到害怕。他哭了，嗓音沙哑，他哽咽着，没有一个词，像孩子的哭声似的。

每当他这样哭时，他那年轻的姨太太梨花就会伸出她的细嫩的小手去抚摸他那干瘪的手，她是日夜守在他床前的；他的两个儿子也会急忙上去安慰他，跟他一遍遍地讲述他们打算要做的一切，尤其是如何举行他的葬礼。他的大儿子弯下那满身绸缎的硕大躯体，对着干瘪老汉的耳朵，大声嚷道："我们都去给您老人家送葬，出殡的人至少得排一里多地。您的姨太太们都会去哭您，还有您的儿子、孙子，都给您披麻戴孝，村里人和您的佃户们也都去！走在最前面的是您的魂轿，里面放着我们请画家为您画的像，跟着就是您那口最体面的大棺材，您老躺在里面就跟皇上一样，装裹您的新衣服都为您预备好了，我们还租了套绣花棺罩，深红的底，金色的花纹，可好看了，棺材被抬着走过大街时，把罩子盖在棺材上，让镇上的人都能看到！"

他就一直这么嚷着，直嚷得面色通红，上气不接下气，要知道他很胖，当他直起身子喘口气时，王龙的二儿子又接茬往下说。他身材瘦小，面色黄黄的，一副狡诈的样子，他的声音从鼻子里出来，尖声细气的。他说道："我们还要请和尚念经为您超度。我们还专门雇了哭丧的和抬棺材的，穿的是红黄色的袍子，还要扛上我们为您命赴黄泉之后准备的各种东西。大厅里已经糊好了两套房子，一套跟这里的一样，另一套跟城里的那套一样，房子里有家具、奴仆、轿子、马，反正您需要的全齐了。这些纸糊的东西做得可讲究了，各式各样的，葬了您之后，就在坟头烧掉它们，我敢说哪家的纸人纸马也比不上您的这一套好。这些东西都得排在出殡的行列里。让人人都瞧得见。老天保佑出殡那天天气好！"

这下子，王龙高兴了，他气喘吁吁地说："我想……全镇的人……都会去的！"

"没错,全镇的人都会去的!"他的大儿子大声喊道,一边用他的软软的大手比画着,"大街两旁会站满来看出殡的人,要知道从来还没有过这么大排场的葬礼,从黄家最体面的时候到现在,从来没有过!"

"啊……"王龙说道。他感到舒心多了,又一次忘了自己是个垂死的人,很快进入了梦乡。

可是就这么点舒心的日子也维持不了多久,老人病危的第六天清晨,这种舒心的感觉消失了。王龙的两个儿子等得不耐烦了。他们长大成人之后,就没住过这老房子,他们已经住不惯了,太窄了。再说,他们父亲那种不死不活的劲头也已经把他们拖得筋疲力尽了,因此他们早早就到里面的小院去歇息了。那小院是很早以前王龙娶第一房姨太太荷花的时候盖的,那时是王龙最威风、最神气的时期。临去睡觉之前,他们交代梨花:万一老爷再次出现要死的情况,就立刻叫醒他们。王龙的大儿子睡的那张床,以前在王龙的眼里是那么美好,他在上面度过了不知多少个云欢雨爱的良宵,但他大儿子嫌它不好,嫌它太硬,而且都旧得有点摇摇晃晃了,不过,一旦躺下去之后,他也照样呼呼大睡。王龙的二儿子则睡在墙边的一张小竹床上,他睡得安安静静的,像只猫似的。

可是梨花一点没睡。整整一夜,她都静静地坐在一张小竹凳上,一动也不动。那小竹凳很矮,梨花坐在床边时,她的脸离王龙的脸很近,她把老人干瘪的手握在自己温柔的掌心里。她的年岁小得都可以当王龙的女儿了,但她看上去倒也并不年轻,她脸上那股稳重劲,干事情的那股耐心劲,真可说是尽善尽美,训练有素,一般年轻人是绝对没有的。她就这样坐在老人的身边,并没有流泪,尽管这位老人对她非常好,可以说比她所认识的任何人都更像是她的父亲。她就这样一小时一小时地、目不转睛地看着王龙那张垂死的面孔。他睡得很静、很沉,简直像死了似的。

突然,在黎明前最黑的那一刻,王龙睁开了双眼,他感到极度虚弱,似乎他的灵魂已经离开了他的躯壳。他眼珠转动了一下,看见梨花坐在那里。他身体弱得自己都开始害怕了,他一口气好不容易冒到嗓子眼,又从牙缝里勉强挤了出来,好像耳语一般:"孩子……这就是……死吗?"

她看到他那惊恐的样子,便用她那自然的口气平静而大声地说道:"不,不是,老爷……您好多了,您不会死的!"

"真的吗?"他又轻声问道,她那自然的口气使他好受多了,他眼睛露出光来,牢牢地盯住她的脸。

梨花看出苗头不对,感到心跳加快。她站了起来,俯下身子对他说话,仍然用那温柔而自然的口气:"老爷,我什么时候骗过您?您瞧,我握着您的手都觉得出来,温温的,挺有劲的——我想您是一点点在好起来。老爷,您好多了!您根本用不着怕,什么都不用怕……您好多了,好多了……"

她就这样不停地安慰他,一遍一遍地对他说他的身体已经好多了,一边紧紧地握住他的手。他躺在那儿朝她微微笑着,目光虽然仍然盯着她,但已经慢慢失去光泽,他的嘴唇开始发硬,耳朵竭力想听到她那沉稳的声音。此时,她见他真的快死了,于是俯身紧紧地倚着他,提高嗓门,大声而清楚地喊道:"您好多了,您好多了!老爷,您不会死的,不会的!"

就这样，她安慰了他，不过，就在他在最后几下心跳中听到她的声音之后，他还是死了。但是，他死得可不平静。虽然他临死前一刻感受到了安慰，但是在他灵魂出壳之际，他那窒息了的躯体狂怒般地跳了起来，四肢猛烈地向四周乱挥，结果他那瘦骨嶙峋的手朝上一挥，正好打到了向他倚去的梨花。这一下打得着实不轻，而且正好打在脸上，梨花一边用手捂着脸颊，一边轻声说道："老爷，这可是您第一次打我啊！"

但是他没有回答她。她向下一看，见到他歪歪斜斜地躺着。在她看他的同时，他吐出了最后一口气，然后便安静了。她一边轻轻地、细心地抚摸着他，一边把他的四肢放直，最后平平地把被子给他盖好。她用纤细的手指合上了他那对依旧瞪着却什么都看不见了的双眼。她看了一眼他脸上依旧挂着的笑容，这笑容就是刚才听到她说他不会死之后露出来的。

做完了这一切之后，她知道她必须去叫王龙的两个儿子了。但是，她又在小竹凳上坐了下来。她很清楚她得去叫他的两个儿子。她拿起刚才打过她的那只手，握住它，并把头伸下去贴在上面，趁只有她一个人的时候，静静地流了几行眼泪。她的心肠与其他女人不一样，她的悲伤是确确实实的，但她不能够像其他女人那样用眼泪洗去她的悲伤，因为眼泪从来都没有为她带来过安慰……她并没有久坐，接着站起身来去叫那兄弟两人，并对他们说："你们也用不着急急忙忙地赶去了，他已经死了。"

但他们还是急急忙忙地去了，老大穿着缎子的睡袍，由于在睡觉，睡袍被压得皱皱巴巴的，头发也很乱。他们俩马上就到了父亲身边。王龙躺在那里，因为刚才梨花已经把他放直了，他的两个儿子看他的那副神情仿佛以前从来没见过他，又仿佛有几分怕他似的。好像屋子里还有什么陌生人一样，大儿子悄声问道："他死的时候很难受吗？"

梨花平静地答道："死的时候，他一点也不知道。"

二儿子又说道："瞧他躺着的样子，就跟睡着了似的。"

弟兄俩盯着故去的父亲看了一会儿，看着看着心里突然泛起一股不可名状的毛骨悚然的感觉，梨花也猜出他们会感到害怕，于是轻声说道："要为他办的事还多着哩！"

这弟兄俩从沉思中清醒过来，庆幸有人提醒他们想起了阳间的事情。大儿子匆匆整了整睡袍，用手抹了抹脸，嗓子沙哑地说道："可不是嘛……我们得赶紧准备办丧事……"他们急急忙忙地走了，庆幸自己总算离开了停放父亲尸体的房子。

二

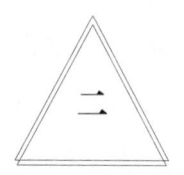

王龙在世时，有一天曾对他的两个儿子说过，下葬之前他的尸体和棺材必须停放在乡下的土屋里。可到了现在为他准备丧事的时候，两个儿子发现城里、乡下两头跑实在不是个事，想想离下葬还有七七四十九天，他们感到似乎不必非照先父的遗训办不可，反正他现在已经死了。对他们来说，那样做确实许多事都不方便，城里庙中的和尚嫌路远，连那些为王龙擦洗身子、穿上绸袍，再把他放进棺材的人都要求收双倍的钱，他们开价之高令老二咋舌。

弟兄俩相互看了一眼，又把目光移到了王龙的棺材上，他们心里想的是同一件事：死去的人反正是不会开口了。于是他们喊来了佃户，叫他们把王龙的棺材抬到城里的房子里去，尽管梨花反对，她也压不倒他们的意见。看到自己说也无用，梨花便平静地说："我原先想，这傻子和我是再也不会住到镇上的房子里去了，现在既然要把老爷的棺材抬去，那我们俩也就得跟着去。"她领着王龙的大女儿，跟在王龙的棺材后边，沿着乡间的路出发了。王龙的大女儿是个傻子,岁数不小了,可整天还是像个孩子一样,她一边走一边哈哈大笑,大概是因为春光明媚、阳光灿烂吧!

于是梨花又一次住进了她和王龙曾经住过的院子。在过去的某一天,王龙在大房子里感到孤独无聊,尽管年纪不小了,却突然感到一股冲动,于是把梨花带进了这个院子。现在,这个院子非常寂静,每扇门上的红纸全都被撕了下来,以表示这儿正在办丧事,通向大街的正门上贴了白色的对联,这也是办丧事的标志。梨花同死者住一间屋,就睡在死者的旁边。

一天,她正守在王龙的棺材旁边,一位丫鬟陪着王龙的大姨太荷花来到了门口,说是要来悼念老爷。照规矩,梨花必须客客气气地回话,她也的确这么做了,尽管她心里很恨这位她从前的女主人。她站在一边等待,一边挪动着棺材边上燃烧着的蜡烛。

自从王龙暗地里纳梨花为妾的事被荷花发觉之后,梨花和荷花再也没见过面,这是第一次。当时荷花知道王龙的事之后,大为恼火,说再也不想见到梨花了,她之所以恼火,是因为王龙竟敢把一个从小给她当丫鬟的贱女带进自己家里来。她又嫉妒又恼怒,以至于干脆装作不知道梨花是死了还是活着。不过,她确实也好奇,王龙死了以后,荷花便对她的仆人杜鹃说:"算了,既然这老东西都死了,我和她也就没什么好吵的啦。找个时候,我得去看看她现在怎么样了。"在好奇心的驱使下,她挑了个和尚还没来念经的时辰,在丫鬟的搀扶下,摇摇摆摆地走出了自己的院子。

她踏进了梨花的房间,为了大面上过得去,她也带来了一些香烛,并叫一名丫鬟在棺材前点燃了。丫鬟点香时,荷花的眼睛一直盯着梨花,她拼命地想看看梨花到底变了多少,看上去到底有多大年纪。不错,尽管荷花也穿着孝袍、孝鞋,但她脸上根本没有半点哀悼的神情。她冲着梨花嚷嚷道:"哟,你还是从前那副苍白的小可怜相,一点没变。也不知当时老爷看上你什么了!"梨花长得太瘦小,脸色又不红润,根本称不上艳丽,荷花从这一点上找到了安慰。

梨花站在棺材边上,低头不语,但心里充满了对荷花的厌恶,这种厌恶使她自己感到害怕。想到自己这么坏,竟然厌恶自己的女主人到如此程度,她自己暗暗感到自己品格的卑下。但是,荷花这个人生性易变,连恨一个人也恨不了多久。看够了梨花之后,她看了看棺材,又嘟囔道:"他那两个儿子为了买这玩意一定花了不少银子!"她笨拙地站起来,很欣赏地摸了摸棺材。

梨花可受不了这个,这口棺材她日夜守护着,怎么能这样随便摸呢?她大声喝道:"不许摸!"她握紧了胸前的小拳头,牙齿咬住下唇。

荷花听到这喊声之后,大笑起来,她喊道:"什么——到现在你还这么向着他呀!"她的笑声中明显含着轻蔑。她坐了一会儿,看蜡烛燃烧着,噼啪作响,看了一会儿就觉得腻烦,于是去院子里准备走了。在她好奇地打量院子里的一切时,突然见到傻子坐在太阳地里,她叫了起来:"啊?这小东西还活着?"

听她这么一喊,梨花赶紧起身站在傻子身边,心里又是一阵厌恶,差点忍不住了。荷花走后,她找来了一块布,把刚才荷花用手摸过的地方擦了又擦。她给了傻子一块甜饼,傻子高兴地接了过去,她很惊喜,边吃边乐。梨花伤心地看了她一会儿,叹了口气,说道:"只有你爹一个人对我好,不把我当下人。他给我留下的就只有你了!"傻子只顾吃甜饼,她既不会说话,也听不懂别人对她说的话。

梨花就这样一天天等着出殡那天的到来。那些日子基本上非常安静,只有和尚念经的几个钟头有点响声,王龙的两个儿子也是能不来就不来,待在停尸的房子里总让他们感到不安、害怕。王龙生前那么结实,他身上的魂魄是不容易散去的。也似乎真的没有散,整个房子里总是听到一些稀奇古怪的声音,丫鬟们夜里躺在床上也会喊出声来,说是阴风抓住了她们,弄乱了她们的头发,要不就是她们听到窗格上发出咯咯的声音,再不就是厨子的锅会忽然失手掉在地上,丫鬟端的碗也会被打翻在地。

听到这些传闻之后,王龙的儿子、儿媳装着不在乎,笑话仆人的无知和愚昧,但事实上他们也感到不安。荷花听到这些传闻后,她大喊道:"这老东西一向就是倔脾气!"

可是杜鹃却说:"太太,人都死了,他爱怎么就怎么吧。下葬之前,咱别说他坏话!"

只有梨花不害怕,她现在还像王龙活着的时候那样,和他住在一起。只有看到穿黄袈裟的和尚来了,她才起身走进自己的屋子,在那儿听他们念经和敲木鱼。

死者的魂魄一点一点地被放走了。每次过完七天,主事的和尚就会对王龙的两个儿子说:"他身上的七魄又走了一魄。"他每次来说一趟,都会得到赏银。

就这样,七七四十九天,一天天过去了,出殡的日子越来越近了。

现在，全镇的人都知道风水先生为王龙这位大人物选定的下葬的日子，就是春分那一天。当母亲的催着孩子们早早地吃完早饭，免得他们磨磨蹭蹭耽误了看送葬；地里干活的人这一天也把农活先撂一撂；店铺里的掌柜和伙计们在琢磨葬礼行列经过的时候，怎么站才能看得更清楚。这一带的人全认识王龙，都知道王龙从前也是和其他人一样在地里干活的穷人，后来发财了，置了房产，给儿孙们留下了一笔财产。穷人想看葬礼，是因为这件事本身值得细细琢磨：一个原本和自己一样的穷人居然能死得如此排场、如此风光，这正是每一个穷人都在暗自祈求的结局。富人也要看葬礼，因为他们知道王龙的两个儿子现在很富，所以富人们当然得悼念这位了不起的老人。

可是在王龙的家里，这一天却是乱哄哄的，要把这么大场面的丧事安排得井井有条，的确也不是件容易的事。王大忙得团团转，他现在是一家之主了，什么都得照顾到：他得安排几百个人的孝服，还得为夫人和孩子预备轿子。忙是忙，但他为自己的重要地位感到骄傲：那么多人跑进跑出，大声请示他这个或那个该怎么办。由于焦急，他脸上的汗水淌得像是在三伏天似的。他的眼睛忽然转到一边静静站着的老二身上，他越是热，越是觉得老二的冷静叫人生气，他大声说道："你把什么事都推给我干，你瞧瞧你，连自个儿老婆孩子的衣服穿没穿好，脸洗没洗干净都管不了。"

听到这番话，老二不紧不慢，带着一丝不易觉察的讥笑答道:"既然你只有自己干才感到高兴,那么别人何苦去瞎忙乎呢?我和我老婆知道得可清楚了,这种事情最能使你和你太太高兴,而我们最想让你们高兴了!"

王龙的两个儿子在父亲的葬礼上也照样唇枪舌剑。部分原因是两个人都因为老三没回来而心情不好,而且都把老三没能及时回来的责任推给对方:老大怪老二没给带信的人足够的盘缠,老二怪老大派人带信晚派了一两天。

整个大院里,这一天只有一个人是平静的,这就是梨花。她穿着丧服,丧服的规格等级仅次于荷花。她静静地坐在王龙的棺材旁边等着。她一早就穿好了衣服,又给傻子穿上了孝服。尽管这可怜的傻子根本不懂这是在干什么,一个劲地傻笑,而且她不喜欢这些古里古怪的衣服,想脱下来。梨花给了她一块饼,又让她拿着她那块红布条玩,总算把她哄住了。

对荷花来说,这一天可真难熬:普通的轿子她坐不了,她的块头太大,轿子抬到她跟前,她试了这顶试那顶,真要命,哪个都不行,她不明白为什么如今的轿子都做得这么小。她哭了,担心得不得了,生怕她没法加入送葬的行列,而死去的这位大人物正是她的丈夫啊!她看到傻子也穿好了孝服,于是就把气朝她身上发去,她冲着老大抱怨,喊道:"什么——她也要去送葬?像这种公开的场合,傻子就不该抛头露面。"

但是,梨花软中带硬地说:"不行,老爷专门嘱咐过我,叫我什么时候都得带着他这可怜的孩子。我可以让她不闹,她听我的,我也习惯了,我们俩不会给谁添麻烦的。"

老大让别的事搅得昏头昏脑,碰上这种小事也不再去管。看

013

到老大那副着急的样子,轿夫们可抓住了敲竹杠的好机会,抬棺材的人也跟着抱怨棺材太沉,路也太远。佃户和镇上的闲人都拥到院子里,挤得哪儿都是,傻愣愣等着看热闹。更添乱的是老大的太太一个劲地埋怨、责备老大,嫌他这个那个都没有做好,于是老大东奔西跑、汗流浃背,他嗓子都喊哑了,也没人听他的。

谁都闹不清葬礼到底能不能在那天顺利结束,不过有件巧事倒是谁都知道:王老三突然从南方回来了。到了最后的一刻,他进来了。大家都瞪大眼睛看他,看他有哪些变化。他离家出走十年了。从王龙收了梨花的那天起,大家就没再见到过老三。就在那一天,老三带着莫名其妙的满腔怒气出走,从此再没回来过。走的时候,他是个带点野性的大小伙子,两道粗黑的眉毛几乎盖住了眼睛,他是带着对父亲的怨恨出走的。现在他已经完全是个成年人了,仍然是三弟兄中最高的,不过面容改变得很厉害,要不是他皱眉头的那个老样子和那张阴沉的嘴,大家可能会认不出他来。

他迈步跨进大门时,是一身军人装束,不过不是普通士兵的那种装束。他的上衣和裤子都是上等的深色料子,上衣的纽扣像是镀金的,皮腰带上佩着一把剑。老三身后跟着四个扛枪的士兵,都是很有精神的男子汉,只有一个人是豁嘴,不过体格上也和其他三个一样结实。

这些人一走进大门,院子里很快就静下来了,每个人都转过脸去看王老三,谁也不再嚷嚷了,因为老三那样子看起来很厉害,有一副惯于发号施令的架势。他大步穿过围着看热闹的佃农、和尚和其他闲杂人等,高声喊道:"我两位哥哥在哪儿?"

这工夫，早有人进去告诉老大、老二，他们的兄弟回来了，他们走出来时还不知该如何接待他：是恭恭敬敬地迎接他，还是把他当作一个离家出走的小弟弟呢？但当他们看到老三那一身整齐的装束以及身后四个威风凛凛的卫兵，他们马上就毕恭毕敬了，礼貌周到得就像接待一位陌生的客人一样。他们向他行礼，并重重地叹了一口气。老三也向两位哥哥深深地行礼，然后他向左右看了一眼，问道："父亲在哪里？"

两位兄长领老三到里院，王龙的棺材上盖着绣了金色图案的罩子，老三命令卫兵待在院子里，自己独自进到房间。梨花听到皮靴踏在石板上的嘚嘚声，匆匆地看了一眼是谁来了，看清之后，她马上把脸转向墙，并且一直对着墙站着，不再回头。

不知老三是否看见她或认出她是谁，反正他没有任何表示。他对着棺材鞠躬，然后要来了为他准备好的孝服，穿上一看才发觉太短，他两位哥哥没有想到他长得这么高。不管怎么样，他还是穿上了，并点了两支随身带来的新蜡烛，他还叫人去搞些新鲜肉来供在父亲的棺材前面。

在这一切准备完毕之后，他跪在地上叩了三个头，接着正正规规地叫了一声："啊，我的爹呀！"这段时间里，梨花依旧对着墙一动不动地站着，从来没转过头来看一眼。

老三行礼完毕之后站起身来，用他那短促、干脆的声音说道："准备好了就开始！"

奇怪的是，刚才这里还是你喊我叫乱哄哄一片，现在立即安静下来，而且所有人都乐意听从指挥，仿佛老三和他那四个卫士的出现就意味着权威。轿夫们刚才冲老大抱怨时的那股蛮横劲全没了,他们的声音是温和的,语气是恳求的,言辞也显得通情达理多了。即使这样,老三还是双眉紧蹙,瞪眼看着那帮人,以至他们的声音先是变低,后来干脆没了。老三说:"你们只管好好干活!放心好了,我们家绝亏待不了你们!"他们马上一声不吭地走到轿边,仿佛士兵和枪有什么魔力似的。

大家各就各位,最后棺材从屋里抬进院子里。棺材四周绕着麻绳,碗口粗的树干做成的抬杠穿过麻绳,抬棺材的人把抬杠放到肩上。还有一个轿子是放王龙的灵位的,轿子里也放了些王龙的其他东西:一只他抽了多年的烟斗,一件他穿的衣服和一幅王龙病倒之后他们请人为他画的像,在这之前,他还没有一幅像样的画像。说实话,这幅画并不像王龙,只是像个圣人,不过画家也算下了功夫了,他画了胡子、眉毛和许多皱纹,老年人一般的确都有这些东西。

送葬的队列开始行进了,女人们开始抽泣和恸哭,声音最响的是荷花。她把头发弄得乱七八糟,拿着一条雪白的新手帕擦擦左眼又擦擦右眼,呜呜咽咽地喊道:"啊,我的靠山哪,他走了……走了……"

大街两旁密密匝匝挤满了人,想看王龙的灵柩最后通过。看到荷花时,他们嘀咕着表示赞许。他们说:"她是个非常正经的女人,她哭的这个人也真是个好人。"有些人看到这么胖的女人居然哭得这么有力气,声音这么响,觉得很惊讶,他们说:"不知王龙有多富,能把一个女人养得胖到这个样子!"他们当然是羡慕王龙的财富的。

至于王龙的儿媳们,根据个人的秉性,每人哭的方式有所不同。王大的太太哭得很得体，恰到好处，不时用手绢擦擦眼角，要是她也像荷花那样大哭大号，那就显得不得体了。她丈夫一年前新娶的姨太太是个俊俏丰满的女人，这位姨太太则是跟着大太太哭的。王二的乡下老婆却忘了哭，因为她还是第一次像这样坐在男人们抬的轿子上穿过城里的大街，看着几百张贴墙根站着或挤在临街家门口过道上的男人、女人、孩子的脸，她实在哭不出来，即便她想起该哭了，刚把手捂到脸上，她又想透过指头缝再张望一下，这样一来又忘了哭了。

自古以来就有一种说法：女人的哭有三种。有些女人哭时声音很响，同时眼泪往下淌，这可称之为真哭；有些女人哭时声响很大却不流泪，这可称之为干号；另有一些女人光是默默地流泪，这可称之为无声的哭泣。所有跟在王龙的棺材后面的女人之中，包括王龙的姨太太、儿媳、女仆及雇来哭的人，只有一个人是在无声地哭泣，她就是梨花。她坐在轿内，拉下帘子免得别人看见，自己则在轿子里悄悄地流泪。甚至到送葬结束，王龙入了土，纸人纸马等烧成了灰，点好的香开始冒烟，王龙的儿子鞠了躬叩了头，雇来哭的人也哭够了规定的时间并领了工钱，一切都结束了，新坟头也堆起来了，没有人再哭了，因为再哭也没用了，就是到了这种时候，梨花依旧一声不出地流泪。

她也不回到城里的那院房子里去住。她回到乡下的土屋。王大劝她和大家一起回到城里住算了，至少可以等遗产分配完后再搬到乡下去。梨花听了摇了摇头，说："不，我和他在乡下住的时间最长，这段时间也是我最幸福的时光，他留给我这个可怜的孩子，要我照顾好她。如果我们搬回城里，大姨太荷花一定不喜欢她，再说大姨太也并不喜欢我，因此我们俩还是住在老爷的旧房子里吧。你不必担心我们，万一我们缺什么，我会跟你张口要的。不过我也不会缺什么的，有老佃户夫妇和我们在一起，不会有事的。这样，我也可以挑起老爷交给我的担子：照顾好你妹妹。"

"你既然一定想这么办，那么，好吧！"王大装出挺不愿意的样子说。

其实他是挺高兴的，因为他太太已经表示不欢迎傻子，说傻子这种人根本不可以在院子里走来走去，尤其是有孕妇的地方更不该去。再说，王龙一死，荷花肯定更加为所欲为，麻烦事一定少不了。他同意梨花的想法，梨花牵着傻子的手回到了乡下的土屋里，在那里她曾经像雨露一样滋润过王龙。她住在那里，照看着傻子，那里也最方便走到王龙的坟头。

是的，自此之后，往王龙坟头跑得最勤的就是梨花。荷花虽说也去过，但只是在寡妇非上坟不可的那几天，而且她总是选别人能见到她的时间去上坟。而梨花总是悄悄地去，去得很勤，心里难受、孤单时就去，尽量挑没人的时候——人们肯定在家里的时候，晚上别人睡觉的时候或是别人在地里忙着干农活的时候。只有在这种时候，她才领着傻子到王龙的坟上去。

她从来不大声哭，她往往把头倚在王龙的坟上，边哭边轻轻地说："啊，我的老爷，我的父亲，我唯一的父亲啊！"

三

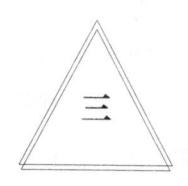

尽管王龙死了,而且已经埋在地下了,人家还不会忘记他,因为他的儿子们还得为父亲服三年的孝。王龙的大儿子现在是一家之主了,他非常小心谨慎,一切事情该怎么办就怎么办,而且要办得十分体面才行,万一碰到吃不准的事,他就去请示太太。在王龙凭着运气和自己的聪明发达并买下城里的房子之前,王大只是乡下孩子,是在田野和乡村间长大的。当他悄悄地去请示太太的时候,太太的回答往往是冷冰冰的,好像由于他这里那里都不懂,总有点看不起他,不过她的答复也总是十分仔细的,因为她并不想在这座房子里当众出丑。

"等把他的灵位放到大厅里以后,就用碗盛上一些供品摆在灵位前边。我们的祭祀应该这样进行……"

她告诉王大每一个细节应该怎么做,王大听完之后就跑出去发号施令。第二次祭祀所需的服装就这么定了,布料买来了,裁缝也已请好。三个儿子穿白色的鞋,要穿一百天,一百天之后才准许穿浅灰色之类色彩不那么鲜艳的鞋。但是,绝不许穿绸缎衣服，他们的太太也不准穿，一直要到三年服孝期满，等王龙的灵位最终刻好并和其他祖宗牌位放在一起的时候，才准许恢复正常。

王大传下话来，家里每个人祭祀时穿的衣服都照他说的准备好了。他现在当了一家之主，一旦讲话，声音总是很响，而且带有明显的老爷腔调，和两个兄弟坐一起时，他也总是坐上座。两个弟弟听他讲话时，老二歪着那张薄唇小嘴，好像在暗自发笑。老二总觉得自己比大哥聪明能干。王龙在世时，一直把土地出租的事交代给老二去管。这样，就老二一个人心里明白有多少佃户，每一季收成中能得到多少钱作为地租。心里有这个底，老二虽然嘴上不说，但心里总觉得自己比老大、老三更强。老三听大哥发号施令时，好像是个惯于听从命令的人，但又好像有些心不在焉，甚至急着要离开似的。

其实三个人都在等着分家产，因为各自都希望照自己的想法得到遗产，所以他们都同意分家。不论老二还是老三都不希望老大独吞全部土地，因为那样一来，他们就不得不依赖老大过日子了。三兄弟各有各的想法。老大想知道自己能得到多少，而且所得到的究竟够不够家用，他有两个夫人、好几个孩子，还有那些摆不到桌面上讲的各种开销。老二有很大的粮店，另外也搞点高利贷，他希望多分得一些家产，这样他赚钱的本事就更大了。老三脾气很怪，成天寡言少语，谁也不知道他究竟在想什么，而从他那张阴沉沉的脸上又实在看不出什么名堂。尽管谁都不知道也不敢问他究竟打算如何处置他的家产，但是从他焦躁不安的样子，至少可以看得出他急着想离开家。他是三兄弟中最小的，但大家都怕他。仆人也都怕他,只要他一声喊,不论男仆女仆,马上就会跑到他面前,速度比平时快一倍。别看王大声音大又带点老爷腔调,仆人们听他吩咐、为他做事是最磨磨蹭蹭的。

在王龙那辈人中,他算是最后一个死的,不但寿命长,身体也好。现在只有他的一个远房表亲还活着,那人是个东游西逛的兵痞,弟兄三人谁也不知道他到底在哪儿,因为那人只是个小军官,他所在的部队说是像兵,更多是像匪,哪个将军出钱多,他们就投靠哪个将军,假如能单干则更好,那他们就谁都不投靠。三兄弟也不想知道他们父亲的这位表亲在什么地方,除非他们知道那个人死了,不然的话,他们认为不知道反倒好。

既然他们没有长一辈的亲属,那么根据一般的规矩,他们就得请一位德高望重的街坊召集一些乡绅贤达来主持他们分家的事宜。一天晚上,他们在一起商议请谁为好,老二说:"大哥,要论跟咱们最亲近、最可信任的人,就得数米铺的刘掌柜了,我跟他学过徒,他女儿又是您夫人。我们请他来主持分家吧。谁都说这个人正派、公道,而且他自己挺有钱的,也不会眼红我们。"

一听到这个,王大暗暗有些不快,因为他自己怎么没先想到这个,倒让老二提了,于是他郑重其事地说道:"老二,你要不这么嘴快就好了,我刚想说让我们请我岳父来主持分家。既然你已经说了,那就这么办吧,我们请他。不过,刚才我自己也正想这么说,可你总是嘴太快,不该你说的时候你也说。"

老大抿着厚嘴唇沉重地呼吸,他一边责备老二,一边狠狠地瞪着他。老二把嘴向下一撇,像是要笑又没笑出来。老大匆匆移开目光,对他的三弟说道:"三弟,你的意思呢?"

老三还是那副盛气凌人、半睡半醒的样子，他抬起头说道："我是无所谓的！不过，无论干什么，说干就快干。"

王大站起来，一副说干就干的架势，尽管他已人过中年，想快也快不起来了，别的且不说，即便想走得快一点，他那胳膊和腿都有点不听使唤了。

这事就这么定了，刘掌柜也愿意。他一向敬重王龙，认为他是个精明能干的人。这三兄弟还邀请了一些有身份的邻居及城里那些有地位的殷实人家，这些人在一个指定的日子聚集在王家的大厅里，按身份高低依次就座。

刘掌柜叫王二交出待分的土地和钱财的清单。王二站起来把写好的单子递给老大，老大递给刘掌柜。刘掌柜接了过去，打开单子，他戴上一副黄铜边的大眼镜，嘟嘟哝哝把清单的内容对自己念了一遍，其余的人都静静地等着。然后，他又大声地念了一遍，这时，坐在大厅的人才知道，王龙临死前已经是一位拥有八百多顷地的大地主了。在这一带，别说在一个人名下，就是在一家人名下都没有过这么些土地，从黄家大户的全盛时期以来，一家都没有过。这一切，老二心里是一清二楚的，因此他并不吃惊，其他人则不一样了，不论他们怎样竭力为不要失态而板着脸，他们那种垂涎欲滴的神情还是暴露无遗。只有王老三看上去是一副满不在乎的样子，他人是坐在那儿，可心却在别处。他等得都不耐烦了，他希望这一切赶快结束，他好回到他心驰神往的地方。

除了土地，王龙还有两院房子。乡间有一院，城里还有一院庞大的老房子，那是从黄家黄老爷手里买的，那时黄老爷快咽气了，黄家已经衰败了，儿子们也都各奔东西了。除了房产和土地，他还有不少钱，有借给这儿那儿的，有投在粮食买卖上的，还有几包搁在一边或藏起来的，加在一起和土地价值的一半差不多。

在王龙的三个儿子分家产之前，另有几笔款项必须先扣除，除了几个佃户和做生意的应该得到的几笔小款项之外，最主要的是王龙的两位姨太太该得的部分。王龙一生娶了两个姨太太，一个是荷花，那是他从茶馆里带出来的，一方面是因为王龙看中了她的姿色，另一方面是因为他的乡下老婆已经使他腻味，他希望求得更多激情和情欲的满足；另一个是梨花，原本是他府上的一个丫鬟，是他收来抚慰他的晚年的。这两个都是姨太太，哪一个也不算正式的原配夫人。姨太太在老爷死后，如果还年轻，想改嫁，别人是不便过多指责的。三兄弟也清楚，如果她们不改嫁，只要还活着，她们就有权住在家里，而且他们还得供给她们吃穿。荷花又老又胖，肯定不会改嫁了，而且她乐得留在这里继续舒舒服服地过日子。刘掌柜叫到她后，她就从门边的座位上站起来，由两个丫鬟搀扶着，一边用衣袖抹眼泪，一边悲伤地说道："唉，供养我吃穿的人不在了，我还会想谁呢？我还能上哪儿去呢？我现在也一把年纪了，能给我点吃的、穿的，再给我点消愁解闷的烟和酒，我也就心满意足了。我知道，我家几位少爷一向是很慷慨的！"

刘掌柜自己是个好人，便以为别人也都是好人，他和善地看着荷花，完全忘了她是什么样的一个人，也忘了他除了知道她当过一个好人的姨太太这一点之外还了解她些什么。他恭敬地说道:"你讲得很好,也很合情合理,你丈夫是位善良的老爷,谁都这么对我说。好吧,我宣布,你每月可以得到二十两银子,仍旧住在原先的院子里,照样给你丫鬟,供你吃,除此之外,每年再给你几段料子做衣服。"

荷花一字不漏地听着,听到这里,她的眼珠子从老大身上转到老二身上。她伤心地握紧双手,用刺耳的声音说道:"才二十两?你说什么——才二十两?这点钱还不够我买点甜食的哩!要知道,我的胃口一向不好,那种粗茶淡饭我是咽不下去的!"

老掌柜摘下眼镜,惊讶地望着她,然后严厉地说道:"好多人家全家一月的开销也不过二十两,不少有钱人家一旦老爷死了,能给十两银子就很不错了,更别说那些穷人家了。"

荷花这下可真哭开了,她还是头一次这样一点不装假地哭她的丈夫王龙:"我的老爷哟!您要是不死就好了!我现在被人家扔在一边不管了,您又去了那么远的地方,再也救不了我啦!"

大少奶奶此时正好站在附近的帘子后边,她把帘子拉开,向王大使眼色,意思是,当着那么多有身份的人的面,荷花这样大哭大喊实在不成体统。王大坐在椅子上不知如何是好,想设法避开他太太的目光,却又避不开,这叫大少奶奶十分恼火。最后,王大站起来用压过荷花的嗓音喊道:"刘掌柜,就多给她一点吧,要不没法接着往下说了。"

可是,王二憋不住了,他站起身来说:"真要多给,就从我哥的那份里出吧!照我说,二十两银子的确够多了,算上她打牌花的钱都还有富余哩!"

他这样讲,是因为荷花年纪大了之后越来越喜欢打牌,除了吃、睡,一天到晚就知道打牌。这时,大少奶奶气得不得了,她一个劲地冲她丈夫比画、使眼色,叫他千万别答应,最后干脆嚷嚷出来了:"不行,必须先扣掉给荷花她们的钱,扣完了再分。荷花算我们什么人,凭什么要我们多给?"

大厅里开始骚动起来,温和的老掌柜看看这个,看看那个,不知如何是好;荷花一刻不停地吵闹,所有的人都被这乱哄哄的场面搅得头昏脑涨。要不是老三发火,还不知要闹多久哩。老三一下子站起身,用皮靴使劲跺了跺大厅的砖地说道:"我给!一点点银子算个什么?烦死人了!"

这倒似乎是一个解决难题的好办法。老大的太太说:"他是办得到的,他单身一个,比不得我们拖儿带女的。"

老二笑了,轻蔑地耸了耸肩。他偷偷地笑了,好像在对自己说:"要是有人傻得不知道保护自己,那可不关我的事!"

老掌柜很高兴,他叹了口气,掏出手帕抹了把脸。他这个人在安静的屋子里住惯了,对荷花这种大吵大闹是不习惯的。荷花本来还可以再哭一会儿,但是王龙的三儿子身上有一种很厉害的东西,她想了想,觉得还是不哭为妙。于是她突然收住了哭声,坐了下来,一副自得其乐的样子。尽管她竭力把嘴向下撇,装作悲伤的样子,但是没一会儿她就不记得了,她随心所欲地把屋子里的每个男人看了个够,接着从丫鬟托着的盘子里抓起一把西瓜子嗑开了,虽然她年纪不轻了,但满口白牙倒是坚固齐全。她十分悠闲自得。

关于荷花的事就这么定了。老掌柜四周望了望之后说道:"二姨太在哪儿呢?我看这里写着她的名字哩!"

这是在说梨花。刚才没有一个人注意到她到底来了没有,现在才发现她不在大厅里,于是他们差人到里院去找,但是哪儿都找不到她。这时,王大才想起他根本就忘了告诉她了,于是他急忙派人去找她,其余的人在屋里边喝茶聊天边等着。众人等了大约一个钟头,最后,她终于由一名丫鬟陪着来到了大厅门口。可当她往里一望,见到里面那些人时,便不肯进去,当她看到那个当兵的之后,干脆退到厅外的院子里去了。最后,老掌柜只好到外边去找她。他和蔼地望了她一眼,为了不让她感到不自在,他没有正面盯着她看。他见她依然那么年轻,还是一位年轻的、非常苍白但很漂亮的女子,他对她说道:"太太,你真年轻,要是你认为自己的生活还没有到头的话,谁也不能责怪你,给你的银子不会少,你可以回家,再嫁一个好人,或者你愿意怎么办都行。"

但是她根本没想到会听到这样一番话,她以为要把她送到外边的什么地方去,她不理解,她哭了,由于害怕,她的嗓音很弱而且有点颤抖:"啊,先生,我没有家,除了我死去的老爷留给我的一个傻子之外,我没有别的亲人了,我们俩也没别处可去了。先生,我想我们俩还可以住在原先的土屋里,我们吃得很少,只需要一点布衣服就行了,老爷死了,我再也不会穿绸子衣服了,一辈子都不会再穿了。我们不会来麻烦这个大院里的任何人的。"

老掌柜回到大厅里,他问老大:"她说的傻子是谁?"

王大犹豫了一阵,说道:"她是个可怜的人,是我们的妹妹。她从小就不大对劲。不过我爹娘从不让她饿着,也不叫她受罪,不像有些家那样对待傻子,因此她才能活到今天。我爹嘱咐这个女人照看他的傻女儿,只要她不改嫁,就给她一份银子,她爱干什么就干什么。她这个人很温顺,的确,她不会来麻烦谁的。"

荷花听完突然说道:"不错,不过也用不着给她很多钱,她从前是这里的丫鬟,吃惯了残羹剩饭,穿惯了粗布衣服,谁知后来老爷那么大年纪了却迷上她那张小白脸,肯定是她勾引老爷的——要说那个傻子嘛,早死早利落!"

王老三听到荷花这么一番话之后,狠狠地瞪着她,直瞪得她心里发毛,扭过脸去。接着他便大声说道:"大姨太拿多少,她就拿多少,我给!"

荷花虽不敢大声表示不满,但还是嘟囔道:"小姨太和大姨太同样看待,这本身就不合适,再说她从前又是我的丫鬟。"

她似乎又要故技重演,再来大闹一场,老掌柜一看苗头不对,急忙宣布:"是的,是的,因此,我宣布大姨太每月得二十五两银子,小姨太每月得二十两银子。"他又转身对梨花说:"太太,你还是回你的住处,静静地养着去吧。你想做什么由你自己决定,每月还可以得到二十两银子。"

梨花千恩万谢了一番。她事先不知道会发生什么事,紧张得嘴唇发白,声音颤抖。听说自己还能像从前那样太太平平地过日子,她心里的一块石头总算落了地。

这两桩事一解决,剩下的就好办了。刘掌柜接着往下进行,他刚要宣布把土地、房产和银子分成四份,两份给一家之主的老大,一份给老二,另一份给老三,突然间,老三开了口:"我不要房产也不要地!年轻时,爹总想叫我务农,可我不干,我对地早就腻透了！我没结婚，要房子做什么？大哥，二哥，干脆把我那份都折成银子给我得了。不行的话，干脆我把我那份房产和地都卖给你们，你们给我银子得了！"

听到这番话，两位当哥哥的都愣住了，天下哪有把继承来的家产全部折成银子的人？银子是不经花的，而且花了就花了，一点痕迹都不留下，不像房子和地，好歹总是自己的一笔财产。大哥严肃地对老三说："三弟，天底下一辈子不结婚的人是没有的。我们迟早会为你说个媳妇的，既然爹去世了，这就是我们当哥哥的责任，到那时，你就需要房子和地啦！"

老二则说得更加直截了当："无论你打算怎么处置该分给你的那些土地，我们反正是不会从你手里买走的。这种事好多家都发生过。一个人把继承的产业折成银子带走了，过两天银子花完了又回家来大吵大闹，说家人骗走了他的产业。反正银子已经没有了，口说无凭，即便有凭据，也不过是一张写了字的纸片，碰到想赖账的人也说不清楚。即便这个人自己不来闹，他的儿孙也会来闹，就是说，几代人都不得安宁。要我说，这地一定得分。如果你肯的话，我可以为你照料这些地，把这些地每年的收入交给你，但你一定不能把自己继承的产业折成银子带走。"

谁都不得不佩服老二的这番心计，于是，尽管老三还在嘟哝着"我不要房产也不要地"，但根本没人理他这一茬，只有刘掌柜好奇地问了一句："你要这么多银子干什么？"

当兵的老三粗声粗气地说："我有我的事业！"

他们之中没一个人听得懂他的意思。过了一会儿，刘掌柜宣布银子和地必须得分，如果老三确实不想要城里的好房子，那倒可以要乡下的土屋，因为原料是地里的泥土，没花多少人工，所以这房子值不了几个钱。刘掌柜还宣布，老大、老二必须为老三的婚事预备一笔钱，当爹的去世了，这就是当兄长的责任。

王老三静静地坐在那里听完刘掌柜上面那番话。当一切都按规矩公平地分妥之后，三兄弟设宴招待出席遗产分配仪式的来客，然而由于服丧期未满，他们还不可以尽情欢宴，也不能穿绸缎衣服。

王龙一辈子费尽心血的土地，现在不再属于他，而属于他的儿子们了。虽然只剩那一小块坟地属于他，但他的血肉之躯已经融化，流入大地的深处了。他的儿子们在大地上随心所欲，而他却躺在大地的深处，对土地，他仍然有自己的那份份额，这是谁也夺不走的。

四

王老三早就等得不耐烦了,遗产分配的事刚一结束,他就通知他的四个卫兵,准备立即上路,赶回部队。看到他如此来去匆匆,王大很吃惊,他说:"什么?你又要走啊?连为咱父亲服三年孝的时间你都等不得吗?"

"再等三年?那怎么行?"老三激动地说,边说边拿他那双厉害的眼睛瞪着他的大哥,"只要我离开了你和这个家,就没人知道我在做什么,也没人在乎是否知道我在做什么!"

听了这话,王大好奇地看着他弟弟,不无困惑地问道:"到底是什么事,逼得你非走不可?"

王老三在往皮带上佩剑时停了一下。他朝他大哥望了望,王大是个有点虚胖的人,满脸的肥肉往下坠,嘴唇挺厚,有点往上噘。他全身尽是柔软苍白的肉,他的手指摊开着,手软得和女人的手一样,指甲又长又白,手掌心是粉红色的,又厚又软。王老三移开目光,轻蔑地说道:"告诉你,你也不懂。我只需说我必须马上回去,这就够了,因为那边有人等着我回去领导他们。我只需告诉你,我手下有一帮人随时准备听从我的命令。"

"那你挣不少钱吧?"王大不解地问道,根本没感觉到他弟弟语气中所含的嘲讽,因为他总自以为自己是个讨人喜欢的人。

"有时挣得多,有时不见得。"老三答道。

但是王大实在想不通为什么会有人做了事却不要报酬,于是他接着说:"这算什么买卖?雇人干活又不付工钱。要是我像你这样当兵,是个手下有几个兵的军官,而将军命令我打仗却又不发饷的话,那我肯定会投奔别的将军的。"

老三并不答话。走之前,他心里还惦记着做一件事。他找到了老二,对他悄悄地说:"你别忘了每月给梨花的钱要付足,给我送银子之前,要先把那五两银子扣出来。"

老二睁开他那眯缝着的双眼。他这个人不大能理解别人为什么要白白地把大笔的钱给出去,于是他问道:"你为什么要给她那么多钱?"

老三急急忙忙地答道:"她要照顾那个傻子。"

他似乎还有话要说可又不想说,那四个卫兵帮他收拾行装时,他显得坐立不安。他走到城门外,朝他父亲坟地的方向望去,分给他的土屋也在那个方向,他又嘟哝了一句:"既然分给我了,倒不妨走一趟,去看看我的房子。"

但他又深深地吸了一口气,摇了摇头,回到城里的房子里。他叫上四个卫兵,急匆匆地上路了。他很高兴自己终于离开这里了,这里似乎总有某种来自他父亲的力量压抑着他,而他却无力反抗。

另外两个儿子也盼着早点从父亲的束缚下解放出来。老大盼着三年服丧期快点过去，那时他就可以把王龙的牌位请到专摆祖宗牌位的祠堂里去。牌位一天不请走，他就一天不舒心，总感到王龙至今还在监视着儿子们似的。老大希望能自由自在地寻欢作乐，随心所欲地花他父亲留下来的银子。但是，只要牌位不请走，他就不敢随便动腰包里的银子，也不敢去寻欢作乐，三年服丧期未过就这样做是不成体统的。对这个整天想着偷偷地去寻花问柳的浪荡公子来说，王龙这个老头子虽然死了，却还是有一定的约束力的。

老二也有自己的一套计划，他想把一部分土地变卖成银子，为的是扩大他的粮食生意。刘掌柜老了，他儿子又是个读书人，不热衷搞父亲的那一套生意，老二就想把刘掌柜的一些市场弄到手，这样一来，他不但可以把粮食运出这地区，而且可以运到邻国去。但是在服丧期内搞这么大的交易似乎不太可能，老二也只好耐心地等着，什么话也不说，最多有一搭没一搭地问老大："等服完三年孝之后，你的地打算怎么办？是卖呢，还是怎么着？"

老大也心不在焉地答道："嗯，我还没想好哩！我几乎没想过，不过我不像你，一直在做着生意，我这么大年纪了，现在再搞生意也不行了，我想我怎么着也得留下够我养家糊口的地才是。"

"可我跟你说，对你来说，有了地也是件麻烦事。"老二说，"如果你自己当地主，就得有佃户租你的地才行，你还得去收租、过秤，想靠租地过日子，那还真有不少啰唆事哩！这些事，爹在世时，都是我帮着干的，但这会儿我不能再帮你干啦，我也有我的事。我想把地全卖了，只剩下一点最好的地，再把卖地得的银子全部用高利息贷出去。咱俩比一比，看谁先发财。"

王大很眼红地听完老二这番话，他知道自己要花很多钱，要花的钱比他现有的多得多，他有气无力地答道："好吧，我再看看，或许会卖得比原先想的再多点，然后再和你一样把钱贷出去。不过，看看再说吧！"

在谈卖地这件事情时，两个人都不由得压低了嗓音，仿佛担心埋在地下的老人还可以听见他们讲话似的。

这两兄弟竭力压制自己不耐烦的情绪，等着三年服孝期满。荷花也在等，边等边发牢骚，因为这三年之内她不可以穿绸缎衣服，而只能规规矩矩穿丧服，她抱怨着，她实在不喜欢穿布衣服；而且这三年之中，她不可以去赴宴、作乐，要去也只能偷偷地去。荷花结交了五六个老妇人，她们家境都不错，这些人整天坐着轿子走东家串西家，饮酒作乐，打牌聊天。这些人都过了怀孕生孩子的年纪，因此一点都不用操心那些事，如果她们的丈夫还没死，那他们也早就去找更年轻的女人了。

荷花常在这帮女人面前埋怨王龙，她说："我把一辈子当中最宝贵的青春献给了他，全都给了他，不信你们可以问杜鹃，我年轻时可漂亮了。那时我一直跟他住在乡下那间土屋里，从未进过城，直到他发了财买了城里这套房子才搬来住。我从不抱怨，对他百依百顺。他什么时候想拿我取乐，我都答应他，但他还嫌不够。等我年纪稍大一点之后，他马上把我的一个丫鬟收去当了二房。那个丫鬟又白又弱，我是出于可怜才收留她的，她根本干不了什么事。现在他死了，我得了什么？就那么几两破银子。"

听完这番话，总会有这个或那个女人安慰她两句，人人都装着不知道荷花结婚前只是在茶馆卖唱的歌女。有时会有个女的大声嚷道："唉，男人都是这副德行的，等我们人老珠黄了——哪怕就是他们把我们整得人老珠黄的——他们就另寻新欢！我们当女人的全都是这个命！"

她们一致同意两点：一是所有的男人都是邪恶、自私的；二是她们是所有的女人中最值得同情的，因为她们做出的牺牲最彻底。在取得了一致意见，而且每个人把自己的男人数落一番，说明他是最坏的之后，她们就津津有味地饱餐一顿，然后再摆开牌局，大战一场。荷花就是这样一天天打发日子的。杜鹃也很起劲，因为照一般规矩，牌桌上赢的钱总要赏一些给仆人的。

即便如此，荷花仍然希望三年服丧期快点结束，那时她就可以脱下棉布丧服，重新穿上绸缎衣服，彻底忘记王龙。有时，全家都要到王龙坟上烧纸烧香，为了大面上过得去，荷花也不得不去。除此之外，要不是每天早晚要穿脱棉布丧服的话，荷花根本就不会想到王龙，因此荷花希望尽早扔掉这身衣服，那样她就根本用不着想起王龙了。

只有梨花一点不着急，她经常到王龙的坟上去悼念他，而且总是挑没人的时候去。

在服丧期间，两兄弟，以及他们的夫人、孩子，都必须生活在一起，住在这个大院子里。妯娌间一向不和，住在一起并不容易。妯娌俩不和，闹得弟兄俩也心烦意乱，因为她们俩谁也不会把话憋在肚子里，等到有机会单独和自己丈夫在一起时，她们总要大叹一番苦经的。

王大的太太以她惯用的矜持口吻对王大说:"说来也怪了,自从嫁到你们家,我从来没有得到过应该有的尊重。老爷子在世时,我想我只好忍着,我不想让孩子们见到他们的祖父是多么粗鲁、多么无知,我嫌丢人。我肯忍受,是因为我应该这么做。现在老爷子去世了,你是一家之主了。老爷子愚昧无知,因此看不清你弟媳妇是个什么样的人,不知道她是怎么对待我的,可现在你当家了,你知道她是个什么人了,为什么你还不好好教训教训这个女人呢?她从不把我放在眼里,还以为我同她一样,也是粗俗的、不吃斋念佛的乡下女人哩!"

王大哼了一声,尽量耐着性子问道:"她又对你说什么啦?"

"倒不光是她说些什么话,"这女人冷冷地答道,说这话时她嘴唇几乎不动,语调也毫无抑扬顿挫,"关键是她的行为和品性。每回我走进有她在里面的屋子时,她总装着在忙一件脱不开手的事,于是既不起身打招呼,也不给我让座。她那副俗气相,别说在我面前讲话,就是从我身边走过,我都受不了。"

"得了,我总不见得去对老二说,'你太太那副俗气相,我夫人实在吃不消'。"王大边摇头边说,说着,顺手去摸腰包里的烟斗。他为自己的这番巧妙的答话感到得意,居然冒着被夫人骂的风险斗胆笑了笑。

这个女人就是没有那种尖嘴利舌的本事,事实上,好多次她都希望自己能快速和别人来一场唇枪舌剑,可就是心里有话,舌头的反应却没那么快。她恨老二的太太的一点,正是恨她的尖嘴利舌。还没等这位城里女人想好一篇正经的答话,那位乡下女人的眼珠早转了好几转,一顿快语就把城里女人搞得狼狈不堪,以至旁边站着的仆人们都背过脸去,怕大少奶奶看见他们在发笑。有时,某个年轻丫鬟一不小心咯咯地笑出声来,其他人便也忍不住笑起来,城里女人十分恼火,于是便更恨那个乡下女人了。听完老大的答话,这女人盯着她丈夫看了一下,看看他是不是也在拿她开心。只见他悠闲地坐在藤椅上,笑眯眯的。她挺直腰板坐在硬木椅子上,垂下眼皮,把嘴收得又小又紧,冷冷地说道:"我很明白,连你也看不起我!自从娶了那个烂污女人以后,你就看不上我了。我要是没有嫁人就好了。要不是为孩子着想,我真想出家当尼姑算了。为了让你这个家像样一点,至少比农夫的家像样一点,我花了多大精力,可你呢,连声谢谢都没有。"

她边说边用袖子小心翼翼地擦去泪水。然后,她站起身来,走进她的房间。隔了一会儿,王大便听到她高声念经的声音。这位夫人上了年纪之后常常求助于尼姑、道士,求神拜佛的事做起来是一丝不苟。她自己花不少时间念经,还常请尼姑到家来指点她。尽管没有起誓说要吃素,但是她一再声明自己几乎是动不得荤腥的。她在富人家里,没有必要像穷人家那样为了保险起见而非这样做。

现在,她又像往常生气之后那样,到房间里去高声念经了。王大听到后,无可奈何地用手摸了摸脑袋,叹了口气。的确,自他娶了二房之后,大太太一直不肯原谅他。二太太原先是个头脑简单的小美人,是他有一天逛街时在一个穷人家门口见到的。当时,她坐在大盆边上的小木凳上洗衣服,她年轻、漂亮,弄得他神魂颠倒,经过她时,他一而再再而三地回头张望还看不够,后来干脆来回在她跟前走过。她父亲见她能嫁到这么有钱的好人家去,真是求之不得,王大也确实给了他不少钱。但这个女人的确头脑极其简单,王大现在对她已了如指掌。有时,他不免纳闷当时自己怎么会那样迷恋她。她对大太太怕得要命,自己一点脾气都没有。有时,王大叫她到他的房里去过夜,她竟会低下头去支支吾吾地说:"大太太能答应我今晚去你那儿吗?"

有时见到她那副胆怯的样子,王大真是生气,他发誓下次一定娶一个身强力壮的泼辣女人,不像其他女人那样老是害怕他的大太太。但有时,见到二太太在大太太面前百依百顺,甚至不敢正眼看她一眼,他又暗暗觉得,也许这样反而好一些,至少,这两个女人没有大吵大闹,他的日子总还算太平。

尽管二太太这样听话,在某种程度上叫大太太感到满意,但她仍然不停地指责王大。首先,他毕竟还是娶了第二个女人;其次,即便非娶不可,为什么要娶这么个穷丫头。王大讨厌大太太,喜欢二太太那张可爱的娃娃脸,大太太骂她骂得越凶,他越喜欢她。于是,明明是自己的太太,但为了与她在一起,王大不得不鬼鬼祟祟、偷偷摸摸的。她要是说不敢到他房间去,王大就说:"你就放心大胆地来好啦,大太太今晚倦极了,不愿意我去纠缠她的。"

大太太的确是个冷漠的女人,她庆幸自己已经过了生育的年龄。王大给了她作为大太太应该享有的尊重,白天对她百依百顺,二太太也是如此,但是到了晚上,二太太就到王大身边,这样一来,王大的两位太太便各得其所,倒也相安无事。

然而,妯娌之间的争吵还没有了结,王二的太太还在冲她丈夫发牢骚："一看见你嫂子那张白不呲咧的脸，我就恶心得要死。我跟你说，你要是再不把咱家的院子同他们的隔开，我总有一天要在大街上臭骂她一通，非把她羞死不可。她这个人最小肚鸡肠了，生怕别人不尊重她，冲她鞠躬时弯腰弯得不够。我根本不比她差，只比她强，幸亏我不像她，你也不像那个傻大胖子，尽管他是你哥！"

王二和他太太相处得不错。他是个举止文静、黄黄瘦瘦的小个子，他喜欢她，是因为她红光满面、膀大腰圆、精力旺盛，还因为她聪明伶俐，是个会持家的好妻子。尽管她父亲是农民，她过去没受过好日子，现在能享受了，她也不像有的女人那样拼命追求这些。她宁可吃粗茶淡饭，穿布衣不穿绸缎。她唯一的缺点是那张嘴太碎，喜欢和仆人们一起东家长西家短地瞎聊天。

她喜欢自己洗、自己擦，用自己的两只手干，因此说她称不上是太太也的确不假。不过，正因为如此，她就不必雇那么多仆人，她只雇了一两个农村姑娘当她的心腹丫鬟。这也正是王大的夫人反对她之处，她不懂得主仆应该有尊卑之分，却去和仆人们平起平坐，有失主人的身份。仆人之间免不了要交谈，于是当嫂子的便听到弟媳妇的仆人吹嘘她们的女主人是如何大方，比她大方多了，她们的女主人一旦心情好，就会送她们些吃剩的点心、做鞋用的零碎布料等等。

王大的太太对仆人确实苛刻，可她对谁不苛刻？连对她自己也一样苛刻。但是她从来不像王二的太太那样跑进跑出：穿一身褪了色的旧衣服，头发乱蓬蓬的，趿拉着一双脏鞋，一双脚也够大的。老大的太太坐起来都和那个乡下女人不一样，那个女人坐着或站着给孩子喂奶时，经常是大敞着怀，把一对乳房全露在外面。

其实说起来，这两个女人吵得最凶的一次正是由喂奶的事引起的，而且这次大争吵反倒使弟兄俩最终找到了和解的办法。有一天，王大的夫人出门准备上轿，那天正好是某一个神的诞辰，她想到城里供奉这尊神的庙里去还愿。她刚走到街上，就看见王二家的那个乡下女人像下人那样敞着怀，一边奶孩子，一边跟一个鱼贩子说话。

这种粗俗不堪的景象是她所不能容忍的，于是她走过去狠狠地责备她的弟媳，她说："作为我们家的一位夫人，你怎么能这样做呢？即便是我的仆人，我也不允许这样，这也实在太不雅观了……"

她讲起话来一板一眼、慢慢悠悠的，根本不是那个乡下女人的对手。乡下女人大叫道："谁不知道孩子要吃奶呀？我有孩子要吃奶，也有奶好让孩子吃，没有什么雅不雅的！"她不但不把上衣的纽扣扣好，反而扬扬得意地让孩子转过头来，吮她另一边的乳房。听到她大声嚷叫，一帮人慢慢聚拢来看热闹，在厨房里忙活的女人跑了出来，边走边擦手，挑担的农夫也放下担子来欣赏这场争吵。

可是，见到那一张张棕黄色的普通的脸，王大的太太受不住了，她打发走了轿夫，跌跌撞撞回到自己院子里，烧香还愿的好兴致荡然无存。乡下女人可没见过这种矫揉造作的劲，她一向见到的就是当妈的在哪儿都可以奶孩子，谁知道小孩哭是要这个还是那个？不用奶头，谁能叫孩子不闹？于是，她站在那里一个劲嘲骂她的嫂子，而且连骂带损，十分巧妙，逗得围观的人群哄笑不止。

王大太太的一个丫鬟出于好奇，站在一边听了一阵，然后跑到女主人跟前把乡下女人说的话原原本本地学了一遍。她悄悄地说："太太，她说您太清高了，弄得我们老爷整天不知如何是好。您要是不发话，老爷都不敢和他的小老婆亲热，只有您发了话才行，听的人全都笑了。"

一听这话，大太太的脸都气白了，她一下子跌坐在正厅方桌边的一把椅子上等着。那个丫鬟又跑了出去，过了一会儿又气喘吁吁地回来报信："现在她又在说，您对道士尼姑比对自个儿的孩子还亲，还说，谁都知道那帮人心怀鬼胎，不是好东西。"

听到这番诋毁，大太太站起身来，她再也忍受不住了，她告诉丫鬟叫看门人立刻来见她。于是，丫鬟又一次兴高采烈地跑出去，要知道并不是天天都有这样的好戏可看的。不一会儿，她把看门人带进来了。看门人是个饱经风霜的老人，以前也是王龙的长工，因为他年纪大了又忠心耿耿，也没儿子供养他，所以被留下来看大门。他也跟其他人一样很害怕见大太太，他弯着腰，低着头站在她面前，她语气威严地说道："老爷现在在茶馆，不知道家里发生了这种事，他兄弟也不在这里，没法管他的家，我必须尽到我的责任，不能让大街上的老百姓在我们家门口张口瞪眼地瞧热闹。你快去把大门关上。万一把老爷的弟媳妇关在外面了，就把她关在外面好了。她要问谁叫你关大门的，就告诉她是我说的。你一定要照我说的去做。"

这老头又鞠了一躬，一声不吭地退了出来，去干太太吩咐他干的事情。乡下女人还在那儿,围观的人群一阵阵哄笑使她感到很来劲,没有注意到身后的大门正在慢慢地关上,直到只剩下一条门缝时,她才发现。老人把嘴贴在门缝上,用沙哑的嗓子轻轻地说:"嘘!太太!"

她回头一看,明白是怎么回事之后,一步跨到门前,侧身一挤,钻进了大门,孩子依然抱在她怀里。她尖着嗓子问看门人:"谁叫你把我关在门外的?你这条老狗。"

看门人低声下气地回答:"是大太太,是她叫我把您关在外面的,因为她不愿意那么多人围在她门前吵吵嚷嚷的。不过,我在关门之前还是先告诉您了。"

"这两扇大门难道是她的?难道我就该被关在自己家的大门外面?"她一边尖叫着,一边猛地冲进她嫂子的院子。

可是,王大的太太早就料到她会来这一手,她已经钻进自己的房间,闩上门念起经来。不管那个乡下女人怎么拼命敲门也没用,她听到的只是单调平板的念经声。

不用说,弟兄俩当晚就从各自的夫人那里了解到了白天所发生的事。第二天一清早,在去茶馆的路上,两兄弟见面时全都面带倦容。老二带着解嘲的笑容先开了口:"夫人们想挑唆我们不和,但咱俩没工夫做冤家。最好把她们俩分开。你眼下住的院子归你,冲大街开的那扇大门归你们用。我还住现在的院子,开一扇冲着小巷的门归我们用,这样,我们的日子可以太平一点。如果将来老三要回来住,就把原先咱爹的那院房子给他住,旁边荷花的那院子,等她死了也可以给老三。"

头天晚上,王大的夫人把经过的情形一五一十地说了一遍又一遍,这回王大真让她给逼急了。王大对夫人发誓,这次他一定绝不手软,毫不客气。对,这次他非得摆摆一院之主的谱不可,一院之主的夫人竟然被应当对她俯首听命的弟媳气成这个样子,那还得了?听完弟弟的一番话之后,他想起了头天晚上受夫人催逼的情景,于是,尽管话讲得并不厉害,但他还是责备说:"不过,你太太在大庭广众下那样对我太太讲话,实在太不像话,这事不能就这么算了。你至少得揍她一两顿。我一定要你揍她一两顿。"

老二那双眼睛滴溜一转,接着他就开始花言巧语地哄他哥哥了:"哥,您跟我,咱俩是爷们,谁不知道娘儿们是怎么回事?她们再能耐,也是头发长见识短。好男不跟女斗。哥,咱哥儿们,谁还不知道谁?您说得不错,我那口子就是个傻乎乎的乡下女人。您跟嫂子讲,就说我这么说了,我替我那口子给嫂子赔不是。赔个不是怕啥?又不少身上一块肉。把我们两家的女人和孩子都分开,咱就太平了。哥,咱照样在茶馆里碰头,谈咱们要谈的正事,一回到家,再各进各的门就是了。"

"不过……不过……"王大一着急说不下去了,他那脑子的确不如他弟弟的转得快。

老二的脑子确实好使,这时他马上看出他哥哥本人已经消了气了,关键是不知道回家后怎么向夫人交代。于是,他接着说:"哥,跟你说,你就这么对嫂夫人讲:'我把我弟弟的院子同咱们的隔开了,以后他们再也没法来瞎搅和了。对这种人,就得这么教训他们才行。'"

王大听完这番话果然高兴了,他笑了。他一边搓着他那双又白又胖的手,一边说:"对,就这么办!"

老二说:"我今天就去请泥瓦匠。"

这么一来,弟兄俩都把自己的太太哄得心满意足了。老二对他太太说道:"这下好了!你再也用不着受那个装腔作势、傲气十足的城里女人的气了。我跟我哥说了,我再也不愿和那女人住一个院子了。我们分家,我当我自己的一家之主。我不用再受我哥的欺负,你也不用听他太太的使唤。"

老大回到太太身边,大声说道:"一切都办妥了,我美美地收拾了他们。你放心吧。我对我弟弟说:'你、你老婆、你孩子不能再和我们一起住了,有大门的这院房子归我们,你们在朝东的小巷那边再开一道门,以后你女人再也别想来惹我太太生气了。就算你老婆还愿意像大街上的老母猪奶小猪那样,在自个儿门前晃来晃去地给孩子喂奶,那么至少也不会丢我们的人了!'孩子他妈,我就是这么说的,你放心好了,因为你再也用不着见那个乡下女人了。"

妯娌俩分别被自己的男人哄得心满意足的,都以为是自己彻底胜了,对方彻底败了。弟兄俩的关系也比从前好多了,而且都认为自己是非常聪明、了解女人的男子汉。两兄弟心情都非常好。他们盼着丧期快点结束,那样,他们便可以在茶馆里商量怎样卖掉那些他们打算卖掉的地了。

三年,在所有人各怀着不同心思的等待之中终于过去,哀悼王龙的丧期终于结束了。他们根据历书择定了结束丧期的日子。王大为脱孝服的各种仪式又忙乎了好一阵子,他无非是向老婆讨教,他老婆最懂这一套了,于是他老婆一件件向他交代,他一件件去办。

王龙的儿子、儿媳和所有穿了三年孝服的近亲都穿上了漂亮的绸缎衣服,女性的衣服上还都挂了点红色,在好衣服外面,又套上了他们穿了三年的麻孝袍。根据当地的风俗,他们走出大门口,门口堆了一堆金银色锡箔叠成的元宝,道士们站在旁边,然后点燃了纸钱。在火光中,为王龙穿孝的人全都脱去了孝袍,露出了穿在里面的鲜艳的衣服。

仪式完毕,众人走进院内,相互祝贺悲悼的日子终于过去。他们向王龙的新灵牌鞠躬,因为旧灵牌已经烧掉了。他们还在新灵牌前供上了酒肉。这块新的灵牌是永久性的,用上好的硬木做的,下面有一个小木盒托着,这种永久性的灵牌一般都是这样的。给灵牌上漆的同时,王龙的儿子就去找镇上最有学问的人为王龙的牌位题词。

镇上最有学问的人要算是老秀才的儿子了。老秀才曾经当过大家的私塾先生,年轻时也曾进京赶考。不错,他没考中什么,但总比从未进京赶考的人的学问大得多。如今,他把自己的学问全传授给了他儿子,他儿子也是个秀才。接到邀请来做这么荣耀的事情之后,他便像秀才们那样,甩着袍子、踱着方步,大摇大摆地来了,鼻梁尖上还架着一副眼镜。一到之后,他先在牌位前按规矩行了礼,然后便在牌位前的桌子旁边坐下,接着把长袖往里一捋,把驼毛毛笔的笔锋舔得尖尖的,准备动笔了。毛笔、砚台、墨全是崭新的,写这样的题词,这些东西必须是崭新的。就这样,他开始挥毫题词了。写到最后一个字的最后一笔时,他停顿了一下,等了一会儿,闭上眼睛,沉思片刻,似乎只有这样,他才能抓住王龙的整个灵魂并且在最后一字的最后一笔之中充分表现出来。

沉思片刻之后,他想起了这么一句:"王龙,肉体与灵魂之财富均属于土地的人。"想到这一句之后,他仿佛觉得自己抓住了王龙这个人的本质,于是也便牢牢地抓住了其灵魂。他用毛笔蘸了点朱砂,在灵牌上写下了最后一笔。

灵牌写好之后,王大用双手小心翼翼地捧着,大家一起跟着他,把灵牌放到楼上一间专放灵位的房间里,房间里面还放着王龙的父亲和祖父的牌位。这两位先人的牌位现在放在这么阔气的房间里,这是他们活着时想都没想过的事,在他们看来,只有富人家才放牌位之类的东西。即便他们想到过牌位,那最多也不过是请一位识点字的人在一片纸上写好他们的名字,然后贴在屋里的土墙上,能贴多久就算多久,风吹走了也就算了。但是,王龙一搬进城里的这间房子,就为他的这两位先辈放了牌位,似乎他们也住在这里,其实,究竟他们的灵魂在不在这里,谁也不知道。

王龙的牌位也被放进了这间屋子。当王龙的两个儿子做完了该做的事情,关门离开那间屋子时,他们内心深处不由得暗暗感到高兴。

现在该是大宴宾客、高高兴兴的时候了。荷花穿了件丝袍,耀眼的蓝底上配着大花。对她这么个又老又胖的女人来说,这件衣服未免太刺眼了,不过大家都只顾大吃大喝,没有人去说她,再说大家也都知道她是个什么样的人。宴席间,人们又说又笑又喝。王大喜欢热闹的宴席,于是一遍又一遍地大声嚷道:"喝干!

045

喝干！把杯底亮出来！"

他喝得太多，双颊和眼圈都慢慢泛出暗红色。他夫人此时正在另一个院里和女眷们在一起，听说他快要醉了，立即派了个丫鬟传话说："喝醉酒不是什么体面的事，特别是在今天这种场合。"这么一来，他终于清醒了一些。

不过就连王二今天也觉得挺快活的，一点也不吝惜什么。他抓住机会悄悄同一些客人交谈，以便弄清楚有没有人想买比他能拿得出的还多的土地。他东转转西转转，不断地对人说，他有些好地打算卖掉。这一天就这么过去了，兄弟俩各自都很满足，因为他们都终于挣脱了亡父原先套在他们身上的枷锁。

有一个人没有参加这次宴席，那是梨花。她托人带话说："我照顾的那个姑娘今天有点不舒服，我不来了。"反正她不来也没有人惦着她，于是王大派人传话说，如果不愿来也可以不来。只有她一个人还没有脱去孝衣和白鞋，白头绳也还没解掉。她也没给傻姑娘脱下这些象征哀悼的东西。其他人大吃大喝的时候，梨花在做自己爱做的事情，她挽着傻姑娘，领着她到王龙的墓边坐下。傻姑娘在玩耍的时候，梨花坐在那儿看田野，心里很满足，因为她和喜欢过她的人离得那么近。眼前的田野是由横一块、竖一块的错落有致的绿色的田畦组成的，一直向前、向左右延伸，直至她看不见的远方。远处有一个蓝色的小点，或站或动，那是一位农夫在侍弄他的春麦。王龙也曾这样弯腰侍弄他地里的庄稼，梨花想起了许许多多王龙讲给她听的事情。王龙上了年纪之后，老喜欢给梨花讲很久以前梨花尚未出生时的事。他特别爱讲给她听，讲他以前是怎么犁地，又是怎么种植的。

王龙一家人的这一刻、这一天就这样过去了。可是，即便是如此重要的一天，王龙的三儿子也没有回家来看看。他是不会回来了。不管到哪儿，一去他就扎在那儿了。他忙忙碌碌地过着他自己的生活，与家中的其他人隔开了。

五

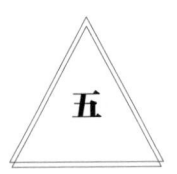

就像一些高大的老树的树杈是从强壮的主干上长出来的,但是一旦长出来之后就按照自身的方式向四面八方伸展出去,尽管它们的根还是同一个,王龙的三个儿子也是这种情形。王龙的小儿子王老三是三兄弟中最壮实的一个,也是意志最坚强的一个,他现在在南方的某省当兵。

接到父亲病危消息的那一天,王老三正站在郊外的一座庙前,他的司令住在城里。庙前有块空地,正好用来操练他的士兵。他还教他们战略战术。那天,他在练兵的时候,他哥哥派来送信的人急急忙忙地跑来,气喘吁吁地说:"三少爷——您父亲,我们老爷快不行了!"

自从愤然离家出走,王老三再也没和他父亲有过来往。他之所以生他父亲的气,是因为当时已经年迈的父亲居然把养在家里的年轻丫鬟梨花娶为小老婆,直至听到这件事,王老三才发现自己早已爱上了梨花。那天夜里,他闯进了他父亲的院子。白天他听到这个消息后已经生了一天的闷气,他憋得实在受不了,终于冲进了父亲的房间，却看见父亲和她坐在一起。她面色苍白，静静地坐在那儿，他很清楚本来自己是可以爱她的。对父亲的愤怒像大海的波涛一样涌上心头，简直无法控制，他知道倘若自己留下来，任凭这份情绪继续发展的话，非气死不可。当晚，他便逃出家门。他从前一直渴望成为一名闯荡江湖的英雄豪杰，于是他花光了所有的钱，尽可能往南方走，终于投奔到一位当时有名的绿林司令手下。王老三又高又壮，黑黑的脸，杀气腾腾的，硬嘴唇、大板牙，那个司令一眼就看中了他，并且要王老三在他身边做事。他再三提拔王老三，比通常的提拔快得多。王老三之所以如此得宠，一方面是因为他沉默寡言、不苟言笑，很快获得了司令的信任；另一方面是因为他性情暴躁，一旦脾气上来什么都敢干，要想招募到这样勇敢的士兵并不是那么容易的。除此之外的原因就是战争。一打仗，士兵就有机会较快得到提升。王老三的情况就是如此，他上面的军官战死和被撤之后，司令就不断地提升他，从普通兵一直升到连长，他回乡为父亲奔丧时已经混到连长了。

听完送信人带来的消息之后，王老三便支走了手下的士兵，一个人在练兵场上踱来踱去，送信的人远远地跟在他后面。那是初春的一天。以前，在这种日子，他父亲王龙总是会早早地起身，走出去看他的庄稼，或是扛起锄头到麦田里松土。别人也许从中看不到任何新生命的迹象，但是王龙看到了幼苗茁壮成长的势头，看到了一种变化，看到了丰收的苗头。现在王龙要死了。王龙的三儿子觉得，在这样一个初春的日子，他很难想象到死。

王老三也以自己的方式感受春天的气息。在他父亲坐卧不宁地走到庄稼地里去的时候，王老三也在这里坐卧不宁。每年春天他都要想起自己心中的大计，那就是离开老司令，自己招兵买马，另立山头。每逢春天，他就觉得自己可以做而且也必须做成这件事。他年复一年地计划着怎样才能成功，这件事成了他的梦想和野心。这种想法越来越强烈，到了今年春天，他暗暗对自己说，今年非动手干不可了，他再也忍受不了在老司令手下跑龙套的生活了。

实际上的情形是王老三十分痛恨老司令。当初他刚投奔到老司令麾下时，老司令正领着一帮人反抗贪官的压迫，那时司令还年轻，因此可以讲出一大套革命道理，说革命是一件多么美好的事，以及所有勇敢的人都应该为一项正义的事业而战斗。他声音洪亮，口若悬河，听的人不知不觉就感动了。

王老三第一次听到这些振奋人心的美好言辞，也受了感动。他这个人心地纯朴，于是暗暗发誓一定要站在司令一边，为正义的事业而战，这种崇高的目的在他心里深深地扎了根。

起义成功之后，司令从沙场上退了下来，选了一块山清水秀的河谷地带安营扎寨，看到一个沙场上的英雄一下子变成了沉湎酒色的凡夫俗子，王老三确实感到震惊，司令忘本到了如此地步；王老三觉得实在不能原谅他。王老三觉得自己好像受了欺骗，或者被人夺走了些什么，具体被夺走了什么东西，他自己也说不清。正是这种痛心疾首的心情使他萌发了自己出去另闯一番事业的念头，他想离开司令，尽管从前他曾在沙场上一心一意地为司令效劳过。

这些年来，司令再也没有号召力了，他变得懒散，靠土地为生，不再打仗了。司令越长越胖，每天大鱼大肉，喝的是国外搞来的催人肚子发福的烈性酒。他闭口不谈打仗的事，整天谈的是厨师在海里抓来的鲜鱼上所浇的是什么调味汁，以及这位厨师居然能烧出皇上都喜欢的某种菜肴。除了吃之外，他所知道的唯一一种娱乐便是找女人。他找了五十多位小老婆，而且他喜欢各种不同类型的女人。他有一个奇怪的洋女人，皮肤雪白，眼睛碧绿，头发跟大麻似的，这也是他花了一大笔钱从不知什么地方搞来的。不过，他也害怕这个女人，因为这个女人一肚子不满意，整天愁眉不展，还不时用她的外国话嘟嘟囔囔，像在念咒语似的。尽管如此，老司令还是觉得她挺有意思，在他的女人们中能有一个这样的，是值得夸耀的事。

司令是这副德行，下面的营长、连长也都越来越不像话，整天聚在一起吃喝玩乐，也不和士兵们住在一个地方，士兵们全都恨透了司令和他手下那帮当官的。由于长期不打仗，有抱负的年轻人感到压抑，感到不知所措。王老三不和那帮当官的同流合污，仍然过着清贫的生活。对女人，他甚至连看都不看一眼。这帮年轻人便一个一个地、一帮一帮地聚集在他周围。他们互相议论道："他就是能带领我们闯出去的人吗？"

他们把期望的目光转到王老三身上。

只有一件事叫王老三感到不好办，那就是他没有钱。自从离家出走之后，他除了每个月底从司令那儿领一份可怜的军饷之外，一点富余的钱都没有，有时甚至连这份钱都领不到，司令总拿不出足够的钱付给他手下的官兵，他自己的花费太大了，家里那些女人个个都贪得无厌，经常为了珠宝和衣服等等争得不亦乐乎，有时大哭大闹，有时抛媚撒娇，总之要把东西搞到手为止。

于是，王老三觉得要想实现他所希望的事情，就非得领着一帮人当一阵子强盗、土匪不可，许多像他这样的人已经这么做了。等抢了一阵，抢够了之后，他便可以等待合适的时机以便同政府军队谈交易，最后可以要求被政府军招安。

但是，当土匪太不对他的胃口了，他父亲一辈子老老实实，不论在什么饥荒或战乱的年代都没有轻易去抢过别人的东西。王老三并没去当土匪，他只是在等待时机。他已经梦想多年，他相信苍天早就照他所想的那样为他安排好了命运，他只需等待并抓住时机就行了。

他是个急性子的人，有一件事使他几乎不可能再耐心等下去，那就是他打心眼里开始讨厌他现在生活的南方农村了，他想回到自己的老家北方去。他是个北方人，南方人爱吃的那些没完没了的米饭，他有时连一口都咽不下去，他非常想再尝尝死面饼子就大蒜的滋味。他常常用粗嗓门大声说话，因为他打心底里讨厌那些油头滑脑的南方人，太圆滑了就会给人一种狡猾的感觉，从人的本性来说，人不可能总是那么文质彬彬、唯唯诺诺。他认为一切聪明人的心都不是那么实在的。他之所以常常用凶狠的目光瞪他们，之所以常常冲他们发火，就是因为他想再回到自己的家乡去。那儿的人，个个体格魁梧，像个男子汉的样子，不像这些南方人，一个个长得像小猿猴似的。北方人说话不多，干脆利落，心地纯正，没有那么多弯弯绕绕。因为王老三脾气太坏，所以他手下的人都怕他，怕看到他两道浓眉皱起来的那副凶样和他那张阴沉的嘴，由于他这样的容貌，再加上他那白白的大板牙，大家给他取了个外号，叫他"王虎"。

晚上，在他自己的小屋里，王虎常常会在那张又硬又窄的小床上辗转反侧，琢磨他的计划，琢磨怎么才能实现他的梦想。他心里很明白，如果他父亲去世，他便可以得到一笔遗产。但他父亲就是不死，为此，王虎常常在深夜恨得咬牙切齿。

"老家伙再不死就把我的好日子全耗光了，他再不快点死，我就来不及干一番事业了。也真怪，这老家伙就是不死！"

这一年的春天，王虎觉得自己得赶紧下决心行动，再不能等下去了。他刚要下决心去抢劫的时候，就传来了他父亲病危的消息……得知这个消息之后，他穿过田地走回驻地，心跳得很剧烈，因为他看到眼前有一条清晰、平坦的道路可走，他可以不必去当盗匪了，这给了他多大的安慰！要不是生性好静，他真会高兴得喊出声来。他的梦想是高于一切的，他没相信错自己的命运，有了遗产，他就可以得到所需要的一切，老天爷在保佑着他。是的，梦想是高于一切的，现在他可以跨出第一步，继而在无穷尽的命运之路上不断往前走了，他知道他天生就是要成为伟人的。

不过从他的脸上，谁也看不出他的狂喜。从他那张凶恶的、毫无表情的面孔上，谁都不曾看出过什么；他母亲把她自己坚定的眼睛、嘴巴甚至那岩石般的肌肉都遗传给了他。听完消息，他什么话都没说，但他回到自己的房间，开始为北上准备行装，他告诉四名亲信，要他们与他同去。把简单的行装准备好之后，他便进城去找司令了。司令在城里有一所老房子。他先叫卫兵进去通报。不一会儿，卫兵出来说他可以进去。他把四个随从留在门外,一个人进去了,司令正在吃饭。

司令低头弯腰坐在那里吃饭,两个小老婆站在一边伺候他。他脸没洗,胡子也没刮,上衣扣子都没扣。他年轻时就很邋遢,现在老了更是不修边幅。年轻时,他曾经是一个非常普通、地位低下的工人,只是他不肯做工,于是开始抢劫,后来因为一场场战争转到现在这一行。不过,他倒是个和蔼可亲的老头,说话非常随便,对王虎很热情,也很尊敬,因为他自己现在岁数大了,人又胖,懒得很,再也干不动王虎所干的事情了。

王虎进来向他敬完礼后说:"今天家里来人说我父亲快不行了,我两位哥哥等我回去为父亲办丧事。"老司令把身子向后舒舒服服地一靠,说道:"去吧,孩子,回去尽尽孝道,这是应该的。完事之后再回来。"然后他在腰带上摸索着,掏出一把钱给王虎,并且说:"赏你点盘缠,一路上别太委屈自己了。"

他朝后一仰靠在椅子上,突然喊起来,说有东西掉进他那蛀空了的牙齿里了。他的一名侍妾从头发里抽出一根细细的银簪子递给他,于是他便自顾自剔起牙来,把王虎撂在一边不管了。

王虎就这样回到了父亲的家里。尽管心里火烧火燎般地着急,他还是耐着性子等到遗产分配完毕,等到他可以再次急匆匆地离开家的那一天。不过,三年丧期结束之前,他是不肯实行他的计划的。他在这方面是一丝不苟的,只要做得到,该尽的孝心总要尽到才是,于是他一直等着。现在,等待对他来说不难,因为他的梦想最终一定会落实。在这三年中,他不断完善每一个步骤,不断地省钱,而且注意挑选那些他希望今后能够追随他的人。

正像树杈再不会去想念主干一样，王虎既已得到自己所需要的东西，便再也不去想他的父亲了。王虎是个好钻牛角尖的人，一个时期他脑子里只能惦着一件事，心里只放得下一个人。目前，只放得下他自己，除了他自己的这个梦之外，他没有别的梦。

然而，他的梦似乎也在膨胀。在他待在哥哥们的院子里时，他看到了他俩有而他却没有的东西，他羡慕他们。他不羡慕他们的女人、房子或财产，也不羡慕他们那种繁荣之气或到哪儿都有人冲他们行礼的那种地位和派头。不，这些他都不羡慕，就羡慕一样，那就是他们有自己的儿子。他呆呆地看着哥哥家的孩子们，看着他们玩呀，吵呀，闹呀，他平生第一次突然产生了一个念头，他希望也有一个自己的儿子。对一位武士来说，能有自己的儿子该多好啊！除了自己的儿子，谁也不会全心全意地忠于你。他真希望自己有个儿子。

想了一阵之后，他又把这个念头搁到一边去了，至少目前不能考虑，因为现在不是他该为了女人停下来的时候。他讨厌女人，在他看来，女人对他只会是一种障碍，尤其是当他要开始一番冒险事业的时候。他也不肯草草结婚，撂下老婆就走，因为既然讨老婆是为了得儿子，那么就应该正儿八经地娶一个妻子，养一个货真价实的儿子。于是，他暂时把自己的想法抛到一边，让这个想法深深地藏在心底，等将来有机会再说吧！

六

　　王虎此时正在南方积极准备，打算闯出去干一番自己的事业。有一天，在家乡的王二对大哥说："要是明天上午有空，咱俩上紫石街茶馆吧！有两件事我们得谈谈。"

　　老大听弟弟这样讲，心里不免纳闷，因为他知道肯定要谈土地的事，可是他不清楚还有哪件事要谈，于是他答道："明天我一定去茶馆，不过，还有哪件事要谈？"

　　"我收到三弟写来的一封怪信，"老二答道，"他主动提出来让我们的儿子上他那儿当兵去，只要我们舍得，去几个都行。他正在计划做一件大事，身边需要几个靠得住的自己人，可他自己又没儿子。"

　　"我们的儿子！"王大吃惊地重复了一遍。由于惊讶，他那张开的大嘴都没合拢，眼睛直愣愣地看着他二弟。

　　王二点了点头。"我不知道他打算叫他们去干什么，"他说道，"不过明天到茶馆咱们再慢慢聊吧！"他摆出要走的样子，他是在从粮市回来的路上叫住他大哥讲话的。

可是，王大这个人不论谈什么事都不会这么快就住嘴的，再说，他有的是时间，这些天心情又不错，于是他说道："一个男子汉想有自个儿的儿子还不容易！我们一定得给他寻个媳妇，老弟！"

他两个眼睛一眯缝，脸上露出狡黠的神色，仿佛要说出什么惊人的妙语似的。看到老大这副样子，王二微微一笑，冷冷地答道："要论同女人打交道，我和老三可都不如大哥您那么得心应手啊！"

他边说边走开了，因为他不想在大街上站着听他大哥聊个没完，来来回回那么多人，让人听去算什么意思。

于是，这弟兄俩第二天一早便在茶馆碰头了。他们挑了角落里的一张桌子，往那儿一坐哪儿都看得见，可是别人看他们却不太容易，更听不清他们俩在讲些什么。王大坐在里面他常坐的那个上座上。然后他喊来茶馆里的跑堂的点了些吃的喝的，有热的糖饼、清早吃了提胃口的咸肉、一壶热酒和下酒的菜，吃点下酒菜可以冲淡一点酒劲，免得一清早就醉醺醺的。王大又点了几道他喜欢的菜，他是个讲究吃的人。王二坐在那儿听老大点菜，听着听着终于坐不住了，因为他不知道到底要不要他付账，最后他直截了当地说道："大哥，这些如果是为我点的，那么我跟你说，我可不要，因为我饭量有限，胃口很小，尤其是在早晨。"

没想到王大却慷慨地说："今天你是客人，你放心，我做东。"

这下他让他二弟放下心来，等肉菜一上来，老二便尽可能地大吃起来，他总是忍不住要留个心眼，尽管他很有钱，他还是能省就省，碰上吃白食的机会不狠狠地吃一顿不就亏了吗？别人要是有点旧衣服或者其他不要的东西，一般就送给家里的仆人算了，他可不舍得送，总要悄悄地拿到当铺去，好歹换回点钱来。一旦当客人，尽管他胃口不大，他总要多吃一点。他强迫自己尽量多吃，最好吃到第二天、第三天都不感觉饿才好，这也真奇怪，他哪至于需要这么干呢？

这天早晨，他又故技重施，而且弟兄俩吃的时候根本顾不上说话，即便在等下一道菜的时候，他们也不说话，而只是环顾四周。一个人吃东西的时候，如果开始谈正经事，这对他的食欲是很不利的，因为一谈正经事就没有胃口吃东西了。

他们俩不知道，原来这个茶馆就是他们父亲王龙当年曾经来过的茶馆，并且就是在这个茶馆里，王龙找到了歌女荷花，后来荷花当了王龙的小老婆。对王龙来说，这是个奇妙的地方，这是一栋有魔力的、漂亮的房子，四面墙上挂的是画在绢丝画卷上的仕女图。可是，对他们俩来说，这是个极其平常的地方，他们做梦也想不到这家茶馆对他们父亲来说意味着什么，也想象不出当年王龙第一次以乡下人的身份挤进城里人行列时的那副腼腆、害羞的样子。他们是绝对想不到的。现在，这弟兄俩身穿绸缎做的袍子坐在这儿，悠闲自得地四下里看看。碰上他们找座的时候，认识他们的人便急忙站起身来向他们行礼致意，跑堂的也赶忙过来伺候。茶馆的老板亲自跟着端着热酒的跑堂走到他们俩跟前，老板说："这酒是新开的，酒坛里的，酒坛上的封条都是我亲自为二位老爷拆掉的。"老板还再三问酒菜是否合他们的口味。

因此，现在，王龙的儿子们居然和荷花的画像在一起。画像挂在远处一个角落，那是画在绢丝的画卷上的，当时的荷花是位纤细的姑娘，手中拿着一朵含苞待放的荷花。王龙当初看这幅画时曾经心跳不已、失魂落魄，然而现在王龙已经去世，荷花同以前已判若两人，挂在茶馆里的这幅画也已经被烟熏得不像样子，甚至画上还有苍蝇的污迹。谁也不会去欣赏这幅仕女图，也不会有人想去问问："挂在这角落里的美人究竟是谁呀？"王龙的这两位儿子也绝对想不到这就是荷花，或者说想不到荷花曾经这么漂亮。

他们坐在那儿继续吃着早点，周围的人个个都挺尊重他们。王二尽管拼命地吃，但还是吃不过他哥哥，他吃饱喝足之后，王大还在那里继续猛吃，一边喝酒一边咂嘴品着酒的香味，直吃得汗流满面，就跟在脸上抹了一层油似的。老大再也吃不下时，便靠坐在椅子上，跑堂的及时送来了从开水里拧出来的热毛巾。他们俩用热毛巾擦头、擦脖子、擦手、擦胳膊。跑堂的端走了残酒剩菜，擦干净了桌上的骨头等杂物，然后送来了新沏的绿茶，直到这时，这二位才算准备停当，要正式谈话了。

此时，上午已过去了一半，茶馆里坐满了人。这些人和他们俩一样，也都是撇下家里的妻子、孩子到茶馆来图清净的，吃完早点和朋友们品品茶、聊聊天，听点新闻。在家里待着，男人们就别想找清净，女人们又喊又叫，孩子们又哭又闹，反正他们天性如此，谁也没办法。在茶馆里就不一样了，尽管说话的嗡嗡声响成一片，但仍然给人一种宁静的气氛。在这种宁静的气氛中，老二从胸前掏出一封信，从信封中取出信来摊平之后，再放在老大面前的桌上。

老大拿起信来，清了清嗓子，大声地咳嗽了几下，看信时一边看一边轻轻地读出声来。写完几句简单的平常问候的话，王虎接着往下写，他的信和他人的性格一样，又粗又直：

给我寄点银子来，有多少都行，我很急需。你们要是肯借给我银子，那么将来我事成之后一定连本加厚利还你们。如果你们有十七岁以上的儿子，也送到我这儿来。我一定好好栽培他们，你们做梦都想不到我会怎么提拔他们。我周围要几个靠得住、信得过的自己人。寄些银子，送几个儿子来，我自己没有儿子，你们知道的。

看完信，王大看看他弟弟，他弟弟看看他。王大满腹狐疑地说："除了他在南方一个司令手下当兵之外，他到底还跟你说过些什么没有？他到底在干什么事？究竟要我们儿子去做什么，也不跟我们讲，这也太奇怪了。总不能就这样稀里糊涂地把儿子送出去呀！"

他们坐在那儿喝茶，谁也没说话，但各自心里都有点疑惑，什么都不清楚就把儿子送出去实在太悬乎了，可是想到"我一定好好栽培他们"这句话时，两人又觉得反正自己有一两个足够大的儿子，不妨送一个去碰碰运气。王二小心翼翼地说道："你有几个儿子已经过了十七岁吧？"

王大答道："是的，有两个过了十七了。可以送老二去。我从来没想过该拿他们怎么办，在我们这种家里，他们从小到大日子过得够舒服了。老大是不能出去的，我们家除了我就得靠他了,不过我可以送老二去。"

王二说:"我们家老大是个闺女,下边一个是儿子,要是有你家老大在家顶门户的话,我想我这个儿子倒是可以去的。"

他们俩坐在那儿,各自都在考虑自己孩子的情况,考虑自己有些什么,而孩子们的一生对自己有多大的价值。王大同太太生过六个孩子,有两个夭折了;同小老婆还生过一个,小老婆再过一两个月又该生第二个了。除了三儿子有点毛病之外,其他孩子身体都很好。老三几个月大的时候,被仆人不小心摔在地上过,于是他的背部靠肩膀的地方拧成了一个结,而他头也长得太大,结果脑袋缩在这个结里,像乌龟的头缩在壳里一样。王大叫一两个医生来看过,甚至还到某个娘娘庙去许过愿,说假如娘娘显灵治好他儿子,他就给娘娘一身衣裳,尽管平时他根本不信这些玩意。但这一切都没有用,这孩子到死也得背着这个包袱了,唯一叫孩子他爹感到庆幸的是,他到底没有给娘娘奉献一身衣裳,因为她没为他做什么事。

王二有五个孩子,中间三个是儿子,两头两个是闺女。不过他夫人还正当年呢,肯定还要生,她那副膀大腰圆的样子至少得生到四十多岁。

有这么多孩子,真送出去一两个也不算什么。最后,王二抬起头问道:"你看该怎么给三弟回信呢?"

这时,王大倒有点迟疑了,他不是一个能很快自己拿主意的人,这么多年来,他一向是靠他太太做决定,太太让他说什么,他就说什么,王二也知道这一点,因此他问得挺巧妙。

"要不,我这么回答他,你看好不好?我们俩一人送一个儿子去,至于银子,我能寄多少就多少。"

王大听他这么一说,心里很高兴:"好啊,就这么办吧,二弟,我们就这么定了。其实我倒真愿意送走一个儿子,有时候家里真是一刻也安静不下来,不是小的闹就是大的吵。我送去二儿子,你送去大儿子,万一家里有什么三长两短,反正我大儿子还可以顶着。"

事情就这样定了,他们俩又喝了一会儿茶。接着他们就开始谈地的事,谈他们要卖的东西了。在他们坐在那儿小声议论卖地一事的时候,他们俩不约而同地想起了一件往事。某一天,他们俩第一次谈起卖地的事,当时王龙已经上了岁数,他们俩在土屋附近的地里说话,他们想不到王龙还有力气爬出来偷听。但是,王龙的确出来了,当他听到"卖地"两个字时,立刻怒气冲冲地大喊道:"好啊,浑小子,想卖地?"

他气得不得了,要不是两个儿子一人扶一边的话,这老头非气得晕倒不可,他嘴里一个劲地嘟囔:"不,不,我们绝不能卖地。"为了安慰他,考虑到他年纪太大不能生气,儿子们在他面前保证,今后一定不卖地。在做这个保证时,两人还会意地相视而笑,因为当时他们就预料到,将来总有一天他们还会走到一起来商量卖地的事的。

到了这一天,他们都急于攒钱,但是父亲在地头训斥他们的情景还是历历在目,因此他们谈起卖地的事总不像他们想象的那么轻松,各自在心中都有点保留,万一老头的话倒是对的该怎么办?谁都不肯一下子把地全卖光,那样是不行的。万一生意不好了,总还可以有几亩地养家糊口。要知道,在那种年代,谁也说不准哪天会打仗，什么时候会来个土匪头子把村子给占了，或者摊上什么其他倒霉的事情，因此最好能有点永远也丢不了的东西，那就是地。然而，地卖了可以有银子放债，那利息钱对他们俩的诱惑太大了，这就搞得他们左也不是，右也不是。王二问道："你打算卖哪几块地？"

王大带着莫名其妙的谨慎回答道："我毕竟跟你不一样，我没有买卖要做，除了当地主之外，我也没别的可干，因此，我卖地不能全卖光了，也不能卖得太多，能换点现钱，够花就得了。"

王二接着说："我们干脆出去走走，看看我们的地到底有多少，都在哪些地方，连那些远处的、小块分散的地也都看一看。咱爹那时候想地都想疯了，赶上荒年、地价便宜的时候，什么地他都要，这一带哪儿都有我们家的地，其实有的地才巴掌那么大一块。假如你要当地主，地还是集中一点好，好管一点。"

听起来这话确实合情合理，于是王大付了他们的饭菜酒钱，多给了点，算是给跑堂的赏银，然后他们便站起身来走了。他们俩往外走，王大走在前面，这时茶馆里不时有人站起来向他们打躬作揖，为的是让别人晓得自己是这两位镇上大人物的熟人。而这兄弟俩，老大笑容可掬，轻松自如地向每个打招呼的人点点头，因为他愿意看到别人对他恭恭敬敬、服服帖帖的样子；老二则不同，他眼睛朝下，谁都不看，很少点头，即便点头也点得很快，好像他不敢太友善了，生怕有人会把他拉到一边向他提出借钱的要求。

弟兄俩走出茶馆去看地了，老二放慢步子以便同老大保持一样的速度，因为老大又胖又沉，已经不大习惯走路了。才走到城门口,老大就已累了,于是他叫来两个出租毛驴的人,弟兄俩骑上毛驴出了城门。

弟兄俩整整花了一天工夫看他们的地,中午在路边的一个小店里吃了点东西。他们东南西北地转悠,每块地都转到了,他们的眼睛尖得很,佃户们在地里种了些什么,他们都看得一清二楚。佃户们在他们俩面前都规规矩矩,因为这两位就是他们的新地主了。王二把每一块最值得卖的地都做了记号。他们三弟的每一块地也都被做了标记,准备卖掉,只有一块离土房子较近的地除外。弟兄俩仿佛是心照不宣似的,谁也不走近那个土房子,不走近大枣树下的小土丘,即埋葬他们父亲的地方。

快天黑了,他们才骑着疲惫不堪的毛驴回到城门口。他们下了毛驴,付了原先讲好的租毛驴的钱。两个牵毛驴的跟着走了一天的路,也累得不行了,于是想多要点钱,说是走那么多路,鞋底都快磨穿了。要是王大一个人,他肯定也就同意给了,但老二不答应,他说:"不行,该给的已经给了,你的鞋磨穿不磨穿关我什么事?"

他一边说一边走开了,背后那两个人怎么骂他,他都不理会。弟兄俩走回家里,分手时很理解地看了对方一眼,王二说道:"要是你愿意,七天之后我们就把孩子们送走,我亲自去送他们。"

王大点了点头,精疲力竭地走进自己的家门,这一天也许是他一辈子中最累的一天,他暗自想,地主也真不好当啊!

七

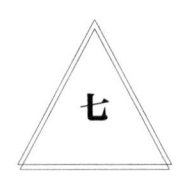

在约定的那一天，王二对他哥哥说："要是你家二儿子准备好了，我大儿子也准备好了，那么明天天亮我就带他们去他们三叔那儿，把他们交给他们三叔，他爱叫他们干什么就干什么。"

当天，王大待着没事就把他的二儿子叫到身边，他仔细地打量老二，看看他到底怎么样，到底行不行。老二一被叫就来了，来了就站在父亲面前等着。他个子不高，一副纤细、瘦弱的样子，也不好看，很腼腆，胆子很小，双手总在发抖，手心总是湿乎乎的。他站在父亲面前，下意识地搓着他那双发抖的手，耷拉着脑袋，不过，他不时很快地抬一下头，用眼角瞟他父亲一眼，然后又赶紧低下头去。

王大盯着他看了一会儿，把他从兄弟姊妹中喊出来这么单独地打量他，这还是头一回。王大突然开了口，他一面说着话，一面在思考着："你跟你哥要是换一下就好了，要是当将军，他的体格比你好，你看上去太弱，我都担心骑到马背上你能不能坐得稳。"

听到这些话，这孩子突然跪倒在地，合起掌来求他父亲道："啊，父亲，我最讨厌当兵了，我喜欢读书，我愿意当秀才！父亲，让我留在家里，守在您和母亲身边吧！我决不要求到外边去上学，我就在家自个儿读书。要是您不送我去当兵，我保证在家乖乖的，什么都不跟您要。"

尽管王大可能会发誓说他对谁都没透露过这件事，但这件事不知怎么的还是传出来了，其实，王大这个人肚子里根本存不住任何秘密。他就是这么一个人，每当他有点什么想法或是他制订了什么秘密计划时，他的喘气、叹息，他那种欲言又止的神秘样子，一下子就使他露出了马脚，而且他自己都不知道是怎么露的。他也许会发誓说没有告诉过任何人，可实际上，他已告诉了他大儿子，也在夜里告诉了他的小老婆，最后还告诉了他太太，实际上是不得不来征得她的允许。他把这件事说得可好了，他太太还以为她儿子马上就能当将军，因此她当然是愿意让儿子走的，她认为，对她儿子来说，这是再合适不过的事。但是，大儿子机灵得很，知道的事可多了，别人根本想不到他会知道那么多事，因为他老是摆出一副难以捉摸、无精打采的样子，仿佛他什么都没看见似的。此时，他故意气他弟弟，他说："你将来也不过就是跟在我们那个又疯又野的叔叔后面当个小兵而已！"

王大的这个儿子是个连杀鸡宰鸭都不敢看的人，肠胃娇嫩得很，几乎不能吃肉，听他哥哥这么一说，吓得不知所措。他不敢相信这是真的，那天晚上，他一夜都没睡，也干不成事，只是在等着父亲叫他去，因此，父亲一说他就跪下来求父亲可怜他，别让他去当兵。

但是，王大一见自己儿子跪在那儿求他，反而十分恼火，他是那种知道自己有权就要专横跋扈的人，他一边用脚跺着砖地，一边大声喊道："你一定要去！这个机会多难得呀！你堂兄也要去，你应该高高兴兴地去！我年轻时要是有这种机会，我会高兴死了，可我却没有。南方是去了，什么名堂也没干出来，刚待了没多久，我妈病了，我爹就求我赶紧回来。我从来就没有想过要不听我爹的话，想都没想过！我根本就没有机会跟着有地位的叔叔飞黄腾达！"

说到这儿，王大忽然长叹了一声，因为他忽然想到，要是自己当初年轻时也有儿子现在这种机会的话，他现在该多了不起，他穿上金光灿灿的军装，骑上高头大马又该是何等威风凛凛！他想象着将军该是什么样的，总觉得自己身材魁梧，很有将军的气派。他又叹了口气，看着这个瘦小可怜的儿子，然后说道："说真的，我真希望能送走一个比你更好的儿子，但是除了你，别的年纪都不够。你哥哥又不能离开家，他是长子，家里除了我就得靠他了。你弟弟是驼背，再下边一个又太小了。你一定得走，再哭也没有用，反正你不走也得走。"说完，他起身急忙走出去，免得被儿子纠缠不休。

王二的儿子却完全不是这个样子。他是个嘻嘻哈哈、大大咧咧的年轻人。他三岁时得了天花，因为他母亲用手指把天花脓液塞进他鼻子里，以使他对这种疾病产生免疫力。但脓液过强，从那时起，他还是落下了麻子。现在，人人都不叫他名字而叫他"麻子"，甚至他爹妈也这么叫他。王二把他叫去，对他说："把你的衣服打成个包袱，明天跟我去南方，我要把你送给你那个当兵的叔叔。"他听了之后，高兴得跳跳蹦蹦地跑开了，他是最喜欢看新鲜事的，也最爱向别人吹自己所见过的东西。

他母亲这时正在厨房门边的小土炉子旁搅着锅里的什么东西，她从来没听过这件事，于是抬起头来，大声嚷道："你花钱到南方去干什么？"

王二向她解释这件事，她一边听一边不停地搅着锅里的东西，与此同时，她那双眼睛一直盯着一个正在洗鸡的丫鬟，生怕丫鬟会偷偷地拿走鸡肝或是未生出来的鸡蛋之类的东西，因此她只听到了丈夫的最后几句话："这件事是一桩冒险的事，我不知道他说要栽培我们的儿子到底是什么意思，但是生意上还需要人手，我们只有这一个儿子是够岁数的。再说，我哥也要送走一个儿子。"

听完这几句话，她才把心思放到了这件事上，她说："好吧，要是这次有机会出人头地，那么我们一定也得把儿子送去，要不然，我这一辈子就永远得听我嫂子吹她那个当英雄的儿子啦。说真的，我们这儿子也应该能干出点名堂的，个子那么高大，满脑子又有那么多鬼点子。你说得对，店铺里的事还有别的孩子哩！"

第二天，王二领着两个小伙子出发了，他们各自都带着自己的衣服，不过王大的儿子挺讲究的，专门弄了个挺好的猪皮皮箱装衣服。因为哭过，他的眼睛还红红的，他还特意留心着，看他的男仆人搬箱子时的姿势对不对，免得把里面的书搞得东倒西歪的。王二的儿子一本书也没有，就有几件衣服，用一大块蓝棉布一裹，自己挎着，边走边跑，看见点新鲜事就大声嚷嚷。这时正是春天，天气很好，城里街上摆满了头茬上市的新鲜菜蔬，人人都在那儿忙着做买卖。对这小伙子来说，今年是个好年，今天是个好天，他又是第一次远行去南方，早晨他母亲又做了他最爱吃的菜，因此，他心情特别舒畅。王大的儿子则慢慢地、一声不吭地跟在后面，走路都是一板一眼、规规矩矩的，几乎从来不看一眼他那位堂兄，只是不时用舌头舔舔他那似乎很干的嘴唇。

王二跟着两个小伙子走着，脑子里却在琢磨着自己的事情，他是向来不留意孩子们的。他们到了城北上火车的地方，王二付了钱，大家就上车了。王大的儿子这时感到很难为情，因为他叔叔买的是最便宜的车票；在王二看来，两个孩子能有车坐已经够好的了。王大的儿子不得不走进这节全是普通老百姓的车厢，车厢里的人满嘴大蒜味，身上的衣服又脏又破，王大的儿子身上穿着上好的蓝绸缎袍子，此时却不得不坐在这群人中间。可是他也不敢说什么，叔叔脸上那种不易察觉的轻蔑的神情叫他害怕，于是他坐到自己的座位上，把书箱放在身边，紧贴着书箱坐着一个农民。他可怜巴巴地看着将要与他分别的男仆人，还是不敢说什么。

王二和他儿子看上去倒好一些，因为早上起来时王二穿了件布袍，他觉得在三弟面前最好别穿得那么阔气，免得三弟以为他多有钱似的。他儿子长这么大还没穿过绸缎袍子，他穿的这件布衣服是他母亲亲手缝的，又宽又大，免得他长了个子之后穿不下。王二看了一眼侄子，阴阳怪气地说道："出门在外，你穿这么好的衣服是不行的。你还是把这件绸袍脱下来，叠好放在箱子里，就穿里面的衣服得了。省下这件最好的衣服吧！"

他侄子吞吞吐吐地答道："可我还有更好的衣服哩！这就是

069

我在家平时穿的衣服。"尽管如此,他也不敢不听他叔叔的话,还是站起身来按他叔叔说的,把绸袍脱了。

整整一天,他们坐在火车里,王二盯着窗外向后驰去的乡村和城镇,一边看一边大发议论,而他儿子每看到一件新鲜事,就要大惊小怪地喊出声来。火车每到一站,他都想尝尝小贩卖的新鲜糕点是什么味道,可惜他父亲就是不买。王大的儿子脸色苍白、神情腼腆地坐在那儿,由于车开得太快,他有点晕车,他头靠在猪皮皮箱上,整天不说一句话,连东西都不想吃。

后来,他们又坐了两天船,那只船又小又挤,最后终于到达王老三所在的那座城市。一上岸,王二就雇了两辆人力车,两个孩子坐一辆,他自己坐一辆。拉两个孩子的车夫抱怨说太沉了,王二解释说这两个孩子还小,不算大人,再说其中一个因为有病,比一般的孩子还瘦。讨价还价半天,王二最后答应这辆车稍微多付些车钱,当然比另外再雇一辆还是便宜一点。车夫总算答应了。车夫按王二给的地址找到了地方,把车停了下来。王二从怀里掏出一封信,把信上的地址和门牌上的地址对了一下,的确没错。

王二这才迈步走出人力车,并且叫两个小伙子也下车。然后他又和车夫讨价还价了一阵,因为这地方并不像他们说的那么远,最后还是比原先讲好的价钱少付了一点。他抬着箱子的一头,叫两个小伙子抬另一头,准备走进一扇两边有石狮子的大门。

一边的石狮子旁站着一个当兵的,那人大喊道:"怎么回事?你们以为这扇门想进就可以进吗?"他把枪从肩上取下来,把枪托往地上使劲一砸,那副凶神恶煞的样子把他们三位吓呆了,王大的儿子吓得都发抖了,就连麻子一时都不知如何是好了,因为他从来没有在离枪这么近的地方站过。

王二急忙从怀中掏出他三弟的信让那个当兵的看,一边又对当兵的说:"我们就是信里提到的这三个人,这是我们的证明。"

可是这个当兵的不识字,于是他叫另一个当兵的来。第二个当兵的听他们说了一遍,认真地打量了一番,然后把信接了过去,谁知他也不识字,于是他把信拿到里面去了。过了好大一会儿他才出来,用大拇指朝里一指,说道:"没错——他们是连长的亲戚,让他们进来吧!"

于是,三人重新抬起箱子,经过石狮子进了大门,不过那个扛枪的士兵一直看着他们,仿佛很不情愿放他们进去,又仿佛依然很怀疑他们。他们跟着另一个士兵,穿过了十几个院子,每个院子里都有许多士兵闲待着,有的在吃喝,有的脱光了衣服在太阳底下捉衣服里的虱子,有的在那儿呼呼大睡。最后他们到了最里面的一院房子,中间一间房间里坐着王虎。他坐在桌边等他们,身上穿的是深色的制服,料子似乎是进口货,纽扣是铜的,每粒纽扣上都有一个符号,是冲压出来的。

看到亲戚走进来时,王虎赶忙站起身来,大声地叫一旁伺候的士兵去拿酒肉上来。他向二哥鞠躬,王二也向他鞠躬,并且叫两个侄子向叔叔鞠躬。然后他们依照辈分各自就座,王二坐在最上席,其次是王老三,两个孩子坐在他们的下首。仆人端来了酒,并为大家斟酒。这之后,王虎看了看两个侄子,突然粗里粗气地说道:"这个小子满脸红扑扑的,身体倒是够结实的,就是不知道他的麻脸后边到底有几分聪明劲,看上去怎么像个小丑?

二哥,我希望他不是个小丑,因为我不喜欢有太多的笑声。他是你儿子吧?——从他身上我看得到他母亲的一点影子。至于说这一个——我大哥难道就这两下子?"

王虎说这话时,那个面色苍白的小伙子把头垂得更低,上嘴唇都冒出冷汗了,他悄悄地伸手擦了擦,在整个过程中,他的头始终是低着的。王虎继续仔仔细细地打量他们俩,目光阴沉,连一向对什么都不在乎的麻子也被看得发毛,不知眼睛朝哪儿看为好,因此,他一会儿看看这里,一会儿看看那里,一会儿动动脚,一会儿咬咬手指甲。王二略感歉疚地说道:"三弟,这两个孩子的确不行。我们拿不出更合适的人,觉得太有负你的一番美意。大哥家的老大要在家里顶门立户,老三又是个驼背,我家的麻子是大儿子,他弟弟又太小。这两个眼下看来就算是最强的了。"

既已看清楚他的两位侄子是何等样子,王虎便叫一位士兵将他们俩带到边上一间房去,在那儿吃肉喝酒,并且说,不叫他们就不要再来了。那士兵准备领他们走,可是王大的儿子回头可怜巴巴地看着他叔叔,王虎见他犹豫不定的样子,便问道:"你怎么还不走呢?"

这孩子细声细气地答道:"我能不能带走我的箱子?"

王虎扫了一眼,见到了门边那个挺不错的猪皮皮箱,然后,他用轻蔑的语气说:"拿上吧,不过,以后这皮箱对你也没什么用处了,因为你得脱下袍子,穿上士兵们穿的制服。穿着绸袍是没法打仗的!"

听完这话,王大的儿子吓得面如土色,一声不吭地走了。房间里只剩下王二和王老三兄弟俩。

王老三好半天没说话,他这个人向来不会为了礼节去主动找话题的,最后还是王二开口问道:"你在想什么呢?是关于这两个孩子的事吗?"

王虎慢慢地说道:"不是的,我想的是,大多数我这个岁数的人都有了自己的孩子,而且都长大成人了。看到这光景,谁都会感到舒心的。"

"这有什么?你要是早点结婚,现在也有孩子了。"王二微笑着答道,"不过,这么长时间我们都不知道你在哪儿,爹也不知道,因此也没法为你娶媳妇。大哥和我都愿意为你操办这件事,你娶亲要花的钱我们也有。"

但是,王虎坚决地反对这种想法,他说:"不必了,你们或许觉得奇怪,但我的确对女人毫无兴趣。说来也怪,我还从来没见过一个女人——"他突然顿住,因为一个仆人端着肉进来了,弟兄俩再也没说什么话。

他们吃完之后,仆人便撤走了桌上的碗碟,送上来茶水。王二准备问问王老三到底打算带着银子和这两个年轻人去干什么,不过他不知如何开头为好。他还没想好用什么方法提问的时候,王虎却突然说:"我们是亲兄弟,相互理解。我全靠你!"

王二喝了口茶,然后小心谨慎地说:"既然我们是兄弟,你当然可以依靠我,不过我想先了解一下你的计划,才好知道究竟能为你做点什么。"

王虎将身子向前一倾,跟王二耳语起来,他说得很快,呼出的气像一股热风吹进了王二的耳朵:"我周围全是忠于我的人,有一百多人，他们全都讨厌那个老司令！我也讨厌他。我向往家乡的土地，我真不想看到那些矮个子的南方人。是的，我有的是忠于我的人。只要我一声令下，他们便会在深夜里跟着我杀出去。我们要打到有崇山峻岭的北方去，要是老司令来追我们，不等他和我们交战，我们就已经到好远好远的北方了，或许他也不会去追我们——他年纪太大，又整天吃喝、玩女人，而且在我那一百多人中，有许多是原先他手下最好、最强的人。当然不是那些南方人，而是我们更厉害、更勇敢的北方人！"

王二一向是个身材矮小、文质彬彬的生意人，当然，什么地方打仗了，他也知道，但他和打仗从来没有任何关系，只有一次，他父亲的家里曾经留革命军住过一段时间；他根本闹不清仗是怎么开始打起来的，他只知道打仗的地方若离得太近，粮价就上涨，离得远一点，粮价又会下跌。他从来没有和战争离得这么近，这个仗都打到他自己家里来了！他那小嘴、小眼睛似乎都变大了，他也对王虎耳语道："那么我这么个文质彬彬的人，能在这里面帮什么忙吗？"

"这个！"王虎说道，此时他的耳语已经像在铁板上打铁那么大声了，"我必须有许多银子，我自己的全部银子，加上我再问你借些银子，利息尽量低一点，到我混出名堂了就还你。"

"可是拿什么做担保呢？"王二屏住气问道。

"这个！"王虎又来这么一句，"我需要多少你就借给我多少，地里能收来多少你就借给我多少，直到我召集起一支大军，到北边我们那块地方去混出点名堂，我要成为整个地区的主人！然后，我的势力和我的领地会不断地扩大，随着我打的每一次胜仗，我会越来越强大，直到——"他停下来，似乎在望着某个遥远的将来，某个遥远的国度，仿佛一切都在他的眼前，他看得清清楚楚。王二等了一会儿，但等不及了。

"直到什么？"王二问道。

王虎突然站起来。"直到整个国家没有一个人比我更强大！"他说道。此时，他那耳语已经像大喊大叫一般。

"那么你到底要当什么？"王二惊奇地问道。

"我想当什么就当什么！"王虎大声说道。他那粗黑的眉毛突然向上一扬，并用手掌猛击一下桌子，王二听到啪的一声，吓了一跳，两人对视了一阵子。

王二从来没听到过这样的奇谈怪论。他可不是个爱想入非非的人，他最大的梦想也不过是晚上坐在账本旁，回顾一下这一年卖了多少，盘算一下下一年应该用什么保险的方法扩大自己的买卖。王二瞪眼看着他弟弟，他弟弟又高又大又怪，一对眼珠闪闪发光，像老虎的眼睛一样，两道黑眉像小旗似的。他这么一瞪眼，把王二吓得够呛，不敢说什么顶撞他的话。王虎那对眼睛实在厉害，王二的心缩成一团，明显地感受到了他弟弟的力量。然而，他依然十分谨慎，依然忘不了他那习惯性的谨慎，于是，他干咳一声之后，轻声说道："不过，这一切，于我、于我们究竟有什么关系？如果我们借银子给你，究竟有什么能做担保呢？"

王虎把目光移到他二哥身上，然后口气威严地答道："你以为我飞黄腾达之后会忘本吗？难道你们不是我的亲兄弟，你们的儿子不是我的亲侄子吗？有哪一个军阀在自己青云直上的时候不提拔他家族里的人？对你来说，难道有个当皇上的弟弟是件无所谓的事吗？"

当王虎盯着王二的眼睛时，王二似乎突然之间有点相信他三弟的话了，尽管他还不是很情愿，因为他从未听到过这等奇谈怪论。他理智地说道："至少属于你的那一份，我一定给你，另外，能借你多少我也尽量借，只要你真能像你说的那样步步高升。事实上，好多人以为自己能步步高升，但是并不是人人都能，这是毫无疑问的。"

王虎的眼睛里突然冒出火来，他坐下来抿紧了嘴唇，然后说："我明白，你很谨慎小心啊！"

他的口气又冷又硬，王二听了之后不免有点害怕，于是为自己辩解道："可是，我有家，有那么多小孩，而且孩子他妈岁数还不大，她还要生养，这一切全靠我来照看。你还没结婚，你不知道养那么一大家人是什么滋味，吃的、穿的又年年涨价！"

王虎转过身去，仿佛漫不经心地说道："我的确不知道，不过你听着，每个月我会派一个亲信去你那儿，他是个豁嘴，你一见就知道了。他能拿得动多少银子，你就给他多少银子。我的地尽快卖掉，尽可能卖个好价钱，因为我今后每个月要有一千两银子才行！"

"一千两！"王二因为吃惊，嗓音都变了，两只眼睛也呆了，"可你怎么花得了这么多银子呀？"

"我这儿有一百来个士兵，要吃、要穿、要买枪支弹药。要是不能很快俘虏来一批士兵的话，要想扩大军队，就一定得花钱买枪买炮。"王虎一口气说下来。他突然又来火了。"你不该问这问那！"他大声吼道，又拍了一下桌子，"我知道我应该干什么，在我飞黄腾达、称霸一方之前，我必须得有银子！等到有了一块地盘，如果愿意，我可以征税。但是现在，我必须有银子。你要是站在我一边，到时少不了奖赏。要是不站在我一边，我只当没有你这个亲哥哥！"

说最后几句话时，王虎把头伸到离王二很近的地方。看到浓黑眉毛下那双凶狠的眼睛，王二急忙缩回脑袋，咳嗽了一声，说道："欸，我当然站在你一边啰！我是你哥哥嘛！可是，你什么时候才开始行动呢？"

"你什么时候可以卖掉我那些地呢？"王虎问道。

"马上就要过麦秋了。"王二慢吞吞地答道，一边答一边思考着、犹豫着，因为方才听到的一切已把他搞得头晕目眩了。

"这么说，人们手里很快就有钱了，"王虎说，"在稻子种下去之前，你可以卖掉一些地，没问题。"

这话的确不假，王二因为害怕，也根本不敢反对他这位脾气古怪的弟弟，他明白这件事好歹得想办法办了才行。于是，他站起身来说道："如果事情这么急的话，我得马上回去，看看我能干点什么，因为麦秋收来的那点钱很快就会花完了，人们又觉得自己没钱了，于是又开始忙乎地里种的那点东西了，到时候想叫他们花钱买太多的地就不太可能了。"

王二一刻也不想多待，这个地方到处是恶狠狠的人，到处是枪炮，他想马上离开。他只到那两个小伙子在的隔壁房间去看了看，他们俩坐在一张长凳上，前面是一张没上油漆的方桌，桌上放着吃的东西，也就是王虎刚才请王二吃饭时吃剩下的肉，拿来给孩子们吃也就够不错了。王二的儿子一个劲往嘴里塞，吃得挺来劲的。不过,王大的儿子一向讲究得很,当然不习惯吃这种别人吃剩的东西,他坐在那儿,用筷子稍稍拨一点米饭吃,根本不去动那些别人吃剩的肉。王二忽然感到很不舍得离开这两个孩子,尤其是自己的孩子。有一刹那,他忽然产生了疑问:究竟该不该把自己孩子带到此地来。但是,这事已经开始了,他没法再退回去了,于是,他只说道:"我回去了,我唯一要交代你们俩的就是听三叔的话,从现在开始,你们就是他的人了。他这个人很凶,又没耐心,你们出了错,他绝不会原谅的。不过,假如你们听话,他说什么你们干什么,那么你们有朝一日会被提拔上去的。你们三叔的命运是写定了的。"

然后,他急忙转身走了。他控制不住自己的感情,他没想到同自己儿子分别是那么不好受的事。为了宽宽自己的心,他自言自语道:"好了,不见得每个小伙子都有这种机会的,如果这是个机会,那总是个好机会。他总不至于只当个小兵的,只要这事办成了,好歹得给他个什么官当当。"

他决心好好干,为了成功,尽力去干;至少看在儿子的分上,他是一定要全力以赴的。

王大的儿子一见他二叔要走,就开始大声哭起来,王二急忙走开了。但哭声像是在追他似的,他很快跑到有石狮子的大门口那儿,总算再听不到了。

八

儿子竟然干起这种行当了,要不是王龙的魂灵远在千里之外,他非气得从坟墓里跳出来不可。王龙一辈子最恨的就是打仗和当兵的,现在居然要把他那好端端的土地拿去卖掉,居然要拿这个钱去支持老三打仗;但是,王龙照旧睡在那儿,而且根本不会醒来,没有人能挡得住王龙的儿子们干正在干的事情,只有一个人例外,就是梨花。她一直不晓得他们在干些什么。王大、王二都怕她,因为她对王龙最忠心耿耿,因此,他们什么事都瞒着她。

王二回到家之后便约他哥哥到茶馆去,在那儿可以安安静静地边喝边谈。不过,这一次王二挑了个十分僻静的角落,两边的墙上既没门也没窗,坐在那儿,有谁走过来他们都能看到。他们把脑袋凑在一起,轻轻地嘀咕着,还不时用点暗语和黑话。王二跟他哥哥讲了王虎的计划,回到自己家重新过起从前的普通生活之后,他越来越感到三弟的那套计划像一场梦——一场黄粱美梦。可是,王大一边听一边被迷住了,觉得这件事很美妙,又并不难做。随着计划一步步摊开，王大这个身材硕大、头脑幼稚的家伙越来越激动，因为他看到自己升到了想都不敢想的高位——皇上的哥哥！他这个人没有多少文化，智力平平，而且是个爱看戏的人。在他看过的戏里，许多讲的都是古代英雄伟人的事迹，这些人起先不过是普普通通的老百姓，后来因为武艺高强、计谋超群，终于建立了自己的王朝。他看到自己是这种人的哥哥，而且还是大哥，他的眼睛放出光来。他用沙哑的嗓子低声说道："我一直说我们三弟跟别的小伙不一样！当初就是我求咱爹不叫他下地，让他完全和别的地主家的孩子一样，还为他专门请了先生，教他懂得各种事情。我三弟绝不会忘记他大哥为他做过的事情，如果不是因为我的话，他还在咱爹的地里当着乡下人！"

他自鸣得意地朝下看了看，在肚子上摸了摸，把身上穿的紫色绸袍理平。他想到他二儿子以及他全家将会步步高升，他自己可能被封为王爷，他弟弟要是当了皇上，那他毫无疑问要成为亲王。在他读过的书和他在戏院里看的那些戏里有许许多多这一类的故事。王二则在清醒之后，对三弟的计划越来越怀疑了，说真的，那套冒险的计划与这座宁静的小城实在是相去甚远。不过，当他看到他大哥因对将来的憧憬而想入非非的时候，他又不免产生嫉妒的心理，他的那种谨慎使他变得贪得无厌，他暗自思忖道："我一定得非常小心才是，万一老三的梦想倒真实现了呢？万一他的梦想成功，哪怕只成功了十分之一呢？我一定要准备好分享他的成功，因此，决不能过早抽身不干。"接着他大声说道："话是不错，不过，是我为他筹划银子，没有我，他什么也干不成。在他飞黄腾达之前，他一定要有大笔的钱，而他上哪儿去弄那么多钱,我也不知道。我毕竟只是个小富翁而已,和那些真正的有钱人几乎是不能比的。头几个月的钱我可以靠卖他的那份地搞到,接下来,你和我再卖掉些我们的地。但是,如果到那时候,他还上不去,那我们怎么办呢?"

"我会帮他的——我会帮他的——"王大急匆匆地答道。此时此刻,他简直不能想象有谁能比他更多地帮助他三弟。

这两个人急忙站起来,王二说道:"让我们再到地里去看看,这次我们真要卖地了!"

和上次一样,这一次当他们走到地里时,他们又不约而同地想起了梨花,他们没有走近那座土房子。他们从城门口雇了两头毛驴,骑上毛驴沿着田间的小路走。毛驴的主人是个小伙子,跟在毛驴后面跑,边跑边抽打和吆喝毛驴,催它们快跑。他们往北走,远远地离开了那座土房子和那片地。王二骑的那头驴跑得还不赖,王大骑的那头实在吃不消王大那块头,它的细腿晃晃悠悠直打战。王大越长越胖,刚刚四十五岁,他的腰已经又粗又圆,脸颊上的肉厚得都垂下来了,像臀部的肉似的,看他这副样子,再过十年,他准会成为镇上和乡里都闻名的大胖子。这样一来,他们有时不得不停下来,等一等王大骑的那头驴,不过,总的来说,两头驴跑得还是够不错的。这一天,他们把在上次标好要卖的地上干活的佃户全部见了一遍。王二问了每个人是否想买自己正在种的这块地,如果要买,打算几时买,多久能付钱。

既然王虎需要银子,他们决定把最大的一块地给他。这块地离城最远。种这块地的是一个富足的农民,他善良、勤恳,很早就开始在王龙的土地上辛勤耕耘了。他后来娶了一个城里的丫

081

鬟，那是个健壮、诚实、咋咋呼呼的女人，她怀孩子时还照样干活，并且逼她丈夫比独身时更拼命地干活。他们的日子越过越兴旺，租王龙的地也越租越多，直到后来租了大片的土地后不得不雇人帮他们种地。不过，他们自己也照样下地种田，他们这一对夫妇是很懂得勤俭节约的。

这一天，王家的两兄弟专门来找这个人。王大说道："我们的地多的是，不过我们需要银子搞点别的买卖，要是你想买你种的这几块地，那就太好了，我们卖给你。"

这个农民眼睛瞪得老圆，跟牛眼睛似的，嘴巴张得老大，他说话时舌头总是舔着牙齿，发出含混不清的咝咝声，他没法控制，他一向就是这样讲话的："我没有想到你们家这么快就打算卖地了，想当初你们的爹对地抓得多紧呀！"

王大把嘴往下一撇，郑重其事地说："就是因为他太喜欢地了，他给我们甩下了一个好重好重的包袱。他的两个小老婆要我们养活，其实她们俩谁都不是我们的亲生母亲，大的那个爱吃爱喝，又爱打牌，人又不精明，打牌经常输。地里的钱来得慢不说，还得看老天爷高兴不高兴。我们这种家庭，花钱总得大方一点，如果家里又穷又寒酸，还不及老人家在世时那样有排场，那又显得太不体面了。为了维持这个家，我们不得不卖掉点地。"

当他大哥在那儿滔滔不绝地讲话时，王二在一旁坐立不安，又是咳嗽，又是皱眉头，他觉得他大哥简直只比傻瓜强一点，因为如果让人看出你急于将货物推销出去，那么价格自然要往下跌。他赶紧接过话头说："不过，有好多人都在问我们的地，他们都想买哩，因为谁都知道在我父亲买下的地当中，这几块可以算这一带最棒的了。要是你不想买你租的地,早点告诉我们,有好些人还等着呢!"

这位龅牙的农民很喜欢他种的这片地。每一寸土地的情况,哪块地在哪儿,哪块地有坡,为了确保丰收应该在哪儿挖条水渠,他都一清二楚。他往地里上了不少好肥料,不单是他自己家人与牲畜的粪便,他还背起粪桶大老远地跑到城里去拾粪,为了拾粪,他经常一大清早就起身。想想他自己所背过的那些臭粪,想想自己在这些地里所下的功夫,他总觉得要是就这样轻易地把这些地让给别人,那可实在太糟糕了。于是,他吞吞吐吐地说:"嗯,原先我倒没想到马上就买这片地,我盘算着兴许这片地要到我儿子成家立业时才能往外卖哩。不过,要是你们打算马上就卖,那我得想一想,明天再告诉你们我的想法。那么,你们打算卖什么价呢?"

弟兄俩相互看了一眼,王二抢在他哥之前开了腔,因为他怕他哥把价报得太低了:"价钱是公道的,一亩地五十两银子。"

对离城这么远的地来说,这个价钱是够高的,肯定卖不到这个价钱,双方心里也都明白,不过总算有了个讨价还价的起点罢了。然后这位农民答道:"像我这么穷,这个价可付不起。不过还是容我想一想,明天再答复你们吧。"

王大急于成交,于是他又加了一句:"稍微多点少点,问题也不大嘛!"

王二狠狠地瞪了他一眼,并拉了拉他的袖子,生怕他再说蠢话,接着就领他走了。那个农民在他们身后喊道:"明天想好了我会来的。"

话是这么说,其实他的意思是非得和老婆商量不可,不过要一个男子汉承认自己把老婆的话当回事,那未免太丢人了,于是为了给自己留点面子,他只好那样说。

当天晚上,他和老婆说了这件事,第二天他就到城里那两兄弟住的地方去找他们,他在那儿和他们争争吵吵、讨价还价,就像当年王龙买这些地时那样。那时,王龙为了买这些地也是与那户人家费尽口舌,现在,那家人的房子已经荡然无存,只剩下一堆破砖烂瓦。那个农民与王家两兄弟最后总算讲定了价钱,比原先王二的要价低三分之一,这个价格还算公道。那个农民很乐意出这个价,因为这个价正好和他老婆讲的一样,他老婆曾经交代他,实在讲不下价来,就可以按这个价买下。买卖就这样成交了,农民问道:"钱怎么付,是付银子,还是付粮食?"

王二立即答道:"一半付银子,另一半付粮食。"

王二是这样想的:有了粮食还可以倒卖一两次,再赚点钱出来,而且这也不算揩他弟弟的油,因为他毕竟花了气力去倒腾粮食,从中得点利润也是理所当然的事。谁知那个农民却说:"我可凑不齐那么多银子。我先用银子和粮食各付三分之一,剩下的三分之一,等明年过完秋再给你粮食。"

王大一本正经地转了一下眼珠,跺了跺脚,他们在大厅里坐在一起,王大挪了挪自己的椅子,说:"可是你怎么知道明年天气怎么样?能下多少雨?我们怎么知道明年到底能不能得到你的粮食呢?"

这个农民低声下气地站在他的地主——两位富有的城里人——面前,未曾开口先哑了一下嘴,然后耐心地答道:"我们种地全靠老天保佑,你要是怕不保险,最好还是把地收回去。"

最后还是按这个农民说的办法定了,第三天,农民带来了银子,他不是一下子而是分了三次才把银子都从怀里掏出来,每包银子都用蓝布裹着,藏在他的怀里。每次掏银子,他的动作都很慢,脸上露出痛苦的表情,很艰难地把银子搁到桌上,仿佛很伤心似的。他的确心疼得很,这些银子凝聚了他多少年的心血和汗水啊!为凑够这笔银子,他东抠一点,西抠一点,东借一点,西借一点,要不是平时精打细算、省吃俭用,这次根本凑不足。

可是,在王家这弟兄俩眼里,除了银子,他们什么也看不到。他们在收据上盖了印,那个农民叹了口气离开了。王大带着轻蔑的口气说:"嘿,这帮乡下人总是这副样子,总说他们日子过得多么苦,挣得多么少。可是我们谁都想像他这样挣银子呢,我敢说,他挣这点银子根本不是什么费劲的事情!他们能从地里这么一大笔一大笔地敛银子,以后非好好地敲他们一笔不可!"

说完,他捋起长长的丝绸袖子,搓搓那双白嫩的手,他捧起银子,再让银子从指头缝中漏下去。他那手指头很胖,而且像女人的指头一样,每个关节那儿还有个浅窝。王二收起了银子,王大挺不情愿地看着。王二又快又熟练地把银子又点了一遍,尽管早已点得清清楚楚了。他像店员那样干净利落地把银子分成十两一包,用纸封好。王大很不情愿地看着老二把银子一包包封好,最后他带着期望的口气问道:"我们用得着把银子都给老三送去吗?"

"要送去,"王二冷冷地答道,他看出了他大哥的那副馋相,"我们一定要马上给他送去,不然他的事就要吹了。另外,我还得尽快把粮食卖了,准备好银子等他派人来取。"

可是老二并没有告诉他大哥,他打算把粮食再倒腾一两次。对这些商人的把戏,王大一窍不通,于是他只能坐在那儿叹气,眼睁睁地看着银子流失。他二弟走后,他在那儿坐了一会儿,感到很难过,感到自己穷得像遭了抢劫似的。

梨花对这一切一无所知。王二这家伙比谁都精,他做任何事都从不向人透露,即便是给梨花捎去她的生活费时,他也不向她透一句话。根据王虎留下的话,老二必须每月给梨花送去二十五两银子,她第一次接到这笔银子时,曾轻声说:"怎么多出来五两呢?我记得应该只有二十两呀,要不是老爷留下的这苦命的孩子,我连二十两也用不了。这五两我可没听说过。"

王二回答道:"拿着吧,我三弟说了要你收下,这是他那份里面的。"

梨花听到这话,马上点出五两银子推到一边,手颤颤悠悠的,好像害怕被银子烫着似的,她说:"我不要这个钱——除了我该得的这份之外,我什么都不要!"

起先,王二还想硬要她收下,但是,接着他想到借钱给他三弟去闯天下对他来说是多大的一种风险,想到他自己辛辛苦苦来回奔走却没得到任何报酬,他还想到三弟闯天下的事很可能失败。想到这一切之后,他抓起了梨花放在桌上的银子,小心翼翼地放到怀里,然后用他细小、平静的声音说道:"好吧,这样也好,既然大姨太已经拿了那么多了,你少拿点也行,我去跟三弟说。"

看到梨花这个脾气,他最终忍住了没说,连她住的这房子也是属于老三的,现在她陪着傻丫头住在这儿,对他们都有好处。他走了,从此再没跟梨花多说过什么话,而梨花除了偶然有事去城里同他们见过一两次面之外,也没再到城里去见过王家的人。有时,多半是两个季节交错之际,她倒是见到过王大。春天,王大来给佃户们称种子,当然,实际上他不过是高高地往那儿一站,称种子的事全是他雇来的帮手干的。另外,在收获季节到来之前他也会来估估产量,这样他就可以知道佃户们是否在骗他,因为佃户们总是向他抱怨年景不好,雨太多了或雨太少了,等等。

他一年要这样跑好几趟,每趟都热得满头大汗,又累又烦,见到梨花也不过哼哼两声算是打过招呼。尽管每回见到王大,梨花都恭恭敬敬的,但她总是尽可能不和他讲话,因为他越来越粗俗邋遢,而且总是色眯眯地偷觑女人。

看到王大经常来来回回,她以为土地的情况还是老样子。王二照看他自己的地和他三弟的地,也没人想着要告诉她点什么。她这个人沉默寡言、性情孤僻,除了小孩,别人很难同她搭上话,因为这一点,尽管她人挺温顺的,人们还是有点怕她。除了最近刚结识的几位尼姑之外,她几乎没有任何朋友。这几位尼姑所在的尼姑庵离梨花住的土房子不远,灰砖的房子,坐落在一片青翠宁静的柳林之中。她们来为她讲经,她高高兴兴地接待,她们一走,她就惦念她们,她希望能多背会一些经文,好超度王龙的亡灵。

要不是王大家的驼背儿子,梨花可能永远也不会晓得卖地的事。就在那个农民买头一片地的那一年,这孩子远远地跟在他爹后面,因此王大到地里的时候并没发现有人跟着。

这孩子脾气特别怪,和大院里哪个孩子都不一样。他一出生,他妈就讨厌他,谁也不知是为什么,也许是因为他不像别的孩子那么红润健康,那么讨人喜欢,或者是因为她怀他和生他时心情烦躁。因为不喜欢他,所以她马上雇了个奶妈来奶他。奶妈也不爱他,为了他,奶妈没法照看她自己的孩子了。奶妈说他的眼睛里有股子邪气,那神情根本不像是个这么小的小孩应该有的。她还说他毒得很,吃奶时故意咬她。有一回,她抱着他喂奶,突然尖叫一声,把他扔到院子里的砖地上。人们出来问是怎么回事,她说孩子咬她奶头,咬得直流血,说着就敞着怀让大家看,她没瞎说,奶头真的在流血。

从那时起,这孩子就开始驼背了,似乎他全身向上长的劲都聚到背上这块疙瘩上了。人人都称他"驼背",连他父母也这么叫他。他知道自己是个可怜虫,家里又还有别的儿子,没人会为他操心,他连书都不用读,一点事也不必做,于是,他很小就学会如何躲避人,特别是躲避那些老拿他的驼背开心的孩子。他常常独自在街上徘徊或是悄悄跑到老远的乡下去,走时一瘸一拐的,背上还得驮着那重重的包袱。

那天是收割的日子,驼背悄悄地跟在他父亲后边,尽量不让他看到,驼背知道,在这种日子里,他父亲因为非去地里不可所以脾气总是很坏。他跟踪到土屋附近时,他父亲从土屋边走过去了,他却想看看坐在土屋门前的是谁。

原来那是王龙的傻女儿,她像平时那样坐在那儿晒太阳。从体格上看,她毕竟已经是个成年女子了,再说她都快四十岁了,已经有几丝白发了,但她仍然是个可怜的孩子,只知道坐在那儿做鬼脸,折衣服角。驼背惊奇地望着她,因为他从来没见过她。于是,他也开始对她做鬼脸,笑话她,当他捻手指发出噼啪声时,那可怜的家伙吓得喊出声来。

梨花跑出来看是怎么回事。一见到梨花,驼背急忙一瘸一拐地跑到小竹林里躲起来,像个野生的小动物似的偷偷地向外张望。梨花已经知道他是谁了,她淡淡一笑,微笑中透出凄凉的神情。接着,她从怀里掏出一块小甜饼,她经常揣着这种小甜饼,是用来哄那个傻姑娘的,傻姑娘有时候会莫名其妙地突然发起脾气来,不肯听话。梨花掏了一块饼给驼背,他开始呆呆地瞪眼看着她,最后终于从竹林中爬出来,抓住甜饼一口塞进嘴里。她连哄带劝地终于把他带到门口的一条长凳上坐下,让他坐在她旁边。她看到这可怜的驼背歪歪扭扭地坐下了,她也注意到,在背上重负的压迫下,他那张脸显得十分瘦小、疲乏,他的目光深沉,充满忧伤,她除了知道他个头瘦小之外,根本看不出他究竟算是大人还是孩子。她伸出胳膊搭在他弯曲的脊背上,然后用充满怜悯的语调轻轻地说:"告诉我,小弟弟,你是不是我老爷的孙子?我听说他有一个孙子和你一样。"

这孩子郁郁不乐地甩开她的胳膊,点了点头,又摆出一副要走的架势。她用好言好语劝他,并且又给了他一块小甜饼,然后微笑着对他说:"我觉得你嘴这一块长得很像我那死去的老爷,他就埋在那边的枣树下面。我很想念他,我真愿意你常常到这儿来玩,因为你长得有点像他。"

居然有人愿意要他去玩,驼背可从来没听到第二个人对他讲过这样的话。以前,尽管也是个富家子弟,他却总是被弟兄们推过来搡过去的,连仆人们也不把他当回事,总是到最后才伺候他,因为他们知道驼背的母亲不喜欢他。他可怜巴巴地看着梨花,嘴唇开始颤抖,突然他哭起来了,尽管他自己也弄不清为什么要哭,他一边哭一边说:"我希望你别逗我哭了……我也不知道我为什么要这样哭……"

为了安慰他,梨花用手臂揽住他那隆起的脊背,尽管他嘴上不会这么说,但是他感到这是他得到过的抚爱之中最甜蜜的一次,他不知不觉地感到受到了极大的安慰。梨花并不是一直在可怜他。在她眼里,他的背似乎变直了,变得同其他的小伙子一样了。从这天以后,驼背就常常到土屋来玩,反正没有人会留意他上哪儿去了或是在干什么。日复一日,驼背的灵魂受到了陶冶,她对他的确有一套办法,她使驼背觉得她依赖他,为了照顾好傻子,她需要驼背的帮助。以前,任何人都没有找驼背帮过任何忙,这样一来,驼背渐渐变得文雅起来,随着时间的推移,原先他身上的那股邪气消失了。

要不是这个孩子,梨花也许永远也不会知道卖地的事。这孩子倒也不是有意把这件事透露给她的,他是什么事都对她讲,东聊西聊。有一天,他说:"我有个哥哥要当兵了。我三叔以后要当大将军,我哥现在跟着我三叔学当兵哩。我三叔以后还要当皇上,到时候我哥就在他手下当大官,我听我妈跟我说的。"

他说话时,梨花正坐在门边的一张长凳上,她一边看着远处的田野,一边轻声轻气地说:"你三叔真的那么行吗?"她停了一下,又接着说,"我倒希望他不当兵,因为打仗太残酷了。"

可是,这孩子大声嚷道:"他当然行啦,他一定会成为最伟大的将军。我觉得,一个士兵要是勇敢,当上了英雄,那是一个男子汉能做的最了不起的事!他要是成功了,我们都跟着沾光。在他成功之前,我爸和我二叔每个月都给三叔捎银子,来我家取银子的是个豁嘴的大个子,样子可难看了。不过,这些银子,将来三叔都要还给我们的,我听到我爸跟我妈说的。"

梨花听到这个话,心里升起一小片疑云,她沉思片刻,然后装着好像是纯粹出于好奇,随便问问一件不要紧的事情那样细声问道:"我不明白,哪里来那么多银子呢?是你二叔从他店里借的吗?"

这孩子为自己知道那么多事情而有几分得意,便傻乎乎地答道:"不是,他们把我祖父的地卖了。我经常看到那些农民到我家来,从怀里掏出一个小布卷,打开小布卷,里面都是银子,银子倒在我父亲屋里的方桌上,像星星那样,闪闪发亮。我见到好多次了,我站在一边看,他们也不管我,因为我最无关紧要。"

梨花突然站起身来,驼背不解地看着她,因为她平时动作一向是很慢很轻的,她也注意到了自己的失态,于是十分温和地对他说:"我刚才突然想起一件事,非办不可。我走开的时候,你能帮我照顾一下傻丫头吗?除了你,交给谁我都不放心。"

能为梨花做这件事,驼背感到很骄傲,他根本不记得自己刚才说了些什么话了。梨花在收拾东西准备上路时,驼背有几分得意地坐在那儿,手里拿着傻子的一件衣服。梨花看到他在那儿坐着,于是顺手拽出一件黑色上衣,就急匆匆地穿过田野出发了。

在这两个可怜的人身上不知有一种什么东西，在这种情况下居然还能拉住梨花，让她再回头看他们一眼，而且能叫她把心事放在一边，冲着他们俩露出一丝微笑，虽然有点凄凉，但很温柔。但是她不得不抓紧时间赶路。即便她满怀爱意地看着这两个她所爱的人——事实上除了他们，她现在谁都不爱了——她胸中的愤怒仍要冲出来；即便她的愤怒往往很平静，但毕竟也是一种坚定有力的愤怒，她的心怎么也静不下来，除非她找到老大老二，问明白他们究竟是如何处置他们父亲留下的好地的，就是王龙临死前再三叮嘱他们要留给后代的那些好地。

她在田间狭窄的小路上匆匆走着，路上只有她一个人，除了远处一两个穿蓝棉布衣服的弯腰种地的农民之外，什么人都看不到。看到这情景，她的眼里噙满了泪水：这些天来，她的眼泪很多，出来得很快，因为她又想起了王龙。以前，王龙也经常在这些小路上走过来走过去，他十分珍爱他的土地，有时他会抓起一把土在手心里翻过来倒过去，他爱地爱到都舍不得租出去，即便租出去也最多租一年，因为他要保住自己的地——可是，现在他的儿子们竟然把他的地卖了！

虽然王龙已经去世了，但他一直和梨花生活在一起，对她来说，王龙的灵魂始终在这些土地的上空盘旋，她相信，如果地真的被卖掉了，王龙肯定会知道的。的确如此，不论白天还是晚上，常常会有一阵凉风向她脸上袭来，或是一阵旋风沿着路边刮过去，这种风很厉害，谁都觉得害怕，据说，这一定是死者的灵魂刚刚从这里经过。每当梨花脸上感到一阵这种风的时候，她总要抬起头来微笑，因为她相信这很可能就是王龙的灵魂。王龙这个老人对她来说就像父亲一样，但是比她的亲生父亲还要亲，因为正是她的亲生父亲把她卖给王龙的。

怀着这种王龙就在她身边的想法，她继续急匆匆地在田间穿行。她看到地里的庄稼长得很好，已经五年没闹灾荒，今年看来也不会。地里的麦子长势喜人，不过离收割还有些日子。她经过一片麦地，突然一阵微风刮来，麦田里卷起一串涟漪，银白色的，又光又滑，像是有人用手抚摸过似的。梨花笑了笑，不知道这是一阵什么风，这阵风在她的心里徘徊着，随着风消失在麦田里，麦子恢复了平静，她的心才又平静下来。

她走到了城门口，那里有许多卖水果的小贩。她低着头只管往前走，从不抬头看别人。谁也没有注意到她，她又小又瘦，也不像从前那么年轻了，她穿着一件黑褂子，又没涂脂抹粉，男人们哪一个都不会去看她的。她就这样往前走着。如果有什么人注意到她那张平静而苍白的面孔，是怎么也想不到这个女人心中正蕴藏着极大的愤怒的，想不到她会下决心去痛斥老大老二，想不到她会有这样的勇气。

走到城里老大的大院门口，她没有通报就直接闯了进去。看门的老头正在打盹，嘴巴半张着，露出他那稀稀落落仅有的三颗牙齿。梨花走进来时，他吃了一惊，不过一看是他认得的梨花，于是没管她，又接着打盹了。她按原先想好的，直奔王大的家，因为尽管她从心里不喜欢王大，但是，要感动王大总比说服贪婪的王二更有希望一点。她知道王大这个人蠢是蠢一点，不过有时心并不那么坏，很少故意使坏，如果不需要太麻烦他的话，他有时倒也肯发发善心。可是，老二那双冷冰冰的小眼睛可真叫她发怵。

她走进前院，有一个男仆在院子里待着，像是在等待着什么，另外一个挺漂亮的丫鬟从屋里偷偷溜出来，想捂住这个男仆的眼睛。梨花客客气气地对这个丫鬟说："孩子，告诉你太太我来了，有点事找她，不知她能不能见我。"

王龙死后，王大的太太对梨花似乎友好了一点，反正比对荷花友好得多，因为荷花太粗野，说话太随便，梨花就从来不那样讲话。在后来全家人聚会时，王大的太太甚至会对梨花说这样的话："你跟我毕竟要比跟别人近乎得多，因为咱俩的心眼比他们好，比他们善。"

后来她还对梨花说："有时间过来跟我聊聊尼姑们讲的关于菩萨的事情。这一家人中，就咱俩是真心诚意信佛的。"

她这么说是因为她听说梨花会听离土屋不远的尼姑庵里的尼姑讲经。因此，梨花现在来找她，那个漂亮的小丫鬟不一会儿就出来了，一双眼还在那儿东张西望，想看看刚才那个男仆还在不在。她对梨花说："太太说叫您进去，在大厅里坐着等她一会儿，她念完经马上就来。她每天早上一定要念经的。"

于是，梨花走进大厅，在大厅一侧的一张椅子上坐下。

王大这一天正好起身很晚，因为他头天晚上到城里一家饭馆赴宴去了。宴席颇为讲究，有上等的好酒不说，每位客人身后还有一位漂亮的歌女陪着，歌女专管斟酒、唱歌助兴、陪客人说话及做客人要她做的任何其他事情。王大美美地吃了一顿，酒也比平时喝得多，陪他的歌女是最漂亮的，讲话嗲声嗲气，看上去不过才十六七岁，但她那风骚劲倒像是有十多年陪客经验的老手。

王大喝得实在太多，到第二天早上他还记不起来前一天晚上的情景，他走进大厅时，脸上挂着笑容，边打哈欠边伸懒腰，根本没注意到厅里有人。实际上王大这天早晨什么都不留心看，心里还在美滋滋地回想头天晚上那个姑娘同他调情的样子：她悄悄地把她那凉凉的手指头伸进他衣领后面，轻轻地挠他的脖子。想到这里，他心里盘算着要去问那位做东的朋友这姑娘住在哪里、是哪家酒店的，他要找到她，看看她究竟是干什么的。

他大声地打着哈欠，把双臂伸过头顶伸了个懒腰，然后拍拍大腿使自己清醒得快一点。他就这样逍遥自在地步入大厅，身上只穿了一件绸子睡衣，赤着脚，蹬着一双缎面的拖鞋。接着，他的目光忽然落到了梨花身上。一点不错，就是梨花，她穿着一身灰黑的褂子，一声不吭地、笔直地站在那儿，像个影子一样，然而她的身子颤抖得厉害，因为她十分厌恶王大。王大绝没想到会在大厅里见到梨花，急忙把双手放下，闹得连这个懒腰都没伸舒服。他又仔细瞪眼看了她一下，发现的确是她，他便尴尬地咳嗽了一声，然后挺客气地说道："没人告诉我大厅里有人。我太太知道你来了吗？"

"她知道了，我叫人告诉她了。"梨花说，一边说，一边向他鞠了一躬。接着，她便犹豫起来，她暗自思量道："我现在就说，把我想说的话对他一个人先说出来，这样或许更好一些。"于是，她开始急急忙忙地说起来，比平时讲话快得多："我其实是来见大少爷您的。我痛苦极了——我都不敢相信这件事是真的。老爷生前说过，这地千万不要卖。但是，现在你们在卖地——我知道你们在卖地！"

梨花只觉得一阵红潮慢慢涌上脸颊,她一下子气得不得了,控制不住自己,哭泣起来。她咬住嘴唇,抬眼盯着王大,她十分讨厌他,简直都不愿正眼看他一下,但现在为了王龙,她居然这么做了。不过即便如此,她所看到的也只是王大那脖子上黄黄的肥肉,那是因为衣领没扣好而露在外面的,还有那眼睛下面耷拉着的眼袋肉以及他那完全翻在外面的发白的厚嘴唇。当王大见到梨花的目光落在自己身上时,他不知所措了,因为他特别害怕女人发火,于是,他转过身去,假装是为了体面起见必须扣上扣子。然后他回过头来,急急忙忙地说:"你别听人家胡说——根本没这回事!"

梨花更加激动了,谁都没有见她这么激动过:"不,肯定有这回事——告诉我这件事的人是个从不撒谎的人!"她不能说出她是从哪儿听来的,她担心王大要打他那驼背儿子,因此她没说出驼背的名字。她接着说:"我真没想到老爷的儿子会这么不听他的话。我是个软弱的女人,你们谁也不把我当回事,但是我还是要说,我要告诉你们,老爷会替自己报仇的!别以为老爷离我们很远,他的魂灵就在他土地的上空,他要是发现地被卖了,他一定会想办法教训那些不听话的儿子的!"

她讲这番话时,语气有些异样,眼睛瞪得很大,眼神十分严肃,嗓音低沉而阴冷。这么一来,王大真有点莫名其妙地害怕起来,别看他块头挺大,其实他最容易被人吓唬住了。谁都别想劝他晚上一个人到墓地去,他嘴上不说,但是心里真的相信那些关于鬼魂的故事;尽管他可以装作没事似的一笑了之,但从心里讲,他是相信那些鬼故事的。因此,当梨花讲完这番话后,他急忙说:"就卖了一小块地——那是我三弟的,他等着用银子,再说他一个当兵的,要地也没有用。我保证以后再也不卖了。"

听完这话,梨花刚要张口说话,谁知王大的太太进来了。这天早晨她怨气很大,对王大非常恼火,因为他头天晚上喝得醉醺醺地回来,还一个劲谈起他所见到的这个和那个女人。一见到王大,她便轻蔑地看了他一眼。王大连忙大大咧咧地点头微微一笑,装作什么事也没发生过。然而,他却在偷偷地察言观色。他暗自庆幸正好梨花在这儿,因为他太太比较顾面子,有梨花在场,她说话毕竟会有所顾忌。于是,他口齿又开始变得伶俐一点了,还正儿八经地摸摸桌上的茶壶,看看茶还热不热。他说:"啊,正好,孩子他妈来了,你看这壶茶够热了吗?我还没吃早点,正准备到茶馆去喝点茶。那我就走了,不打扰你们了——我很清楚,女人们在一起总要谈点我们男人们不便听的东西。"他干笑了几声,他太太依旧一言不发,还冷冷地瞥了他一眼,搞得他很狼狈,于是他赶紧哈着腰溜走,因为走得太快,身上的肉都颤悠起来了。

王大在场时,他太太什么也没说,只是端坐在椅子上等王大离开,她的后背离着椅子靠背好远,她是一向不靠在靠背上的。她看上去真是一副太太的架势,穿一件平滑的缎子衣服,蓝灰色的,头发梳得油光光的,盘得好好的,尽管还不到中午,这时候,大多数的太太可能还躺在床上翻身,或者伸手去拿茶杯喝头一口茶呢。

看到她男人走了之后,她长叹了一声,然后板着面孔说道:"没有一个人知道我和这个男人过的是什么日子!为了他,我献出了自己的青春和容貌，而且不管日子多么难过，我也从不抱怨，即使是在我生了三个儿子之后，即使是在他娶了一个普通人家的女儿、一个我可能雇来当丫鬟的女人之后，我都没抱怨过。尽管我看不惯他的做法，但是他所做的一切，我都容忍了。"

她又叹了口气。梨花看到，尽管王大太太的举动不免带点装腔作势的成分，但她的确是够伤心的。为了减轻她的忧愁，梨花说道："我们谁不知道您是位贤惠的太太呀！连尼姑们都对我说您学仪式学得真快，比她们教过的任何一个尼姑都快。"

"她们是这么说的吗？"王太太高声地问，心中十分高兴，接着她便说她读了哪些经文，一天读几遍，以及她如何发誓吃素。她还说，普通人应该严肃地考虑关于未来的事，因为在痛苦的人生的循环再次开始之前，所有的灵魂最后不是在天堂休息就是在地狱受罪，善有善报，恶有恶报，等等。

她就这样滔滔不绝地聊着，梨花一边在听她讲，一边在考虑自己能不能相信刚才王大所做的不再卖地的保证。对梨花来说，要相信王大的话真是挺不容易的。猛然间，她觉得疲倦得很，于是她抓住王大太太喝水的空隙，站起身来，轻轻地说道："太太，我不知道大少爷是不是把他做的事情讲给你听了，不过，假如您有机会，我希望您把他父亲的临终嘱咐再跟他讲讲，那就是，地千万不能卖掉。我的老爷辛苦了一辈子才得到这么些地，他希望子孙后代有个安身立命的根本，刚到他儿子这一辈就开始卖地，这总不是件好事情。太太，我求您帮帮我，劝劝他！"

这位太太的确不清楚他们究竟卖掉了多少地，不过她总是喜欢摆出什么都知道的样子，于是她很有把握地说："你不用害怕，我不会让我男人去做什么不该做的事的。如果说卖地，那肯定卖的是三弟那些离城里很远的地。三弟有计划，他要当将军，还要让我们都飞黄腾达，他更需要的是银子，而不是地。"

梨花又一次听到别人说这样的话，她感到放心了一点，她想这一定是真的，她离开时心里好受了一点。她鞠了一躬，轻轻地道别，对王大太太一副顺从的样子。她走后，王大太太感到很得意。梨花回土屋去了。

王大在他去的茶馆里见到了他二弟。王二正在那儿吃午饭，王大重重地坐到他二弟独自吃饭的那张桌子旁边，愤愤地说道："看起来，男人简直没办法摆脱女人的唠叨了，好像我自己家的麻烦还不够似的，我们父亲的小姨太梨花竟然也跑到我这儿来，说她听到了卖地的事，吵吵嚷嚷地要我向她保证再也不卖地了！"

王二看了他哥哥一眼，接着，他那张平滑的薄脸皮上微微现出一丝算是个微笑的曲线。他说："这种人说话，你理她干吗？让她说去好啦！在我父亲这个家里，她是最微不足道的，她没有任何权力。别理她，要是她再跟你谈起地，你就跟她扯别的事，就是别谈土地的事。你可以跟她扯东扯西，但一定要让她看到你根本不愿理她，因为她没有权力做任何事情。她也该知足了，每月有银子，还让她在土屋里住下去。"

此时，店里的伙计拿来了账单，王二仔细看了一遍，在心里算了一下，发现没错。他掏出了所需的钱，不过付钱时，他慢慢吞吞的，好像总觉得别人多收了似的。然后他冲他大哥略一欠身就走了，王大一个人留下继续吃。

不管他二弟怎么说，和他二弟坐在一起时，王大总还是有点闷闷不乐。他真有点害怕，他担心梨花讲的话有什么其他意思，梨花说过，王龙即使死了，也离大家很近。他越想越不对劲，于是他叫来了伙计，要了一盘清蒸螃蟹，想借此宽宽心，忘掉那些令他烦恼的事。

九

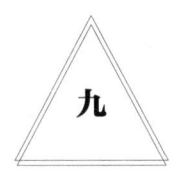

王虎派那个叫"豁嘴"的亲信到他哥哥那儿去已经两三次了,每次那个豁嘴的人都带着银子回来了。那个人把银子裹在蓝包袱里,往肩上一拐,就像背着点不值钱的衣物似的,他穿的蓝布衣裤都很破烂,光着脚,穿着双草鞋。无论什么人,要是见了这位背着小包袱在尘土飞扬的路上慢慢晃悠的人,准认为他是个普通老百姓,而绝对想不到他背的竟是银子。不过,如果看得略微仔细一点,也能看出点破绽,那么小的包袱,怎么能把他累得满头是汗呢?幸好也没有人那么仔细地看他,他穿得那么破烂,除了豁嘴之外,他那张脸也没什么特别之处。偶尔有人看他两眼,也是因为那豁嘴实在太难看了,还有那两颗露在外边,像是从鼻子里长出来的大牙。

就这样,豁嘴把银子平平安安地带到了王虎那里。王虎存够了能用三个月的银子之后,便定下了起事的日子。他发出秘密信号,那些准备追随他的人马上接收到了命令。在秋收之后、北风南下之前的一个没有月亮的夜里——直到快天亮时,天边才出现了一弯新月——王虎的追随者们一个个从床上爬起来，离开了他们原先的老司令。

总共有一百来个人在夜里爬起来，人人都悄悄地起身，一点声响都没有，然后卷好铺盖，打成背包背在肩上，如果有枪，就把枪拿上。如果能顺手牵羊抄上身边士兵的枪支当然再好不过，但是恐怕不容易，因为一般来说，士兵睡觉总要用身体压住枪支，一有动静，他便会惊醒，大叫起来。这是因为枪支很贵重，卖一支枪可以换回一堆银子。有时赌钱输得太厉害了，士兵就会想到卖枪，或当好几个月没仗可打，又没去抢掠而发不出军饷的时候，当兵的就会琢磨卖枪了。士兵要是丢了枪可是个好大的罪过。因为枪支都是老远从国外运来的。这天晚上，这帮爬出来的士兵除了自己的东西外，只多搞到了二十支枪，因为那些当兵的睡觉太警惕了。不过，就这些也不错了，至少可以增加二十个新兵。

这一百来个士兵全是老司令手下的精兵强将，是年轻士兵中最英勇善战的一批。他们之中很少有南方人，几乎全是北方内陆省份的人，全是些胆大妄为的亡命之徒。王虎相貌堂堂，身材魁伟，很容易就赢得了这批人的拥戴。他的沉默寡言、说来就来的火暴脾气和那股子凶狠劲都令他们佩服。他们佩服他，还有一个原因是老司令越来越不行，又老又胖，要两个人扶着才能坐上马鞍，这副德行实在没法叫年轻人佩服，于是他们决定抛弃老司令，追随新英雄。

那天夜里，一接到信号，每个人都立即起身带上枪，有马的牵上马，准备出走。信号很简单，那就是右脸被轻轻拍三下，然后他们就得马上起身，挎上子弹袋，带上枪，有马的骑马，没马的步行，到十五六里之外一个山顶上的集结点去集合。那里有座旧庙，除了有一位上了岁数、老眼昏花的隐士在那儿住着外，没有任何人。房子虽然破旧一点，但总可以住人，王虎准备在那里把他们训练成为一支军队，然后带领他们打到他所选定的地方去。

王虎已经把一切都准备好了。几天前，他派他的亲信豁嘴和自己的麻脸侄儿去做安排。他们预备了几坛酒放在庙里，还准备了些活猪、家禽，甚至还有三头肥公牛，都养在原先僧人的住处。这些都是王虎从附近的农民家里买的，他是个诚实的人，该付多少钱就付多少钱，不像有些当兵的那样乱抢穷人的东西。他叫他的亲信规规矩矩地付了钱，把牲畜赶到山上的庙里面，叫他侄子留在那儿当看守。

他的那个亲信还买了三个大铁锅，然后用脑袋顶着，把三个铁锅一个一个都搬到了山上，又用庙里的破砖砌了三个炉灶把锅支上。别的东西他一样也没多买，因为王虎心里只想早早离开这块地方，跑到远远的北方去，到了那儿，老司令也就奈何他不得了。不过，他也不想离北边的京城太近，免得过早同政府军队发生冲突；政府军队有时会出来收拾王虎这一类的军阀的。尽管如此，王虎对哪头都不怕。老司令没几天可威风的了；政府也没什么可怕的，因为这时候旧王朝垮了，接替它的新王朝还没有出现，所谓政府军是十分虚弱的。盗贼蜂生，干戈四起，军阀们为夺取最高权力拼命混战，谁都控制不住他们。

那天夜里，王虎来到这个庙里，身边还带着王大的儿子。到底该怎么处理这个胆小怕事、萎靡不振的小伙子，对王虎来说简直是一个难题。那个麻子倒是乐于冒险，叫他干什么都高高兴兴地去干，这个白面书生则是能躲就躲。王虎大声呵斥，叫他快点跟上，他在他三叔后面，边爬边发抖，王虎点燃火炬一看，这小伙子满身是汗，王虎轻蔑地冲他嚷道："这是怎么回事？什么也没干，你哪儿来的一身汗啊？"

王虎说完就走了，并不想听他侄子的解释。他在夜色中大踏步地往前走，小伙子跌跌撞撞地跟在后面。

走到山顶通往旧庙的关口处，王虎找了块石头坐下了，他叫小伙子先到庙里帮忙准备些吃的。他一个人坐在那里，等那些答应投奔他的人到来。不一会儿，他们三三两两、十个八个地来了，王虎见到他们非常高兴，和他们一一打招呼。"嗬，你来啦！"他大声叫道，"嗬，好棒的小伙子！"

投奔他的人沿着庙前小道那破败的石阶走上来，一听到他们的脚步声，王虎便举起手里冒烟的火炬，把火炬吹着。在火苗的亮光下，他高高兴兴地迎接他的部下。一百来个人就这样集结在一起了。人都到齐之后，王虎便分派他们干活，他下令杀鸡杀鸭、宰猪宰牛。一听说要干这个事，他们个个都兴高采烈，要知道他们已经有好些日子没吃肉了。有的人把炉灶生着，火焰旺盛燃烧，有的人到附近的山涧去担水，还有些人杀猪杀牛、剥皮、切肉。给鸡鸭褪毛之后，他们便从庙周围的树上找来一些带枝杈的青树枝，把鸡鸭穿在上边，整个放在火上烤。

一切准备停当之后，他们便在庙前的平地上摆开了宴席，石缝中的野草顽强地向上长，已经把石头都撑裂了。平地的中央有个一人多高的铁鼎，满身是锈，看来是有年头了。此时天已大亮，初升的太阳把阳光倾泻在他们身上，凉飕飕的山风使他们更加饥肠辘辘，他们聚在一起畅怀大笑，闻着香喷喷的肉味，急不可待地大嚼起来。人人都很满足，到处是欢笑声，因为他们觉得在他们年轻勇敢的新头领的领导下，新的、更美好的一天开始了。这个新头领将带领他们去占据新的地盘，那里有吃有喝有女人，有血气方刚的男子汉所需要的一切。

在稍稍吃了几口垫垫肚之后，他们便打开酒坛的封口，给每个人的碗里都倒满了酒。他们喝啊，笑啊，一会儿提出敬这个一碗，一会儿提出敬那个一碗，大多数都是敬他们的新首领的。

那位老眼昏花的隐士在外边的小竹林里惊奇地看着这帮人，嘴里不断嘀嘀咕咕，以为这帮家伙一定是魔鬼。他瞪眼看着这帮人拼命吃喝，当他看到他们撕开烤得香喷喷直冒烟的肉时，他的口水流了出来。但是他不敢出来，因为他不知道这帮人是干什么的，怎么会突然间来到这个宁静的山林。三十年来，他一直独自居住在这儿，靠一小片地养活他自己。这时，吃饱喝足之后，有一个士兵顺手把啃过的一块牛腿骨扔了，这块骨头正好落到小竹林边上，老隐士把这一切都看在眼里。于是，他伸出瘦骨嶙峋的手一把抓住骨头，悄悄地带进竹林，二话没说就啃了起来。他一边啃一边颤抖，可能是因为他这么多年来从未吃过肉，现在都已记不得肉味是什么样的，记不得肉是多么好吃了。他什么也不顾了，只顾在那儿啃骨头。虽然他已经有点糊涂了，但是在啃骨头的时候，他心里也明白，对他来说，这是一种罪孽。

他们吃饱了，吐得满地都是骨头。这时，王虎一跃身跳到一个石龟的背上。平地的一边，有一棵高大的刺柏，石龟就伏在这棵刺柏的旁边。这个石龟原先是名门望族的墓地的标志,它的背上还驮着一大块碑石,上面刻有称颂死者的碑文。但是后来那棵刺柏顽强地生长,终于碑石被顶翻了,倒在一边,现在已经裂开,上面的碑文也因长年遭受日晒雨淋而变得无从辨认了,而刺柏仍在继续生长。

王虎跳上这个石龟,站在上面往下看着他的部下。他手握剑柄,脚踏龟头,威风凛凛地站在那里,两道黑眉毛紧蹙着,露出骄横的神情,两道目光炯炯有神、寒气逼人。他看着属于他自己的这批人时,热血沸腾,全身就像要爆炸一样,他心想:"这些是我的人了——是发誓要效忠我的人。我终于盼到了这个时刻!"他那洪亮的嗓音穿过了寂静的山林,在庙前的空地上回响:"我的好弟兄们!我就是这样一个人!我和你们一样是穷人。我爹是种地的,我也是种地的。但是在种地之外,我另有一种命运,于是,很小的时候我便从家里出来,加入了老司令的革命队伍。

"弟兄们!起先,我做梦都想打仗,杀尽那些贪官,老司令当初也是这么说的。但是,他这个人胸无大志,大家也都知道他变成了一个什么样的人。我觉得不能再替他卖命了。现在,我看到老司令干的那套革命没取得什么梦想中的成果,也看到到处是贪官污吏,人人都在为自己拼命,于是我想,我应该把老司令手下那些最卖力气又得不到好处的弟兄召集起来,自己去闯出一块天地来,一块没有贪官污吏的天地。我不用说你们也清楚,当官的没有一个是好的,说是什么父母官,可是老百姓被这些当官的压得抬不起头、直不起腰。从前就是这样的,五百年前就一直是这样的,英雄好汉们就是要劫富济贫,我们也要这么干!弟兄们,英雄好汉们!跟我干吧!我们同生死、共患难!"

他站在那儿,用低沉的嗓音喊出了这番话。他目光闪烁,望着面前蹲在地上听他讲话的弟兄们,他那两道粗眉像两面摊开的小旗似的,忽高忽低,变换着他脸上的表情。他讲完话,所有的人全站起来高呼:"我们发誓永远跟着你!"

这时,有个爱开玩笑的家伙尖着嗓子喊道:"嘿,我说,他真像个黑眉虎啊!"

王虎的确像只黑眉虎,他个子很高,比较瘦,行动敏捷,下巴较窄但颧骨又高又宽,眼睛亮亮的,很有神,还透出几分野气。眼睛上面是两道粗黑的眉毛,它们往下生长,几乎挡住了双眼,因此当他把眉毛往下一压的时候,他那双眼睛就好像是从山洞里往外看人似的,而他一扬眉毛,一双眼睛就从眉毛下边蹦了出来,整个面孔突然间大了许多,真像跳出来的猛虎。

听到这话,大家都放声大笑,接着这个人的话头大声嚷道:"对啊!老虎,黑眉虎!"

可怜的老隐士在一旁听见他们大喊老虎,不知是怎么回事。这一带山里有时是听得到虎啸声的,老隐士最怕老虎了。听他们这么一嚷,他在竹林里东张张西望望,然后连忙跑回庙后边他平时睡觉的小屋,插上门,一骨碌爬上床,用被子蒙住头,躺在那儿边发抖边抽抽搭搭地哭开了,他很后悔刚才尝了那块肉。

王虎也真有老虎一般的谨慎,他明白他的闯荡生涯刚刚开始,他必须时时警惕将要发生的事情。他叫手下的人睡一会儿,醒醒酒。他们睡下之后,他又叫了三个比较机灵的家伙出来,要他们乔装打扮一番。他叫其中一个把衣服脱了,换一身破烂衣服，把脸抹得像叫花子那样又脏又黑，然后交代他到老司令驻军的城市边上的村里去讨饭，任务是弄清楚老司令是不是在准备对他们进行追击。他叫另外两个到城里的当铺去弄身农民的衣服，再搞一根扁担，买上点东西担到市场上去卖，边逛边留心周围人的谈话，听听他们说些什么，有没有说起老司令手下的精兵强将走了之后发生了些什么事，或者会发生什么事。到了关口处，王虎又派出他的亲信豁嘴，叫他到附近的乡下去仔细观察，如果有大批人马在附近活动，就立即回来报信。

送走这几个人，等其他人醒酒起身以后，王虎便开始清查兵力。他坐下来用毛笔在纸上记下现有兵力的人数和枪支弹药数，以及士兵们衣服、鞋子的情况，看看是否适于长途跋涉。他命令士兵列队从他面前走过，以便他仔仔细细地观察每一个士兵。他发现，除了他那两个侄子之外，共有一百零八个健壮的小伙子，没有一个年纪太大的，而且只有几个人身体不太好，当然眼睛酸痛发痒之类的小毛病没有被计算在内，这种谁都可能得的小病根本不算病。当士兵们从他身边慢慢走过时，他们惊讶地看到王虎在纸上做着记号，在这些士兵中，最多只有两三个人是识字的，因此他们对王虎更是钦佩不已：没想到除了打仗，这家伙还有这么两下子，能在纸上写字，过后看的时候还能知道是什么意思。

王虎查点清楚了，除了士兵之外，他还有一百二十二支枪，每个士兵的子弹袋都是满的，另外还有他从老司令仓库里捞的十八箱子弹。这些子弹是他叫他的亲信一箱一箱背上山来的，就放在庙里菩萨的后面，因为这一处的屋顶最好，漏的地方最少，而且菩萨正好可以挡住从裂开的门缝中溯进来的雨水。

至于服装,士兵们目前身上的衣服穿到冬天到来之前是没问题的,每个士兵还都有一床被子。

王虎很满意自己目前的装备,剩下的食物还够他们吃三天的,他计划当晚开始行军,尽早赶到他在北方的新地盘。即便王虎不讨厌南方,他也要开拔到另一个地方去。因为老司令太懒了,在这儿一蹲就是十多年,逼老百姓给他纳粮交税,把老百姓搜刮得囊空如洗,所以王虎怎么着也得换块新的地盘。

他也并不想和老司令为这块老地盘而大动干戈,他只想把队伍带到他老家那一带去。他老家的西北方向有一片山,他的队伍可以驻扎在山里,万一被逼得太紧,他还可以把队伍带到更深的山里去,那里山高路险人也野,即便是军阀也不大去,除非被逼到走投无路的地步。倒不是说王虎现在已经到了走投无路的时候,他现在觉得面前的路宽得很,只要他敢闯敢干,闯出点名气来,今后他什么大事干不出来?

这时候,派出去探消息的人回来了,其中一个说:"人们到处在传,老蜂窝出乱子了,新蜂王又带着一批杀出来了。人们都害怕得要死,他们说,他们已经被榨干了,这一块地可喂不饱两拨兵啊!"

假扮成叫花子的那个人说:"我偷偷地逛到原先的兵营去了,我把脸抹得又黑又脏,谁也没认出我来。我一边讨饭,一边听,一边看。兵营里乱了套,老司令在那儿大喊大叫,一会儿命令别人做这事,一会儿又说算了,还是做那事。他都给气糊涂了,脸变得像个紫茄子似的,都没个正形了。我壮着胆子往里走,离他已不远，只听见他气得大喊：'真他妈没想到，黑眉毛小子会这样！我那么相信他，什么都不瞒他。人们还老说北方佬比我们老实！我恨不得把这小子穿起来烤着吃了！这个贼！这个贼小子！'他开口闭口都说要他的人拿上枪找到我们，和我们干！"

这个人停下来喘了口气，他正好就是尖着嗓子讲话、爱开玩笑的那个家伙，他又接着说，嗓门越来越高，边说边咧着嘴笑："可是，我一看啊，就连一个动弹的兵也没有！"

听到这儿，王虎微微一笑，他知道他什么都不用担心了，那些当兵的已经快一年没拿到军饷了，他们之所以还愿意留在那儿，是因为那里即便待着啥都不干总还有饭吃。但是若要他们打仗，那就得先付给他们钱，王虎知道老司令真到这节骨眼上又舍不得掏钱出来了，于是过上一两天，他的气消下去之后，他也只好再去和他的女人鬼混，而那些当兵的就知道吃了睡，睡了吃。

王虎遥望北方，他心里明白他谁都不用怕。

十

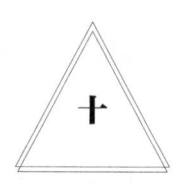

王虎允许他的士兵美美地吃喝了三天，直吃到他们吃不下，直喝到酒坛底朝天。吃饱睡足之后，他们一个个精神抖擞，生龙活虎。这些年来，王虎一直和当兵的生活在一起，他很了解这些人。他知道应该怎么管好这些身强力壮、普普通通、愚昧无知的士兵；他知道怎么了解他们的性情，再怎么加以利用；他知道怎么样能做到看上去给了他们一点自由但又能不失去对他们的控制，随心所欲地摆布他们。当他听到士兵们为一点小事吵得不可开交，其实不过是睡觉时不小心，一方压了另一方的腿而已，还有些士兵开始想女人、追女人时，王虎知道应该来点厉害的新玩意了。

他又一次跳上石龟，双手在前胸一叉，开始训话："今晚太阳一下山，我们就要开始行军了。每个人自己照顾好自己，万一有什么人还想回到老司令那里去吃吃睡睡，那么请现在就走，我保证不杀他。但是，今晚开始行军之后，谁要是敢背叛我们的誓言，那我就用这把剑刺穿他！"

讲到最后一句话时，王虎突然拔出剑来，快得就像划破天空的闪电。他用剑直指听他训话的士兵们，吓得他们面面相觑。王虎站在那儿等着，有五个年纪略大一点的士兵，犹犹豫豫地相互看了一眼，又看了看王虎那把寒光闪闪的剑，一句话没说便站起身，悄悄挪动脚步，沿着下山的路走远了，消失了。王虎看着他们走下山去，他手里仍握着那把闪光的剑，一动不动。他大喊一声："还有人要走吗？"

下面是死一般的寂静，所有的人都一动不动。突然，人群边上站起一个瘦瘦高高的人影，躬着背，急急忙忙地准备离去，这个人是王大的儿子。王虎一看是他，大喊一声："你不能走，蠢货！你爹把你交给我了，你不能想走就走！"

他边说边把剑插回剑鞘，同时轻蔑地说："我才不会用这把宝剑去蘸你的血呢！我要狠狠地揍你，就跟揍孩子一样！"这小伙子终于站住了，像平时那样耷拉着脑袋。

王虎这时用平时的口吻对大家说："这事就到此为止。看好自己的枪，把鞋带、腰带系紧，今晚要走长路呢。为了不让别人发觉，我们白天睡觉，夜里行军。每进入一块新地盘，我都会告诉你们控制这块地盘的老爷叫什么名字，万一别人问我们是干什么的，你们一定得说：'我们是散兵游勇，打算投奔这里的老爷。'"

这时，太阳已经下山，仍有点白日的余晖，但是已经看得见星星了，没有月亮。士兵们衣衫不整地走过了出山的关口，每个人背上背一个包袱，手里拿一支枪。王虎把多余的枪支交给那些他了解和信赖的人，现在追随他的人中间有不少还是没有经受过考验的，丢一个人不要紧，但丢一支枪可不得了。马匹将他们带到山下，在踏上北去的大路之前，王虎停下来用他那严厉的口气说："我不发命令，谁都不准休息。天亮之前，我会挑一个村子让你们住下，在这之前不会有长时间的休息。到了村里，你们可以吃点、喝点，由我付钱。"

说完他翻身跃上马背。他这匹马很高，枣红色的，骨骼很粗壮，鬃毛长长的还带点卷，这是匹蒙古马，它相当健壮，耐力也好。这天晚上有必要用这匹马，因为王虎随身带了不少银子，他带不了的就交给他的亲信，还有其他人也都分别带了一些，不过数量不多，这样，万一有人经不起银子的诱惑，那么也不会损失太多。尽管自己的马很健壮，王虎也不让马跑得太猛，总用缰绳勒着点，让马慢慢地走。他这个人心很善良，总惦着后面那些没有马骑而步行的士兵。他的两个侄子跟在他的左右，他们骑的毛驴是王虎为他们买的。毛驴的小短腿当然跟不上王虎那匹马的步伐。总计三十多人有马骑，其余的人步行。王虎把骑马的人分成两拨，一拨在前，另一拨在后，步行的人在中间。

他们就这样在宁静的夜色中走着，王虎不时叫他们停下来稍微休息一下，他再下一个命令，队伍就又继续朝前走。他的士兵个个身强力壮，毫无怨言，乖乖地跟着他走，因为他们对他寄予了很大的希望。王虎对他们也很满意。他暗暗发誓说，只要他们不辜负他，他就也决不辜负他们，有朝一日他要是飞黄腾达了，一定不忘记提拔这批最早的追随者。看着这些人对他如此信赖，简直像孩子信赖那些钟爱他们的亲人一般，王虎的心头不由得升起一丝柔情，他这个人只能这样悄悄地流露他的柔情：在经过一片草地或是墓地前的刺柏树林时，他就让他们多休息一会儿。

他们一连走了二十几个晚上，白天就在王虎指定的村庄歇息。进村之前，王虎一定要打听清楚谁是那块地盘的头领，万一有人问起他们这帮人要干什么、准备上哪儿去，王虎总是早就预备好一套应付的词了。

他们每到一个村子，老百姓见到他们就像见到瘟神似的，不知这帮散兵游勇要住多久，不知他们爱吃什么、喜欢什么样的女人。王虎因为刚拉起队伍，很有雄心壮志，所以对他的士兵管得很紧。另外，由于他本人对女人十分冷淡，谁要是在这上头出错，他就更会火冒三丈。他说："我们不是强盗、土匪，我也不是强盗头子！我要闯出一条比当强盗更好的路子，我们靠的是高超的武艺和正大光明的手段，不能靠欺负、敲诈老百姓。你们需要什么东西，就规规矩矩去买，我付钱。每个月给你们饷银。但是，千万别去惹人家良家妇女，如果一定要找，就去找以这为生的女人。当心，别去找那些太便宜的，她们闹不好有花柳病，染上可就麻烦了，千万别找那些女人。不过，要是叫我知道我手下的人勾搭有夫之妇或强奸人家黄花闺女，那我是非杀不可，没有二话！"

王虎说话时，每个士兵都静静地听着、想着，要知道王虎那双炯炯有神的眼睛在眉毛底下盯着他们呢！他们也明白，尽管王虎心很善，但是真要杀人，他也绝不会含糊的。这帮年轻人口中嘀嘀咕咕，对王虎十分钦佩，这些天来，王虎确实不愧为他们心目中的英雄。他们高呼："嘿，老虎！嘿！黑眉虎！"他们就这样继续行军，或按王虎的命令停下来休息，人人都心悦诚服地听从王虎的指挥，即便心中不服，也绝不敢流露出来。

王虎之所以挑选离他家乡不太远的地方作为他队伍的大本营，是有许多原因的。其中一个原因就是可以离他两个哥哥近一点，在他有自己的税收之前，他的两个哥哥答应每月给他一笔银子，如果离他们近一点，银子就来得保险些，不用担心在路上被人劫走。另外一点，万一他突然遭到惨重的挫败——如果老天爷不帮忙，这种事在任何人身上都是可能发生的——那么他至少可以躲到亲戚当中去，他的家族很大也很有钱，这样他就会平安无事。于是，他便带着队伍坚定不移地向着他哥哥们所在的那座城市挺进。

在他们就要看到城墙的前一天，王虎对他的士兵很不耐烦，因为他们一接到晚上行军的命令，就磨磨蹭蹭、不想动身。王虎也听到了一些他们的抱怨，有一个说："得了，有许多事要比虚名实惠得多！我不知道当初我们到底该不该跟着这样一个凶神恶煞的家伙！"另外一个说："有时间睡觉，用不着整天跑路，总归比现在这样好，即便吃得少一点，也比这样好！"

这些士兵的确是累了，他们已经不适应这样的长途跋涉了，近几年来，老司令一直养尊处优，他那松松垮垮的毛病也传染给了他的士兵。王虎很清楚这帮人是多么喜怒无常、愚昧无知，他在心中诅咒他们：马上就到目的地了，他们倒抱怨开了。但是，他忘记了一点：他高高兴兴、心满意足地回到了北方，又吃到了死面做的饼，闻到了新蒜头的香味，但他的士兵对这些玩意可并不熟悉。有天半夜，他们在刺柏树下歇息，他的亲信豁嘴悄悄地对他说："依我看，该找个地方给他们连放三天假，好好吃一顿，再略微多发点银子。"

王虎一听就跳起来了,他大声喊道:"你把那个扬言要离队的家伙给我找出来,我非毙了他不可!"

可是豁嘴把王虎拉到一边,心平气和地轻声说道:"别这么说,别发火。这些人只不过是些孩子,只要稍微给他们一点甜头,那他们的劲头就来了。只要很小一点甜头就可以了,比如一盘肉、一壶新开的酒或者放一天假让他们好去赌钱。他们就是这么简单的人,说高兴就高兴,说伤心就伤心。跟您不一样,他们的心眼还没有开窍呢,他们就知道惦记明天的事,多一天的事也不去想。"

豁嘴是站在一片淡淡的月光下向王虎求情的。他们出发时还是新月,现在月亮又圆了,在月光下,豁嘴的样子十分可怕。不过,王虎已经考验他多次,证明了他的确忠心耿耿,因此,在王虎眼里已经看不到他那裂开的嘴唇了,只看到一张普通的黄面孔和一双谦卑而又忠实的眼睛,王虎信任他。尽管王虎都不太知道他究竟是谁,但还是信任他。豁嘴从不谈自己的情况,即使被再三追问,他最多也不过说:"我的老家离这儿很远,就是告诉你地名你也不会知道的,太远了。"

有传闻说他曾经犯过罪。据说,他原先有个很漂亮的妻子,他妻子看不惯他的相貌,便找了一个相好,豁嘴将他们俩双双抓获,杀了他们就逃出来了。传说是真是假谁也说不清,不过有一点是真的:豁嘴开始向王虎靠拢不为别的,就是因为王虎既凶狠又漂亮,正因为王虎漂亮,对这个又穷又丑的人来说才是一件稀世珍宝。王虎也感觉到了豁嘴的这种爱,王虎之所以把他看得比其他人都高，就是因为豁嘴追随他纯粹是出于爱，既不争地位又不计报酬，甚至不要求任何回报，只要能在王虎身边就行。王虎常常得益于此人的忠诚，对他的话，王虎往往听得进去。王虎觉得豁嘴这次又说对了，于是他走到士兵们休息的刺柏树下，他们个个累得筋疲力尽，正安安静静地躺在那里。王虎讲话的口气比平时要和蔼得多："好弟兄们，我们马上就要到我的老家了，离我出生的村庄不远了，这一带的路，无论大路、小路，我都很熟悉。这几天来，你们辛苦得很，但你们很勇敢、顽强，现在我打算好好犒劳一下你们。我要带你们到我家周围的几个村里去，不过不去我那个村子，那里的乡亲都是我家的亲戚，我不想打扰他们。我要买牛买羊，杀猪，烤鸭烤鹅，让你们吃个够。酒也有你们喝的，这一带最好的酒就是这里产的，是烈性白酒，酒味可冲啦。每个人还有三两赏银。"

这些士兵高兴极了，立刻起身，背上枪出发了。当晚他们经过了城里，王虎领他们到了他自己村子后面的几个村子。他们停下来，士兵们分成四组，分别住进了四个村子。但是，王虎不像别的军阀那样蛮横地住到村子里去，首先，他亲自到一个个村子里去和村里人商量。天刚亮，袅袅炊烟说明村里人正在做早饭，王虎找到村长，客客气气地对他们说："一切费用由我付，我的士兵绝不多看一眼不可以属于他的女人。你们村得住二十五个人。"

尽管王虎讲得客客气气，村里的老年人还是忧心忡忡，因为从前也有军队来过，他们说得好好的，结果一个子儿不给就走了。这些老年人斜着眼睛看看王虎，在门口商量时，他们一面嘀咕一面摸着胡子,最后,他们提出请王虎先交一笔定金。

王虎痛快地掏出了银子,这些人毕竟是他的乡亲。他把定金留给了每个村的长者。和他的士兵分开之前,他悄悄地对他们说:"记住,这里的乡亲全是我父亲的朋友,这是我自己的地盘,老百姓看到你们什么样就知道我是什么样的了。说话要和气,买东西要给钱。谁要是看良家妇女一眼,我就宰了他!"

看王虎这么厉害,他手下的士兵全都大声保证会照他说的办,并且赌咒发誓了一通。他们住下来之后,吃的东西也给他们预备好了,王虎马上付了足够的银子,这样一来,原先拉着脸的村民们终于露出了笑容。一切都办妥之后,王虎心情愉快地对两个侄子说:"好吧,孩子们,你们的父亲见到你们会很高兴的,我敢保证。我也要好好休息七天,因为不久就要打仗了。"不管怎么说,到家了心情总归是愉快的。

他掉转马头向南而行,路过土屋时他没有停,因为他并不是故意经过土屋的,他的两个侄子骑着毛驴跟在他后头。快到城里了。他们穿过旧城门,来到城里的大院。几个月来,王大儿子那苍白的脸上头一次露出笑容,他急急忙忙回到他的家里。

十一

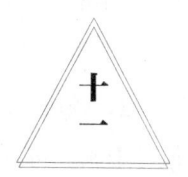

　　王虎在城里的大院里共住了七天七夜，他两个哥哥像招待贵客那样招待他。他在大哥的院里住了四天四夜，王大竭尽全力博得他三弟的欢心。王大所做的不外乎是给他三弟提供一切他认为算是享受的东西，于是，他天天晚上陪三弟喝酒，带三弟去戏院、上茶馆，茶馆里还有歌女和弹琵琶的。不过，看起来与其说王大是在招待他三弟，不如说是在招待他自己，因为王虎这个人脾气很古怪，饭多一口也不吃，吃完就一声不吭坐着看别人吃，酒也不肯多喝。

　　酒席上，别人都高高兴兴地又吃又喝，直吃到浑身出汗，宽衣解带，甚至有人到外边转一遭大吐一通，回来还接着吃喝。王虎对不管什么好东西都不为所动，再好的汤、再好的菜，他说不吃就再也不吃了。海蛇由于数量很少，难以捕捉，所以价钱很贵，烧得美味可口的海蛇肉，他也不吃。甜食也不吃，不管什么蜜饯、甜莲子，还有其他随时用来当零食吃的东西，他一概不吃。

尽管王虎也跟着他大哥到那些男人可以同女人打情骂俏的茶馆去，但是到了那里，王虎照样一本正经，他笔挺地坐着，腰上那把剑也一直佩着，从不摘下。他那双黑眼睛总是一动不动地看着眼前的一切，看上去他既没有不高兴，但也算不上高兴，他也从不评论哪个歌女嗓子好或哪个歌女长得漂亮。反过来，倒有那么一两个歌女注意到他了，他那粗犷劲和堂堂的相貌对女人来说很有吸引力。她们走到他身边，频送秋波，极尽挑逗之能事，甚至还把她们的小手搭到他身上来。可是他照样坐着，一动也不动，眼神也无动于衷，嘴唇阴沉沉地紧闭着。要是他开口讲话，那往往也是漂亮女人很少听到的话，比如，他也许会说："唱的是什么呀？叽叽喳喳跟鸟叫似的！"有一回，一个长得挺娇嫩的小姑娘，浓妆艳抹，她走到他跟前，两眼勾魂似的盯着他，软绵绵地唱了起来，王虎竟大声喊道："我受够了！"说完便起身走出茶馆。王大只好也跟着出去了，其实他真舍不得放弃这么精彩的好戏。

王虎像他母亲，不擅辞令，一般没必要说的话他都不说，但是一旦张口，他往往直言不讳，到后来人们反倒怕他开口了。

有一回王大的太太来看他，想为她的二儿子说两句好话，他就实话实说地来了一通。这天下午，她来的时候王虎正在屋里喝茶，王大正在一张小桌上喝酒。她扭扭捏捏地走了进来，显得十分谦卑，接着她鞠了一躬，装腔作势地笑着，没怎么看这两个男人。不过王大见她进来，慌忙抹了一下嘴，给自己倒了一碗茶，而没从温酒的锡壶里倒酒。

她一双小脚迈着颤巍巍的步子，满脸哀怨的神情。她挑了个下座坐下，王虎站起来让她坐上座，她没有动。接着她开始说话了，嗓音轻微、细弱，最近她要是不发火就老是用这种嗓音讲话。她说："不啦，他三叔，我知道自己的身份。我只不过是个软弱没用的老婆子。我忘不了这一点的，我万一忘了，你大哥也总会提醒我的，你看他现在相好的女人，哪一个不比我好，哪一个不比我有能耐？"

她边说边用眼角瞥了一眼王大，王大吃不消了，开始微微冒汗，接着含含糊糊地说："太太，您说哪儿去啦？我什么时候——"

他心里开始琢磨，是不是最近干的什么事已经让她知道了。他的确结识了一个歌女，年纪很轻，有点忸怩，是在一次酒宴上认得的，后来他就常去看她，按时给她一些钱。他是想给她在城里什么地方买间屋子的，让她住下。眼下好些人都这么做的，因为真娶一个小老婆进家里免不了有不少啰唆事，但他又很喜欢这个歌女，舍不得放手，至少想多玩一阵子，所以这也算是个法子。但是，这事还没办成，因为这歌女的母亲还活着，她是个贪心的老太婆，嫌王大开的价太低。细细一想，王大觉得他太太不可能知道这事，还没办成的事她怎么会知道呢？他又用衣袖抹了一下脸，故意将目光从她身上移开，咕噜咕噜喝起茶来。

这一回，王大的太太倒没有琢磨他，她根本没理他的嘟哝，接着往下说道："我自己跟自己说，虽说我只是个女流之辈，但我毕竟是我儿子的妈，我应该专程来看看他三叔，谢谢他三叔对我那没用的二儿子的照应。我这几句谢谢在他三叔眼里，也许什么都算不上，不过我做自己应该做的事，心里是高兴的，因此，不管多难，我还是来了。"

说完她又看了王大一眼。王大挠挠头，傻乎乎地看着她，吓得又是一身汗，他不知道她往下要说什么话，再说，他这个人胖，动不动就出汗。她接着说："我这就算谢过您了，他三叔，话是不值钱，不过这可是真心诚意的。说到我儿子，我得说一句，要是有谁值得你关心、提拔，那就准是他了。这个孩子心最善，最文静，最好，脑子又聪明！我是他的妈，别人说，在妈眼里儿子总归是好的。话是这么说，不过我还是想告诉你，你大哥和我的确把我们最好的儿子托付给你了。"

王虎一直静静地听着，别人讲话他一向是不插话的。他自始至终看着王大的太太，但是他看人的样子有点特别，让人不知道他到底是不是在听，只有等他答话之后才知道。他答话了，一针见血、直截了当："要真是这样，嫂夫人，那我真为你和大哥感到难过。我从来没见过像他这样害羞、虚弱的小伙子，他的胆子比母鸡的还小。你们要是把大儿子给我就好了，那孩子有点偏，这倒没事，我可以训练他，说不定可以把他练成一个好兵，偏点不要紧，听我的就行。可是你们老二成天就知道哭，带着他就像带着个滴水的漏斗一样。他这个人没脾气，反倒没法训练，不好造就。说实话，大哥二哥的这两个孩子我都不喜欢，你们家这个太软、太腼腆，他那点机灵劲也都叫眼泪冲走了；二哥那个孩子身体是够壮实的，可他太没心眼，成天光知道傻笑，跟个小丑似的，小丑混得再好也不过是个小丑。现在需要孩子，我自己却没有，真是太糟糕了。"

不知道对王虎这番高论，王大的太太将如何评论，但这可把王大吓得够呛，因为这些年来，谁敢跟她这么说话呀。她的脸憋得通红,刚张开嘴要说话,然而,还没等她出声,她大儿子突然从帘子后面冲了出来。他在帘子后面听了半天,他急切地嚷道:"让我去,母亲!我要去!"

这个一表人才的小伙子站在他们面前,急切的目光在三人的脸上扫来扫去。他身穿一件淡蓝色的长衫,就是富家子弟们都爱穿的那种孔雀毛的颜色,鞋是进口皮子做的,手指上戴着一枚玉石戒指,他的发型是最新的式样,往后梳得光溜溜的,还抹了喷香的头油。他的脸色很白,和别的有钱人家的少爷一样,他也不必到大太阳底下去干活,他的手和女人的手一样柔软。尽管他长得很漂亮、很白,但是看得出来,他还是结实的,他的眼睛里流露出急切的神情。他忘记了城里年轻人的时髦脾气:懒散和对什么都满不在乎。看来只要他心中燃起欲望的火苗,他是会像现在这样急切和迅速,把懒散和消沉的情绪一扫而光。

他母亲不顾一切地拼命嚷道:"别胡说八道!你是长子,你父亲百年之后,你就是一家之主。我们怎么能让你去当兵、打仗,让你去送死呢?为了你,我们什么都做了,送你上学,专门请老师教你,我们连送你到南面的学校去读书都舍不得,怎么舍得叫你去当兵打仗呢?"看见王大奔拉着脑袋一声不响地坐在那儿,她火了:"嘿!他不是你的儿子呀?全靠我一个人呀?"

王大有气无力地说:"孩子,你妈说得对,她一向是对的,我们不能叫你冒这个险。"

没想到这个十九岁的小伙子居然跺脚号啕大哭起来,他跑到门旁用脑袋撞起门框来,他哭喊道:"不让我干我想干的事,我就吃毒药!"

王大夫妇不知所措地站起身来,王大太太大声叫少爷的仆人来。仆人惊慌失措地跑来之后,王大太太便对他说:"快带少爷到外边去玩玩,散散心,看他的这阵火气能不能消下去!"

王大急忙从钱袋里掏出一大把银子,塞到他儿子手里,说道:"拿着,孩子,去买点什么你喜欢的东西,或是去玩玩,干什么都行!"

开始,这孩子推开银子,似乎不愿意接受这种安慰,但是男仆在一旁再三哄他、求他,过了一会儿,小伙子好像挺勉强地收下了银子,接着他一边狂奔一边大喊大叫,说他愿意离开家,愿意跟他三叔走,在家叫人牵来牵去的滋味他受够了。

事过之后,王大太太一下瘫坐在椅子上,叹了口气,气吁吁地说道:"他老是有那么股倔脾气,我们真不知拿他怎么办好,他比我们给你的老二要难调教得多!"

王虎一声不吭地目睹了刚才的这一切,他说:"有脾气的要比没脾气的好调教!如果把他交给我,我准有办法对付他,他之所以敢么大吵大闹,是因为你们平时没立下好规矩。"

王大太太可实在听不下去了,居然说她儿子平时没有被教养好。她正儿八经地站起身来,边鞠躬边说道:"你们弟兄俩肯定有不少话要说。"说完,她便出去了。

王虎看看他大哥,露出一丝怜悯的苦笑,弟兄俩沉默了一阵。王大重新开始喝酒,不过已经兴致索然,脸上一片愁云。他长长地叹了一口气,然后若有所思地说:"有件事像个谜一样,我总也猜不透。年轻时挺温顺的女人,怎么一上了点年纪就完全变了呢?变得整天吵吵闹闹、唠唠叨叨,简直不讲理,把人弄得头昏脑涨的。我发誓以后什么女人都不理了,女人全一个样,到时候第二个女人也会学头一个女人的样子。"他不无羡慕地看着他三弟,两眼露出大孩子般的忧伤,他伤心地说,"你命好,反正比我的命好。你既不受女人管,又不受土地管。我身上像是绑了一条绳子。父亲留给我的地就像一条绳把我捆住了,我要是不管,全家就没有收入,这帮佃农可恶得很,一个个像强盗似的,成帮结伙和你作对,不管你这当地主的平时对他们多好、多公平。而我的管家——真要是老老实实的人,谁会去当管家?"他把厚嘴唇往下一撇,叹了口气,看看他三弟,又接着说,"你真是命好,你没有地,更没有女人缠住你。"

王虎以极为轻蔑的口气答道:"我压根就不认得任何女人。"

他很高兴,四天终于过去了,他可以到二哥的院里去住了。

一住进他二哥的院子,王虎就惊奇地感到这儿和大哥那院完全不同,有一种轻松、幽默的气氛,让人感到舒服,当然,孩子之间打打闹闹是免不了的。这些喧闹和轻松的气氛全都出自老二那个乡下媳妇。这个女人天生就喜欢咋呼,一讲话满院都听得见。她满面红光,嗓音洪亮。她一天当中不知要发多少次火,一会儿用这个孩子的头去撞那个孩子的头,一会儿抡起那只袖子挽得老高的胳膊啪的一声扇孩子一记耳光,弄得从早到晚满院吵声哭声不绝于耳。尽管这样,她还是爱孩子的,不过是用她那种粗鲁的方式,比如,她会一把抓住从跟前走过的孩子,用鼻子使劲去蹭孩子的脖子。她用钱一向很省,不过有时孩子哭哭啼啼跟她要一枚铜板,说是要买块糖,或是从挑担的小贩那儿买碗甜羹,或是买串糖葫芦,她却总是痛痛快快伸手到怀里摸出铜板给孩子。王二就在这喧闹的院子里,一声不响地踱来踱去,脑子里盘算着各种秘密的计划,他总是很满意自己的计划。他和他夫人日子过得挺太平,各自都还满意对方。

这些天来,王虎还是头一次把他的宏图大略暂且搁在一边。当他的士兵休息、吃喝的时候,他住在哥哥的家里,王二的家里有一种他所喜欢的东西。他终于明白为什么同样出自王家,他那麻脸侄子总是那么乐呵呵的,另一个侄子却总是胆小害羞。他感觉到了王二夫妇之间的那种满足感,还有孩子们的满足感,尽管他们很少洗澡,仆人们也不怎么照顾他们,只管让孩子们白天吃好、晚上睡好。可是这帮孩子个个都乐呵呵的。每一次看到孩子们东跑西跑的情景,王虎的心都不免为之一动。有个五六岁的孩子,王虎最喜欢他,他长得最白、最胖,不知怎么的,王虎总想亲近他。可是,当王虎犹犹豫豫地向那个孩子伸出手去,或是给孩子一枚铜板时,孩子马上就不笑了,咬着小手指愣愣地瞪着王虎,然后便摇着头跑开了。尽管他勉强笑笑,不当一回事,但是遭到拒绝还是使他很难过,好像那孩子是个大人。

王虎等着过完这七天。由于无所事事,他就想得更多,看到两个院里那么多孩子,他又一次感到自己美中不足:没有儿子。想着想着,不免想到了女人。他还是头一次自由自在地生活在这么一个家里,这儿有太太、丫鬟走来走去。有时,他看到苗条的女仆背对着他正在做什么事情,心里竟突然会泛起奇异而甜蜜的感情。他想起当他还是个年轻小伙子的时候,梨花也是这个样子的,而且也是在这个院子里。可是,当这女仆转过身来,王虎看到她的脸之后，他以前那种迷惑的感觉又出现了，实际上，这个年轻人的情感之泉已经堵塞，一见到女人，他的心就会自行关闭，于是他便躲开了。

有一天下午，王虎无所事事，心里依旧怀有那种奇异的感觉，他突然想起应该去拜访一下荷花。因为以前他多数是在荷花的那个院里见到梨花，他想再看看那些房间和那个院子。于是，他去拜访荷花，在去之前先派了一个仆人去通报。荷花从牌桌旁站起身来，她刚才正和几个朋友打牌，她们是附近大户人家的老太太。不过，王虎不会久坐的。他扫了一眼屋子，想起了它原先的样子。接着他后悔到这里来了。他站起身来，烦躁不安，想马上走。荷花不理解他在想些什么，她大声说："哎！别走啊！我这里有一罐甜姜，还有甜藕，好多你们年轻人爱吃的东西！尽管我老了，也胖了，但是还没忘记你们年轻人是什么样的，一点也没忘！"

说着她把手搭到他胳膊上，边笑边用媚眼看他。王虎心里突然升起一股反感，他站起身，行了个礼，找了个借口就匆匆离开了。他听见那个女人打牌时的笑声，这笑声一直跟着他，直到他走出院子。

到荷花那里去过之后，他的回忆反使他更加不安。他想，他的生活不在这里，而是在远方，他必须出发。等他给父亲上完坟以后，他马上就要远远地离开这里。上坟是一定要去的，尤其是在出远门之前更应该去。

于是，第二天一早，也就是他回家的第六天，王虎对他二哥说："我打算到父亲坟上去烧点香，我不能再住下去了，不然我手下那些兵该变得疲沓懒惰了,还要走好长的路呢!关于我需要的银子,你怎么说?"

王二说:"没什么,还按原先说好的,我每月给你银子就是了。"

王虎不耐烦地嚷叫起来:"放心!我以后全都会还你的。我上坟去了。你叫两个孩子做好准备,今晚别吃太多也别喝太多,明天天不亮我们就动身。"他走了,心里想着最好别带老大的那个儿子,可又不知该怎么推托,生怕大哥说他偏心眼。他从家里捎上了一把香就上坟去了。

王虎和他父亲过去一向不和。王虎从小就恨他父亲,因为他父亲一定要他守住他那点地,而王虎从小就对地有一种仇恨。至今他仍然仇恨土地。他快走到那座属于他的土屋了,他也恨这间土屋,尽管这是他童年时代的家。他从来没爱过这间土屋,因为这曾经是他的牢笼,他从前还以为他永远也飞不出这个牢笼呢!他没有走近,而是绕了一个圈,穿过一片小树林,来到他们家坟地的小丘旁。

他快步走近坟地,忽然听到哭泣的声音。他心想:这会是谁呢?当然不会是荷花,她肯定在家打牌。他蹑手蹑脚地慢慢靠近墓地,从树枝的缝隙中偷偷向外张望。他看到了一幅他从未见过的画面。梨花正依在他父亲的坟头,随随便便地坐在草地上,从她坐的姿势可以知道,她认为周围没人,可以痛痛快快地哭一场。王虎的那个傻子姐姐坐在离梨花不远的地方。王虎已多年没见到他姐姐了,她的头发差不多完全白了,脸上皱巴巴的。她坐在秋天的阳光下,正在玩一小块红布头,一会儿把布叠起来,一会儿又把布打开,微笑地看着那布被阳光照射后显得分外耀眼的红色。一个瘦小的驼背的男孩子坐在一旁,手里抱着一件傻姑娘的衣服,看他那副忠心的样子,就可以知道他是在做一件他所爱的人交代给他的事情。那孩子噘着嘴,满脸忧伤地看着梨花,看她那副伤心的样子,他也快哭了。

王虎站在那里惊呆了,他听着梨花低声地抽泣,那抽泣声仿佛来自她心灵的最深处。听着听着,他再也听不下去了,对父亲的旧恨又复活了。他把香往地上一扔,转身急匆匆地走了。他边走边喘着粗气,他自己不觉得,其实他每喘一次气都是一声长叹。

他快步穿过田野,他只知道自己必须马上离开这个地方、这块土地——这个女人——他必须回到他自己的事业中去。他回去时,秋天的阳光十分明媚,但是他视而不见,他看不到这迷人的秋色。

第二天黎明时分,王虎起身骑上他那匹枣红马。在凉爽的秋风中,枣红马显得有点急躁,它走得很快,蹄子重重地敲打着鹅卵石路面。老二家的麻子骑着毛驴跟在后面,他早上吃得很饱。他们俩绕到王大门口去叫王大的儿子。他们刚到门口,只见一个男仆跑出来,边跑边喊:"这叫什么事啊!真是这院的晦气啊!"他跑开了。

王虎忍耐不住了,他大声喊道:"什么晦气不晦气的?太阳都出来了,我还没有上路,这才叫晦气呢!"

那个人没有回头,王虎狠狠地骂了一句,然后对麻子说:

129

"你那个堂兄真是个包袱。快去告诉他马上出来,要不我们就不等他了!"

麻子马上从小毛驴上跳下来,跑进去了,王虎也从马上下来,把缰绳交给看门的老头,让老头帮他拿着。他还没走进去,麻子已经跑出来了,脸白得像鬼一样,喘得好像刚刚绕着城墙根跑了一圈。他一边喘一边说:"他……他来不了啦——他上吊死了!"

"你说什么,小毛猴?"王虎说完便三步并作两步地跑进他大哥的院子。

院子里男人、女人乱成一锅粥了,仆人们都围在那儿。一片嘈杂声中,有一个女人的哭声特别响,那就是那小伙子的母亲。王虎推开围在那儿的人,挤到人群中间,看到了王大。他脸色蜡黄,老泪纵横,双手托着他家二儿子的身体。这小伙子死了,手脚伸得直直的,躺在他父亲的怀里,脑袋向后耷拉着。他是把腰带套在房梁上吊死的。他和他哥哥睡在一间屋里,他哥哥是第二天天亮了才发现出事了。他睡得很死,前一天晚上喝了点酒,玩到很晚才睡。天蒙蒙亮时,他看见一样东西晃来晃去的,起先还以为是件衣服,可又一想,怎么会挂在那儿呢?仔细一看,他吓得大喊起来,全院的人都被吵醒了。

有一个人把发生的事告诉王虎,其他人在一旁七嘴八舌地补充。听完之后,王虎站在那儿,带着一种非常奇怪、复杂的感情看着死去的侄儿。这时,他才觉得这孩子实在也很可怜,孩子活着时,他却从未有过这种怜悯的感情。这孩子死了之后,更是显得又轻又瘦小。王大抬头看见他三弟在那儿,便哭诉道:"我做梦都想不到,这孩子宁肯死都不肯跟你走啊!你准是待他太差了,不然他怎么会恨你恨到这个样子!你是我兄弟,要不,我真想……真想……"

"不,大哥,"王虎以比平时温和得多的口气说道,"我并没有苛待他。他好歹还有毛驴骑,好多比他年岁大的人都只能走路。不过,要是早知道他有寻死的勇气的话,我怎么也应该把他教好的!"

他又站着看了一会儿。忽然,人群又骚动起来,原来刚才跑出去的仆人回来了。仆人带来了风水先生、道士等一帮人,他们是专门处理这类不幸事件的。在一片混乱中,王虎离开了,他独自在一间屋子里等着。

他等了一会儿,做完了身为弟弟在这悲哀的家中应做的一切之后,他骑上马走了。走的时候,他的心情更沉重了,但是他强迫自己心肠硬一些,而且一遍遍地回想以前的事:自己从来没有打过这个侄儿,也没苛待过他。谁会想得到他竟绝望到这步田地呢?王虎对自己说,这是上天的意思,没有人挡得住这个灾难,因为每个人的生命都是上天赐予的。他就这样强迫自己忘记这个面色苍白的小伙子,忘记这个小伙子躺在父亲怀里、脑袋向后耷拉时的那副模样。王虎对自己说:"有儿子也不见得是好事啊!"

经过这样一番自我安慰之后,他感觉好受多了。他对麻子说:"来吧,孩子,路还长着呢,我们得上路了!"

十二

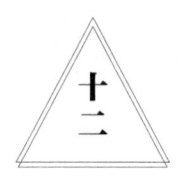

王虎用皮鞭猛抽那匹马，让它拼命地跑。马在田野上飞奔，真像长了翅膀一样。现在的天气倒正适合王虎的远征，只见晴空万里，秋风清劲。风里充满了活力。树枝在秋风中摇曳，树叶纷纷飘落。秋风扬起路上的尘土，旋转着扫过阳光普照的庄稼。王虎心中那股玩命的劲头就像这秋风一样，又上来了。他故意绕了一大圈，避开梨花居住的那间土屋，他在心中说："过去的一切已经结束，我要追求明天的荣耀！"

天已大亮，圆圆的太阳从田野的尽头冉冉升起。王虎看着初升的太阳，眼睛一眨都不眨，他觉得仿佛是上天在他出发的这一天为他盖上了印鉴。他一定会成功，因为他的使命就是成功。

清早，他赶到了士兵们住的村子，豁嘴出来迎接，并对他说："您回来了，这可好了，这帮家伙吃饱睡足了，可是他们还想多逍遥几天。"

"吃过早饭把他们集合起来，"王虎大声说道，"明天我们就动身。"

住在王二家时，王虎一直在考虑究竟到哪儿去建立他的统治，他也同他二哥商量过，他二哥这个人一向谨慎，不过很有头脑。现在看来，他们哥俩都觉得最合适的是邻省刚过省界一点的地方。那个地方离王虎的家乡比较远，因此，万一队伍急需什么物资的话，他也不必从自己的乡亲们头上搜刮；但是，离得又不是很远，因此，万一打了败仗，他又可以躲到老家去。另外，由于离得不太远，他每月所需的银子也可以比较安全地带去。那里的土地也是很好的，有些是山地，有些是平川，而且很少有灾年。万一需要撤退或隐蔽，可以利用那里的大山。除此之外，那里还有一条南来北往的旅客必经的交通要道，设上一个关卡就可以收到不少买路钱。那儿还有两三个镇和一个小城市，因此，王虎不必完全依赖种地的农民。还有一个优点是那里的地盛产酿酒用的上等粮食，因此，老百姓不算很穷。

　　撇开上边讲的有利条件，要说障碍，只有一个，那就是那个地区现在已被一个军阀霸占了，王虎要想称王，就得先把他干掉，因为再富庶的地区也供养不起两个军阀。这个军阀叫什么名字、有什么背景、有多厉害，王虎一概不清楚，从他两个哥哥那里得不到确切的情报，只知道此人外号叫"豹子"，因为他的额头向后倾斜，像豹子的额头似的，所以得了这个外号。他对老百姓敲诈得很厉害，老百姓都恨他。

　　王虎明白，他要进入那个地区就得悄悄地去，不能大张旗鼓。他必须偷偷摸摸地进去，把手下的士兵三个、五个地分开，看上去像些没什么大不了的散兵游勇。他自己再到山里找一块地方作为退路，占据有利地形之后，他再派人到山下了解敌情，看看他要打的军阀究竟是何许人,他到底要从谁手中夺取那块在他看来天经地义属于他的土地。

他按计划一步步行动。他的士兵已在村外集合完毕,一个个吃饱喝暖,想同暖洋洋的太阳一争高下的凉飕飕的秋风对他们根本没有影响。王虎付清了一切费用之后,问村民们:"我的士兵有没有干什么不该干的事?"他听到他们爽快地答道:"没有,没有。要是当兵的都像这样就好了。"王虎听了很高兴。接着,他把士兵们带到离村子很远的地方,然后同站在他周围的士兵们说:"那块地方到处是好地,要对付的军阀只有一个。那里还有你们尝都没尝过的好酒!"

士兵们高兴得喊叫起来:"带我们去,我们早就盼着去这样的地方啦!"

王虎冷冷地一笑,回答他们说:"这件事也并不容易,我们先得弄清楚这个军阀到底有多少兵力。要是他兵力比我们强得多,那我们就要想别的办法,不和他硬拼,你们每一个人都要成为探子,去看、去听。不能让别人知道我们来了和我们打算干什么。我先去看看在什么地方宿营。豁嘴到省界边上那个名叫太平谷的村子去。他会在那里一个我知道的客栈住下,那家客栈在马路尽头,门口挂着一个酒幌子。他会在那里等你们,告诉你们该在什么地点集合。你们三五个或七八个人一群散开,装成逃兵的样子,万一有人问你们到哪儿去,就问豹子在哪儿,说你们打算投奔他。我给你们一人三两银子买吃的。不过,有件事我再说一遍,要是让我知道你们当中谁欺负老百姓或是调戏良家妇女,那么我不管他是谁,听到一个人犯这事,我就杀两个人。"

有一个士兵大声问道："连长，我们什么时候才能自由去干当兵的可以干的事呢？"

王虎答道："我下了令，你们就自由了。你们现在还没为我打过仗呢，仗还没打，怎么能拿赏银呢？"

那个当兵的不说话了，他有点害怕起来，因为王虎说发火就发火，抽刀拔剑动作很快，而且什么花言巧语都说不动他。不过，大家都觉得他很公正，跟随他的人都算是不错的，他们明白什么叫作公平。他们还没打过仗，这是事实，他们愿意等，只要有吃、有住、有钱就行。

王虎看着他们分成一个个小组，分组之后，他就给他们发银子。然后麻子骑上毛驴，豁嘴骑一头王虎为他买的骡子，他们三人便朝西北方向出发了。

快走到他知道的那个地区时，王虎催马爬上一块高地，那是有钱人家的一大块墓地，从那里可以俯瞰整个地区。他脚下的这片地真好，只有一些很矮的小山头，大片的河谷地带全是新种的冬小麦，已经长出嫩绿的麦苗了。西北角的小山突然拔地而起，形成参差不齐的大山，在蓝天的衬托之下，山上的悬崖峭壁被勾勒得棱角分明。老百姓的房子星星点点，聚成了一个个村落。土坯房子都还挺结实，有不少家的屋顶上盖着当年新收获的稻草，甚至还有些砖瓦房子。在近处各家的院子里，他可以清楚地看到一垛垛的干草，他还听到远处传来母鸡下蛋后的咯咯声。一阵阵秋风把农民唱山歌的声音断断续续地传到他耳边。这片土地太好了，王虎的心怦怦直跳。不过，他不想骑着马、穿着军人的服装踏进这块土地，免得过早地把要打仗的消息透露给老百姓。他看好了一条通往大山的路,他和他的士兵可以先隐藏在山里,然后再神不知鬼不觉地摸清敌方的兵力。

小山上是墓地,小山脚下有个村庄,就是先前他跟士兵们提到过的省界边上的太平谷。村里有一条大路,王虎骑马拐到了这条路上,豁嘴和麻子跟在他后面。现在正是赶完早集的农民回村的时候,村里的茶馆里坐满了农民,有的在喝茶,有的在吃面条,有小麦面的也有荞麦面的。他们座位边上往往搁了好些空篮、空筐。听到路上传来马蹄声,他们惊奇地抬头张望,王虎走过时,他们张着嘴,傻愣愣地盯着他看。王虎也回过头看他们,他想看看这里的人怎么样,结果使他挺满意的,这些人肌肉发达,肤色好,看来吃得不错。王虎对自己说,既然这块地方的水土能养育出这样的汉子,那么他肯定选对了地方。虽然王虎注意看了看那些当地人,但是他那副样子是很文质彬彬的,完全像一个途经此地的过客。

大街的尽头有一家他听说过的酒馆,他吩咐两个随从在外边等候。他勒缰下马,撩起门帘,走进店里。店里面没人,这是个只有一两张桌子的小酒馆。王虎一坐下,就拍了下桌子。一个小伙子闻声跑出来,一见王虎那副凶相,吓得又赶紧跑进去叫他父亲,也就是小酒馆的老板。老板走出来,顺手用抹布抹了一下桌子,然后客客气气地说:"老爷,您来点什么酒呢?"

"你们有些什么酒?"王虎反问一句。

店老板答道:"我们有这一带新酿的高粱酒,这酒最好不过,都用船运到全国各地去卖呢!闹不好,京城里的皇上也喝这种酒哩!"

一听这话，王虎轻蔑地一笑，他说："难道你们这小地方的人真的不知道吗？现在早就没有皇上啦！"

听到王虎说的，店老板的脸上露出恐惧的神色，然后悄声问道："没听说呀！几时驾崩的？还是叫别人夺了皇位？要真这样，那么谁是新上台的皇上呢？"

王虎想不到会碰上这么无知的人，他又用略带轻蔑的口吻答道："现在我们根本就没有新皇上啦！"

"那谁来管我们呢？"店老板惊讶地问道，那神情仿佛刚刚遭遇不幸似的。

"现在是混战的时候，"王虎说，"好些个军阀打来打去，还不知道谁最后争得上皇位呢。这种时候，谁都有可能一下子混上去！"

嘴上这么说的时候，王虎心里那种拼命地要往上爬的野心，突然又翻腾起来。他在心里大声说："谁敢说混上去的就不是我呢！"当然，他并没喊出声来，他安安静静地坐在那张没漆过的小桌边，等着上酒。

店老板端着酒壶来了，从他脸上那严肃的神情可以看出他很苦恼。他又对王虎说："人无头不走，鸟无头不飞，没有皇上可怎么得了呀？那不又要天下大乱了？老爷，您说的这事可太糟糕了，您要是不告诉我倒也好了，您这么一说，我可倒忘不了这回事了。像我这样的小老百姓，怎么得了呢？这下子，不管村里多太平，我也要成天担惊受怕了。"

店老板沉着脸给王虎倒了一碗温好的酒。王虎并没搭腔，此时，他正在想着别的事，没工夫听这老头瞎叨叨。没用几口，王虎就把一碗酒喝下去了，这酒真冲，他只觉得酒像是渗进了血液，随着血直冲到脸上、头上。他喝了两碗就不喝了，付酒钱时又多买了一碗，端给外边的豁嘴喝。豁嘴感激不尽，双手接过酒碗拼命喝起来，馋得像条狗似的。喝到最后，他一仰脖把酒倒进嘴里，因为他的上嘴唇是豁开的，不好使。

王虎又返身回到店里，问店老板："你们这一带现在归谁管？"

店老板东看看西看看，发现的确没人，这才悄悄地对王虎说："归一个强盗头子管，叫'豹子'。这家伙真是心狠手辣，我们人人都得给他缴税，不定什么时候，他就带着一帮无恶不作的歹徒来，把我们抢得一干二净。我们全都恨不得把他干掉。"

"那么，这儿就没人跟他斗吗？"王虎坐下后问道，那神情仿佛这事跟他没什么关系，他只是随便问问。为了装作更加无所谓，王虎又说："再给我沏一壶绿茶吧，这酒好像还在嗓子眼这儿没下去，烧得难受。"

店老板把茶端来后，对王虎说："没人和他斗啊，老爷。要是往上告有用，我们早就去告了。有一回，我们到县衙门去找县太爷。我们把这事跟他说了，指望他能派点兵，还能再从上头借点兵，我们想两股兵加在一起，或许能把豹子收拾了。谁想到这帮官兵也一样坏，住我们的、吃我们的，分文不给不说，还糟蹋我们的姑娘，到头来，反倒多了个负担。这帮官兵还特别怕死，没打两下就逃跑，那帮强盗就越来越横。我们只好又去求县太爷把官兵撤回去，最后他撤了兵，结果这下可惨了，许多官兵干脆入伙当强盗去了，说是没办法，老没有饷银，他们也得吃饭。我们的日子就更难熬了，因为官兵到哪儿都扛着枪呀！倒霉的事还没完,县太爷又派人来收税,不论种庄稼的还是做买卖的,一律都得缴税,税是越来越重,还说朝廷为了保护我们老百姓花了不少银子,老百姓当然要交税。什么朝廷?他跟他的大烟枪就是朝廷。打那时起,我们就再也不求县太爷帮忙了,宁可过年过节给豹子送好些礼,只要他不来捣乱就行。幸好这两年年景都不赖,可老天爷也不会总这么开恩,真来个荒年,还不知该怎么办呢。"

王虎一边喝茶,一边仔细听店老板一五一十地讲。接着,王虎又问道:"这个叫'豹子'的家伙住在哪里?"

酒馆老板抓住王虎的衣袖,把他拉到店东面的小窗前。老板伸出沾满酒渍、弯弯曲曲的手指,指给王虎看:"那里有一座大山,有两座山峰,名叫双龙山。两座山峰之间有一片山谷,强盗的老窝就在那里。"

这正是王虎最想知道的,但他装作无所谓的样子,一边用手擦擦嘴,一边大大咧咧地说道:"这么说,我得当心点,千万不能走近那座大山。我得走了,往北走,回家去。这是给您的酒钱。这酒真跟您说的一样,确实是上等白干。"

王虎走出酒馆,骑上马出发了,两个随从跟在他后面,为了不再穿过别的村子,他们尽量绕道而行。他沿着弯弯曲曲的山脊,骑马穿过一些没人的地方,尽管如此,他始终离人群不是很远,因为这一带的土地耕作得很好,到处是大大小小的村庄。他的眼睛一直盯着双龙山,他看准了双龙山南边一座稍微矮一点的山头,山上有一些松树。他朝那座山骑去。

这三人奔波了一天都没讲一句话,王虎不先说话,另外两个人谁也不会说的,除非有十分要紧的话。麻子是憋不住的,一没有声响他就感到没劲，于是，他哼起小曲了，刚哼两句，王虎就板着脸叫他别哼，这工夫王虎没心思听任何欢快的声音。

骑了好几个钟头，到太阳快下山之前，他们才骑到那座有松树的小山脚下。王虎翻身下马，牵着那匹走乏了的马，沿着粗糙的石阶往上走。两个随从也跟着向上，他们三人骑的马、驴、骡也沿着石阶磕磕绊绊地走着。他们越往上走，山显得越荒凉，山路越来越陡，岩石和松树间常常有溪水流出，山草长得又密又深，石头上的青苔是湿的，这都说明这里最多有一两个人来过，几乎是没人走过的。太阳下山时，他们走到了山路尽头，那是一座用石头筑起的庙宇，背靠山崖，实际上山崖正好是庙最里面的那堵墙。这座庙几乎全被树遮住了，要不是落日照在褪了色的红墙上，他们几乎注意不到它。小庙很破旧，庙门紧闭着。

王虎走到庙前，耳朵贴在庙门上听了一会儿。他什么也没听见，于是便用马鞭的手柄敲起门来。好半天没人开门，王虎火了，更加用力地敲门。最后，庙门打开了一条缝，一个老和尚的光头露了出来。王虎说："我们今晚要在这儿住一宿。"由于这地方很静，王虎的声音特别响、特别清楚。

老和尚又把门稍微开大了一点，用有点尖的嗓子说："山下的村子里不是有客栈和茶馆吗？我们是些与尘世没有来往的僧人，只有清水素食而已。"老和尚看着王虎时，两个膝盖在微微打战。

王虎把老和尚推到一边，走进庙门之后就对麻子和豁嘴说："这个地方就是我们要找的！"

他看都不看其他的和尚，就直往里面闯。他走到放菩萨的大厅里，菩萨也跟这座庙一样，破旧不堪，金身已经剥落，露出了里面的泥胎。可是王虎根本连看都没看这些菩萨一眼。他径直走到里面和尚们住的地方，给自己挑了一小间好一点的房间，那像是前不久刚打扫过的。他解下佩剑，豁嘴跑前跑后为他准备吃的、喝的，其实不过是一点米饭和青菜。

夜里，王虎正在他挑中的房间里的一张床上躺着，忽然，从放菩萨的大厅里传来一阵悲号声，他连忙起身，走出去看看发生了什么事。大厅里有五个庙里的和尚，另外有两个男孩子充当和尚的助手，他们是农民的儿子，他们的父亲为了还愿把他们留在庙里了。这七个人全都跪在那里，求菩萨保佑。菩萨则挺着肥肥的肚子，坐在大厅中央。厅里有一个火把，火苗在晚风中飘忽不定，这些人跪在那儿大声祈求菩萨保佑。

王虎站在那里看他们，听了一会儿，他才明白原来这些人之所以求菩萨保佑，就是因为害怕他，他们在那儿喊道："菩萨保佑！救救我们，把我们从这个强盗的手里救出来吧！"

听到这里，王虎大喝一声跑了出来。听到猛的这么一声喊，老和尚们吓坏了，要站起来，他们在慌乱之中还被袈裟绊倒了，一个个狼狈不堪。只有一个和尚十分镇定，他是庙里的方丈，他想着自己应该是死期已到，劫数难逃了。可是，王虎嚷道："老光头们，我不会伤害你们的！你们看，我有银子给你们，干吗要怕我呢？"说着，他打开腰带上的钱包给他们看他带的银子，说真的，他们从来还没见到过这么多银子呢！接着，王虎又说："我的银子还不止这些呢！我不会要你们的东西，只不过借宿一夜，就像人们在需要的时候来庙里祈祷那样。"

141

看到银子,老和尚们的确放了心。他们相互看看,点点头议论起来:"他准是个军官之类的人,大概是杀了他不该杀的人,要不就是在司令面前失了宠,没办法了,非得到外边躲一阵,避避风。这种事我们听得多了。"

这些人爱怎么想就怎么想,王虎才懒得理呢。他闷闷地冷笑一声,就回屋睡觉去了。

第二天天刚亮,王虎便起身走出庙门。外面雾很大,山谷里满是云雾,把这座山头同别的山头隔开了,王虎独自一人,有一种躲到世外桃源的感觉。不过,寒冷的空气又使他想起,冬天快要到了。在下雪天到来之前,他还有好多事要做哩!他的士兵的吃、住、穿都得靠他想办法。于是,他走进庙里,来到豁嘴和麻子睡觉的厨房。他们身上盖了些稻草,还睡着呢。豁嘴呼气时,由于上唇透风,会发出口哨般的声音。他们睡得真沉,给和尚帮忙的乡下小伙已经在悄悄地朝炉灶里填干稻草了,铁锅的大木头锅盖下已经开始冒气,他们居然照睡不误。乡下小伙一见到王虎,连忙缩着躲起来了。

不过,王虎根本没打算理他。他叫豁嘴起来,他抓住他猛摇,总算叫醒他了。王虎叫他起来吃饭,吃完赶紧去那个小酒馆,他生怕有些士兵会在早上经过那个小店。豁嘴迷迷糊糊站起来,用双手搓搓脸,使劲伸了伸懒腰。他很快穿完衣服,从正在咕嘟的铁锅里舀了一碗乡下小伙煮的高粱米粥匆匆喝完。他下山去时,王虎一直看着他的背影,很满意他的忠心。要是不从正面看,光从背后看的话,豁嘴也是蛮不错的一个男子汉。

王虎要等他手下的人逐个到这个僻静的地方来会合。趁等人的工夫，王虎便开始考虑他的计划，考虑挑哪些人当他的亲信和参谋。他计划分配多少人去完成一件什么工作，例如，多少人去探听消息，多少人去搞粮食，多少人搞柴火，多少人管烧饭、修枪、擦枪，以及每个人应承担多少日常的杂务。他认为对这帮人必须厉害点，该奖的时候才奖，一切都得听他指挥，生杀大权应该握在他一个人手里。

除此之外，他还想到每天应该抽几个小时做实战演习，这样，到真的打起仗来，士兵们才能有备无患。然而由于子弹不多，他不敢这么做，但总可以尽量多教他们一些军事常识。

王虎心急火燎地在山顶上等着，第一天来了五十多个士兵，第二天又来了将近五十个。看来，有个别人由于其他原因大概不会再来了。王虎又多等了两天，还是没有新人来，王虎很难过，倒不是心疼人，而是心疼枪支弹药，每个没来的人都带走了一支枪和一子弹袋的子弹。

老和尚们见到这么一大帮当兵的来到庙里，跟他们住在一起，总觉得不对劲，不知道怎么办才好。王虎再三安慰他们："你们别怕，只要是我们用了的，一定付你们钱。"

老方丈年纪很大了，脸上的肌肉都干得贴在骨头上，皱巴巴的，他用微弱的声音说道："我们倒不光是担心收不回银子，只是有些东西是银子也买不到的。这个地方一直是很安静的，这个庙的名字就叫圣安寺，我们几个远离尘世，在这儿生活了几十年。你们这帮人一来，就再没有太平了。供菩萨的殿堂里挤满了你的兵，他们到处吐痰，到处撒尿，甚至站在菩萨面前也敢撒尿，实在太粗野了。"

王虎说:"要让我的手下改掉这些毛病可太难了,因为他们是当兵的,倒不如请你们和菩萨挪挪地方,把菩萨挪到最里面的殿堂去。我可以下命令不准他们到里面去,这样你们就可以太平一点了。"

看看也没有别的办法,方丈只得同意这么办。他们把一尊尊菩萨连底座一起抬进去,只剩那尊金身佛像没有抬,它实在太沉了,他们怕万一把菩萨摔碎了,菩萨要降罪。金身佛像只好屈尊同士兵们共居一室,不过和尚们用一块布蒙住了菩萨的脸,免得它看到士兵们的罪孽而生气。

王虎从手下的士兵中挑了三个人,打算作为他的亲信。第一个是豁嘴。另外还有两个,一个外号叫"老鹰",原因是他的鼻子勾得厉害,脸很瘦,嘴唇往下耷拉着,比较窄;另一个叫"屠夫",屠夫体格魁梧,身体红扑扑的,很胖,脸又大又平,鼻子、眼睛就像是用手抹上去的似的。不过,他身体很健壮,过去也的确是个屠夫。有一次打架,他把一个邻居杀了,他经常抱怨说:"要是当初我手里端的是饭或者拿的是筷子,我就不会杀死他了。可是他非挑我手里拿着刀的时候跟我吵架,那把刀也不知怎么搞的,好像是自己飞出去的。"那个邻居到底还是死了,为了躲这场人命官司,屠夫只有一走了之。他有一种特别的本事,别看他长得五大三粗,手却十分灵巧,他能用筷子夹住正在飞的苍蝇,夹完一个再夹一个,准得很。他的伙伴们常常出钱叫他表演这个绝技,看完他成功的表演,大家禁不住大声喝彩。他能精细到这种程度,不用说,用刀杀人时肯定能戳得很准,给人放血时也一定能做得干净利落。

这三个人全都十分精明能干，尽管他们都不识字。不过，他们的这种生活也确实不需要书本里的学问，他们也从来没有想过这种学问对他们来说有什么用处。王虎挑出这三个人之后，便把他们叫到他房里，他说："今后我就把你们三个当我的亲信，你们要帮我留心其他的人，看看有没有人想背叛我或是不听我的命令。你们放心，到我飞黄腾达时，我是一定不会忘了给你们论功行赏的。"

他叫老鹰和屠夫出去，单留下豁嘴，他很严肃地对豁嘴说："我把你放在他们俩上头，你得盯着他们，看看他们有没有对我不忠诚。"

接着，他又把他们三人叫到一起，他说："不管是谁，只要对我不忠，我马上就杀了他，绝不让他有工夫喘第二口气。"

豁嘴平静地回答道："你不必担心我，连长。就算你的右手背叛了你，我也不会背叛你。"

另外两个也迫不及待地赌咒发誓，老鹰叫喊得最响："难道我会忘记是您把我提拔起来的吗？"他之所以这样说，是因为他也有他自己的希望与追求。

为了表示他们的谦卑与忠诚，这三个人都跪在地上给王虎叩头。办完此事，王虎又挑了些比较机灵的人，打算派他们出去多方打听敌方的消息，他命令他们："尽快去打听消息，在大冷天开始之前，我们要立住脚跟。查清豹子手下究竟有多少人，万一碰上他们的人，和他们聊聊天，看看他们对豹子是否很忠心，有没有办法收买他们。能收买就收买，因为你们的命对我来说比银子更宝贵，假如花钱能买到一个人，我绝不让你们去送命。"

这些人脱去军装，只剩下些破破烂烂的内衣裤。王虎给了他们一些钱，让他们去买些外面穿的普通衣服。他们下山进村，到当铺买了几件穷人当了又没钱赎回的旧衣服，穿好后就开始在各村东游西荡，酒馆、牌桌、商铺都是他们消磨时间的好去处。不过，无论到哪儿，他们都竖起耳朵听着，听到什么就回去一五一十告诉王虎。

这些人打听到的消息，同王虎起先在酒馆里听到的完全吻合。这一带的老百姓对强盗头子豹子都是又恨又怕，为了让他别到村子里捣乱，老百姓年年要给他送银子、送东西，而且这家伙开价越来越高。他的借口是手下的人年年增加，况且，他既然为老百姓打退了别处的强盗，那么老百姓当然应该付钱给他。他手下的人的确在增加，因为这一片地区的二流子、逃犯、懒汉全都跑到了双龙山豹子的巢穴里，投奔到豹子的旗下。身强力壮胆子大的当然受欢迎，胆小体弱的也可留下被当仆人使唤。甚至女人也有投奔到豹子那儿去的，有的是胆大的寡妇，有的是不在乎名声好坏的女人，也有的是跟着丈夫一起上山的，还有一些是被抓获的女俘，专供男人享乐用。豹子也的确挡住了一些外来的强盗。

尽管如此，老百姓还是恨他，还是不情愿给他东西。不过，情愿得给，不情愿也得给，因为老百姓没有武器。要是在过去，他们或许会拿起刀、叉、大镰刀之类的农具和强盗们拼一拼，可是如今强盗们用的是洋枪，老百姓上哪儿弄洋枪去呢？而且，谁又有这种拼命的胆量呢？

当王虎问起豹子究竟有多少人时，答案是五花八门的，有的说"五百",有的说"两三千",有的甚至说"一万"。究竟多少也闹不清,但是肯定比王虎目前的兵力多得多,这点是毫无疑问的。这一点叫他颇费脑筋,他觉得自己非得以智取胜不可,不到万不得已时,绝不能硬拼。他一边琢磨一边听那些探子说,他让他们随便说,但他心里明白,越是不知道什么的人越是爱吹。那个爱开玩笑的家伙开了腔,他就是把王虎称作黑眉虎的家伙。他用他那又细又尖的嗓子吹起来了:"我一点也不害怕。我一下子跑到最大的镇子里,县衙门就在那个镇上,我在那儿探听情况,看来,那儿的人也害怕豹子。逢年过节,豹子都要老百姓送东西,要是做生意的不给银子,豹子就要攻打那个镇。我碰到一个卖炸肉丸子的小贩,他的肉丸子做得真好,他们这儿的猪肉本身就好,肉丸子里又加了蒜泥,味道真不错,我真愿意我们待在这儿别走了。我问这个卖肉丸的:'你们的县太爷为什么不派兵去收拾这帮强盗呢?'他这家伙人倒不错,还给我多浇了一点碎丸子,他说:'我们的县太爷整天只知道抽大烟,连自个儿的影子都害怕,他手下管军队的将军从来就没打过仗,连怎么拿枪都不知道。将军还是个动不动就发火、成天大惊小怪的家伙,一碗汤烧得不称心他都会大发脾气,但是老百姓的事他根本不放在心上。你看看县太爷养的那批卫兵,就晓得县太爷是怎么样的人了。他付给卫兵们的银子越来越多,生怕卫兵们背叛他,或是被别人收买,他花银子就像倒剩茶似的。有那么些卫兵也不行,一听到豹子的名字,他就吓得发抖,嘴里虽哼哼着要怎么怎么,可是却一动都不敢动,为了让豹子别来捣乱,他每年不知花了多少银子。'这个小贩就是这么跟我说的。后来,我吃完肉丸子,见他已经不会再多说了,我就接着往前走,和一个叫花子又聊了一会儿。他坐在太阳地里捉虱子,这老头人挺机灵的,靠讨饭过日子。他每逮着个虱子,都要掐下虱子的头,把虱子放到嘴里咬。我敢说,这家伙吃虱子也吃饱了!我们聊了好些事。听他讲,县太爷今年有点想收拾一下那帮强盗了,因为他上头的人已经听到风声,说他没本事,只好让强盗在这里作威作福。有不少人眼馋他那把县太爷的交椅,跑到上头去告他不称职。他要是下了台,至少有十几个人想抢这个肥缺,这个地方实在太富了。老百姓听到这消息又有了心事。他们说:'唉,我们好不容易喂肥了这头老狼,它现在总算不那么贪心了,再换一头新的,我们又得从头喂起。'"

王虎让他们随便聊,这帮人把听到的全都说出来,边说还边开玩笑,嘻嘻哈哈,因为他们对王虎很有信心,而且个个都吃得挺饱,对他们路过的土地、村子都很满意。尽管老百姓既要养豹子又要养县太爷,但是因为这块地方实在很富,他们还是养得起王虎这帮人的。王虎让他们瞎聊一气,虽然有些话没什么价值,但总会冒出一两句王虎想听的话。王虎比他们聪明,他知道怎么从麦糠里捡出麦粒来。

刚才那家伙吹完之后,王虎马上抓住了他最后提到的那件事:县太爷害怕丢官。他仔细考虑,觉得自己仿佛找到了成功的奥秘:他可以通过这个老朽的县太爷来得到统治这片地区的权力。他听得越多越觉得豹子并不见得像原先想的那么厉害。过了一会儿,他下了决心:派一个探子钻到豹子的老巢里面去,看看豹子究竟有多少兵力,看看这些兵究竟是些什么样的人。

王虎的士兵们正在吃晚饭,一个个嚼着硬馒头,端着粥碗在喝,全都蹲在那儿。王虎看着这帮人,拿不定主意究竟派谁去,看上去哪个都不够机灵。他的目光落到了身边的侄子身上,这小伙子吃起东西来总是一副贪婪的样子,嘴里塞得满满的,腮帮子鼓鼓的。王虎径直走进自己房间,他侄子在后面跟着,因为这是他的职责,王虎叫他侄子把门关上,听他说话。他说:"我要你去做一件事,你敢不敢去?"

小伙子一边嚼嘴里的东西,一边挺硬气地说:"三叔,不信你就试试吧!"

王虎说:"我是打算试试你。你带上一把孩子用的弹弓,到双龙山去一趟。快天黑时去,装成一个迷了路的孩子,害怕山里的野兽,在豹子的老窝门前大声哭。他们放你进去之后,你就说自己是个农民的孩子,住在山那边,你是到山上来打鸟的,没想到那么快就天黑了,你迷路了,求他们让你在山上的庙里住一宿。万一他们不肯留你住,至少得求他们派一个人送你到出山的关口那里。其他就靠你的眼睛了,什么都别放过,他们有多少人、多少枪,豹子是什么样的,把一切都记住,回来告诉我。你敢不敢去?"

王虎瞪着那双黑眼珠看着他侄子,只见这小伙子的脸变得煞白,脸上的麻子更明显了,像一点一点的小伤疤似的。不过他还是壮着胆子说:"我敢。"

"我从来没要你做过什么事,"王虎神情严肃地说,"不过这一回,你那种小丑样子或许会有点用处。要是你真迷了路,或是一时没了主意,说漏了嘴,那就是你自个儿的事了。虽然你看上去总那么乐呵呵、傻呵呵的,但其实你并不傻,因此我才决定派你去。装成一个傻头傻脑的人并没有多大的危险,但是万一你被他们看出来了,你能不能宁死不开口?"

小伙子的脸上又有了血色,他挺硬气地站在那儿,身上穿着老棉布衣服。他答道:"三叔,不信你就瞧着吧!"

王虎看到侄子这个样子,心里十分高兴,他说:"好小伙子,有胆量!干得好一定提拔你。"他看着麻子,微微一笑,那颗除了生气之外从来不会被触动的心也为之一动,这倒不是为自己的侄子而动,他并不喜欢这个侄子,而是他隐隐约约又萌发了想有自己的儿子的念头。不过,他希望自己的儿子别像这个侄子一样油头滑脑,他应是一个健壮、可靠而且严肃的男孩。

王虎叫这小伙子穿上一身农家子弟的衣服,腰里绑一条毛巾当作腰带,想到他要翻山越岭,王虎又叫他穿上一双旧鞋。小伙子用树上的小枝杈做了一个弹弓,然后,他连蹦带跳走下山去,消失在丛林之中。

在侄子出去探听消息的这两天里,王虎按计划分配每个士兵做事,不让一个人闲着或是打打闹闹。他派亲信到村里去买粮食,而且分批派他们去,每次只买很少的肉和粮食,免得让别人看出这些人买的粮食是给一百来号人吃的。

第二天傍晚,王虎走出去向山下张望,想看看他侄子回来没有。他心里十分担忧,担心他侄子遭遇不测,因此,他蓦然间产生了一种怜悯和自责的情绪。当夜幕降临、月亮升起的时候,他远望着双龙山,暗自想道:"我应该派个大人去,不应该派我侄子去。万一他有个三长两短,我怎么向二哥交代?不过,除了自己的亲人,我又能信得过谁呢?"

他的士兵入睡了,月亮已经高高地挂在天上,他还在那儿张望,但是他侄子仍然未归。最后,夜里的凉风刮起来了,王虎走进屋里。他的心情很沉重,他现在才知道,万一这个小伙子真的一去不复返了,自己会很想念他,这孩子有好多办法逗你乐,叫你没法生他的气。

后半夜,一阵敲门声把王虎惊醒了,他连忙爬起来跑去开门。王虎拉开门闩,只见他侄子站在门前,尽管已经累得筋疲力尽,但精神还挺好。他走路有点瘸,裤子被划破了,大腿上有血渍。不过,他还是兴高采烈地招呼他三叔:"三叔,我回来啦!"他小声说道。王虎忽然无声地笑了,只有当他真的十分开心时,他才这样笑。他急忙问道:"你的腿怎么啦?"

小伙子满不在乎地说:"没事。"

王虎十分高兴,破天荒地开了个玩笑:"别是让豹爪子给抓的吧?"

这小伙子大声笑起来,他知道三叔是在开玩笑。他坐在台阶上说道:"没让他抓着。青苔很湿,又有露水,滑得很,我一不小心滑到山路边的一棵树上,让树枝划破了点皮。三叔,我饿得不行了!"

"那就快吃点东西。"王虎说,"吃点、喝点,睡会儿觉,完了我再来听你讲。"

他叫侄子到大厅里坐下,然后喊来一个当兵的,让他给这小伙子弄点吃的。王虎的喊声惊醒了几个人,紧接着士兵们一个个都醒来了,他们全都聚到院子里,都想听听这小伙子到底看到了些什么。小伙子吃完之后,王虎看出大家的心思,再说这小子刚凯旋,也兴奋得睡不着,天又快亮了,于是他说:"那就先说说吧,说完了再去睡觉。"

在脸上蒙着布的菩萨的前面有一个祭坛,麻子便坐在祭坛上说起了他的冒险经历:"我走啊走,那座山比我们这座山高一倍。三叔,豹子的老窝在山顶上的一块平地上,圆圆的,像个碗一样。我们要是打赢了,最好就把他们的窝占上。那里有房子,就像个小村庄一样。三叔,我就照你吩咐的那样,天一黑,我就在怀里揣了几只死鸟,一边哭,一边向大门走去。那座山上的鸟样子真怪,颜色真漂亮。我打到一只黄色的鸟,全身金黄,可好看了,我还带在身边哩——"说着,他从怀里掏出一只黄色的鸟,软绵绵的,已经死了,像一小块黄金一样。王虎急着想听下文,对麻子玩鸟的行为很恼火,不过,他最终忍住了没有发作,还是让麻子继续讲下去。麻子把黄鸟小心翼翼地放在他坐着的祭坛上,看了看那一张张专心听他讲话的面孔。他身旁有一个火把,是王虎叫别人点的,就插在祭坛上的香炉里。麻子接着说道:"他们听到敲门声,就从里面走了出来。起先,他们只开了一点缝,看看到底是谁。我装作可怜的样子,哭着说:'我家离这儿好远——我逛得太远了,天黑了,我害怕树林里的野兽,行行好,让我到庙里待一宿吧!'开门的人又把门关上,他跑进去问该怎么办,我又接着使劲哭。"接着麻子就学给他们看他是怎么哭的,大家听了笑个不停,对他发出一声声赞叹:"这个小猴子真精!这个小麻子真鬼!"

这小伙子咧开嘴笑,高兴得不得了。他接着说:"他们总算让我进去了。我尽量装成傻乎乎的样子，吃完馒头喝了点粥之后，我假装害怕得哭起来，我说：'我要回家。你们是强盗，我害怕你们，我害怕豹子！'我跑到大门那儿，求他们放我出去，我还说我情愿到外边叫野兽吃掉！

"看到我那副傻样，他们全笑了，他们安慰我，叫我别哭，还说：'难道我们会伤害你吗？等到明天早上再说吧！到时候一定叫你走。'过了一会儿，我不哭了，装出松了口气的样子。他们问我是从哪儿来的，我说了一个村子的名，我也是听来的，大概在山那边。他们又问我别人是怎么说他们的，我说我听说他们个个胆子都很大，还说他们的头领不是人，是个人的身子，但长了个豹子的脑袋。我还说：'我很想见见他，不过我也真有点害怕见到这样的怪人。'他们全都笑我。接着，有个人对我说：'来，我带你去见见他。'他带我走到一扇窗户跟前，我从外边往里看，里面点着火把，只见他们的头领在里面坐着。三叔，这个人长得就是怪，脑袋上半截特别宽，眉毛以上就往后斜过去，真像头豹子。他正在和一个年轻的女人喝酒。她长得挺好看，不过样子有点凶。他们俩喝一壶酒，男的喝一口，女的喝一口。"

"那里有多少人？他们的枪是什么样的？"王虎问道。

"好多好多，三叔。"麻子答道，"光是打仗的人就比我们多两倍，另外还有打杂的，还有女人，我还看到许多孩子在那里跑来跑去，也有跟我一样大的小伙子。我问过一个小孩子他的爹是谁，他说他不知道，因为那儿的人不是一个人有一个爹，他们只知道谁是妈，不知道谁是爹。这事可太奇怪了。打仗的士兵都有枪，打杂的就只有镰刀、菜刀什么的。在离他们老窝不远的山顶上,他们堆了不少圆石头,万一有人攻打他们,他们就把石头滚下来。要想进到里面,一定得通过一个关口,别的地方全是悬崖,关口那儿有人把守。我是趁看守睡着的时候逃出来的。他躺在那儿打呼噜,他的枪就放在他身边的石头上,我本来可以顺手把枪拿上的,我真忍不住想拿,后来我还是没拿,我一拿,他们就知道我先前讲的话是骗他们的了。"

"那些打仗的士兵怎么样?个子大吗?看上去胆子大不大?"王虎又问道。

"胆子够大的。"麻子答道,"个子有的大,有的小。他们吃完饭就在一起聊天,根本没人管我,因为我先前同那些小伙子在一起待着。我听到他们都在骂豹子,说他不照规矩办事,把大部分抢来的东西都留给自己了。豹子不放过一个稍微漂亮点的女人,不让别人碰他的女人,除非他玩腻了,别人才有份。他不像弟兄之间那样公平地分东西,老把自己抬得很高,其实,他也是个普通人,也不识字,那些人都讨厌他那副称王称霸的样子。"

听到这个,王虎很高兴。他一边听他侄子讲,一边在默默地想。他侄子讲东讲西,一会儿说自己吃的是什么,一会儿又讲自己多机灵。王虎边想边琢磨着下一步的计划。过了一会儿,王虎看他侄子差不多讲完了,再没什么新玩意,只是为了让别人继续注意他、称赞他才在那儿不断重复已经讲过的话,于是站起身,命令小伙子去睡觉,叫其他士兵去完成他们各自的任务,因为天已经亮了。火把已经快烧完,在旭日的光辉中,火把那摇曳的火苗显得十分苍白无力。

王虎回到房里,把几个亲信叫到身边,说道:"我再三琢磨过，我相信我可以不花费一人一枪就打赢他们。我们一定不能同他们明着打，因为他们的人比我们多得多。杀蜈蚣的时候，总是先把它的头掐掉，这样一来，它那一百条腿就乱了套，有的往前，有的往后，那么多条腿也没用。我们就是要先干掉这帮强盗的头领。"

几个亲信一听到这么大胆的计划，全都惊呆了。屠夫粗声粗气地说："连长，听上去怪好的，可是抓不到蜈蚣怎么掐它的脑袋呢？"

"照样可以掐，"王虎答道，"我的计划是这样的，不过得靠你们几位帮忙才行。我们装扮成江湖上英雄好汉的样子去找县太爷，就说我们是散兵游勇，愿意为他当差，给他当侍卫，发誓为他除掉豹子。为了保住县太爷的宝座，有我们帮忙，他正是求之不得。然后，我要他假装同强盗讲和，邀请豹子赴宴，让豹子坐在县太爷边上。到时候，县太爷把酒杯往地上一扔，我们就从暗处冲出来把强盗们干掉。我再秘密地安排一些手下，埋伏在镇上各处，万一有一小部分人不肯投奔我，就把他们收拾掉。这不就把蜈蚣的脑袋掐下来了吗？这并不是多难的事情。"

其余的人也都觉得这个计划行得通，他们对王虎佩服得五体投地，都同意这么干。接着他们又商谈了一下具体的细节，谈完之后，王虎让几个亲信退下，召集全体士兵到大殿集合。王虎先派他的亲信去看看那些和尚，免得他们偷听，接着他便向士兵讲了他的计划。听完之后，他们大声欢呼起来："好，太好啦！黑眉虎，真有你的！"

王虎站在蒙了布的菩萨下面，听着士兵们的议论，虽然他没说话，他一向高傲冷漠，但是此时他心头涌起一阵拥有权力的喜悦。他扫了士兵们一眼，神情严肃地站在他们中间。士兵们还想再听他说点什么，他说："你们好好吃点、喝点，穿上最普通的衣服，但别忘了，你们照样是士兵，带上枪到城里各处藏起来，不过别离县衙门太远。到时候，我一吹哨子，你们就赶到。我不叫你们，你们就等着。"他转身对豁嘴说："每人发五两银子，当酒饭和住店的钱。"

银子一发，士兵们个个都挺高兴。王虎把他的三个亲信叫到身边，他们全都是一副豪侠的装束，在衣服里都藏好匕首、带上枪之后，他们三个就先去到一边。

见这帮人要走，和尚们都高兴极了。王虎见到他们那副高兴的样子，对他们说："别高兴得太早了，兴许我们还要回来呢！要是找到更好的地方，我们当然就不会回来了。"话虽这么说，王虎还是付给他们不少银子，比应该付的还多些。他对老方丈说："补补屋顶、修修房子，一人再买一件新袈裟。"

和尚们万万没想到王虎如此慷慨，老方丈都有点不好意思了，他说："你真是个大好人，我只有在菩萨面前求他保佑你，除了这个，我也没别的办法报答你呀！"

王虎答道："菩萨面前说不说都无所谓，反正我向来不信菩萨。不过，万一今后听到一个叫'老虎'的人，那么你可要在别人面前为他讲几句好话，说'老虎'这个人对你不错。"

老方丈看着王虎，连声应道："一定说，一定说！"他双手紧紧握住银子，万分珍惜地捧在胸前。

十三

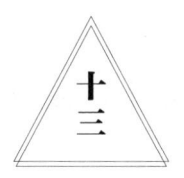

王虎领着他的亲信直奔县城,到了县城,又直奔县衙门。衙门口的卫兵倚着石狮子,懒洋洋地站着。王虎毫无惧色地对卫兵说:"让我进去,我有要事禀报县官大人。"

卫兵迟疑了一会儿,因为他见王虎根本没有掏银子的意思,王虎见他不愿意,立即大喊一声,刹那间,他的三个亲信跳上前去,用枪口对着卫兵的前胸。这卫兵吓得脸色蜡黄,连忙退到一边,让他们进了门。大门附近有几个闲逛的人看见了刚才的这一幕,但谁也不敢动。王虎把两道黑眉向下一放盖住双眼,然后恶狠狠地大喝一声:"县太爷在哪儿?"

没有一个人敢应答,王虎一看就火了,他拿枪指向离他最近的一个人,然后用枪戳了一下他的肚子,这个人吓得跳起来,连声喊道:"我带你去找他——我带你去找他!"他嗒嗒地跑在前头,见他吓成这副样子,王虎暗自觉得好笑。

他们跟着这个人穿过了一个又一个的庭院。王虎面向正前方,虎视眈眈地,既不往右边看,也不往左边看,他的亲信也尽可能学他的样子。最后,他们走到了内院,那地方非常美,有一个池塘,池塘边种的是牡丹花,还有不少高大的松树。不过,内院各间屋子的门窗全都紧闭着,四周一片寂静。给他们带路的人在门槛那儿站住,咳嗽了一声。一个仆人走到格子门边,他说:"你有什么事?我们老爷睡了。"

王虎大喊道:"那你快叫醒他。我有十分紧急的事要向他禀报。他一定得起来,这是有关他前程的事!"王虎的喊声在寂静的内院里回响着。

那个仆人瞪眼看着他们,有点拿不定主意,不过看到王虎那副凶神恶煞的样子,他猜想他们准是上头派来的信差。于是,他进屋去摇醒县太爷。这老家伙从梦中惊醒,连忙洗脸、穿衣,走到客厅里坐下。他吩咐仆人把王虎一行人领进客厅。王虎大大咧咧地走了进来,恰到好处地向县太爷行了个礼,身子躬得不深,因此算不上毕恭毕敬。

看到眼前这帮凶神恶煞的人,县太爷十分惊恐,他连忙起身并请他们坐下,叫人送上了点心、水果和酒。他讲了一番客套话,王虎也尽可能回了几句客套话。这套礼节性的话一说完,王虎立即开门见山地说:"我们从上面的人那儿听说,大人您让一帮强盗缠得很苦,我们来这里就是想凭我们的武艺和本事,帮大人收拾掉这帮强盗。"

在这之前,县太爷一直在纳闷和发抖,听到这句话,他才用沙哑、颤抖的声音说:"是啊,我的确伤透了脑筋,我不是习武出身,只是一介书生,也不知道怎么去同这种人交往。我雇了一位司令,但是这个人吃的是公家给的薪水,叫他干别的可以,就是不肯去打仗。这一带的百姓又顽愚至极,真的打起仗来,说不定他们会倒向强盗一边同官府作对,稍微征一点点税,他们就不高兴。不过,你是谁?敢问尊姓大名、祖籍何处?"

王虎别的没说,只是答道:"我们是走江湖的,有人要我们帮忙,我们就卖卖拳脚。听说这一带闹强盗,要是您愿意雇我们,我们这儿倒有一套计策。"

平时,县太爷会不会听陌生人讲这样一番话,谁也不知道,但是,现在县太爷很害怕丢了他的饭碗,他又没有儿子,这么大岁数再去混一个又谈何容易。除了一位结发之妻外,他还有一百来个亲戚,全都靠他养活。他已经到了老朽的年纪,他的敌人却越来越强,越来越贪婪,因此,只要碰上能帮他摆脱困境的东西,他就会像抓住救命稻草那样抓住不放。他把仆人打发走,只留几名士兵,准备洗耳恭听。王虎摊出了他的计划,县太爷立即紧紧抓住。他只担心一条:万一王虎失手,豹子不死,那么这帮强盗肯定要疯狂地报复。王虎看出这个老头的担心,满不在乎地说:"我杀一头豹子就跟杀一只猫一样,我可以剁下它的头,把它的血放干净,我的手绝不会打战,不信你看着!"

县太爷沉思了一阵,想到自己年纪那么大,手下的兵又都那么胆小无能,觉得除了靠王虎这帮人之外,似乎也别无办法了。他说道:"我看也只好这么办了。"

接着,他又喊回仆人,叫他们端来酒肉,摆下宴席,像招待贵客那样招待王虎和他的亲信。王虎和县太爷一起研究了计划里的每一个细节。在以后的几天里,他们便根据计划开始行动。

县太爷派密使到强盗的老窝去送信。他说,他年纪大了,即将卸任,另外一位新知县将要接替他的职位,他不希望他卸任之后大家再产生不和,他想请豹子和众位头领到他家赴宴,借此机会,介绍他们认识一下即将上任的新知县。强盗们听到这个消息后十分谨慎,幸好王虎早有准备,他已经叫县太爷派人到各地散布消息,说老知县快走了。因此,强盗们派人到老百姓中打听消息时,他们听到的消息和县太爷派人捎来的消息是一致的。于是,他们相信了,而且,他们觉得,如果新知县能受老知县的影响,也害怕他们,也老老实实缴钱,那倒真是不坏,连仗都可以不必打了。他们接受了县太爷的邀请,回话说,他们将于某一个月黑的夜晚前去赴宴。

那天正巧赶上下雨,风雨交加,天色更显得黑了。不过那帮强盗倒是并不食言,他们穿着最好的衣服来了,他们的武器磨得又快又亮,每个人都把剑抽出来握在手里。院里站满了他们带来的卫兵,有些卫兵甚至站到大门外的街上去了,都是为了防止有诈。不过,县太爷的戏演得很像,虽然说两个膝盖总禁不住要打战,但是,他脸上完全是若无其事的样子,嘴上也是客气话不断。知县命他的手下把武器全都交出来放在一边,这帮强盗看到除了他们自己,别人都没武器,就更放心了。

县太爷叫自己的厨师准备最好的酒宴,豹子和众头领将在内院的大厅里入座,其他卫兵的宴席则设在其他庭院里。一切准备就绪之后,县太爷便领着众头领走进大厅,并请豹子入主宾席,豹子在一番谦让之后坐下了,县太爷自己在主座就座。不过他早有准备,他的座位离一扇门很近,到他扔酒碗为号的时候,他就可以夺门而逃,躲起来,等到没事了再出来。

宴席正式开始。起初，豹子喝得很谨慎，要是发现某个头领喝得太多，他还要瞪他一下。可是，这酒是这一带最好的酒，味道实在太好了。肉也烧得很可口，而且故意烧得有点咸，让人吃多了就口渴。这帮强盗平时吃的只是粗茶淡饭，哪里尝过这么好吃的肉，他们从小就没享受过任何讲究一点的食品，连做梦都想象不到这些可口的热炒小菜。最后，他们再也顾不得节制，拼命大吃大喝起来，院里的卫兵比起头领来，更是有过之而无不及，因为他们毕竟不如头领们那么有头脑。

王虎和他的亲信躲在格子窗附近的帘子后面向外观察着，这里离一扇门很近，他们过一会儿就要从这扇门里冲出去。每个人都抽出剑做好准备，竖起耳朵注意听瓷酒碗摔在地上的声音，那是动手的信号。酒席足足进行了三个多小时，到这时，喝酒已经像喝水一样了，仆人们进进出出忙个不停，这帮强盗吃足了肉，喝够了酒，肚子撑得快圆了。忽然，县太爷发起抖来，脸色变得像香灰一样，他颤声说道："我的心跟刀绞一样疼啊！"

他匆匆举起酒碗，但是手一晃，酒碗摔了出去，落在砖地上。他摇摇晃晃地走出了那扇门。

没等强盗头领们喘口气，王虎就吹响了哨子。他向他的手下大喊一声，他们立即破门而出，朝强盗头领们扑过去，每人对付一个王虎预先指定好的头领。王虎把豹子留给自己来对付。

仆人们预先得到过指示，一听到喊声立即闩上所有的门，豹子一看苗头不对，赶紧跳起来朝刚刚县太爷走出去的那扇门冲去。王虎紧追不舍，并用剑刺中了他的胳膊。豹子在跳起来时，顺手抄起了一把别人的匕首，而非他自己的剑。大厅里一对对厮杀的人乱成一团，喊声、咒骂声响成一片，王虎的亲信都顾不上看别人打得怎么样了，除非他已经干掉了自己的对手。有的强盗因为醉得厉害，没几个回合就被杀死了。亲信们杀完了各自的对手之后，便来看王虎打得怎样，想来帮他的忙。

豹子可不是一般的敌手，别看他喝了那么多酒，动作依然十分灵活，他的飞腿无论进攻还是防守都很厉害，王虎没法一剑置他于死地。但是王虎不愿意别人帮忙，他坚持一个人同豹子搏斗，他渴望得到亲手制服豹子的荣誉。看到豹子那种勇猛拼杀的劲头，看到他抓一把这么差劲的匕首还在拼命挣扎的样子，王虎真有点钦佩豹子，此所谓英雄惜英雄。他感到难过，因为他一定得杀死豹子。王虎的剑在空中飞舞，终于把豹子逼到了一个角上，豹子实在吃得太饱、喝得太醉，没能打出他的最好水平。另外，豹子是自学武艺的，毕竟比不得王虎，王虎是在正规的军队里学过的，武器怎么使用、怎么摆假动作，他全都知道。豹子终于招架不住了，王虎对准他的要害猛刺一剑，紧接着用力一搅，血和水一起喷了出来。豹子倒下去，临死之前，他狠狠地瞪了王虎一眼，目光是那样凶恶，王虎一辈子也忘不了。这个人的确像头豹子，他的眼珠不像普通人那样呈黑色，而是带点黄白色，像琥珀的颜色。王虎看着豹子终于倒在地上不动了，死了，他那黄色的眼珠依然瞪得大大的。王虎对自己说，这人是一头真正的豹子，除了眼睛之外，他的头也长得很怪，顶部很宽，而且像野兽的头顶一样，向后倾斜。王虎的亲信聚拢在他周围，称赞他的武艺。王虎拿着带血的剑，但像是忘了它似的，两眼仍盯着死去的豹子，他难过地说："要是我用不着杀他就好了，他这个人的确凶猛，只有英雄好汉才有他那样的眼神！"

王虎还站在那里，为自己所做过的事情感到难过，屠夫却大叫豹子的心还是热的，没等别人看清他打算干什么，他已经伸手从桌上拿了一个碗，接着用他那双看上去粗糙、实际却精巧的双手切开豹子的左胸，用力一挤肋骨，豹子的心便从切口处滑了出来。屠夫把心放到碗里。这颗心的确还没凉，放到碗里之后还动了一两下。屠夫端着碗走到王虎面前，高高兴兴地大声说："拿着，把它吃下去，连长，自古以来就有这样的说法，谁吃了壮士的活心，谁的勇气就会加倍！"

可是，王虎却不肯吃。他转过身去，傲慢地说："我用不着吃。"他的目光落在刚才豹子座位旁边的地上，发现豹子的剑在那儿闪闪发亮。他过去捡起了剑。造这把剑的钢非常好，现在大概造不出这么好的剑了。它锋利极了，可以切断整匹的绸缎；它寒光逼人，像是可以切断云彩。王虎在一具强盗的尸体上试了试这把剑，他没使劲，这把剑就划破了衣服、肌肉，一下子划到了骨头。王虎说："我就要这把剑吧！我从来没见过这么好的剑。"

忽然，他听到一阵呕吐声，原来是麻子。麻子站在那儿看屠夫，看着看着突然恶心起来，想呕吐。王虎听了，知道这是因为麻子从未见过杀人的场面，于是他温和地说："你已经不错了，至少刚才打起来的时候你没这样。到外边院子里透透气。"

可是，麻子不愿去外面，他挺起胸站在王虎旁边。王虎很高兴，说："我要是算个老虎，那么你也算是个小老虎了，真的！"

小伙子高兴得咧开嘴笑了，牙齿露出来，更衬出他那张因恶心而发白的面孔。

王虎走到其他庭院，看看他的士兵同其他强盗打得怎么样。那天多云，天很黑，人影都看不清。他命人点上火把，一看死的人不多，他很高兴，因为他提前下过命令不要滥杀，如果有愿意倒戈的，或是不愿倒戈但特别勇敢的人，都不要杀。

王虎的事还没办完，他决心趁强盗们还没重新站稳脚跟之机，当晚就去攻打他们的老巢。他没有去见县太爷，只请人给他带话："不把这蛇窝彻底捣烂，我决不来领赏！"他集结起他的兵力，在茫茫夜色中穿过田野，直捣双龙山。

王虎的兵有点不情愿再去了：已经打了一仗，现在还要走十里路，说不定还要打一仗。他们希望能到城里抢掠一通，作为给他们的奖赏。他们又向王虎发牢骚了："我们为你打仗、卖命，但是你总不准我们去抢点战利品，从来没见过你这么厉害的头，也没听见过当兵的光打仗不抢东西，连碰一下小丫鬟都不准。这次打仗之前，我们已经忍了好久，谁知打完仗了你还是不准。"

起初王虎不想理他们，可是这帮人一个劲地嘟哝，他再也忍不住了。他心里很清楚，对这帮人非厉害点不行，不然他们会背叛他。于是，他挥动那把好剑，在空中舞得嗖嗖作响，然后冲着他们大喊道："我杀了豹子，也照样可以杀你们，我谁也不怕。你们这帮人怎么没一点脑子？这块地方将来是我们的，我们怎么能头一天就抢东西呢？那老百姓还不恨死我们？谁也不许再说那种混账话！到了双龙山，你们想抢什么就抢什么，不过有一条，女的要是不肯，不准硬来。"

他的兵又让他唬住了，有一个士兵不好意思地说："连长，我们是说着玩呢！"另一个士兵边想边问道："连长，我可没发过牢骚。要是抢了双龙山,我们住哪儿呢?我原先以为我们就住在他们那个老巢里。"

王虎还有点生气,绷着脸说道:"咱们不是土匪,我也不是强盗头子。我有高明的计划,不过你们得相信我,别犯傻。豹子的老巢要烧掉,从此这里再也没有强盗,谁也不用害怕强盗了。"

他手下的士兵,甚至包括他的亲信,全都惊讶得不得了,其中一个人问出了大家想问的话:"那么,我们干什么呢?"

"我们要成为军人,而不是强盗。"王虎严厉地答道,"我们用不着搞自己的寨子,我们就住在城里,住在县太爷的院里。我们就是他的军队,我们谁都不用怕,因为我们的军队是在公家名下的。"

这帮人对他们头领的聪明才智肃然起敬,他们身上的流气像风一般消失了。他们欢快地笑着,对王虎十分信任。他们又继续攀登石阶,向双龙山进发,山间寒冷的雾气在他们身边缭绕,他们的火把在雾里冒着烟。

他们突然出现在关卡处,强盗窝的卫兵惊呆了,还没来得及讲话就被人用剑刺死。王虎看在眼里,尽管不满意这种做法,却也没说什么责备的话,因为目前只杀了一个人,而且他知道对他手下这些野蛮无知的人不能管得太紧,闹不好他们要记仇的。这群人继续朝山寨的大门走去。

这个山寨的确像一个村子。寨子有一面墙的原料是山上的岩石,是用黏土和石灰砌起来的,十分坚固;大门是木头的,但是外面用铁条箍着,嵌在墙里。王虎使劲敲门,门是闩着的,敲了半天也纹丝不动,也没人答应。王虎再敲,还是没人答应。王虎猜到里面的人已经知道他们的头出事了，肯定有人回来报信了，要么这些人全已逃走，要么他们正盘踞在寨子里准备迎战。

王虎命令手下人找来许多干稻草，扎成一把一把的，堆在木头门前面烧，等烧出一个洞之后，由一个人爬进去，迅速打开大门。其余的人一拥而入，由王虎领路。

山寨死一般寂静。王虎站在那儿注意听，但一点声音也没有听见。于是，他下令叫每个人点燃火把，拿着烧房子。茅屋屋顶一下子就烧着了，王虎手下的人兴奋地大声怪叫。顷刻之间，山寨成了一片火海，房子里的人像蚂蚁出洞一样仓皇逃命。男人、女人和孩子们像泉水般往外涌，哆哆嗦嗦地东奔西逃。王虎的手下开始用刀捅这些逃命的人，王虎及时出面制止，他大喊，让他们放那些人逃命，不过，王虎允许了他们进屋抢东西。

他们立即冲进房子，仿佛不觉得有烈火在燃烧，绸缎、布匹、衣服，他们抓到什么拿什么。有些人找到了金银，有些人找到一坛坛的酒和吃的，于是便拼命地吃喝起来，有些人急于抢东西，甚至在自己点的火里丧生。王虎看到他们那副幼稚的样子，立即派亲信去看住他们，以免他们被火烧伤，因此，死去的人并不多。

王虎站在远处观看。他把他侄子留在身边，不许他去抢东西。他说："孩子，我们不是强盗，你是我们王家的骨血，我们不能去抢别人东西。这些人愚昧无知，隔上一段时间，总得允许他们这么来一次，不然他们就不会再忠心耿耿为我做事了。再说，一样是抢，在这儿抢总比到山下去抢要好一些。这些人是我的工具——我要干一番大事业就少不了这帮人。但是，你同他们是不一样的。"

于是,他把他侄子留在身边。幸亏他这样做了,因为这时发生了一件十分奇怪的事。当时,王虎正倚着枪站在一旁,见房子上的火苗渐渐地弱下去,有些已经没有明火了,光在冒烟。这时,麻子突然大叫一声。王虎一转身,只见一把剑从上往下向他劈来,他马上用剑去挡,对方的剑刃在他的剑刃上一滑,碰了一下他的手,落到地上,还好碰得很轻,王虎最多蹭破了点皮。

王虎一下子跳到暗处,动作比老虎还要敏捷,他抓住了一个人。他把这人拖到火光前一看,发现竟是个女人。他牢牢抓住她的一只胳膊,正在他不知所措的时候,麻子突然嚷道:"那天和豹子在一块儿喝酒的,就是这个女人!"

没等王虎说话,这个女人便拼命挣扎,发现实在挣脱不开,她一扭头吐了一口唾沫,正吐在王虎的眼睛上。王虎还从来没受过这种气,再说唾沫实在又脏又恶心。他拼命扇了她一记耳光,就像打一个倔脾气的小孩一样,她的脸上马上显出了紫红色的手指印。王虎喊道:"让你尝尝这个,你这只母老虎!"

王虎想都没想就吼出这么一句。她恶狠狠地回嘴说:"我怎么没杀死你——你这个杀千刀的——我就是要杀你!"

他仍然紧紧抓住她,狞笑着说:"我知道你想杀我,要不是我旁边站着这个麻脸小伙子,恐怕这时候我已经头破血流死在这里了!"他叫手下去找根绳子把她绑起来,他们把她绑在大门边的一棵树上,好让王虎考虑怎么处置她。

他们绑得很紧,无论她怎么挣扎都没用。她一边挣扎一边大骂所有的人,王虎被骂得最凶,她骂的那些话是一套一套的,恶毒极了，很少听到有这样骂人的。王虎看着手下的人绑她，绑结实之后，这些人各自取乐去了。王虎则在这个女人面前走来走去，每次经过她，王虎都要看她一眼。一次比一次看得更仔细，一次比一次更惊奇。他发现她很年轻，美丽的面庞光艳照人，却又流露出一种坚毅的神情，嘴唇又薄又红，额头又高又光，两眼明亮、敏锐，充满了怒火。她的脸很窄，像狐狸的脸似的。这的确是一张很漂亮的脸，即便在她骂他、向他吐唾沫，或者拼命挣扎的时候，仍不失为一张漂亮的脸。

王虎只是静静地走来走去，不时看她两眼，根本就不理睬她。到快天亮的时候，她痛得、累得吃不消了，便不骂了，只是吐唾沫。过了一会儿，她痛得实在受不了了，连唾沫也不吐了。最后，她舔着嘴唇，气喘吁吁地说："稍微松一松吧，我实在疼死了！"

王虎不理睬她，只是冷冷地一笑，他认为她是在施诡计。每次王虎走过她身边，她都求他，可王虎就是不理她。最后，他经过她身边时，她垂下了头，不再吭声。可是，王虎仍不敢走近她，他不想再被她吐唾沫，他以为她是装睡或装死。他又来回走过她身边多次，她依然没有声音，王虎便叫麻子去看看她怎么回事，麻子托起她下巴看看她的脸，没错，她是昏死过去了。

王虎走近她细看时才发现，她比刚刚他在微弱的火光中看到的更美。她大概不到二十五岁，不像一般的农家女，也不像普通的女人，他不禁纳闷她究竟是什么人，她怎么会到这里来，豹子又是怎么把她弄到手的。他叫来一个手下把她放下，虽然仍然捆着，但不再捆在树上，而且捆得不那么紧了。他叫手下人将她平放在地上躺着。她一直到天亮才苏醒。天亮了，阳光穿过清晨的薄雾，照在他们身上。

此时，王虎集合手下的人说道："时间到了，我们还有别的事要做。"

王虎说得很大声，他拉开枪栓，准备处置违抗命令的人，他手下的士兵见状逐渐停止了瓜分赃物的争吵，在他的招呼下集合了。等士兵都来了之后，他说："收拾好枪支弹药，这些都是我的了。"

士兵们照办了，王虎数了一下，共有一百二十支枪和大量的弹药，但其中有些枪已经锈迹斑斑，没什么价值。王虎把这些老式的笨头笨脑的枪放在一旁，等有了好的就扔掉它们。

在冒着烟的废墟中，他的部下把战利品扎成大大小小的捆。王虎点了点枪支，把它们交给了可靠的人保管。最后，他转过头来看那个被绑着的女人，她已醒过来了，睁着眼躺在地上。王虎看她时，她也狠狠地盯着他。他厉声问她："你是什么人？家住哪里？我把你往哪儿送？"

她拒不回答，啐了他一口，那张脸看上去活像一只狂怒的母老虎。这一下大大激怒了王虎，他命令两个士兵："把她用棍子抬到县里去，送她进监狱，那样她就会招供了。"

士兵们遵命，他们拿一根棍子粗暴地穿进绳子，肩扛着两头，把她吊在中间。

这时，一切都已准备停当，太阳在山顶露了出来，清晰而明亮，王虎走在队伍前面。匪窟那边仍有烟雾升起，王虎没有再回头看一眼。

他们又沿着大路从乡下向城里进发了。一路上,人们从眼角瞟着这群人,特别是那被绑在棍上的女人,她的头倒垂着,狐媚子脸灰白灰白的。人们都觉得奇怪,但没人敢问发生了什么事,以免被卷进纠纷中去。他们心中害怕,看了一两眼后就都忙自己的事,再不抬眼瞧了。天已经大亮,太阳照耀在田野上空,王虎他们终于来到了城门口。

到了城墙下的阴影处,亲信豁嘴走过来,把王虎拉到城门旁的一棵树后,悄悄对他说话,由于着急,他嘴里呲呲作响:"我有话说,一定得说。最好别招惹这个女人,她的脸和眼睛有一股狐媚气,这种女人是狐狸精,她们有妖术。我还是用刀结果了她吧!"

王虎常听说这种狐狸精的故事,可他胆大无畏,此时大声笑着说:"我谁也不怕,鬼也不怕,何况一个女人!"他把豁嘴一把推开,仍旧走在众人前头。

豁嘴紧跟其后,叨叨着:"女人比男人邪,她是狐狸,比女人还邪!"

十四

王虎来到头天晚上大干了一番的院子里,他的士兵都尾随着他进来了,一个个都显得倦怠不堪。院子已被打扫干净,和他们初到时一样,死尸都被拉走了,血迹也都被洗净了。卫兵和仆人各就各位,王虎进门时,他们都是心怀畏惧、小心翼翼的。王虎傲慢得像个皇上,人们即刻向他致意。

他骄横地挺直了身子,大步穿过院子和走廊,黑黑的脸上显出得意、庄严的神色。现在他清楚地知道这片地区整个落在他手心里了,他冲站在那儿的一个卫兵喊道:"把捆着的这个女人送进监狱!看着她,给她点吃的,不许虐待她。她是我的俘虏,由我来决定怎么处置她。"

他站着看人们把她抬走了。她已精疲力竭,脸色苍白,原来鲜红的嘴唇现在已经发白,更衬托出了她那漆黑的双眼;她大口喘着气,仍用那双又大又凶狠的黑眼睛望着王虎,见他看着自己,她便扭了一下脸,但没吐口水。王虎很惊讶,他从未见过这样的女人,不知以后怎么对付她。她这么恨他,复仇心这么强,是绝不能放掉的。

他暂且不去想此事,进屋见了县太爷。老县太爷从黎明起就一直在等王虎,他衣冠整齐地坐在那儿,安排了最好的饭菜。见王虎进来,他有点战战兢兢、心慌意乱,虽然他感激王虎,但他明白这种人是不会白给别人干事的。他担心,不知王虎会要求什么样的报偿,他唯恐王虎的欲望太过,那样对他来说可比豹子更难缠。

他正忐忑不安地等着,下人通报王虎到了,只见王虎像个英雄似的大踏步走了进来。老县太爷此时惊慌失措,情不自禁地抖了起来,似乎手脚都不是他的了。他请王虎入座,王虎客气了一下,微微鞠了一躬。老县太爷喊人端茶、上酒肉,然后他们坐下来,寒暄了几句。

一切礼仪行毕,老县太爷才开口讲话。他环顾左右,唯独不敢看王虎。王虎不动声色,现在他掌握着主动权,他明白县太爷的心理,他只看着那老头局促不安的样子,就知道是被自己吓的,王虎为此感到快活,因为他有意如此。老县太爷开始说了,他的声音又软又轻,仿佛是在耳语:"您昨晚的功德我将永世不忘。感戴这份大恩大德,把我从多年的灾难中解救了出来,使我可以享受老来的安宁。我要对您——我的恩人——说的是,您比我的儿子还亲,我该怎么报答您呢?又该怎么犒赏您的部下呢?讲吧,您要什么?若要我的官位,我让就是。"

他哆哆嗦嗦地等待着,咬着手指头。王虎静静地坐在那儿,直等到老县太爷讲完,然后才有分寸地答道:"我什么也不要,从年轻时起我就跟一切坏人、恶棍作对,我做这些都是为了解救百姓。"

他坐着不言语了，这回轮到县太爷说话了："您是英雄豪杰，如今我不敢指望还有您这种人。但我若不向您表示谢意，我死也不能瞑目。请明告您喜欢什么。"

他们就这么你来我往地说着，礼让着，慢慢接近了话题。王虎婉转地表示他想接收、改编原来追随豹子但现在愿意倒戈的人，老县太爷听到这话吓坏了，他双手抓住椅子扶手才站了起来，问："那你是想接替他做强盗头子了？"

他自忖若果真如此，他就真完了。这位来历不明的又高又大的黑眉毛汉子看上去比豹子更凶猛，也更机灵，这儿的人起码还认识豹子，也了解他的欲望。想到这儿，县太爷不由自主地呻吟了一声。王虎直截了当地说道："你不用怕，我并不想做强盗。我父亲是个体面的地主，我有他遗留给我的财产，我不穷，用不着去抢。我还有两个哥哥，他们都是正派的有钱人。我的前程要用我自己的战绩去开创，不是强盗的卑劣行径所代替得了的。我所要求的报偿，就是让我和我的人马留在这儿，任命我为你部队的司令，我们是你的部属。我将保护你和百姓免受盗匪之苦，你供养我们并给俸饷，我可在省里有个名分。"

老县太爷听着，感到十分为难，他说："那现在那位将军怎么安排？我夹在你们中间可要命了，他是不会轻易让位的。"

王虎果断答道："那就让我们像正人君子那样打一打。若他赢，我就走，我的人马、枪支都归他；我赢了，他就走，他的人马、枪支都归我。"

县太爷叹着气，他是个文人，是崇尚圣贤、希望和平的。他派人去请那位将军来。一会儿，那人来了，那是个有点自负、大腹便便的男人，身穿洋式外套，留着稀稀拉拉的胡子，还打理了稀疏的眉毛，尽力使自己显得更勇猛。他脚边拖着一柄长剑，走路时步子踏得很重。他弯下腰鞠躬，想表现出十分凶狠的样子。

县太爷冒着汗，犹犹豫豫地告诉了他事情的本末。王虎冷冷地坐在一旁，眼望别处，似乎在想着不相干的事。县太爷终于把话说完了，他垂着头，恨不能死了才好。他想着这么夹在这两人中间，真是不死也快了。他一贯认为那将军很凶，脾气暴躁，可王虎更厉害，谁见了他那张脸都看得出来这一点。

这位大肚子将军一听就火了，肥胖的手按住了剑，像是要向王虎进攻。王虎佯装望着院子里的牡丹池，其实早就看到了他的动作。王虎用牙咬住宽厚的嘴唇，垂下了黑眉，双手交叉在胸前，狠狠瞪着这位小个子将军，目光阴森可怕。那矮子迟疑了一下，思索了片刻，强忍住怒火。他不是傻瓜，他明白自己大势已去，他不敢与王虎较量，最后他对县太爷说："我考虑了很久，我该回我父亲那儿去了，我是独生子，他现在也老了。由于有贵处职务在身一直不能如愿。除此之外，我还有胃病，不时发作。您是知道我这病的，正因为有病，我才不能去剿灭那帮强盗，天降的这病这些年来一直缠着我。现在我情愿返归老家为父尽孝，并治治我这病。"

说完他僵硬地鞠了一躬，老县太爷也站起身鞠了一躬，低声说："这些年你忠心尽职，一定会得到好报的。"

将军退了下去。县太爷遗憾地看着他，叹了口气，想道：作为一介武夫，这将军毕竟容易相处些，如果强盗还未被镇压，他在这儿倒不难侍候，只不过有时为吃喝这种小事发点小脾气罢了。老县太爷又偷眼看了看王虎，立刻不安起来。王虎年轻、粗野、非常凶残，脾气又暴躁。但县太爷只平和地说："你现在如愿以偿了，将军一走你就可进驻他那院里，接管那些兵勇。还有一事，上边若知道换了将军，我该如何对答呢？要是那老将军去告我呢？"

王虎反应极快，他立即答道："那正好给了你一个机会，你可以跟他们说，你请了一个勇士，镇压了强盗，你留下那勇士做你的私人侍卫。然后我做你的后盾，强迫那将军写个解甲归田的申请，要他提名我接替他。你聘了我去收服那些强盗，这就是你的政绩。"

尽管勉强，县太爷认为此计也并非卑劣。他开始振奋了，只是还有点畏惧王虎，怕他翻脸无情。王虎有意让他害怕自己，那样对自己有利，于是他冷冷地笑了笑。

王虎在县里安顿下来了，此时北方已是冬天。他很满意自己的作为，他的人马有吃有穿，他也有了俸禄，可以给他们买冬衣，他的士兵都吃饱穿暖了。

一切安排就绪后，冬天来临了，日子过得很顺利。一天，因为无事可做，王虎突然想到他俘虏的那个女人还在监狱里。他默默地笑了笑，在门旁对侍卫喊："去把我两个月前关进监狱的那女人带来！我忘了惩治她了，她企图杀了我呢。"他暗自笑了，又说，"我敢说，现在她服了！"

他等着，觉得很高兴，有心看看她现在会有多温顺。他独自坐在自己的大厅里，身旁是一只烧炭的大铁盆。外面下着大雪，雪落了满院，在树枝上积了厚厚的一层。那日无风，只是寒气逼人，冰冷的雪花凝结不化。王虎坐等着，在火盆旁感到一股暖意，他身穿羊皮袍子，椅子上铺着整张虎皮，用以御寒。

约莫过了一个钟头，他才听见寂静的院中一阵骚动。他向门外望去，卫兵押着那女人来了，另有两个卫兵帮着。她左右乱扭，使劲想要挣脱捆着她的绳子。卫兵们把她揉进了门，雪都带了进来。把她推到王虎跟前站定后，卫兵歉疚地说："司令，费了这么长时间我才办好，您多包涵。对付这个小娘儿们得一步一挪的。在牢里她光着身子睡在炕上，我们都不好进去，太不像样了。我们都是有妻子的正经汉子，只好让牢里别的女人给她硬把衣服套上。她咬她们，抠她们，跟她们打，可总算穿上了点衣裳，我们这才进去把她捆上拉出来。她简直疯了，从来没见过这种女人。牢里的人甚至说她不是人，是狐狸变的，来作孽为害的。"

那年轻女人听到这儿，把一头散发往后甩了甩。她原是短发，现在头发已长到垂肩了。她尖叫着："我没疯，我恨他！"她骂着，下巴点着王虎，她冲他啐去，他飞快地往后退了退，差点被啐到。卫兵们见状赶紧把她拉住，唾沫全喷在嗞嗞响的火盆上了。卫兵见此又补了一句："司令您看，她就是疯了。"

王虎一言不发，死死盯着那个疯狂的女人看，听着她骂。她骂人时也不像普通的无知女人。他凑近了看她，她虽消瘦、憔悴，但仍是美的、骄傲的，完全不像蠢笨的乡下丫头。但她的脚大，像未曾缠过，在那一地区好人家出身的女孩子并不会这样。

这种种矛盾的现象使他也无法判断她的来历。他只是盯着她看,看她美丽的黑眉毛在一对愤怒的眼睛上紧皱着,紧绷着的薄薄的嘴唇从雪白平滑的牙上向后缩了缩。看着看着,他断定这是他一生中所见过的最美的女人。尽管她面色苍白,正在恼怒、生气,脸紧绷着,但仍然光艳照人。他终于慢慢说道:"我根本不认识你,你为什么恨我?"

那女人激昂地回道,声音清晰、动人:"你杀了我的丈夫,我不报此仇决不罢休。你就是杀了我,我也不瞑目,直到替他报仇雪恨为止!"

卫兵们慌了,举起了剑怒喝道:"臭刁婆,你跟谁说话?"要不是王虎示意不要碰她,卫兵早用剑背打她的嘴了。王虎平静地说:"豹子是你的丈夫?"

她依然激动地喊道:"一点不错!"

王虎懒懒地朝前靠了靠,语气平稳、轻蔑地说:"是我杀了他。现在你有新主人了,那就是我。"

一听此话,那年轻女人往前一冲,像要扑上去杀了他,两个卫兵试图扭住她,王虎看着他们扭打。他们把她挟住,她不能动了。她额头上汗如雨下,喘着、泣着,但仍站着,用满怀仇恨的眼睛瞪着王虎。他迎着她的目光,凝视着她,她也反盯着他,毫不畏惧。她目不斜视,似乎决心使他退却,否则绝不自己垂下目光。王虎也一直盯着,毫不退缩,也看不出生气的样子。他沉着,耐心十足,在极度的愤怒中有很强的自制力。

那女人瞪着他看了很久。他仍与她对视着,最后她的眼皮开始抖动起来,她哭了出来,转过头去对卫兵说:"把我再送回监狱去！"她再也不想看他了。

王虎淡淡一笑，对她说："看，我说你有新主人了吧。"

她不再理他，站在那儿，突然垂头丧气了，她张开嘴，微微喘着气。王虎让卫兵送她走，这次她也不挣扎了，只想尽快离开他。

这下王虎更好奇她是何许人了，他想知道她怎么进的强盗窝，弄清她的身世。卫兵回来后，摇着头说："我碰到过烈货，可没有像这只母老虎这样的。"王虎说："告诉狱长，我要弄清她是谁，为什么到了匪窝。"

"她不会回答任何问题的，"卫兵说，"她什么也不会说。唯一不同的是，原来她不肯吃，现在可是狼吞虎咽，这并不是因为饿，而是为了壮身体。她不会告诉别人她是谁的。女人们好奇，想尽办法套她话，可她还是不说。也许上刑能有用，但我也没把握，她那么硬。司令，给她动刑吗？"

王虎想了想，然后咬了咬牙说："要是没别的办法，那就用刑吧。她必须服从我，但是别把她整死了。"过了一会儿他又补充说，"别弄断骨头，也别伤了皮肉。"

当天晚上，卫兵惊慌地来报告："司令，老天爷，那样用刑没法让她开口，不能伤骨头，也不能伤皮，她在嘲笑我们呢。"

王虎阴沉沉地说："暂且放着她，给她酒肉。"他也不再去想这事，等有了主意再说。

在他琢磨办法的同时，他派心腹豁嘴去他老家一趟，把他的巨大成功——他是如何以少胜多以及如何确立了自己地位的，统统告诉他的两个哥哥，然而，他又警告说："别吹过了头，这个小地方和小小的职位只是第一步，前面还有更显赫的呢。别让我哥哥们以为我已经实现了我的计划，不然他们会倚靠我，叫我提拔他们的儿子，我可不想再要他们的儿子了，即便我自己没儿子也不要了。跟他们讲我的小小胜利，可以鼓动他们继续给我钱，我还需要钱。我现在得养五千个兵了，他们吃起来都像饿狼一样。告诉我哥哥，我已经打开了局面，但还得继续走下去，我要统治全省，甚至更多的省，我前途无量。"

豁嘴一一答应了。他的穿着打扮像个去远处上香的穷香客，随后他上路了。

王虎这里则着手安顿他的人马，他的确值得为他的所作所为感到骄傲。他已经体面地站住了脚，他绝不是什么一般的土匪头子，而是在县衙门里有了一席之地的地方政府的一员了。在这个地区的沿河两岸及湖畔一带，他的名声十分响亮，人们到处都在谈论着"老虎"。他招募兵勇，人们蜂拥而至，聚集在他的麾下。他仔细地挑选着，老、弱、病、残一律不收，他还遣散了军中那些无能之辈，因为军中确实有许多那样的人，他们参军只为了有口饭吃。这样整编以后，王虎集结了一支约有八千名年轻力壮的士兵的有战斗力的队伍。

除了战死及在匪巢中烧死的以外，王虎把他原有的百来号人都提拔成了小军官来带新兵。一切就绪后，王虎并没有像别人一样放松或大吃大喝。他每天早早起身，冬天也是如此；他亲自训练士兵，要他们学习打仗的技能，如佯攻和正攻的战术，还有埋伏、撤退等等。凡是他懂的，他都要教给他们，他不会甘心久居这个小县城的，他的野心很大，而且还在不断膨胀。

十五

王虎的两位兄长一直在耐心等待着他的消息,但两人表现不同。王大由于儿子上吊死去,便装出一副对三弟的事业再无兴趣的样子。他每想起二儿子就悲痛一阵子,他的太太也如此,只是她一数叨丈夫就会觉得好过些,她常说:"从一开始我就说他不该去,像我们这样的人家送这么好的儿子去当兵根本就不对,我说过那是种下贱的营生。"

开始王大还傻乎乎地答话:"太太,我不知道你不愿意,我以为你早想好要送他去了,尤其听说了他不是当一般的兵,我兄弟会提拔他呀。"

可这位太太认定了她的理,激动地喊道:"你从来就不知道我在说什么,你总是心不在焉的,准是想着女人什么的。我说过几次,说得清清楚楚,他不该去。你兄弟自己还不就是个小兵?你要是听了我的话,儿子今天还活得好好的,他是咱们最好的儿子,是个文人坯子。在这个家里没人听我的!"

她叹了口气,一副可怜相。王大左顾右盼,想想又惹她发脾气,真不是滋味。他再不吭声,只盼着她的怒气就此消下去。二儿子已经死了,太太现在一味强调他是最好的儿子。其实二儿子活着时她也常责骂他,找他的碴,说大儿子最好。但现在大儿子似乎对她不那么好了,死了的儿子又吃香了。还有三儿子,即驼背,听说他现在跟梨花去住了,她从不找他。别人说到时她就说:"他身体不好,乡下的空气对他有好处。"

有时她给梨花捎去点小小不言的没用的礼物表示谢意。绘花的小瓷碗啦,一小块廉价的布料什么的,虽不是绸的,但相当花里胡哨,梨花从不穿这个。不论收了什么礼物,梨花总是客气地感谢她,还捎回新鲜鸡蛋或田里的什么产物,还了礼就不欠人情了。拿了布,她会给那傻子玩或给傻子做件衣服、做双鞋,让她高兴高兴。要是驼背喜欢,梨花会把瓷碗给他,或给住在土屋里的农妇,她会喜欢那花色,因为这比她自己那青花瓷的更好看。

王二也等着弟弟的消息。他悄悄地到处打听,传闻北边有个强盗头子被一个新去的年轻壮士杀了,他不敢确定这是不是真的,也不知那壮士是不是他兄弟。他等着,攒钱等着豁嘴来。他慎重地把王虎的地卖了,把卖地的钱以极高的利放了出去,要是赚了一两倍,他也心安理得,因为那是他应得的报酬,他替兄弟出了力,这对兄弟又没损失,谁替王虎办也不会像他办得那么漂亮。

豁嘴来的那天,王二急不可待地想听他怎么说,他把豁嘴拉到屋里,倒了茶,一字不落地听豁嘴从头到尾说了一遍。

豁嘴完整地讲完后,又说:"你的兄弟,也就是我们的司令,说我们不能操之过急,这只不过是第一步,只在一个小县城混,他的目标可是对着省里呢。"

王二吸了口气,问道:"你认为他有把握吗?我们把钱花在他身上靠得住吗?"

豁嘴答道:"你弟弟是个极聪明的人,要换了别人,就会满足于接替那强盗头子,在那块地方掠夺,称王称霸。你兄弟可不那么傻,他懂得要想掌权先得让人敬重,现在他有官家的支持,虽然只是在小县城里谋了个官位,但那可是政府的司令长官。他若出去和别的军阀打仗,或是到春天时想借机寻衅,他可以冠冕堂皇地代表某种权威,而绝不是什么叛军。"

见兄弟这么谨慎,王二很高兴,他诚心诚意地挽留豁嘴,说:"已经快中午了,如不嫌弃这家常便饭,就来跟我们一起吃吧。"并请他入了座。

王二的太太一见豁嘴,连忙热情地招呼说:"我们那麻脸儿子有什么消息?"

豁嘴站起来回答,说她儿子很好,干得不错,司令要提拔他,司令无疑是把他当作自己人的。没等他再说,那位太太忙张罗他坐下,叫他别太客气。坐下以后,他原本想告诉他们那小伙子怎么去的匪巢,有多机灵,干得如何利索。话未出口他又止住了,心知女人是很怪的,脾气没个准儿,当母亲的就更怪,总担心自己的孩子出事。他反正已经说了不少,她挺高兴,那就行了。

不一会儿,她就忘了她问的话,去忙别的事了。她跑来跑去,拿碗,摆桌子,胸前还搂着个孩子,孩子在静静地吃奶。她腾出另一只手忙着给客人、丈夫和饿得吵个不停的孩子们舀饭。

孩子们从不上桌,而是举着碗筷在门口或街上吃,吃完了再跑进来添。

吃过饭喝完茶后,王二领着豁嘴来到王大家门口,他叫豁嘴等着,他进去叫王大一块儿去茶馆再聊。他叮嘱豁嘴别让老大的太太看见,不然还得进去听她叨叨。王二穿过一两个院子,来到王大的房间,见他在长椅上睡着了,打着呼噜,旁边放着一盆红红的炭火。

王大感到有人轻轻碰他胳膊,醒了,愣了一会儿就明白了。他挣扎着起来,穿上皮袍,悄悄跟着老二走了出来,谁也没听见。除了他小老婆以外,没人看见他们出来。她正伸着头看是谁呢,王大伸手示意她别出声,她就不管了。她胆小,怕大太太,可是心肠好,秉性温和,她会撒谎说没见着他。

他们一道来到了茶馆,豁嘴又从头说了一遍。王大感叹没儿子可往弟弟那儿送。二弟的儿子那么出息真让他嫉妒,可他没表现出来,还夸了几句。他完全赞同二弟关于送钱去的意见。

回到家后,王大突然觉得妒火难忍,忙去找大儿子。小伙子正在屋里挂了帐子的床上懒懒地躺着,满脸通红,正在读一本名叫《三个美女》的淫荡故事。见父亲进来,他吓了一跳,忙把书藏在袍子下。可王大根本没看见,他满脑子正想着要跟他说的话,王大急忙说:"儿子,你还想去找三叔吗?想高升吗?"

这个小伙子已长大成人,这时他优雅地打了个哈欠,漂亮的嘴巴像姑娘的一样,呈粉红色。他看了看父亲,懒洋洋地笑了笑,说:"我以前那么傻吗?竟想去当兵?"

"不会让你只当个兵的,"父亲急忙解释,"一去你就会比普通当兵的高一大截,仅次于你叔叔。"他压低了声音,哄着儿子,"你叔叔已经是司令了,他功成名就了,他的狡猾手段是我闻所未闻的,现在最难的那一步已经跨过去了。"

他儿子固执地摇摇头。王大又是生气又是无奈,看了一眼躺在床上的儿子。此时他已看出了儿子是哪种人:年纪轻轻但生活讲究、挑剔,终日无所事事,除了享乐外没别的志向,唯恐比别人穿得差,比不上别人时髦。儿子躺在绸被上,遍体绫罗,足蹬缎鞋。他皮肤细得像女人,搽了油和香水,头上也搽了香水和外国头油。小伙子努力使自己身体优美,他欣赏那种柔和与美丽。晚上在娱乐场作乐时人们都赞赏他,这就够了。他是富人家的大少爷,没人想得到他的祖父会是王龙,是个土庄稼人。王大望着儿子,虽然他在许多方面很糊涂,但此刻他看着儿子,感到惊恐,他一反往常的平和语气,高声喊道:"我的儿子,我替你害怕!怕你没好结果!"又用从未有过的大音量叫道:"我看你得出去闯闯,别终生沉溺于享乐!"他有种莫名的恐惧,巴望这一刻能激起儿子的雄心,可太晚了,时机已过了。

听到父亲不寻常的喊声,小伙子又气又怕,突然从床上坐了起来,叫道:"我妈呢?我去问问她是不是想让我去,看她是不是也这么想撵我走!"

听到这话,王大又清醒了,忙安抚道:"我——呃——你是我的大儿子,你愿意干什么就干什么吧!"

他又迷糊了,那阵明白劲又消失了。他叹了口气,心想,儿子和普通年轻人不同,他的二弟媳是个俗气女人,她那位麻脸儿子比他三弟的仆人强不了多少。他感到安慰了，慢慢走出了儿子的房间。小伙子又躺了回去，头枕在手上，微微一笑，过会儿又拿出那本书津津有味地读了起来，这是一位朋友推荐给他的淫秽而富有刺激性的一本书。

但王大仍垂头丧气，他头一次感到生活不那么顺心。再看到豁嘴时他觉得真不是滋味。那人荷包里装满了银子，腰上也缠着银子，包袱里也装得满满的，差点都上不了肩了。老大一时也想不出能让王虎为他效什么劳，他反正感到酸溜溜的，生活那么没劲。他没有能光耀门庭的儿子，他只有土地，他憎恶土地，可又不敢完全脱离它。他太太也看出了他很沮丧，走投无路之下，他对她诉说了他的烦恼。他一贯听她的，认为她比自己高明，尽管别人这么说时他是否认的。但这次她也帮不了他，他一说起三弟有多了不起时，她满怀轻蔑地大声尖笑道："一个小县城的什么司令是算不上大军阀的，可怜的老头子。你真傻，还会羡慕他！等他做了省里的军阀，我们再把儿子送去也不迟，到那时恐怕你那还在吃奶的小儿子就差不多了。"

王大一言不发地呆坐了一会儿，这阵子他已不那么起劲地去作乐了，连跟朋友们聊天的兴趣似乎也不大了。他一个人独坐着，其实他一贯是喜欢凑热闹的，他喜欢人多的地方，哪怕只是听着家里的喧闹声，听仆人们跟小贩斗嘴，听孩子们的哭喊、吵闹，都比孤零零地坐着强。

但现在他一个人坐在那儿，可怜兮兮的。他头一次感到自己不再年轻了，不知为什么岁月就这样不知不觉过去了，他似乎还没有享受过生活，还没有出过什么风头呢。最惨的是关于他从父亲那儿接手的土地，那些土地好像是对他的诅咒，因为那是他唯一的生计，他不得不精心对待，要不，老婆、孩子、仆人就都没饭吃了。但地里好像有邪恶的魔法，总是要下种、施肥、收获，他得站在毒日头底下估产量、收租。这就是土地的可恨之处，害他这么一个天生享福的老爷得干活。他有管家，可是那人太滑头，又不听他使唤，一想到这儿他就有气，那管家越来越富，靠他发了财。所以尽管不情愿，他还得一年四季去田里察看、照料。

他正坐在屋里，若是冬天的太阳暖暖的，他也会坐在院中的大树下。他颓丧地想着他得年复一年地去田间。佃户们有时会像强盗似的不交分文，他们总是抱怨"今年又涝了""从来没有这么旱过""今年闹蝗虫"等等。总之，这些佃户和他的管家诡计多端，一致跟他这个地主作对。跟他们这样纠缠不清搞得他倦怠至极，因此他更厌恶土地。他盼着有那么一天，王虎成了大人物，他这个做大哥的就用不着冒着严寒酷暑去地里转悠了。他盼着有一天他只要说"我是王虎的哥哥"这句话就能管用。似乎从某个时候开始，人们就称他为"王地主"了，这已经成了他的名字，在那天到来之前，这还算得上一个光彩的名字。

在父亲王龙活着时，王大一贯随心所欲地问父亲要钱，钱总够他花，因此他向来是不劳而获，现在他感到难受了。分家后他更辛苦，即便他干着这种他适应不了的活，钱还是不够花，而他的夫人、儿子们又从不理会他付出了多少辛劳。

他的儿子们穿着极考究，冬天要穿裘皮，春秋天要穿镶着细巧皮边的袍子，衣服若裁剪得不时髦、不合身，那简直得伤心死，他们最怕的就是被那帮与他们为伍的纨绔子弟嘲笑。有大儿子做榜样，老四如今也跟着学，才十三岁的人就挑剔衣服的裁剪，手上戴着戒指，头上也涂着香水和头油，还有一个丫鬟专门服侍他，出门有男仆跟着。因为他是他母亲的宝贝，怕让鬼捉了去，所以他一只耳朵上戴了个耳环，以便使鬼神以为他是女孩，不值钱。

王大无法使他的太太相信他们的收入比以前少了，太太问他要钱时，他要是说"我没有那么多，只能给你五十两"，她就会大叫："我许诺寺庙要修缮一座佛像，要是给不出钱就太没脸了。你有钱，我知道你喝酒、赌钱、玩女人，花钱像流水，我知道你有。这家里就我信佛敬神，说不定哪天还得我求神超度你出地狱，我要是没钱，到时候你会后悔的！"

所以王大得设法去弄钱，他厌恶那些没有胡子的、神秘的和尚。他不信任他们，他听说过他们干的那些罪恶勾当，可他的钱得送到这些人手里，他心里着实气恼。他不敢断定他们懂不懂法术，所以尽管他装出不信神的样子，说这是女人们的事，但又猜想他们可能确实有点法力，这是他的另一个困惑。

他的太太一门心思信佛，和寺庙关系密切，她那么虔诚，花费许多时间去拜佛，她最快乐的事就是像个阔太太一样倚着女仆跨进庙时，庙里的和尚甚至大方丈都会迎出来朝她行礼，竭尽拍马、吹捧、谄媚之能事，赞美她为神佛在凡间修行的得意弟子，功德不浅。

他们这样说，她就笑了，垂下眼睛拜着。往往在还晕头转向时她就又许下了这样那样的承诺,许的数目往往比她真正情愿付的要多。可和尚们会甜言蜜语,到处挂她的名字,要给别的信徒做榜样。有个庙甚至给她做了个木牌,涂成朱红色,上有烫金的字,赞美她的虔诚,称誉她为神佛的忠实信徒。木牌挂在该庙的一个小殿里,但很多人都看得见。这以后,她的神态更为骄傲,对神佛也更笃信不疑了。她学着总是静静地坐着,双手合十,手里总举着念珠,口中念念有词。别人闲谈或嚼舌时她则念经。从此,她对丈夫也就更苛刻,因为她需要足够的钱来维系她的美名。

王大的小老婆见大太太有什么也要什么,当然她不是为拜佛。别看她不停地讨好、取悦大太太,可她也要她那份银子。王大纳闷她要钱做什么,她不穿花哨的绸缎,不买珠宝首饰,可她的钱花得很快。王大不能抱怨,否则她就会到大太太那儿去哭,大太太就会数落丈夫,既然讨了这么个小老婆就得养着她。这两个女人倒是以她们特有的方式平安相处,需要什么东西时还能共同对付丈夫。

一天,王大终于发现了秘密,他看见小老婆溜出了旁门,从怀里掏出了什么给了站在那儿的一个人。王大偷偷一看,那正是她的老爹。这下王大深感痛苦,他自语道:"我还养着这个老浑蛋和他的一家子!"

他走回房中,坐下叹气,难过了好一会儿。但难过并没有什么用,他拿不出任何办法。她是向他要钱给了自己的父亲,若是她要钱买吃的、穿的及一般女人钟爱的东西,她也有权利呀,她得依赖丈夫呀。王大想想也与她计较不得,只好作罢。

他自己心里备受煎熬，他控制不住自己的欲望。说真的，快五十岁的人了，他从来没有在女人身上少花过钱。他有这个弱点，让她们笑话他小气他可受不了。除了这两个女人之外，他在该城的另一处还有个公认的外室，那是个歌女。她漂亮，但缠住人不放。虽然他跟她很快就断了，但她死死缠住，声言要自尽，并说她在世界上最爱的就是他。她趴在他身上哭，手指掐着他脖子，钩住他，他简直不知该拿她怎么办。

她母亲也跟她在一起，一个可恶的母夜叉。她有时也会尖叫："你怎么能把我女儿甩了呢？她把一切都给了你！她以后靠什么生活？在戏院唱了这么多年，后来跟了你，嗓子都完了，位子也让别人占了。你要是抛弃了她，我得替她申冤，告到官府去！"

这一招可吓坏了王大，他怕人笑话他，怕这女人的下流话让人听见，还告到官府去，于是赶忙把钱尽数摸出。母女俩见他怕了，就算计好，利用各种机会哭闹，他就马上给钱。奇怪的是，有了这么多麻烦，这位臃肿虚胖的老爷仍不能克制自己。在酒宴上，他见了唱小曲的姑娘依然忍不住要捧一捧，但等回了家第二天清醒后又叹自己蠢，咒骂自己可鄙。

仔细想想近来他的颓丧、消沉，他有点不寒而栗，对自己的萎靡不振感到害怕。他茶饭不思，一点胃口也没有，担心自己很快会死掉。他务必得摆脱一些烦恼，因此他决心卖掉大部分土地，靠卖地的钱过活。他暗自思忖，他花他的钱，儿子们将来没钱让他们自己想办法。他突然觉得为后辈而克扣自己可太没名堂了。于是他起身去找老二说："我不适合过地主的生活，我是城里人,是逍遥自在的。我年纪越来越大,也越来越胖,不能在春种秋收时再往地里跑了,不定哪天我就受暑或受凉死在外头。我也不惯跟那些庄稼人来往,他们骗我、占我的便宜。我来求你替我卖掉一半地,给我现钱,用不着的钱替我放出去收利息,我不想再被拴在田里了。另一半地我留给儿子,他们现在都不肯帮把手,我每次叫大小子替我去地里看看,他总说跟朋友约好了,再不就是他头痛。照这么干下去我们得挨饿了,佃农们才真发了。"

王二看了看哥哥,从心眼里看不起他,他缓缓地说道:"我是你兄弟,帮你卖地不要佣金,反正给你卖个最好的价。可你得给每块地定个起码的价钱。"

王大恨不能立刻把地出手,赶紧说:"你是我兄弟,你觉得价钱合适就卖,我还信不过你吗?"

卸掉了一半包袱,他满心轻松地去了,他可以自由自在一阵子,只等钱到手了。他没跟太太讲,她会大闹的,说他把地白给了别人,说要卖他可以自己去卖,卖给常跟他一起吃饭、有交情的那些有钱人。王大不愿这么干,别看他自吹自擂,可他内心更信任弟弟的智谋。现在他情绪又高涨了,吃饭也香了,生活又有乐趣了。想到别人的烦恼比他的还多,他又沾沾自喜了。

王二得意非凡,这下他把这些都弄到手了。他准备自己买哥哥最好的地,他会给个公道的价钱,他不是那种坑人的人。他确实告诉了他哥哥,他买了一点他的好地,为的是这些地不落到外姓人手里。但王大不知道他买了多少,王二趁他醉时让他签字画押,他根本看不清纸上都有谁的名字,他在醉中只觉得他兄弟是完全可信赖的。要是知道这么多地都到了弟弟手里,他会不高兴的。王二把那些薄地卖给了佃户们或愿意买的人，他确实卖出了许多地。王龙活着时的确明智，买了许多好地。王二买进了他哥哥继承的那部分地产中最好的地，这样他就把父亲所有的好地都弄到了手。他往后可以卖自己的粮食，积攒更多的金银，因此他在那个城镇和地区越来越有势了，人们都称他为"王掌柜"。

虽然他知道没人能想到这么个瘦小的男人会这么有钱，但他照旧粗茶淡饭，也不像多数富人那样为了显富讨小老婆。他还穿着一贯穿的那种旧款式的深灰色绸袍。家里不添置新家具，院子里也不种花，他们不养那些没用的东西，以前有的现在也死了。他的夫人是个会过日子的女人，养了一大群鸡，任它们跑出跑进捡孩子们掉的饭粒，这些鸡在院里乱跑，啄光了所有的草和绿叶，所以院子里光秃秃的，只有几棵老松树，土都板结了。

王掌柜不让儿子们乱花钱，也不准他们养尊处优，他给每个儿子都盘算好了，供他们念几年书，学学认字、写字、学会打算盘。他不让他们念太多书，成为书呆子，因为念书的人干不来活。他送他们去当学徒，学成后跟他做生意。他把麻子送到弟弟那儿去了，叫下一个儿子管理土地，其他的一到十二岁就做学徒。

梨花带着两个孩子住在土屋里，日复一日，没有更多的要求。她再也不埋怨卖地的事，她不见老大来，但见到老二在秋收时前来估产或来察看庄稼长势及出苗的情况。她也听说，尽管老二是城里人，可是做地主比他哥哥还刻薄，因为他在庄稼还青时就对产量胸有成竹，误差不过十斤。若佃户过秤时偷偷用脚踩，在稻子里掺水或把麦子泡发了,他的眼睛可尖着呢。他做了多年的粮食生意,熟知庄稼人怎么欺骗商人和城里人,他们天生就是对头。但要是梨花问别人,王二发现有人耍了花招后生不生气,他们都勉强承认他从来不发火。他沉得住气且毫不留情,比其他人聪明多了,在村里,他有个绰号叫"常有理"。

这个名字带着讽刺,又饱含着仇恨。村里人都从心里恨王掌柜。他本人可满不在乎,听他们这么叫他甚至感到高兴。一天,一位农妇这么叫着、骂着,因为她趁他转身时往要称的粮食筐里放了块石头,被他看见了。

农妇常骂他,女人的唇枪舌剑比男人厉害。男人要是耍花招被发现了就会害臊或感到难堪,可女人会骂,还朝他喊:"你在吸我们的血,忘了你爹妈怎么在地里受苦来着?他们跟我们一样,也挨过饿。"

当人们被激怒时,王大会感到害怕,他明白富人怕穷人,穷人看起来卑贱、本分,但在对付所恨的人时,他们却大胆且无情。但王掌柜什么也不怕,什么也不在乎。一天,梨花看见他路过就把他叫住,她走出来说:"少爷,您对人要是不那么狠,我会很高兴的。他们穷,干活很苦,像孩子一样不懂事。听他们咒骂老爷的儿子,我心里不舒坦。"

王掌柜听了,只是一笑了之,谁说什么、做什么都不能影响他,他得了益处就行。他有财富,什么也不怕,有钱就气粗、腰杆子硬。

十六

那年的冬天是漫长的,北风劲吹,雪花飘飘,王虎只好待在县里,百无聊赖,单等着春天来临。他稳坐大营,知县得征税养活他这八千士兵,为他又加了一种地产税,叫"地方军保安税",可这地方军实际是王虎的私人部队。他训诫他们,时机到时得为他扩大势力。每个庄稼人都为他纳税,因为强盗逃了,匪窟烧了,他们不用再怕豹子了,百姓都夸赞王虎,甘愿供养他们,可他们自己不清楚自己的负担有多重。

王虎还令知县为他征了其他税,商品税和贸易税是向店铺和商人征的,这个地区又是个南北交通要道,因而也向过往旅客征税。这些钱都秘密地、源源不断地进了王虎的金库。他很精明,知道雁过拔毛这种事,因此不让太多的人经手。他派心腹去监督税收,他们遵嘱,在执行中言辞十分和善。他也给这些人权力,不论谁多拿了钱他们都有权处置。王虎告诉他们每个人,若有人背叛,他必亲自惩罚。他稳坐钓鱼台,专横暴戾,人人都怕他。不过,他们也知道他是公正的,不会无故杀人或以杀人取乐。

如此坐等冬天过去，王虎深感焦躁。尽管他一帆风顺，但这种庭院生活不适合他。没有人能成为他的朋友，他也不想和人过于亲密，他知道只要人们怕他，他的位置就更巩固。王虎生性不好饮宴交友，他独处一室，身边只有麻脸侄子，一旦他需要什么，总得有人侍奉。亲信豁嘴也不离左右，那是他的贴身警卫。

县太爷已年迈，且嗜鸦片，终日无精打采。周围的人们结帮成伙、互相猜忌。衙门中充斥着下人们和他们的亲属，都想在这儿吃白食。人们互相争斗，不停地吵嘴，攻击对方。老县太爷对这类事都不闻不问，自顾自吸鸦片，他不可能事事摆平。他与妻子单独住在里院，能不出来就不出来。但他仍固守岗位，每逢接待日，他黎明即起身，穿上官服来到大厅，登上座椅，坐下来开始审案子。

他竭尽薄力，是个好心肠人，自认为赏罚分明。他哪里知道，到他这儿来告状的人在进门前的道道关口都得付钱，那些没钱的根本不可能来到这里。站在他旁边的大小官吏们都从这些钱里分一点，而他事事得靠这些人。他又老又糊涂，根本抓不住案件的要点，自己又羞于启齿。他甚至会在审案过程中打瞌睡，他听不见别人在说什么，又不敢问，怕人家说他无能。于是，他只得求援于左右那些小官，他们总是恭维他。他们若说"啊，这人太坏，那人有权那样做"，老县太爷就会立即表示赞同，说："我就是这么想的……我就是这么想的。"他们若喊"这种人应该好好打一顿，太无法无天了"，老县太爷就会颤声道："对，对，打他！"

在这段无聊的日子里，王虎常去衙门大堂旁观、旁听，以消磨时间。他总是坐在一边，他的心腹和麻脸侄子站在他周围护卫他。他耳闻目睹了这些不公平的审判。一开始，他还自嘱不用去留意这些事，他是军阀，民事与他无关，他应该把精力花在士兵身上，让他们不受这种散漫而无聊的生活的影响。有时他在大堂上看着有气，就出去跟士兵发火，逼他们去操练、演习，也不管天气如何恶劣，这样他才能消点气。

但他毕竟是个血性男儿，见到不公平的事一桩接一桩，实在按捺不住，摆布知县的那些官使他怒火中烧，特别是为首的那个。但他知道跟那个虚弱的老知县说也没用。他常去听审案子，不公平的事见多了总憋不住，于是他会起身走开。他多次自言自语道："春天若再不来，我就叫逆我者亡。"

那些官吏也不喜欢他，他每年征的税太多。他们嘲笑他是个粗人，不如他们有修养、有学问。

一天，王虎的怒气不可遏制地爆发了，连他自己也没预料到，因为起因不过是一件小事。有时小风、片云也是能引来狂风暴雨的。

那是年前的一天，人们都去讨债了，凡欠债的人尽可能躲到大年初一，没人会在初一讨债的。老县太爷那天也是年底最后一次升堂。那天王虎简直坐立不安，他太闲了。他不想去寻欢作乐，主要是不愿让部下看见，使他们更加肆无忌惮。他也不能多看书，小说和故事讲的都是幻想或爱情之类的玩意，它们会消磨一个人的意志，哲理方面的书对他来说又太深奥。既睡不着，他就与卫兵来到大堂上坐了一会儿，看着有谁来告状。实际上他很压抑，因为他一心只等春天降临。近十天来湿冷，阴雨连绵，士兵们都不愿出营房。

他坐着,只觉得生活枯燥索然,他的生死无人关心。他皱着眉、懒散地坐在那儿。这时只见一个他认识的阔佬进来了,这个人以前来过,是城里放高利贷的,生得脸面滋润,他胖胖的,两手又小又光滑。他边说话边指手画脚,不停地捋着袖子,王虎盯着他的两只手看,它们那么小,那么柔软,肉乎乎的,手指很尖,留着长指甲。他目不转睛地看着,连人家说了些什么也没听见。

这次,这位大债主是和一个穷农民一起来的,那农民吓得要命,不知如何是好。他跪在县太爷面前求饶,脸贴着地,一言不发。那放印子钱的人申诉说,他借给这农民一笔钱,以土地为抵押。两年过去了,那笔钱加利息已经抵过这块地了。

他捋着绸衣袖,挥着那双细嫩的手,嗓音里带着责骂的声调。他恭维着县太爷:"事情就是这样,圣明的老爷,他不让出那地!"说着他用那双小眼气愤地瞄着那可恶的农民。

那农民沉默不语,仍跪在那儿,脸朝下,贴在他交叉的双手上。县太爷问道:"你为什么要借钱又为何不还呢?"

农民略抬了下头,眼望着县太爷的脚凳,急忙答道:"老爷,我是个普通穷百姓,不知道该怎么在您面前说话,尊敬的老爷。我从没跟比村长更大的官说过话,不懂规矩,我这么穷也没人替我说。"

县太爷和蔼地说道:"不用怕,讲下去。"

农民张了几次口才开始讲,眼睛始终没抬,浑身抖着。他身穿打了补丁的破棉袄,棉花都露了出来,他光脚穿着草鞋,鞋已经掉了，他那坚硬的脚趾就踩在潮湿的砖地上。他似乎对这些都没感觉，轻声说着："老爷，我有一小块祖宗传下来的地，是块薄地，养不活我们的。我爹娘死得早，剩下我和我老婆。要是我们自己挨饿也倒罢了，可她生了个儿子，过了些年又生了个丫头。他们小时候还凑合，长大了，我们给儿子娶了媳妇，又添了孙子。本来那块地养活我和老伴都不够，可现在有这么多人。闺女还小，不到出嫁的年纪，我们总得养着她。两年前我把她许给了邻村的一个老头，他老婆死了，要找个续弦管家。我得给闺女做件嫁衣，老爷，我没钱，就借了点，只有十两银子。这在别人眼里不算什么，可对我是个大数，我问这位债主借的，一年不到十两就滚成了二十两，两年就成了四十两。老爷，钱怎么能生得那么快？我只有那块地，他叫我滚，可我到哪儿去呢？只好叫他来赶我吧，没别的办法了。"

说完，他又闭口无言了。王虎盯着他瞧。奇怪的是他的目光始终无法从那人的双脚上移开。那农夫的脸枯黄、毫无血色，一望而知他生活困苦，从不得温饱。一双脚更显眼，脚趾骨节突出，脚底则像干牛皮一样。看着看着，王虎心中感到异样，他要看看老知县怎么说。

这位放高利贷的是该城的知名人士，常和县太爷同桌共餐，在衙门里吃得开。他每次打官司都上下打点，而且经常打官司。县太爷虽被农民的一席话打动了，但仍犹豫着，最后他还是求助于他的首席参谋。这人与他年纪差不多，但身体健壮，腰板挺直，尽管三缕稀稀拉拉的胡子已经白了，但依然脸面光滑、相貌堂堂。县太爷问他："兄弟，你看怎么样？"

他捋了一下胡子,心里掂量着他收的贿赂,貌似公允地说:"不能否认这庄户人确实借了钱,而且没还。借钱要付利息,这是天经地义的。庄户人靠种地吃饭,借贷人就靠利息过活。农民如果把地租出去而收不到地租,他也会抱怨,那合情合理。这位债主的问题一样,他也得收利。"

县太爷细心听着,不断点着头,他被说服了。那农民突然抬起了眼,头一次惶恐地看看这个又看看那个。王虎没看见那张脸和那副眼神,只看见那双赤脚不安地叠在一起,他突然受不了了。他怒火上升,站了起来,使劲拍了下巴掌,咆哮道:"这地该判给那穷人!"

堂上的人们一听王虎这话,都转过头来看着他。他的卫兵们也都站到他身边端起了枪,人们往后退着,一时鸦雀无声。王虎倒不怒了,他忍不住指着那高利贷者喊着,两道黑眉上下动着:"我一次次地见这个肥蛆在这儿讲这种事,他上下都贿赂好了,我讨厌他,把他带走!"又冲卫兵们喊:"用枪押下去!"

听到这话,人们都以为王虎疯了,大家一哄而散。跑得最快的是那个放债的,他抱头鼠窜,最先跑到大门口。他熟悉那些弯弯曲曲的小巷,他跑掉了,卫兵们找不到他。卫兵们跑着,你看看我,我看看你,喘会儿气,回来时街上仍一片混乱。

他们回到院子里,那儿真乱糟糟的。王虎一不做二不休,传他的兵来命令道:"把人全赶出来——把那些死蛆和他们的家小全赶走!"

那伙兵巴不得这样,院中的人狼狈逃窜。不到一个钟头就一个人影都没了,只剩王虎和他的兵了。县太爷和夫人、仆人在自己院子里，王虎不准当兵的进去。

这一切风卷残云般地过去了，虽然王虎很容易发怒，但这次也是他这辈子很少有过的。王虎回到了自己房内，靠在桌旁喘着粗气，他自己倒了杯茶，慢慢喝着。他知道他得顺势干下去，越想越觉做得对。压抑了这么久，他现在感到心里很轻松。豁嘴偷偷进来看他需要什么，麻子拿来了一罐酒，他默默地笑了笑，对他们喊道："好啊！今天我总算是扫清了一个魔窟！"

听说了县衙门内的变故，许多人都拍手称快，他们深知那里的腐败。也有人提心吊胆，打算观察王虎下一步将如何行事。不少人在大门外嚷嚷，要开宴席、释放犯人，让大家庆祝一番。

这次事件的最大受益者是那个农民，可他没在人群中。虽然这次他得救了，但他不相信以后会有什么好运。听说那个债主逃跑了，他颓丧地跑到地里，又跑回家，爬到床上去。如果有人问他老婆孩子他哪儿去了，他们就说他走了，也不知人在哪儿。

王虎闻知人们的要求，想起监狱里有许多冤屈的犯人，且无指望获释。那些人大多是穷人，没有钱去活动打点。他指示随从去放了这些人，并吩咐士兵大宴三天，他叫来了县衙门的厨子，大声说："做本地名菜，要辣椒和鱼下酒，能让我们痛饮就行。"

他还要了好酒、鞭炮、烟花，让大家高兴一番。人人都是喜气洋洋的。

就在他的亲信们去监狱传令前，王虎猛地想起那个女人还在狱里。在这个冬天里，他多次想放她出来，可又不知拿她怎么办，只好嘱咐手下好生待她，不要上镣铐。现在他想到了她：

"我怎么才能放她走呢?"

他要给她自由,但不能让她远走高飞。他自己也惊奇他竟这么关心她的去留。自己有这种心事也是他意料不到的。他感到为难,就把豁嘴秘密地叫到他的卧房,说:"我们从强盗窝弄来的那女人怎么办?"

豁嘴认真地答道:"是啊,还有她呢。我看让我去告诉屠夫宰了她,用他惯用的方法,把刀插进喉咙里,还少流点血。"

王虎移开目光,慢慢地说:"她只不过是个女人。"停了一会儿又说:"不论怎么说,我再见见她,然后决定怎么处置。"

豁嘴听后很失望,可他没说什么就走了。王虎命人立即带那女人来,他在堂上等她。

他来到了大堂上,出于一种虚荣心,坐在了县太爷的宝座上。他希望那女人见到他坐在那把雕花椅上,高高在上。没人会有非议的,县太爷说自己感冒了,至今还未起身呢。王虎端坐在那儿,样子傲慢,俨然一副英雄的面孔。

她由两个卫兵押了进来,身穿布衣和普通蓝裤,但仍遮不住她的风韵。她饮食良好,不再憔悴,变得丰满起来,但仍不失苗条。她岂止漂亮,简直是大胆而美丽。她自在、稳重地走了进来,站在王虎面前静静地等着。

他惊奇地看着她,没料到她的这种变化,于是他对卫兵说:"她现在怎么这么安静了?以前多野啊!"

他们摇摇头,耸耸肩:"我们也不知道,上次从长官这儿走时她就像见了鬼一样,极度衰弱,彻底垮了,打那以后她一直如此。"

"你们为什么不来告诉我?"王虎低声道,"不然我早就放了她了。"

卫兵们惊讶了,忙解释道:"司令,我们哪知您对这事这么上心?我们还等着您的指示呢。"

王虎差一点脱口喊出来:"我当然惦记此事!"然而在即将开口的一刹那,他控制住了自己,他怎能当着他们和这女人的面这么说呢?

"松绑!"他突然叫道。

他们赶紧给她解开绳子,看她的反应如何,王虎也等待着。她站在那儿,好像还被绑着一样纹丝不动,王虎冲她嚷着:"你自由了,爱上哪儿上哪儿!"

她答道:"我能上哪儿呢?我没家。"

说着她抬头看了看王虎,一派单纯的样子。

看到这种表情,王虎内心又翻涌起来,他的血液沸腾,穿着军服的身躯在微微颤抖。这次是他的眼睛垂下来了,她比他镇定。屋内的空气停滞了,充斥着压抑已久的激情,人们不安地相互传递着眼神。王虎突然意识到士兵们还站在那儿,便朝他们吼道:"走开,都到门外去!"

他们垂头丧气地出去了。他们看出了司令的意思,人不论高低贵贱都有那么一件事。他们守候在门外。

堂上只剩下了他们两人,王虎向前靠了靠,生硬地说:"你自由了,挑个地方,我派人送你去。"

她大胆爽快,眼睛直视着他:"我选好了,做你的奴仆。"

十七

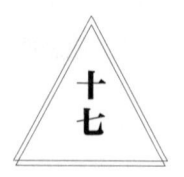

假如王虎是个普通的粗人，不知礼仪、法纪，他或许会要了这个女人。这个女人没有爹，没有兄弟，也没有其他什么男人来为她出头。他本来是可以对她为所欲为的，但是年轻时候心灵上受到的创伤使他变得瞻前顾后，他一想到这段时间他可以满怀热情地等待，直到娶她为妻，他便更加高兴了。再说，他虽然情欲难熬，度日如年，但是他之所以想要娶她为妻，一种更强烈的愿望是要她生儿子，生一个他的儿子、他的长子，而且唯有明媒正娶的妻子才能为男人生个正宗的儿子。是的，他对她所渴求的、令他内心狂喜的有一半是这个。他健康强壮、精力充沛，她狐媚美丽、无畏无惧，两者结合生男育女，后代该是何等完美。王虎想到这里，似乎他的儿子已出生在他眼前了。

他急匆匆叫来他的亲信豁嘴，吩咐他说："去告诉我两位兄长，我要取出那份留给我成家用的银子。现在我要派结婚用场了，我已经答应这个女人。告诉他们给我一千块大洋，我要送彩礼，办喜酒，自己还得做一件新礼服，讲讲排场。如果他们只给八百,你也立即拿着回来,别为另外的两百误了时间。请两位兄长也来喝喜酒,他们爱带什么人就带什么人来。"

豁嘴听了这一番话,简直惊呆了,他的下巴可怕地颤抖着,结结巴巴地好不容易挤出几句话来:"啊……将爷,啊……司令,和那个狐狸精!就玩她一天吧,玩一阵子,可不要娶她……"

"闭嘴,傻瓜!"王虎从椅子上跳起来,冲着他吼道。"难道我得求你恩准不成?我要叫人把你当作普通犯人打一顿!"

豁嘴耷拉着脑袋不作声了,泪水涌上他的眼睛,他拖着沉重的步子去为主子跑腿。他感觉到这个女人只会给他的主人带来灾祸。一路上他还忍不住一遍又一遍地咕哝着:"哼,我见过这些狐狸精!司令怎么也不会相信我说的灾祸!这些狐狸精总是迷住最好的男人——总是这样的!"

冬天十分干燥,大道上尘土积得很厚,他的脚步扬起积尘,一边走一边咕哝着,有时眼泪不知不觉地顺着脸颊往下流。过路人看到他痴呆呆只管闷头赶路,满腹心事、眼不旁顾的样子,都以为他是疯子,纷纷给他让路。

他到了王掌柜家,发现他不在,就径直来到他的粮店。王掌柜正坐在柜台后面一角的桌旁算账,他见到这个兄弟的心腹先是故作镇静,但一听他捎的口信,不觉大吃一惊。他抬起头,手中捏着笔,激动地说:"钱都贷出去了,我一下子哪能凑齐这么大一笔银子?我兄弟应该在订婚时就通知我,给我一两年的时间准备。如此匆匆成婚,哪还成个体统!"

王虎很了解他的兄长是个死抱住钱不放手的人,因此在差他心腹走之前就吩咐过:"如果我兄长想敷衍搪塞过去,你可要逼他一下,直截了当地告诉他,我要是拿不到这笔钱,就只得亲自跑一趟去取了。你回来后,三天之内我会把这件事办成。你离开不要超过五天,要快,说不上什么时候上头要派兵来打我。如果省里官府衙门知道了我所做的事,我就没法再遮掩了。他们肯定会派兵来打,一打起仗来根本没法举行婚宴。"

现在事情很清楚,王虎曾施行暴力,他必须在衙门受审,而且很可能被判刑。但是另一个更明确的事实是,王虎对这个女人已到了迫不及待地想弄到手的地步。他知道,若弄不到这个女人,他就谈不上是个勇士。因此他无所顾忌地行事,并且凶相毕露地驱使他的心腹速去速来。他在心腹临行前还曾嘱咐道:"我知道,老二是做买卖的,他肯定会大叫大嚷,说他把钱放了贷,无法取出来。你别听他那一套。你就跟他说,我手里仍握着剑呢,这把剑就是我杀豹子时从他那里夺来的,锋利得很啊!"

这种威胁之词无疑是最后一张王牌,王虎的心腹办事时心中自有打算,非到万不得已,他决不搬出这张王牌。直到王二又借口另一点来拖延这件事,那就是他看不起那个女人——一个漂泊江湖的贱女人,一个大户人家娶那种女人做媳妇简直是耻辱。豁嘴还没敢讲出那女人从强盗窝跑出来的实情呢。他心里可是真想讲出实情来,真想阻止她嫁给他的主子,但他也十分清楚王虎的脾气:他要的东西,无论如何要弄到手的。不得已,豁嘴最后还是搬出了那张王牌。

王掌柜无奈,只得四方奔波,讨回一些银子。他心里沮丧得很,因为被迫突然将银子收回,白白损失了利息。他垂头丧气地找到他大哥说:"那笔给老三派结婚用场的钱,他现在要取了。

要娶一个娼妇之类的女人做夫人,这种女人听都没听说过!老三可真像你啊。"

王大搔搔脑袋,一时想不出如何答对才好,最后他决定不伤和气,便说:"真是怪事,我还以为他要准备成家时会来找我们去为他操办订婚事宜的。咱爹死了,本来应由他操心的。是呀,以前我也曾想到过找一两个丫头作为人选。"他心里想,要是让他选个丫头的话,他会比什么人都选得好,他才了解女人呢,城里所有最好的未婚女子他都了解,至少可以打听到。

但王掌柜心急火燎,他冷笑一声说:"我知道你心里想到过一两个对象!我可不管这种事!要紧的是你怎么应付他要的一千大洋,我手头可拿不出这么大一笔现钱!"

王大沉重地望着王二,慢吞吞地坐下,双手放在肥厚的膝上,两眼直勾勾的,说起话来嗓子都沙哑了:"我有多少钱你都清楚,从来没有现钱闲放着,要不然再卖块地吧。"

王掌柜沉吟片刻,新年前卖地不是合适时机。地里全种上小麦了,他还指望多收些麦子。但等他回到店里拨一下算盘,权衡利弊后,他发觉多卖一块地总要比抽回放高利贷的钱合算,所以决定将一块不肥不瘦的地卖掉。消息一传出,来买地的人不少。一块地卖了一千大洋多一点,但他只给了那个心腹九百,余下的自己留着,以防王虎再来要钱。

那个心腹头脑简单,他只记住主人嘱咐过他,不要为争一两百块大洋而误了时间,所以九百块一拿到手,他就回去了。王掌柜立即将未给出的余款放了债,能省下这点钱,不管怎样,多少是点安慰。

在这笔交易的过程中只有一件不顺心的事。他卖的地是土屋不远处的一两块地,卖地时梨花刚好从屋里出来,走到屋前的打谷场上。她看到一帮人聚在田头,就用手遮着阳光眺望了一会儿,马上明白是怎么回事了。她匆匆赶到王掌柜身旁,将他从人群里拉到一边,睁大了眼睛责备他说:"你又卖地了?"

王掌柜没和她纠缠,他的麻烦事已经够多的了,哪还有心思与她缠个不清。他直截了当地说:"我兄弟要娶亲了,我手头又没有闲银给他花,只得卖地了。"

梨花一听说这事,神态奇怪极了,她一声不响地慢慢退回土屋里。从那天起,她的生活圈子缩得更小了。平时她就是照顾那两个孩子,其他的时间都花在专心致志地听尼姑讲道上。现在她恳求尼姑每天都到她家里讲道,即使是上午,她也欢迎她们来。然而,其他人都相信上午见尼姑是倒霉的事,晌午前走在路上见尼姑经过,大多数人会向她们吐唾沫,因为那不是好兆头。

她急切地发誓,将终身不食荤,这对她来说并非难事,因为她从不杀生。即使在炎热的夏夜,她也会关上格子窗,这样蛾子就不会飞进屋里扑火自焚,这也算是一种放生吧。她最大的夙愿是希望那傻姑娘死在她前头,那样她就不需要动用王龙留给她的那一包以备必要时用的毒药了。

她向尼姑学道,念经念到深夜,手腕上老戴着一串玫瑰色的香木小念珠,这就是她的全部生活。

打发走王虎差来的人之后,王掌柜和王地主商量着是否要去参加老三的婚礼。他们想到老三功成名就,有了一定的权势,当然很愿意去沾沾光,但是来人再三强调此事得急速办理,要抢在上头派兵讨伐之前成婚,因此老大老二又有些害怕。他们不知道王虎究竟兵力有多强,万一打了败仗,老三要被问罪受罚,而他们也许要受到株连,因为是兄弟关系嘛。王地主还特别想去看一下老三究竟弄了个什么样的女人,据来人所说,那女人确是值得一看。他太太知道这件事后,冷冷地说:"我们所听到的那种争斗可是不得了的事情,要是他被上头判刑,那我们全都要受罚。我常听人家说,一个人要是造了反,那是要满门抄斩,株连九族的呀。"

过去皇帝肃清乱臣贼子是用这种刑的。王地主在戏院书场里也曾看过这样的戏,听过这样的书。他以前很喜欢在戏院书场这种地方打发时间,现在虽然有身价了,不屑于那种低档的娱乐,也不敢随便跻身于那种地方的平民百姓中间,但若有过路说书人到茶馆说书,他还是去听的。现在一想起那些故事,他的脸色便吓得发黄,他匆匆跑到王掌柜处,说:"我们最好立个文书,说明我们的兄弟是个不孝之子,我们已把他逐出家门。如果他打了败仗,被判了刑,我们和我们的儿子就不会受牵连。"他说这话时心中有点沾沾自喜,毕竟他自己的大儿子当初没有跟王虎走。接着,他幸灾乐祸地对老二说:"你儿子目前身处险境,我实在为他感到忧虑!"

王掌柜只是笑了笑,沉思片刻后,他觉得,为谨慎起见,立个文书确是良策。一纸文书即刻就写成了,文书上说明外号"老虎"的王老三是如何一贯不孝,已与本家脱离关系。他先让老大签字,接着自己签,然后把文书拿到县衙门,纳了一笔钱,请县衙门秘密地盖上大印。王二拿回这张盖了官府大印的字据,小心翼翼地收藏起来,藏在没人能够发现的地方。

这样,兄弟俩才觉放心。一天早上,两人在茶馆相遇,王地主开口说:"现在万无一失了,何不去痛痛快快地饱餐一顿?"他们两人已到了不便轻松出远门的年龄,还没有来得及考虑停当,四处传闻已起。消息一传十,十传百,很快传遍了全县。说是有一个小军阀,原在南方一位将领手下当差,后来跑了出来,手下的兵一半是强盗,一半是原来的逃兵,他们夺了一个县城称王称霸,不可一世,省里的长官听到这个消息十分气愤,已派兵前去捉拿归案。这位长官也是听命于上方,若捉拿不了这个反贼,他自己也要受罚。

当谣言从路边客栈或茶楼小馆里传出时,少不了有些人津津乐道,将事情一五一十地搬给王氏兄弟听。他们俩很快放弃了原先的打算,有好一阵子闭门不出,免得招惹是非。他们心中暗自庆幸,亏得以前尚未吹嘘过自己的兄弟如何显赫。那张县衙盖印的字据对他们也算是个安慰。如果有人当着他们的面说起老三,王地主就会大声道:"他一直野在外面,早与老家脱离关系了!"而王掌柜则紧紧抿着两片薄嘴唇说:"随他去干什么,反正与我们无关,他与我们哪里还有什么手足之情?"

谣言传到王虎那里时,他正在大办婚宴。他已下令全营上下大宴三天,杀猪宰牛、捕鸡捉鸭,凡用于婚宴的,一概由他付钱。虽然他在这个地方有权有势,完全可以白吃白拿,无人胆敢违抗,但是他不愿仗势欺人,因而声明一切由他自掏腰包。

这种仁义之心感动了百姓，人们交口称颂道："军阀向来都是十恶不赦的，如今这个军阀却是好人。他有权有势，强盗不敢来，他自己不抢百姓，也不收税，天底下没有比他再好的了。"

但是百姓尚不敢太公开地拥护他，因为他们也听到了谣言。他们还要等一阵子看看动静，因为他到底打不打得赢还不知道。如果他败了，那么效忠于他的人也要倒霉。所以，要等他打胜了那一仗，百姓才敢出面拥护他。

尽管一下子有那么多的人大吃大喝，备齐这样的宴席对百姓而言是个沉重的负担，但他们对王虎还是要什么就给什么。王虎办酒席的规格很高，他、新娘、几个亲信和伴娘的那一桌规格就更高了。那些伴娘约有半数是左邻右舍，有一个是狱吏的老婆，有几个是安分守己的人家的女人。不管谁来统治，这些人有奶便是娘，谁给吃饭就效忠于谁。王虎需要一些女人照看他的新娘子，他对她可是当心得很，在洞房花烛夜之前的几天内，他特别克制住自己，不去亲近她。虽然夜里欲火烧身，难以入眠，但是比这更强烈的感情是他希望她生一个正宗儿子，而且他认为，在这方面处事谨慎便是对未来的儿子尽责。

的确，她和梨花不一样。他脑海中最初的女人形象是温柔、脸色苍白的女子，他一直认为自己最喜欢那种类型的女人。然而现在，他不在乎了，他疯狂地对自己说，他不再在乎她是谁、是哪样的类型。于是他要了她，要她永远守着自己，为自己生儿子。

那几天没人去打扰他，他的几个心腹知道，他已完全沉醉于情欲之中了。他们私下商量着如何赶紧办完婚事，因为谣言也早已传入他们的耳朵,他们想趁早办完这事,让司令了却一件心事,以便一旦情况紧急,他可带领大家干一场。

出乎王虎的意料,婚宴已快速备妥。狱吏的老婆陪伴着新娘,四方院门敞开,大宴宾客,谁愿意看热闹、喝喜酒,一概欢迎。但是,城里人来得很少,女人更少,因为大多数人感到害怕。只有那些无家无业的游民无所畏惧,纷纷前来,反正任何人都可以参加婚宴,他们既可放开肚皮大吃,又可看看新娘的打扮,饱饱眼福。王虎也派人去请县太爷赴宴,但是这位县太爷派人回话说,他很抱歉不能前来赴宴,因为他拉肚子拉得起不了床。

结婚那天,王虎似在梦中一般,几乎不知自己在干什么,只感觉到时间过得很慢。他简直不知道自己该做什么才好,似乎每呼吸一口气都花了一个小时那么久,太阳好像老是升不起,好不容易盼到了中午,太阳又似乎停住不动了。他不像别人那样在婚礼上兴高采烈,他怎么也高兴不起来。他像往常一样静静地坐着,没有人拿他开玩笑。一整天他都感到格外口渴,他喝了很多酒,对饭菜却不置一筷,仿佛他已经吃了一顿饱饭,肚子丝毫不饿。

来喝喜酒的男人、女人和一群群衣衫褴褛的穷人吃着,喝着,街上跑来的饿狗成群结队地进院子里来啃着人们扔在地上的骨头。王虎默默地坐在自己房内,麻木地似笑非笑,像在做梦似的,好不容易熬过了一天,到了晚上。

伴娘们为新娘子铺好床后,王虎走进她的房里,她就在那里。这是他有生以来第一个接近的女人。真是怪事,闻所未闻的怪事，一个三十多岁的男人，十八岁就跑出老家去当了兵，却从来没有接近过女人，他的心可真是封得严严实实的。

此刻，被禁锢的欲念如开了闸的流水，任何力量都无法把它重新堵住。这个女人坐在床上，他两眼盯着她，喘着粗气，她听到了喘气声，抬起头，两眼也盯住他不放。

他走到她跟前，她坐在新婚的床上，默默无言，但毫不掩饰地流露出满腔的热情。在那一刻，他强烈地爱着她，由于他从来没有接近过其他女人，床上的这个女人对他来说是完美无瑕的。

半夜里，他将身体转向她，用粗哑的嗓子低声说道："我还不知道你是谁呢。"

她平静地答道："那有啥关系？反正我是你的，以后会告诉你的。"

他不再说什么了，此时此刻他感到满足，他们俩都不是普普通通的人，他们的生活也不是普通人的所可以比拟的。

第二天一大早，王虎的那些心腹没有让他多睡一会儿，他们在新房门口等着他出来。他走出房门，神情安详，容光焕发。豁嘴躬身上前说："老爷，昨天是您大喜的日子，我们没敢禀告，北面传来谣言，说省都督知道您夺了城，他们要派兵来打了。"

这回轮到老鹰说话了："我听一个打那条路上来的穷讨饭的说，他亲眼看到万把人朝我们开来了。"

接着屠夫也急急忙忙把他所听到的说上几句，他嘴唇厚，说话又结巴："我……我也听到的……我去城里想看看城里人怎么杀猪的，那杀猪的告诉我的。"

王虎听了这些话却依然从容不迫，轻松自若。这是他从军以来第一次对打仗如此冷漠。他微微一笑，轻描淡写地说道："有我手下的人怕什么，让他们来吧。"他在靠窗的一张桌子旁坐下，在吃早点之前先喝了点茶。那是大白天，他脑子里却突然生出一个念头，每天大白天完了不就是夜晚吗？他似乎现在才明白，他以前度过的那么多夜晚都毫无意义，只是白白浪费了大好时光，唯有昨天那一夜才过得有意思。

但是有一个人听进了心腹们讲的话，她站在窗帘边，透过窗帘的缝隙看到那些人见他们的头领只顾自得其乐而一副垂头丧气的样子。王虎起身走出房间，走到用早点的地方时，她把豁嘴叫住，明确地吩咐："把你们听说的全都告诉我。"

他很不愿意将那种与女人无关的事报告给她听，于是他支支吾吾，装作无话可说的样子。这时，她专横地厉声喝道："别跟我来这一套，老娘五年来见惯了腥风血雨，打仗进进退退的也见得多了！快讲！"

豁嘴感到局促不安，不知所措，这女人的一双眼睛竟然大胆地盯着他，而不像一般妇道人家那样目光朝下，特别是她才新婚，理应懂点羞耻。现在倒反过来了，她像个男人似的让他禀告一切。于是豁嘴只得把他们怕些什么、处境危险到什么程度等等告诉了她。他说，上面派来的兵在人数上大大超过了他们，而且王虎手下的大部分人在打仗时还不知道是否一定会效忠他。她听了之后，便叫他快去请王虎来见她。

他来了，好像并非应召而来似的，笑得很温柔，以前可从来没有人看到他这样过。她坐在床沿，他也挨着她坐下，拉起她的袖口，用手指抚弄着。他有点局促不安，目光低垂，呆呆地笑着。相反，她却显得泰然自若。

她用她那清脆但又多少有点刺耳的嗓子连珠炮似的说道："打起仗来我可不会碍你手脚，我不是那种女人。他们说有一支军队来讨伐你了。"

"谁说的？"他问，"三天之内我不想管什么事，我自己放假三天。"

"要是这三天中他们逼近了呢？"

"一支军队三天内行不了六七百里的。"

"你知道他们什么时候启程的吗？"

"这件事不可能这么快就传到省城的呀。"

"完全有可能！"她说话极快。

事情也真怪，两个人，一个男人，一个女人，竟然可以坐在一起谈着与爱情毫无关系的事情，但王虎对她的亲热劲就同在夜里一样。一个女人能够如此对答，实在使他感到惊奇，因为他以前从来没有和别的女人这样谈过话，他通常把女人都看作漂亮面孔笨肚肠的。他害怕与女人交谈，原因是他吃不准女人究竟懂些什么，究竟该与她们说些什么。他生来就是这样，即便是对一个卖笑卖身的女人，他也做不到像其他普通士兵那样一看到就冲上去。他对女人的冷漠态度，有一半原因是他害怕不得不和女人说话。但是现在，他和这个女人偎依着坐在这里交谈，竟然如此容易，就好像她是个男人似的。他听着她继续说下去："你的兵力比省里派来的兵力弱，一个善战的人发现敌强我弱时，就必须使用谋略。"

听到这里，王虎暗暗发笑，粗声粗气地说："那我当然知道，要不你也到不了我手中了。"

听他这么说,她突然垂下目光,仿佛要掩饰什么事情。她咬了咬下嘴唇,回答说:"最简单的办法是杀人,不过首先得要抓住才杀得成。这种简单的办法现在谈不上。"

王虎面露骄色:"我的人马对付官兵,至少一顶三。整个冬天我一直在操练他们,他们的拳术、腿功、刀剑格杀水平都有提高,再加上实战演习,他们没有一个怕死的。再说,大家也都知道官兵是些什么料,这些人总是看谁强就倒向谁,毫无疑问,这个省的官兵的饷银并不会比其他地方官兵的多。"

她一下子把袖子从王虎的手中抽出,不耐烦地说:"你还是没有计划!听着——我临时想到个计划,那个老县太爷,你派了人在他衙门站岗的,把他扣作人质就行了。"

她说得那么认真,那么一本正经,王虎不由自主地听她说,他自己也感到奇怪,他难得与别人商量事情,总认为自己应付事情的能力绰绰有余,可这会儿他却乖乖地听她往下说:"先把你的人马集合起来,然后把县太爷带来,教他一番编好的话,逼着他去见省里带兵来的将军,我们派两个心腹跟在他左右,听他究竟怎么说我们,要是他不按我们的话说,就让他们捅他一刀,那也就是开仗的信号。可是我相信,这老头胆小如鼠,肯定会照我们让他讲的话去说的。让他说这里凡事都得由他点头同意才做,所谓造反的谣言其实是指他原来的总兵造了反,要不是你给他解了围,他的县府大印早就落到他人手里,说不定他那条老命也早就丢了。"

王虎一听,觉得这条计策似乎是上策。她在讲这条计策时,他听得眼珠子转都不转一下，直勾勾地盯住她的脸看。他看到了展现在他面前的全盘计划。王虎站起身来，默默地笑着，心想：她到底是干哪一行的？他走出房间，按她所说的行动起来，她紧跟在他身后。王虎命令一名心腹去把县太爷带到大堂来，这女人别出心裁地提议他和她一起到大堂上坐下，把县太爷带到他俩面前。王虎也表示赞同，因为他俩必须好好地吓唬一下这个老家伙。于是他俩踏上台子，王虎坐在一张雕花椅上，这女人坐了他旁边的一张椅子。

不一会儿，老县太爷被两名士兵带上来了，他跌跌撞撞，索索发抖，身上一件长袍胡乱地披着，他半睁着眼茫然地向大厅四面看看，发现一个他认识的人都没有。那些原来在他手下当差的，见到他进来，早就寻找各种借口躲开了。堂上只有沿墙站立的士兵，他们都背着枪，听命于王虎。然后他抬头往台上看去，嘴唇发紫，抖个不停，嘴也合不拢，只见王虎眉毛倒竖，一脸凶相，杀气腾腾地坐着，身边还有一个陌生女人，一个他从来没有见过也没有听人家说起过的女人，他无法想象这个女人是从哪里钻出来的。他站在台下战战兢兢，心想这回必死无疑了。他素来不愿惹是生非，一生研读"四书五经"，想不到会落得个如此结局。

只听王虎厉声吆喝，一点也不讲礼仪："你现在被我捏在手掌心里，必须听从我的命令，否则就别想活命。明天我带手下去迎战，你和我们一起去，开仗前，我让我的两个手下陪你去见省里那个带兵的。你对他说，你已经请我当了你县里的总兵，是我打败了你衙门里的叛贼，把你救了出来，是你请我，我才留在此地的。无论你说什么,我的两个手下人都会听到,只要你说错一句,我就要你的命。但若你按照我的话说得好,你就可以回来,再回到台上做你的官。我会照顾你的面子,不让外人知道谁在这衙门里掌大权。老实告诉你,这个小官职根本不在我眼里,我也不会找别人顶你的位置,只要你照我的命令行事,保证你没事。"

这个手无缚鸡之力的老头,除了唯唯诺诺,还能说什么呢?他呻吟一般地答道:"我在你的刀尖上,跑也跑不了,就照你说的那么做吧。我老了,膝下无子,只能得过且过。"

他转身走开了。他的腿发软,因此他拖着步子,呻吟着回到了自己的家。他的老夫人是个从不出门一步的女人,他们也确实没有儿子,因为她生的两个孩子都在尚不会说话时就夭折了。

现在事情是否会照着王虎的计划顺利进行,谁也说不上来,但命运又一次帮了他的忙。冬去春来,大地上柳树重新吐绿,桃花再度争妍。农夫们脱去了冬装,又开始光着背脊在田里干活了,轻轻的春风、暖暖的阳光抚摸着农夫光背脊上一块块隆起的肌肉,他们感到乐陶陶的。大地从漫长的冬天醒过来了,军阀们也醒过来了;大地生机勃勃,军阀们却充满了对战争的欲望。他们争斗成性,旧的矛盾才得以缓和,新的矛盾又激化了。每个握有兵权的人都野心勃勃地想去争夺地盘,扩大势力范围。

现在,国家首脑这把交椅被一个软弱无能、优柔寡断的人把持着,许多军阀对此早就垂涎三尺,他们各自心里都在盘算着,现在该是夺取国家权力的最佳时机。各地军阀中有许多是势不两立的,但也有一些军阀联合在一起共议大事。他们商议如何夺取国家大权,如何除掉那个无能无知、听命于他人的傀儡,以及如何由自己立个新傀儡在那里替他们办事。

在这些军阀中,王虎只是个势力很小的无名小辈。在那些大人物中,他几乎不为人所知,除非有人在聚会或宴席上的交谈中提起王虎:"你们听说过那个人吗?他从他的老将军那里分裂出来,现在自己占了块地盘。据说他非常勇猛,名叫老虎,他的脸上有两道粗粗的浓眉,脾气也凶暴得像只老虎。"

如此,王虎所在的那个省的大军阀也就知道了他,他已听说王虎是如何驱除了豹子,对此他很赞同。他是全国的大军阀之一,也是想除掉上面那个无能傀儡的军阀之一。他想,即使他自己坐不上那把交椅,至少也得立一个他的人坐上,那样的话,国家的财政收入就会落进他的腰包了。

因此,这个春天隐伏着动荡不安,各路人物野心勃勃、蠢蠢欲动。这个省的大军阀下令在城门上、墙上以及各处有人走过的地方都贴上布告。布告上说统治者压榨百姓,罪大恶极,已叫人忍无可忍,虽然本省兵力单薄,但他有必要挺身而出,解救百姓。布告既已贴出,他便开始积极备战。

至于老百姓,他们中识字的人不多,也看不懂什么救世之说,他们只是直接感到苛捐杂税的名目越来越多,使人叫苦不迭。土地税、谷物税、车马税等等不一而足,在城里则还有店堂税、商品税,各种税额都增加了。如果百姓的抱怨被军阀手下的人听到了,他们就会大声喝道:"你们这帮人真是忘恩负义!难道你们不应报答救了你们的人吗?士兵要保卫你们,为你们去打仗,你们不拿钱谁拿呢?"

老百姓无奈，只得交捐纳税。他们心想，要是不交的话，不但要惹怒这个军阀，也会让新的军阀乘虚而入，而新的军阀一进来，趁着得势，肯定会大掳大掠一阵，那他们就更苦了。

既已下定决心要打这一仗，这个省的军阀迫不及待地招兵买马，希望各路中小军阀投到他的麾下。他一听说王虎造反的事情，就对省长说："有个名叫王虎的新将领，势力还不大，不要对他压得太厉害了，我听说他是一条好汉，当今就需要他这样的人做我的部下。全国上下势将分裂，也许就在今春，最晚也是明年或后年。南北方即将开战。请善待此人。"

虽说一个国家的军事首领应该属同级政府的文职长官管辖，但众所周知，大权事实上总是握在拥有兵权的人手中。一个手无寸铁的文官，即便有名正言顺的管辖权，又如何能反对同一行政区内掌握兵权的武官呢？

于是，命中注定王虎会安然渡过今春的难关。官兵朝王虎进攻时，他带着手下的兵马迎去，让老县太爷坐着轿赶在队伍的前头，几个精兵则做好埋伏以防不测。到达会面地点后，县太爷走出轿子，跌跌撞撞地从满是尘土的乡间小路上走过去，他穿着官服，由王虎的两名心腹扶着。官兵的统领迎上前来，行过礼后，这老头颤抖着声音说："将军，你搞错了。王虎这个人不是盗匪，他是我县里新任命的总兵，是他救了我，平息了叛乱。"

这位将军并不相信这套话，别人也不会相信，因为他的密探早就把真相报告给他了，尽管如此，他还是下令停止进军，以免在这种冲突中损兵折将，他的枪炮弹药还得用来打大仗呢。老知县说完后，他只是稍稍责备了几句："你该早些送信通报才是，我还以为是一场叛乱呢。我这次带兵过来,空跑一趟,必须罚款,限你们交一万大洋。"

王虎知道事情已解决,十分高兴地班师回营。这回轮到他向百姓征税了。那地方盐产丰富,本地用不完,就运到外地去卖,据说还有运到外国去的,于是他提高了所有的盐税。不到两月,他已凑足了一万大洋,甚至还有富余。

此事了结后,王虎愈加有势了。在整个过程中,他没有失去一兵一卒,他认为,这应当归功于他的女人,从此以后,他更加看重她的智慧了。

但是他仍然不知道这个女人的来历。尽管他俩仍是情意绵绵,但他有时总免不了想了解她的过去。每当他询问她时,她总是敷衍着说:"说来话长,等到冬天再告诉你也不迟,那时没有战事了。现在是春天,是打仗而不是闲聊的时候,你得利用这段时间扩充你的势力才是。"

她总是不安地搪塞,眼光炯炯有神而又显得严肃。

王虎觉得这个女人说得在理,举国上下正在盛传,今年春季军阀将要混战一场,而且规模将是十年中最大的一次。百姓们唉声叹气,议论纷纷,不知道战争会在什么时候开始,只听说会从这里或那里打过来。然而,有需要耕作的田地,他们照样在耕作,在城里,商店还是开着。人们必须养家糊口。即便人们对即将降临的灾难担惊受怕,哀叹几声,等待和观望着事态的发展,他们还是得照常生活、做事。

王虎所在的地区内,众人都看着他的动静。他的权力已经公开,也已经巩固了,大家都知道税收是经他的手处理的。虽然老知县还在位做做样子，但实际上掌权的是王虎。在大堂上，他堂而皇之地坐于县太爷的右侧，一旦要判决什么事情，县太爷就会看他的脸色行事。以前付给那些官吏的钱现在都流进了王虎和他几个心腹的腰包。然而王虎并没有变，他只取富人的钱财，如果穷人有事求他，他们尽可以畅所欲言。有很多穷人都称颂王虎。这一次王虎如果参战，本地的百姓必须支付他所需要的军饷，所以大家都在注意他的动静。

至于王虎，他已经充分考虑过这件事，他曾独自沉思默想，也曾和他的女人以及心腹们商量过。但他仍有些困惑，不知怎么做对他最有利。省里的军阀已经将命令下达给每一个分散着各据一方的将官，命令说："带领兵马来我麾下听命，这场战争将是你们诸位晋升的最好时机。"

但是王虎决定不了是否该应召前去，他拿不准哪边会胜。如果他投入将要失败的一方，那么自己的势力会被削弱，甚至会彻底毁灭，但毕竟自己好不容易才立住脚跟。他苦思冥想了半天，最后派出密探去打听究竟哪边会胜。在探子回来之前，他将拖延表态或宣布中立。他要等到战争接近尾声，胜负分明时才赶紧宣布投向哪一边。那样，他可以不损一兵一枪，踏着胜利的浪潮与其他各路兵马一起坐享其成。密探派出后，他坐等着消息。

夜里，他和他的女人谈论此事。他俩的情欲与权欲奇怪地纠缠在一起。在满足了情欲的饥渴之后，他舒舒服服地躺着和身旁的女人谈论起来，这是他一生中从未有过的，他把自己所有的计划和梦想一股脑告诉她，每次在最后都又加上一句："这就是我要做的事，你若替我生个儿子，那么，他是所有这些事的意义。"

然而，对他的这种希望，她从未给过他一个肯定的答复，每当他这么说时，她就变得不安起来，就会用一些家常琐事搪塞过去。她常这么说："最后一仗的计划究竟定了没有？"也常会这样说："计谋是最好的战争，而最痛快的仗是最后胜利在望时的那一仗。"

然而王虎自己情意正浓，根本没有注意到她态度上有什么冷漠的地方。

整个春天，王虎都是在等待中度过的，虽然他常常等得不耐烦，但有这个新婚的女人在身旁，他倒也忍受下来了。夏天到了，小麦已经割过，从山谷间传来的打谷子的声音，整天回荡在阳光普照、静寂而炎热的大地上。套种在麦田里的高粱长得秆高叶茂，花穗向四面伸展着。此时王虎正在等候消息。到处都是战争的烽火，南方和北方一样，都是几路军阀暂时联合在一起。王虎则还是等着，他希望南方胜不了北方，那些又矮又小的南方人实在令他厌恶。有时他暗忖，若是南方打胜就对他太不利了，那他就进山隐居一阵子，伺机东山再起。

他也并非袖手干等，而是竭尽全力操练队伍、扩充人马，他招募了不少强壮小伙子，让老兵带新兵。这样，他的人马扩充到将近一万。为了给这么多人发饷，他增加了酒、盐和流动商人的税金。

这时他唯一的难处是缺乏枪械。要解决枪支问题，有这么两个办法：想方设法偷运；或是攻打附近的小部队，缴获他们的枪支弹药。两条路必取其一。枪械在当时是奇货，是外国货，要从外国带进来可不容易。王虎占地盘时并没有想到枪械的进路，因而选了一块内陆地区，没有一个沿海口岸。所有沿海口岸都有兵把守，要走私弄枪是不可能的。再说他又不懂外国话，他身边的人当中也没一个懂的,所以打算和外国人做生意也行不通。唯一可行的办法似乎就是在附近一带打一仗,解决他部队中许多人没枪的问题。

一天夜里,他把这想法告诉了他女人,她马上来了劲。她常常是一副没精打采的样子,对他有点心不在焉,可是一来了劲就急着说:"我记得你说过,你有个哥哥是做生意的!"

"确实有的,"王虎说,并不明白她的意思,"他可是做粮食买卖的,不是买卖枪支的。"

"是啊,你怎么不懂?!"她不耐烦地冲着他嚷道,"既然他做买卖,那就可能和沿海口岸有联系,也就能买枪,混在粮食里走私进来呀。我说不上怎么去做,总该有办法的。"

王虎考虑片刻,觉得她聪明过人,言之有理,就按她说的去安排了。第二天,他叫来了麻脸侄子,这小伙子一年来长高了,王虎把他带在身边,常常让他执行一些特殊的小任务。王虎吩咐道:"去见你的父亲,装作回家探望的样子。只剩你们爷俩时,你就对他说,我要三千支枪,我现在没法行动,就是因为缺枪。人到处都有,但没枪,要这些人有什么用?对他说,他是做生意的,沿海生意熟门熟路,可以替我想个法子。我派你去,因为这件事必须严格保密,而你是我的嫡亲侄子。"

小伙子当然很高兴回去一趟,他连连保证守住机密,并为跑这趟差事感到挺自豪。王虎又开始等待,同时,他继续招募新兵,只是挑选得很仔细,对每个人都要考验一番,看看他是否不怕死。

十八

那小伙子绕道往回家的路上走去。他脱下军服，换上一身农家子弟的装束。眼下，他穿着一身蓝色的粗布衣服，配上他那黝黑的麻脸，看上去可真像个乡下小伙子，活灵活现就是王龙的后代。他骑着一匹老白驴，把一件破棉袄叠起来当作驴鞍，他时不时用光脚丫子踢踢老驴的肚子，催它赶路。看到他在炎炎夏日之下半睡不醒似的模样，没人会想象出他是在奉命送信，准备买三千支枪送到并不在打仗的地方去。他不打瞌睡时，便边走边唱军歌，他就喜欢唱歌。田里的农民听到他唱着军歌，停下活，抬起头来不安地打量着他，有个农民在他身后大声嚷道："该死的，唱什么当兵小调——你倒是想把黑乌鸦唱回来不成？"

小伙子很开心，一路上还不时吐唾沫，东吐一口，西吐一口，显得毫不在乎，并摆出一副想唱就唱的样子。其实，除了军歌，别的歌他也不会唱，他在行伍中混了这么久，不可能要求他唱出的歌和农家小调一样。

他在第三天中午到了家，在丁字路口，他下鞍步行，碰巧他的大堂兄在路边闲逛。大堂兄一见是他就止住了哈欠,忙招呼道:"嘿,当将官了吧?"

麻脸小子立即诙谐地回敬一句:"还没呢,可我至少中了个第一名!"

他这么说多少有点挖苦他堂兄的意味,因为大家都知道,王地主夫妇俩总是吹嘘他们如何教导大儿子念书,准备下一季送他去某个学府赶考,将来他准会成为一个大人物云云。但是,过了一季又一季,然后一年又一年,他却从来没有去赶过考。麻子同他堂兄说话时看得出,他堂兄前一个晚上不知在什么地方鬼混过,睡到现在才起床,而且现在也不是要到什么学校去,而是到茶馆去混日子。这位堂兄既瞧不起人又爱挑刺,对麻子上下打量了一番说:"至少中了第一名的将官连一件绸大褂也穿不起!"

他说完也不等答话就径直走了,他走起路来一摇一摆地踱着方步,身上那件嫩绿色大褂随着脚步一飘一飘的。麻子笑了笑,在他身后朝他吐了吐舌头,走进自己的家门。

他跨进自己家的大门,发现一切依然如故。此时正是吃午饭的时候,屋内房门敞开,他看见他爹坐在桌旁独自一人吃着,小孩子们照常是端着饭碗跑来跑去的,他母亲站在门口,端着碗,用筷子往嘴里扒饭,她一边嚼,一边和来借东西的邻居女人闲聊,说什么前天夜里一只猫偷了条咸鱼,那条鱼高高地挂在大梁上,竟也被它抓到。当她看到儿子时,冲着他大叫起来:"嘿,正好回来吃饭,赶得可真巧!"说完又继续同那女人聊天。

小伙子对母亲只是笑笑,叫了一声,其他什么话也没说就走进了房。他父亲朝他点点头,稍有点意外。儿子恭敬地叫了声

"爹",然后转身自己动手拿了一只碗、一双筷,从饭桌上往碗里盛了饭,走到旁边,坐在一张凳子上吃起饭来。有长辈在时,小辈只能坐在一边,而且不能舒舒服服地坐满一个凳面。

吃完饭,父亲在自己的饭碗里倒了点茶,但没有倒满,他无论什么时候都十分节俭。他呷了几口茶后,对儿子说:"带回什么话吗?"

儿子说:"有的,这儿不便说。"他这么说是因为弟弟妹妹们围成一圈,一声不响地瞧着他,他是个陌生人,无论说什么,他们都好奇地听着。

此时,母亲回到饭桌添饭,她胃口很好,每次都要到她丈夫吃完饭走了好久,她才吃完。她两眼盯着儿子说:"我敢肯定,你足足长高了七八寸!怎么穿这身破衣服?你叔叔没好点的衣服给你穿?他们给你吃的什么,长成这么个个头?一定是好酒好肉喂足了!"

儿子咧嘴笑了笑说:"我有好衣服,这次没穿上。我们每天都有肉吃。"

王掌柜听得惊呆了,不觉大叫起来:"什么?我兄弟每天给当兵的吃肉?"

儿子赶紧说:"哪里,只是现在快要打仗,他想让大家吃得身体壮些,打起仗来勇猛些。我和那些当小兵的不住在一起,吃饭时我和叔叔的心腹们一起吃,我们可以吃叔叔和婶婶吃不完的菜肴。"

听到这儿,他母亲来劲了,说:"把那女人的事说给我听听!真是怪事,结婚吃喜酒也没请咱们去。"

"请了,"王掌柜一看这个话题一说开就没个收场的样子,因此赶紧接口说,"他是请我们去的,可是我推掉了。要是去的话,你又得买新衣服,买这买那的去应酬那场面,得折腾不少银子呢。"

他女人听他这么说,气得要命,大声说道:"啊,你这个老吝啬鬼,我哪里也去不成——"

王掌柜清了清嗓子,对儿子说:"这儿没个安静,跟我到外面去吧。"他站起身来,还算温和地把孩子们推开,往外走去,儿子在后面跟着。

王掌柜和儿子在街上一前一后地走着,到了一家他很少去的小茶馆,选了一个安静角落里的桌子坐下。茶馆里这个时辰客人不多,农民已经卖完了货回家去了,下午来喝茶聊天的城里客人还没有到。坐定后,儿子把来意告诉了父亲。

王掌柜仔细地听儿子说每一句话,他一言不发,从头至尾听完,听完后也不露声色。要是换了王地主,早就会惊得翻白眼,发誓说这种事根本办不成。王掌柜可不然,他已经暗中致富,对他来说没有办不成的事。他如果犹豫不决,那是在衡量事情的利弊得失。到处都有他的钱,人们向他借钱办各种事情。甚至寺庙也借他的钱,这些年来虔诚信佛的人越来越少,只有女人,通常是些老太婆还信佛拜菩萨,许多寺庙因此变穷,僧侣不再有以前那么多的财产,有些寺庙把庙地抵押给王掌柜,向他借钱。王掌柜还把钱投资到航运业、铁路运输业,并投了一大笔钱在城里办妓院,他自己却从来不涉足自己的妓院。他的哥哥走进城里那座才开张了一年光景的新大院去嫖妓时,怎么也不会想到那是他兄弟开的。妓院这行业赚头很好，王掌柜就是看准了男人的本性才干这一行的。

就这样，他的钱从上百条秘密渠道流了出去，如果他一下子将钱收回，就会有千百个人遭殃。他有那么多钱，却从来不比过去吃得多吃得好，也不像那些吃穿有余的人那样寻欢作乐，也不让自己的儿子穿绸褂子。看他那过日子的样子，绝对没有人会把他当作有钱人。也正因他这么过日子，他才可以盘算盘算三千支洋枪的事，而且绝不会像王地主那般大惊小怪。是呀，要是有人在街上碰到这兄弟俩在一起，肯定会说王地主才是有钱人，因为他花钱大手大脚，滚圆滚圆的身子上下裹着绫罗绸缎做的长袍马褂，外加皮袄皮帽，就连他的儿子也从头到脚都是绸缎，怎么也算得上有钱人了。王地主家只有那个小驼背默默无闻地与梨花住在一起，他虽然也快成年，但一天又一天地被人忘却了。

王掌柜默默地思索了好一会儿才开口说："花这么大一笔银子买枪，我兄弟可说过给我什么担保吗？没有担保我可不干，要知道，买枪是犯法的。"

他儿子说："他说：'告诉我哥，他要不相信我，就把我留着的地全部拿去做担保吧，一直抵押到我收到的税够还他时为止。我在自己的地盘里掌握着所有的税收，但是我一下子拿不出一笔巨款，即使拿得出来，那叫我的士兵吃什么？'"

"地我不要，"王掌柜考虑了一下说，"今年收成不好，差不多闹饥荒了，地卖不出价。他留着的那些地卖了也够不上数。结婚时的花费早已动了地了。"

然而那年轻人乌黑的小眼珠子闪闪发亮，露出一脸热切的神色说:"爹,我叔真是个大人物。你该看看人家是多么怕他!他也是一个好人,他并不为了杀人才去杀人。甚至连省里的都督大人也怕他。他自己什么也不怕——真的什么也不怕,要是怕什么的话,他也不敢和那个被人称作狐狸精的女人结婚了!而且假如你给他办成了那些枪,他的势力就更大了。"

做儿子的这些话对做父亲的并没起多少作用,但话里有些道理。真正打动王掌柜的倒是那最后一句话,有个有权势的军阀兄弟要比任何报酬都管用。是的,如果真如谣传所说要有一场大战,而且战火蔓延到这里的话——谁知道战争要打到什么地方为止?——他的巨大家当就会被掠夺抢劫一空,即使不是被敌军士兵掠夺,也会遭到亡命穷鬼的抢劫。王掌柜现在的家产不再是田地,他仅存的土地无非是些屋边地,他的家当是商店和借贷生意,这一类财产在乱世是很容易被人抢劫的。如果没有某种势力的保护,一个富人很可能随时变成穷光蛋。

于是他暗自思忖,这些枪支在将来某一天可能起到保护他的作用,问题是如何去买,也就是如何走私进来。走私是能办到的,因为他自己拥有两条小轮船,是用来向一个邻近的国家运送大米的。私运大米出口是违法行为,因而他必须偷偷地干。干这一行获利甚厚,足够使他有钱去行贿。那些当官的见钱眼开,收了贿赂便马马虎虎地检查一下,睁一只眼闭一只眼,给他的两条小轮船放行,相反,对外国轮船以及其他没有给他们好处的船只,他们就摆出一脸秉公办事、气势汹汹的架势。

王掌柜心想,他的两条船从外国回来有时是空载的,有时也半载着棉纱和小件洋摆设。在那种情况下,他很容易把洋枪混杂在货物内走私进来。即使被查出,他也可以上上下下塞点钱贿赂一番,那两个船老大也可以塞点好处,封住他们的嘴。是的,这一切是办得到的。考虑停当,他先环顾四周,看看是否有闲人或官府差人在旁,然后从牙齿缝里轻轻挤出几句话,对他儿子说道:"这些枪支运到沿海地区没问题,甚至运到离我兄弟最近的铁路线上那站也行,但是从铁路到他那里没有大路可通,也没有水路,要步行或者用牲口驮着走一两天,那怎么行?"

这一点王虎可没向那年轻人交代过,所以他听了只是傻乎乎地搔头摸耳,两眼干瞪着他老子说:"那我还得回去问他。"

王掌柜说:"对他说,我设法把枪和其他货混在一起,标上别的货名,运到一个指定地点,然后他得自己去取货。"

当天晚上,麻子住在自己家中,他妈特地做了他爱吃的蒜肉包子,味道好极了。他吃了个饱,还把吃剩的全部塞进怀里留着路上吃。第二天,他骑上毛驴绕道回他叔叔处回话去了。

十九

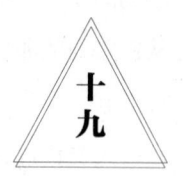

一个月之后，事情终于发生了，事情来得突然，简直使人难以置信，就连傲气十足的王虎一开始也不敢相信。等到大家获悉大军阀已相互开战并且把全国割据成两半时，战争的狂热席卷了整个地区。随着这阵狂热，好战分子趁着乱世各自粉墨登场，他们当中有游手好闲者、亡命冒险者、无业流浪者、逃离家庭者、赌场失意者等等各种各样愤世嫉俗的人。

在王虎借老县太爷之名统治的那个区域，叛民聚众结帮，趁火打劫，他们给自己取名为"黄巾帮"，并以黄巾裹头为标记。他们起初只是小打小闹，在路过农户时抢点东西吃，或是走进村里的小客栈白吃一顿后扬长而去，他们有时也付几个钱做做样子，但嗓门提得老高，露出一脸凶相，客栈老板怕闹事，只得忍气吞声，自认晦气。

后来黄巾帮人数增多了，胆子也越来越大。他们开始转念头弄枪，因为帮内只有几个从军队开小差出来的人才有枪。尽管他们尚不敢到城市集镇去行劫，但在小乡村里，他们对普通老百姓行劫的胆子越来越大。曾有几个胆大的农民向王虎报告过乡间的匪情，他们说，黄巾帮横行无忌，胆子极大，他们夜间闯入民宅行劫，若抢不到值钱的东西，就肆无忌惮地把全家斩尽杀绝。王虎也曾派出探子向农民打听虚实，可是那些探子遇到了一些胆小怕事的农民，农民不敢据实反映，所以王虎对此将信将疑。在一段时间内，他并不采取任何行动，把这些事看得十分淡漠。他的全部心思都已放在何时向何方宣战的问题上了。

盛夏来临，大批军队开到了南方，有些士兵受不了帮匪的诱惑而入了伙，于是盗匪人数大为增加，胆子也变得更大。每年到这个季节时，这些地方的高粱秆都长得很高了，为盗匪提供了有利的隐蔽所，以致盗匪更加猖獗，老百姓如果不是成群结队的话，简直不敢在小路上行走。

现在王虎对此事抱什么态度尚未能知，因为他多少有点受他手下人的影响，他毕竟得相信他的暗探和心腹的看法。这些人平时捧他，使得他觉得没有人敢对他弄虚作假。有一天，从西边乡下过来两个农民，是弟兄俩，他们扛着一只麻袋。他们不肯把麻袋打开给别人看，不管别人怎么盘问，弟兄俩口口声声说道："这袋东西是给将军的。"

站岗的猜想那是给王虎的礼物，所以就放他们进去了。弟兄俩走进大堂，看见王虎坐在那儿。他常常在这个时辰坐在那儿。弟兄俩走上前去，在向他行礼请安之后，一声不响地打开麻袋，从袋里拿出两双手来：一双是一位老妇人的手，因劳作而粗糙不堪，肤色深褐，已经干裂；另一双是一位老人的手，手掌上还看得出因扶持犁耙而长出的老茧。弟兄俩举起这些残肢，残肢截断处的血液已经凝结、发黑。两人中年长的那个也不过中等年纪，方正脸形，看上去十分忠厚老实，这会儿却怒气冲冲地说道："这些就是我老父老母的双手，他们死了！两天前，盗匪抢劫了我们村子。我爹大喊没有东西给他们，他们就砍掉了他的双手，我娘勇敢地冲上去大骂这帮盗匪，他们也把她的双手砍了下来。我和兄弟当时正在田里干活，我女人和弟媳逃出来，哭叫着找到我们。我们俩拿着工具一起跑回村里时，强盗已经走了。他们人也不多，总共才八个或者十个人。我们的父母年纪大，村子里又没人敢出来帮助他们，生怕今后受连累。老爷，我们向你缴税，向你缴的税比国家规定的税还高，我们缴土地税、盐税，所有的买卖都上税。我们向你缴税是为了受到你的保护啊。你打算怎样保护我们呢？"

他们举起那两双粗糙僵硬的断肢。

现在，王虎并没有像身处他那种地位的许多人一样对这番大胆的言论动怒，他非但不动怒，反而感到惊讶和气愤，这倒不是因为这两个农民敢于大胆直言，而是因为这种事竟然发生在他管辖的区域，未免太不像话了。他大声传令召集各队队长，传令兵把队长们一个一个找来，共约五十个，他们进到厅堂集合听命。

王虎亲自从方砖地上拿起断肢，高举着对大伙说："这些是良民百姓的手呀，那帮盗匪趁他们的儿子在田里干活，竟在光天化日之下抢劫杀人！谁愿打头阵，剿灭这帮盗匪？"

队长们的眼睛盯住那两双手，眼前的景象使他们震惊。他们怎么也没有想到，在他们管辖的地域，竟然有盗匪敢于在光天化日之下行凶抢劫。大伙禁不住交头接耳地议论开了："怎么可以容忍这种事情发生在我们的地盘上？""难道让那帮贼子在我们的地盘上耀武扬威吗？"最后大伙齐声喊道："去干掉他们！"

王虎转身向弟兄俩说："安心地回去吧。明天我们就要开始行动了。抓不住这伙盗匪的头子，我王虎决不罢休。我要像除掉豹子那样除掉他！"

那个弟弟开口说："大人，依我们看来，这伙强盗只是些散兵游勇，还没有头领，他们是几个同宗同族的人，正物色强人当他们的头领呢。"

"若是这样的话，"王虎说，"击溃他们就容易得多了。"

"但全部消灭他们可不那么容易。"哥哥直截了当地说。

接着兄弟俩仍没有要走的样子，好像还有很多话要说，可是又不知从何说起。王虎等得有点不耐烦了，他以为这弟兄俩之所以还不肯离去，是因为对他仍有点不信任，于是略带愠色地说道："豹子那么一个了不得的强盗，吃了你们二十多年的供奉，我都把他杀了，难道你们还不相信我的力量？"

弟兄俩吓得面面相觑，那哥哥咽了一口口水，慢吞吞地说："大人，不是那意思。有些话我们想私下对你说。"

王虎转过脸去，大声吩咐那些站立在两旁的队长出去准备人马，于是他们纷纷离去，只剩下一两个从不离左右的心腹守候在那儿。那哥哥伏地俯首向王虎连磕三个响头，然后说："大人别生气，我们都是穷人，我们需要您的保护，但我们只能请求，可拿不出钱来犒劳上下呀。"

王虎诧异地说："什么？你们求我做力所能及的事，我哪里会要你们犒劳呢？"

233

那人毕恭毕敬地答道:"今天我们动身的时候,村里的人试图劝说我们不要来。他们说,如果我们带军队回村里,那比遭强盗抢劫更糟,军队要的价太高了。我们穷人靠双手养活自己,勉强度日糊口,强盗来抢过了也就离去,但是当兵的来了就住进我们家里,眼睛盯着我们的闺女,吃我们留着过冬的粮食。他们有枪,我们又不敢不给他们。大人,假如你的手下这么干的话,那就别派他们去,我们还是逆来顺受算了。"

王虎是个好人,听了这番话火冒三丈,立即大声呼喝那些队长回到大堂。队长们三三两两进来,王虎脸色铁青,眉毛倒竖地对他们训话:"我管辖的地盘不大,派出去的人要不了三天就可以办完事回来。我立一条规矩:我手下的人出去都不得超过三天,谁要是下去鱼肉百姓,我就毙了他!谁要是打强盗有功,有赏!赏他银子,回来有酒有肉饱吃一顿。我可不是强盗头子,我的人可不准当盗匪!"他说这话时目光严厉,吓得队长们连连称是。

王虎如此办事,那弟兄俩才放下心来。他们小心翼翼地把父母的断手重新放入麻袋,带回去准备将父母完尸葬入坟中。回到村里后,他们对王虎称赞不已。

但是王虎把兄弟俩打发走以后却有些沮丧,他闷闷不乐,因为他坐定一想,觉得自己承诺过早、过多,由于被兄弟俩带来面呈的东西所触动而由良心支配了决策。他本来无心去与那些强盗为难而损兵折将、耗费弹药。他也知道他的手下里有些人就像别的军队里的一些人一样自由散漫,一心想寻个舒服的地方,这些人很有可能受强盗的诱惑,带着枪去投奔强盗。

正当他闷坐在自己房里时，传令兵呈上一封掌柜王二的来信。他拆开一看，原来是枪支已经备妥。信写得相当含蓄，转弯抹角地告诉他买来的枪支分藏于粮食麻袋中，那些粮食是要运到北方的磨坊里去加工成面粉的，将于某月某日停留在某地。

王虎一辈子也没遇到过这样的难题，枪支是无论如何要设法去取来的，可手下的人马却分散到乡下去对付强盗了。他颓丧地坐着自叹倒霉。这时他的爱妻进来了。其时正是盛夏的中午，她迈着特别轻柔、慵懒的步子，身上只穿一套白色的绸衫绸裤，领口敞开着，裸露的脖子柔滑、浑圆，比她的脸蛋还要白嫩。

尽管王虎这时正有不顺心的麻烦事，然而看到爱妻进来，看到她那美丽的脖子，他那副愁眉苦脸的神态一下子消失了。他渴望她能走近，使他可以伸手抚摸她脖子上的细皮白肉。她走上前来，身子靠在桌子边上，两眼盯着他手中的那封信，问道："什么事呀，竟把你恼得脸都铁青了？"她收住话头咯咯笑了一阵，接着又说，"可别是我恼了你呀，这么个铁青脸瞅着我，真像是要把我杀了似的！"

王虎什么也没说，把信递给她，两眼却盯住她那裸露的脖子，目光顺着那柔滑的线条往下转到她的胸部。他和这女人如胶似漆地厮混，日子虽不长，但已经恩爱得无话不谈了。她接过信看起来。这时，她的上身因为看信而微微前倾，两片线条分明的薄唇轻轻翕动，她两耳挂着一对金耳环，油光光的头发挽成一个髻盘在颈后，用一个黑色的丝网罩住，她的形象在他心目中比什么都美。此外，他对她能识字看信这一点也倍加赞赏。

她读完信后将信放回信封里，按在桌上，双手的动作敏捷轻巧。王虎对她说:"怎么办才好?这批粮肯定要去取来的,究竟是智取呢,还是强取?"

"这不难,"女人流利地回答,"智取或强取都很容易。我刚才看信的时候就有主意了。你只要派一批手下的人假扮成强盗的样子,就和现在传闻的强盗一样,让他们去把这批装枪的粮食抢回来,这样谁还会知道你与这件事有关呢?"

王虎听了不禁露出了笑脸,这条计策太高明了,简直天衣无缝。这时房里就他们俩,卫兵通常一见这女人进房就识相地退到外面守候。他将她一把拉进怀里,用那双粗糙的手摸着她软绵绵的身体。在感到满足之后,他说道:"天下没有比你更聪明的女人了,我杀掉豹子那天就知道自己福分不浅。"

他得意扬扬地走到外面,把老鹰叫到跟前吩咐:"我们要的那批枪支到了,现已停在离此地七八十里路外的铁路交叉口。枪支藏在装粮食的麻袋中,让别人以为这些粮食是准备转运到北边粮厂去加工成面粉的。你带上五百弟兄,都带上武器,装扮成一帮强盗到那里去抢那批粮食,抢到手后便装作要运到匪巢去。你们事先在近处备好车马,粮食一上车,连粮带枪统统给我拉回来!"

老鹰是个聪明人,他自信智勇双全,就像屠夫自信他的双拳大如碗口一样。他乐于去干这种讲究计谋的差事,因此乐滋滋地鞠躬听命。王虎继续吩咐:"枪支全部拉回来以后,我肯定给赏,每个人都可论功领赏。"

吩咐完后,王虎回到房里,女人已经走了。他在一把雕花木椅上坐下,椅上有一个用芦苇编的坐垫,是用来纳凉的。他解下腰带,松开领口处的纽扣。这天真是出奇地热。此刻,他仍回味着她那细嫩的脖子以及连接胸脯处的弯弯的线条,他感到惊异的是,她的肉体为什么那么柔软,皮肤又为什么那么光滑细嫩。

可是他一点也没注意到,老二给他的信已不见了,刚才那女人早就把信揣进胸襟下方,他的手也够不到。

老鹰走了有半天的光景,王虎独自一人走到院子的边门外散步乘凉。边门朝街敞开着,这条小街白天尚有人行走,因为已是夜间,所以不见一个行人。他边走边想着心事,忽然听到一阵蟋蟀的唧唧声。开始他并不十分留心听,可是唧唧声又不停地响起来,他感到好生奇怪,因为那不是蟋蟀出没的季节,于是他朝响声走去,想看个究竟,不料在黑暗处看到一个人蹲在门后,他的身子一大半被门挡住。他伸手拔剑走近一看,那人原来是麻脸侄子。那小子脸吓得煞白,上气不接下气地低声说道:"叔叔,别出声!别告诉你的夫人我躲在这里。你方便的话请到街上去,我在第一个十字路口等你。我有话对你讲,事情紧迫,耽搁不得。"

这小子像一条影子,一闪就溜走了。王虎反正是独自一人,无所谓方便不方便,赶忙朝十字路口走去。王虎先到了,却看见这小子贴紧墙边,躲躲闪闪地摸过来,他吃惊地问:"你这是咋的啦,像条挨了打的狗似的!"

这小子立即压低了嗓子说:"嘘——有人派我到一个远地方去——若你夫人看到我就糟了,她精明得很,说不准她派了谁在监视我,她不止一次地警告我,如果我说出来,她就杀了我!"

王虎惊得一下子话都说不出来,他一把提起那小子,腾空拖到一条胡同的黑暗处,命令他道出实情。那小子凑到王虎耳边悄悄地说:"你夫人叫我把一封信交给一个人,我没拆开看过,不知道这信究竟是写给谁的。她问我识不识字,我说我是乡下人,怎么会识字。她给了我一块大洋,叫我今晚把这信送到北城外一家茶馆,有人会在那里接头取信。"

他伸手从怀里抽出一封信交给王虎。王虎一声不吭地接过信,快步穿过胡同,走进一条小街上。街上有个老头开了一家孤零零的老虎灶卖开水。王虎在那里借着挂在墙上的小油灯的微弱光线,撕开信封抽出信来看。信里很明显暴露出她——竟是他自己的女人——的阴谋,她已经把枪支到站的事告诉了人家。是的,他现在明白她写信之前已见过某人,并告知了枪支的消息,而在这封信上,她只是发出一个正式的命令。她在信中写道:

你们取到枪支后即集合人马,待我到达。

王虎读到这儿,觉得仿佛天旋地转。他是那么真心诚意地爱着她,爱得如此热切,以至于做梦也没想到过她会背叛他,心腹豁嘴的多次警告他都忘得干干净净,甚至这些天来他大意得连豁嘴脸上忧愁的神色都视而不见。他爱她爱到了这种程度:似乎她已经是完美无缺的一个女人,只要她给他生个儿子,那他就别无他求了。他曾经一次又一次地深情地问她是否怀孕。他色迷心窍,甚至想也没想过她内心是否也爱他。即使在看信之前那一刻,他还在心急难熬地等待着夜晚,等待着与她销魂的时刻。

现在他才明白她从来没有爱过他。在他等待战局变化、等待发迹的关键时刻,她却耍这种阴谋诡计。而且她竟然若无其事地每夜与他同床,每当他问起怀孕生儿子的事,她竟然还装模作样地显出悲伤的样子。他一想到这些,就气愤得无法呼吸。以前有过的那种杀机又上来了,而且此刻的杀机比以往任何时候都更强烈。他的心猛烈地跳动着,两耳嗡嗡直响,双眼变得模糊起来,眉毛拧成一团,拧得直到发痛。

他侄子跟在他身后,站在门背后的阴影里,王虎狠狠地把他推到一边,一句话也不说。他没看到自己盛怒之下的那一推用力有多猛,他侄子重重地摔倒在路边的尖石上。

王虎怒气冲冲,满脸杀气,大步走回家去,边走边伸手抽出宝剑,顺手把剑在大腿上擦了擦,这把剑就是豹子用的那把纯钢利剑。

他径直走到那女人的卧室。由于天热,她还没把窗帘放下,她赤条条一丝不挂地躺在床上,两只手臂张开着,一只微微弯曲,另一只搭在床沿上。那晚的圆月已经升起,高高挂在院子的围墙上,月光倾泻,沐浴着她裸露的身体。

虽然王虎看到这个女人是那么美丽,她那沐浴在月光中的裸体美得就像一尊石膏像一样,但是他没有犹豫。盛怒之下,他体验到一种比死还难受的痛苦,因此他决不会手软。此时他有意回想她是如何欺骗他,又是如何背叛他的,在这种力量的支撑下,他举起利剑,干净利索地刺进她的喉咙。她的头枕在枕头上,他把刺入喉咙的剑往上挑去,又狠命用剑拧了一下才拔出,然后顺手把剑在缎子被面上擦拭干净。

她嘴里只吐出一个字来就被血堵住了,他没听清她说的什么字。她只是在剑插进喉咙的一瞬间动了一下身子，然后四肢突然伸开，两眼圆睁，死了。

干完之后，他并没有停下来思考自己所做的事情，而是大步走进院子，大声呼唤手下人马集合，厉声向他们下达命令。现在他一刻也不能耽搁，而必须立即尾随老鹰赶到取枪支的地点，要弄清楚他究竟是否在强盗动手之前拿到了那批枪支。他留下二百人留守，让豁嘴指挥，其余的人都由他亲自带领出发。

他们经过大门时，看门的老头刚从床上起来，打着哈欠，睡眼蒙眬地看着这突然的行动。王虎骑在马上朝老头大声吩咐："我睡觉的房间里有一样东西，去把它抬出来扔到河里或池塘里，在我回来前把事情办好！"

王虎骑在高头大马上，威风凛凛，他的怒气渐渐消退，但是他的内心痛苦得似乎在淌血，一滴滴地偷偷滴在他的五脏六腑之上。无论他如何努力驱散心头的愤怒，内心却都在不停地暗暗流血。突然，他抑制不住地长叹一声，可马蹄在尘土飞扬的道路上的嗒嗒声淹没了这一声叹息，因此别人没有听到，而且王虎自己也没有意识到自己一路上一次又一次地发出痛苦的呻吟。

当天夜里和第二天整个白天，王虎带着人马行走在乡间的道路上，寻找着老鹰。白天没有风，烈日烤着他们的脊背，但是王虎不许大家休息，他心里的那件事不允许他有片刻的停留。近黄昏时，在一条南北大道上，他们看到老鹰带着一伙人走过来。起初王虎还不敢肯定这伙人就是他派去的队伍，因为老鹰和那伙人的打扮就像王虎当初吩咐的那样，他们穿着破烂的内衣，头上缚一条毛巾。所以一直等他们走近了，王虎才认出是自己人。

王虎从枣红马上下来，坐到路旁的一棵枣树下，他已经筋疲力尽了，只能坐等着老鹰走过来。他越等越担心自己的怒气会很快消失，他怀着极度的痛苦强迫自己回忆自己是如何被骗的，以此维持怒气。但他内心的痛苦和愤怒是极其复杂的，虽然那个女人被他杀了，他却依然爱着她；他庆幸自己杀她时没有犹豫，却又仍旧满怀激情地渴望着她。

这种交织在一起的愤怒和痛苦使他变得十分暴戾。老鹰走到他跟前时，王虎冲着他咆哮起来，他的眼睛深深陷在眉毛下面，抬也不抬："啊，你准是没有拿到枪！"

老鹰尖削的脸上一股傲气，他也是暴躁性子，又长了一条灵巧的舌头。他毫无惧色，火辣辣地回答王虎，没有半点谦恭："我怎么会知道有人向强盗通风报信？有内奸向强盗告了密，他们跑到我们前头去了。你告诉我时已经晚了，他们得到消息早，我有什么办法呢？"他说话时，解下佩着的枪放到地上，双臂交叉在胸前，两眼挑衅似的盯着他的将军，以示他不甘无辜受责。

王虎想想也有道理，他疲倦不堪地立起身来，身子倚在枣树粗糙的树干上站着，将身上的皮带紧了一紧，最后有气无力地开始说话，言语中听得出他内心的极大痛苦："一批好枪没了，我得去和这帮强盗算账，把枪夺回来，事情逼得我们动手，那就动手吧！"他心烦意乱地摇晃着身子，吐了口唾沫，振作一下精神继续说："我们一定要找到这帮强盗，给他们点苦头吃吃。如果打起来之后你们倒下一半，我也没办法。我的枪应该归我，如果一支枪要拿十来个人的生命去换，哼，那我也干了，就算为每支枪死十来个人也值得！"

说完这番话，他翻身上马，勒紧缰绳，可是那匹枣红马刚才正津津有味地吃树下的草，这时还舍不得离开，马蹄子蹬前蹬后的，显得烦躁不安。老鹰站在原地郁郁不乐地看着，然后说："我完全知道这些强盗在哪里。他们都集中在他们的老巢里，我敢保证枪也在那里。谁是他们的头领我不清楚，这些天来乡下太平了些，因为他们都集中在一起忙活着什么，好像是准备选个为首的。"

王虎心里当然很清楚谁会是这伙强盗的首领，但他没有说，只是下令向匪巢进军。他说："我们就要去和强盗开仗了，打完仗，我要扩充人马，凡是有枪的都可以收进我的队伍。你们看到枪就要拿来，凡带回一支枪都赏给一块大洋。"说完，他又骑上马。

王虎带着人马又在山脚下蜿蜒的谷道上行进，最后来到双峰山前。他的士兵们衣衫褴褛，在田里干活的农民仰起头来好奇地打量着这伙人。士兵们冲他们喊道："我们是去打强盗的！"

对这样的消息，一路上的农民有不同的反应。有时候农民们会高兴地回答："那太好了！"但是更多的情况是农民们一言不发，只是愠怒地瞧着士兵们踩过他们的粮田、瓜田和菜地，他们不相信当兵的会干出什么好事来，对他们已经讨厌极了。

王虎率队开始登山，在山麓的两个悬崖间有一条细长弯曲的小道，他们沿小道绕山而上。他下了马，牵着缰绳，其他骑马的人也下了马。他并没有注意别人，只是弯腰往前走着，似乎他是独自一人走在山路上，因为他心里还在想那个女人。他自己也觉得奇怪，他怎么会爱上她，而且至今还恋着她。他心里在哭泣，几乎毫不留意小路上的青苔，一面想心事一面走着。但是他并不后悔杀了她，不，他不后悔，因为他内心深处明白，像这么一个女人，一面可以与他亲热，一面又可以骗他骗得天衣无缝，只有死了，她才无法继续骗人。他自言自语道："毕竟是个狐狸精。"

王虎率领部下步步上山，接近最后一个关口。他命令老鹰带五十个人到前面去探一下虚实，他自己则走到一片松林的树荫处等候消息。那时太阳当头，酷热难忍，在树荫下好凉快一些。不到半个时辰，老鹰回来报告说，他已绕强盗寨一周探了个明白，他说："他们毫无准备，正忙着整建山寨呢。"

"你看到他们有带头的吗？"王虎问。

"没有，"老鹰答道，"我爬到离他们很近的地方，甚至可以听到他们说话。他们是一帮散兵游勇，可不是什么经过训练的强盗，对打仗一窍不通，关口竟也没有派人把守。现在他们正在为争夺稍微好一些的房子吵闹呢。"

这是极好的消息。王虎大声命令冲进去，他自己跑在最前面，一面跑一面继续命令大家冲进匪寨后每人至少杀一个强盗，那时他再停火谈判，要他们投诚。

他们冲了进去，王虎站在一边压阵，其余的人向强盗密集处扫射，顿时哭喊声响成一片，到处是强盗的尸体，还有一些中了弹，倒在地上，扭动着，痛苦地垂死挣扎。这帮强盗确实毫无准备，只想着他们的房子，想着如何扎营建寨。整个寨子集结了大约三五千人，就像土丘上的蚂蚁一样，刚才还在忙着堆砖、搬木料、运盖屋顶用的稻草，为将来大干一场做准备，现在突如其来的攻击使得他们大惊失色，他们立即扔下手中的活，四散逃命去了。王虎发现没有人指挥这帮人，开始隐隐约约感到慰藉，因为他心中清楚这帮人本来会由谁来指挥，那样的话，他迟早得和自己所爱的女人斗一场，那倒还不如像现在这样已经把她杀了好。

一想到这些，他头脑中固有的关于宿命的观念又一次涌上心头。他摆足架势呼喝着手下，命令他们停止射击，然后向那些活着的强盗喊话："我是王虎，是管辖本地区的长官。我不会容忍强盗！本人杀人不眨眼，自己也不怕死。你们当中有谁胆敢和我作对，我就立即叫他死。我也讲慈悲，对你们当中悔过自新的人，我会给他出路。现在我要回城去了。接下来的三天之内，有谁带枪投诚，我都欢迎。谁多带一支额外的枪，我会赏他银子。"

说完后，他厉声下令让自己手下集合下山。离寨下山时，他十分小心，让一部分士兵持枪面对着关口慢慢地后退着走，以防一些胆大的强盗乘机放冷枪。而事实上，这帮强盗是无知的乌合之众，他们全都中了那女人的圈套，她以前是豹子的手下，强盗们受她的唆使，急着去夺那批枪，可是大部分人连枪怎么用都不知道，只有极少数原来在军队中干过的逃兵会使枪。但这些人不敢向王虎的人放枪，因为那样做等于去摸老虎屁股，惹怒了老虎，他转过身来会把他们全部收拾掉的。

山上现在是一片寂静，寨里毫无动静。一路上只有风吹松涛的呼呼声，偶尔传来一两声鸟鸣。王虎领着队伍回到山下农田时，士兵们到处兴高采烈地对庄户说道："我们发誓，再过三天，强盗肯定就完了！"

有些人听了很高兴，很感激，但大多数人的眼光里、言语中仍然流露出警惕和不信任，他们要等着看看王虎究竟要向他们索取什么报酬，因为还从来没有过一个军阀会无偿地为乡下老百姓做好事。

王虎回到营地，给每个士兵分发银圆以示奖赏，然后又下令备好酒好菜犒劳众人，但不许大家喝醉。他还为他们准备了一些特殊的肉。安排好后，他就耐心地等待着看这三天的情况。

三天之内，那些强盗一个一个或三五成群地陆陆续续来到城里投诚，各人都带了枪来。但很少有人带两支枪的，因为谁要是有多余的枪，他就会拉上一个朋友或兄弟什么的一起投奔，这些人其实大多数都是吃不饱穿不暖的穷人，他们愿意在某个首领的指挥下找一个安身之处。

王虎下命令说，凡是身体健壮、年纪不太老的人都留下编入队伍，对那些不合格的人则收下枪支，赏他们钱物后打发走，凡留下来的人全部给吃给穿。

三天过后，他又宽限了三天，之后又每天有人来投奔，直到宅院和兵营都爆满了。王虎只得把一些士兵安排到城里的民房去住。有时房主来向他埋怨房子太挤了，挤得自己家里的人合住在一两间房间里。倘若来埋怨的人年纪尚轻，说话又不客气，那么王虎就会吓唬他几句："有什么法子？忍着点吧！难道你情愿让强盗出没洗劫你们吗？"

但倘若是老人来诉苦，说话又谦恭有礼，他就以礼相待，送给来人一些钱物，并温和地安慰他们说："这只是短时间的事，我很快要带兵去打仗，叫我老守着这么个小县城为地盘，我是不甘心的。"

现在王虎自己没有女人了,想到别的男人有女人就有一种说不出来的怨恨,无论到哪儿,他都要声色俱厉地教训自己的部下:"在我的队伍中,谁要是对女人不规矩,告诉我,我宰了他!"他把新兵安顿在离他住所最近的地方,而且一发现有谁色眯眯地瞧着良家妇女,他就要狠狠警告他一番。

王虎对所有的部下都是言出必行,尽管他手头拮据,因为新近投诚他的强盗有四千来人,而且他二哥帮他买的三千支枪中,他只拿回了两千零一些,但是他还是保证发饷给每一个士兵,让他们都感到满意。他也知道此非长久之计,必须在税收上想出些新名堂来。目前他尚且可以依赖自己秘密出资开设的店铺,获取一些利润聊以贴补,不过对一个军阀来说,干这种行当是要冒很大风险的,如果他一下子被打败了,就必须到别处退避一阵子,那就无法养活部下了。因此王虎开始动脑筋,想征收某种新立的税项。

其时,夏天已快过去,王虎派出的密探又纷纷回来聚在一起,他们带回的消息是雷同的:南方军阀再一次被击败,北军获胜。他十分相信这个消息,因为近几个星期,省里的军阀没有像前一阵子那般催逼他出兵助战。

王虎急忙派他的侄子和豁嘴带着他的亲笔信和一份礼物前往省城拜见督军。信写得极其谦恭有礼,首先表示对未能早一些助战而感到遗憾,然后说明一下是因为自己一直忙于在辖区内剿匪,现今一切就绪,准备立即参战打击南军云云。

王虎的命也真好,那两人到达省城向督军呈上书信的那一天正是宣布休战的日子。南军回南方休整,而北军因为打了胜仗,在南方诸地肆意劫掠了数天,夺得的财物就作为官兵们的战利品。当督军收到王虎的书信时,他客气地接受了迟到的效忠。他回复说夏尽秋至,时日消逝很快,战争已结束,但预计明春还会有其他战事,望王虎时刻备战。

派去的两人将这回复带给王虎,王虎感到十分满意,因为他知道,他的名字将列入胜利者的名单,这真是唾手而得的声望,在整个战争期间,他未损一兵一卒、一枪一炮,而且壮大了队伍,充实了力量。

二十

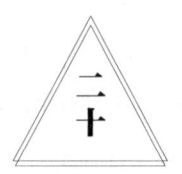

秋高气爽，一阵阵清风吹拂着金黄色的田野，到处可见农民在忙着收割。夜晚皓月当空，老百姓欢欣鼓舞地准备庆祝中秋佳节。那一年，除一两种庄稼歉收之外，其他收成都不错，老百姓并无饥荒之虑，加上盗匪被除，四方太平，远方的战火幸而也未波及本地，这些全靠神明保佑，老百姓准备在中秋谢神。

王虎静观自己的处境，发现今年比去年大大改善。现在城里城外归他统辖的军队有二万人，枪支差不多有一万二千支。此外，他现在出了名，大家都把他看作军阀之一。战后仍居其位的那个软弱昏庸的统治者在发布文告致谢众有功将领时，王虎的名字也被列入其中。王虎成了击败南军、保护中央政府统治的众多将领之一，而且这些将领全部被中央政府授予了官衔。他受封的官衔虽然不大，只是个有职无权的空衔，但毕竟是个官衔，他实际上又未曾参战，无功受封，何乐而不为？

中秋节是个大节，每家每户都要大吃大喝一顿，但这一天讨债的要上门，欠债的要还账。王虎有一大难题，就是王掌柜催着要取回买枪的那笔钱,说是因为别人也逼着他还债。王虎发起火来,派人去与王掌柜谈判说,枪支没有拿到,当然不能付钱。他还吩咐去谈判的人对王掌柜说:"你应该警告你的代理人不要把枪支交给抢先去夺枪的人。"

王掌柜也有他的道理,他说:"那些人拿着我给你的亲笔信,而且上面还有你的签名,我怎么知道他们不是你的人呢?"

王虎对此无话可答,但他手里有军队做后盾,所以最后气势汹汹地回话说:"我最多承受一半的损失。你不同意,我就一分钱也不付。现在可不比以前了,我不愿意做的事情我就可以不做。"

王掌柜是个小心谨慎且富有心计的人,如果事情要谈崩的话,那还是接受对方的条件为好。他也完全承担得起另一半的数目,因为他可以通过提高租金以及提高一两处地方的债息来弥补自己的损失,他对应在哪些地方改变租金或利息而不会遭到抵制,是完全有把握的。

起初王虎对如何筹足这笔款项去还债简直是一筹莫展。他必须维持一支庞大的军队的开销。虽然银子每月甚至每天似长江之水般流入他的腰包,但是为支付必需的开销,银子又似八月的潮水般流了出去。于是他传几名心腹到内室秘密商量:"还有什么列得出名堂来的税收项目吗?"

心腹们搔首抓耳,绞尽脑汁,却只是面面相觑,毫无办法。这时豁嘴开口了:"如果加重百姓粮食作物和商品的税收,他们可能会造反的。"

这一点王虎是明白的。事情的确如此,如果把百姓逼到绝路上，不反抗就要饿肚皮，那么他们肯定会铤而走险。王虎在当地的地位虽说已经稳固，但并非牢固到可以无视百姓造反的地步。他必须要想出些可行的新名堂来，最后终于想到了一个可以增设税项的主要行业。当地制作老酒坛子远近闻名，每一只坛子收税一两枚铜钱是可行的。

当地的酒坛子是用一种优质陶土制作并涂上蓝釉而成，老酒装坛后，再用同样的陶土封口，在封口上打上印记。远近各地的人只要一看到那种印记，就可确定坛子里装的是陈年佳酿。王虎忽然想出这个主意，高兴得一拍大腿叫道："做酒坛子的人一天比一天富，我们为什么不叫他们和别人一样纳税？"

大家一致认为这个主意很好，王虎当天即宣布征税。他把事情办得非常得体，特地派了个人传话给该行业的头领。他说由于他的保护，地里酿酒用的高粱以及当地百姓才免遭匪祸，否则坛子里也无酒可装了。出力保护当然需要钱，他的士兵要吃饭、领饷，他要买枪发给士兵。当然，人家十分明白，王虎的好言好语后面是上万支枪的武装力量。所以尽管这些制陶作坊的业主非常生气，秘密聚集在一起商议了上百种对策，试图抵制乃至想到要造反，但是最后还是不得不接受了，他们知道王虎这个人说得出就做得出，况且比他坏的军阀还多得很呢。

既然无法违抗，那就只得从命。

王虎派人对酒坛的产量做了估计，这样一来，每月又有了一笔可观的收入。约过了三个月，他付清了欠王掌柜的那笔款。打那以后，制坛作坊的业主习惯了每月上税，王虎乐得听其自然，每月收税，绝不吐露已经还清债务的真情。说实在的，凡能搜刮上来的他都要，为实现他的最后野心，他还有好长一段路要走。他一直野心勃勃地忙于各种事务。

他意识到自己在本地的搜刮已经到了极限，也越来越强烈地感到自己偌大的一支武装力量守在现在这么个弹丸之地实在太不相称。明年春天，他非得扩大一下地盘不可，这地方太小了，一旦发生饥荒可就完了。天有不测风云，荒年随时可能出现，只是王虎运气好，自占了这个地方以后尚未遇到过大的灾荒，只有一两回小灾小难而已。

转眼冬天又近了。冬季一般不会有什么战事，于是王虎努力利用这个时间提高自己武装的战斗力。只要不是狂风暴雨或大雪纷飞的天气，他就每天操练士兵。他自己操练最精良的几个士兵，然后再让他们去操练别的士兵。此外，他尤其注意枪支的数目，每个月他都要让人当着他的面把枪支点清，将数量、型号都一一列单入册。他甚至警告部下，无论何时，只要发现枪支被窃，少一支枪就枪毙一两个或两三个士兵以保持枪和人的原比例。没有人敢不服从他，大家越来越怕他。大家都知道，他杀机起来的时候连自己的夫人都会杀，对自己心爱的夫人尚且下得了手，更何况对别人呢。只要他一发脾气，那两撇浓黑眉毛紧锁在一起，大伙就心惊肉跳。

北方的严冬降临了，王虎自己无法外出活动，也无法逼着士兵外出，只得整天守在屋里，无所事事、孤孤单单地等待着天气的好转，这种气氛与他向来忙忙碌碌的日子极不协调。

在那些沉闷的日子里，王虎多么希望自己也能像别人一样醉心于吃喝嫖赌,以此消磨时间,忘却各种烦恼,但他不是这样的人。他每天吃的仍是粗茶淡饭,他觉得这比吃大鱼大肉更好受。他对女人也毫无兴趣,相反却觉得讨厌。也有过一两次他试着赌博,但是他掷骰子反应不快,下赌注又看不准时机,输急了就发脾气,竟用手去摸腰里的佩剑。那些和他一桌赌的人一看见他双眉拧成一团,咬紧牙齿,手摸剑柄,就吓得连忙有意输给他。到头来,王虎对这种玩意感到厌倦,他大声吼道:"我早就说过,傻瓜才玩这东西!"说完就愤愤离去,搞这种无聊的玩意实在无法帮助他从烦恼中解脱。

比白天更难过的时刻莫过于夜晚了,他恨透了夜晚,因为他必须孤单单地一个人睡。这种日日夜夜的孤独对一个像王虎这样的人来说不是一件好事,心灵上的痛苦使他看不到别人可以看到的欢乐,实际上,有些人承受的痛苦比他更深,但他们仍能寻求欢乐。王虎有着强壮而又欲念旺炽的肉体,独自一人睡觉确实难熬,此外,他连一个可以交谈的朋友也找不到。

那位老县太爷和他已是风烛残年的夫人就住在不远处的宅院里,他可以称得上一个老好人,也是一个有学问的人,但对像王虎这样的人来说,他又实在是太无用、太胆小怕事了。不管王虎对他说什么,他只会双手抱拳,急忙作答:"是的,大人,是的,将军!"

跟他说不上两句话,王虎就不耐烦了,他会双目圆睁,把那老学究吓得面如土色,只得匆匆告退。在走出房间时,他那裹着褪色旧长袍的瘦削身体直打哆嗦。

但王虎毕竟还是正派的人,他知道老县太爷对他已是尽心尽力,所以每当他自己感到脾气快要发作时就竭力压住,赶快抬手示意送客,以免发起脾气来伤了这个老头。

他的心腹之中也有那么三个能干的角色。老鹰是其中之一,就其聪明程度而论,他一人顶得上一千个普通士兵,但从另一方面看,他又是个无知无识之辈。他只会谈论弄枪使拳的武经,如何与敌打斗呀,如何先踢右腿又出其不意地用左腿使个扫堂腿呀,如何在战斗中声东击西呀,等等。他一遍又一遍地重复这些,重复得令人生厌,因此王虎对他既重用又讨厌。

屠夫也是其中之一。他的两只拳头大而敏捷,健壮的身体可以一下子撞破一块门板。然而他思想迟钝,说话口吃,绝不是一个可以在寒冬腊月的长夜交谈的伙伴。再就是豁嘴。他虽算不上了不起的勇士,却是一个最忠实可靠的部下,而且用他送信做说客也最合适不过了。可是,他说起话来发出的咝咝声加上唾沫飞溅的样子令人扫兴。王虎也不会屈尊去与辈分低一辈的侄子谈天,也不会降低身份去和那些当兵的一起痛饮作乐。他知道,如果一个指挥官混同于一个一般的士兵,让他们看到他喝醉后的丑态,一旦打起仗来,士兵就不会再敬畏他,就不会听从他的指挥。的确,王虎从来不在普通士兵面前降低身份,他总是在全副武装并且腰佩指挥剑时才出现在士兵面前。他无论走到哪里都带着佩剑,他对这把剑是既爱又恨。这把剑的剑刃是如此锋利,恐怕世上再也找不出可与其匹敌的了。但是他独自一人时,常常会对着剑沉思冥想:如果持剑朝一片云彩劈下去,柔软的云彩当然会被劈为两半,她的脖子就同那片云彩一般柔软,因此那天夜里,剑锋把她的颈项割断了。

王虎越来越感到孤独，即使白天可以找人交谈一下，但又如何孤身一人躺在床上，度过冬天的漫漫长夜呢？

有时他点燃一支细细的蜡烛，读《三国演义》《水浒传》及其他类似的故事书，这类书都是他年轻的时候爱读的，也正是这类书使得他后来倾心于戎马生涯。他想以此挨过长夜，但看书总非长久之计。有时蜡烛燃尽，寒意袭人，最终还得在床上挨过黑沉沉、冷冰冰的长夜。

每个夜晚，他都努力克制自己不去想那个死了的女人，然而又怎么能克制得住呢？他深深地爱着她，为她叹息。他的叹息又并非渴望她的复生，他知道并且常常告诫自己，即使她依然活着，也永远不可能成为自己所信赖的人，永远不可能成为自己敞开整个心扉去爱的人。这个女人死了才安宁，要是她还活着，要是他原谅了她，处处提防着她，那么他的心思就会被对她的惧怕所干扰，他的事业心也会受到妨碍，他也就永远成不了大人物。

到了夜晚，他还会痛苦地想起这个问题：豹子只不过是个无知无识的家伙，他当个小小的强盗头子，竟然就赢得了那个女人的爱，而且她还不是个寻常的女人。豹子死了，却还有吸引着她的魅力，那股力量大得使她宁可依恋死人也不要活人的爱。

王虎怎么也不相信那个女人从来未曾爱过他自己，不，他绝不相信。他不止一次地回想起一些就发生在自己现在躺着的这张床上的情景，那个女人当时是何等坦诚、热情，如果没有爱的激发，她绝不会显露出那样的激情。他开始感到非常沮丧、虚弱，尽管自己的尊严和地位都超过了豹子，但他总又感到自己在某种方面比不上他。豹子死了却还能在她心中占有地位，自己活着却占有不了她的心。王虎对此百思不解，只能把这看作命该如此。

他不再像以前那样把自己看得十分了不起，他怀疑自己永远不会有什么大作为。就算有所作为，又是为了谁呢？没有儿子，生活变得那么漫长而毫无意义。所有的一切荣誉和家产都会随着自己生命的消亡而消亡，或者传给别人。对两位兄长和他们的儿子，他并不喜欢，并不愿意为他们去卖命拼杀于疆场。在这寂静的漫漫长夜中，他喃喃地自言自语道："杀了她一人，等于杀了两条生命，我把本来可能会有的儿子也给杀了！"

王虎的脑海中近来常常浮现出她被刺死在床上的情景，鲜血从她喉咙上的刀口直喷而出，他觉得自己再也无法忍受这痛苦的回忆，再也不能躺在这张她被杀死的床上。虽然床已经洗刷干净，重新上了漆，再也看不见任何血迹，枕头也换了新的，也没有人敢在他面前提起此事，他自己又不知道她的尸体被扔到了何方，但是，他已无法在这张床上入睡。他起身坐到椅子上，全身哆嗦，用棉被紧紧裹住身体，就这么痛苦地坐着，一直坐到东方泛白、晨曦渐露，一阵阵清晨的寒气透进纸糊的窗格。

冬天的夜晚就这么日复一日地熬了过去。他内心似乎在大声地呼喊，不能再这样继续下去了，悲凉而孤独的夜晚折磨得他不像个正常人，它们吞噬了他的雄心。他开始为自己感到害怕，因为他再也看不到世上美好的东西，而且对所有的人都感到讨厌，对自己的侄子尤其不耐烦。他痛苦地寻思："这个咧着嘴的麻脸猴，一个商人的儿子，我最近最亲的后辈，就这么个东西，配为我王虎传宗接代？"

最后，当他感到自己似乎必疯无疑时，才突然醒悟过来。一天晚上，他在幻想中似乎感觉到，那女人的鬼魂像在她活着的时候一样阴谋与他作对，他醒悟了，又变得冷酷无情了，他对她的鬼魂嗤之以鼻，心里默默地说道："不是所有的女人都会生儿子吗？我不是比起女人更想要儿子吗？我会有儿子的。娶一个女人不生儿子，就娶两个、三个，直到生下儿子为止，我真他妈的笨！竟总是把心思用在一个女人身上！开始迷上的那个女人是父亲屋里的女仆，我根本不了解她，只是与她偷偷说过一两句话，但后来竟为她伤心了将近十年。迷上的第二个女人被我杀了，难道也要为她伤心十年吗？到那时再另找女人去生儿子岂不是太老了吗？不，我要和别的男人一样，我要看看自己是否也能像别的男人一样想得开，高兴娶哪个女人就娶哪个，不行就再换一个。"

就在那天，他把豁嘴叫进房来，对他说："我现在要重新娶妻，只要是漂亮的就行。你去跟我那两个哥哥说一声，我原先的老婆死了，叫他们帮我再物色一个。我自己正忙着打仗的事，等春天一到，肯定又要打仗，我不想因为张罗这种事而误了打仗的大事。"

豁嘴高高兴兴地去跑这趟差。他那双善于察言观色的眼睛早就看出了苗头，他知道自己的主子痛苦的原因，也知道另找女人对他来说是一剂良药。

王虎一面等着结果，一面加紧备战，策划如何扩大势力范围。而且，他希望把自己搞得劳累一些，以便夜里能够入睡。

二十一

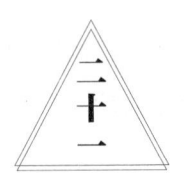

豁嘴一路绕道而行,生怕给别人认出来,对他生疑。他来到城里就直接走进王氏兄弟居住的大宅。他问清楚了,这天中午王掌柜正在账房里算账,于是立即赶到账房去拜见。王掌柜正坐在账房里自己的桌子旁打算盘,核计一船小麦的利润。账房狭小,光线暗淡,却支配着城里的主要市场。他抬起头来,听豁嘴说着王虎的事,听完不觉大吃一惊,两只小眼呆呆地瞪着豁嘴,薄薄的嘴唇朝上噘着说:"现在弄点钱倒比弄个女人容易些,我怎么知道上哪儿去弄个女人给他?他死了老婆真是倒霉事。"

豁嘴知趣地坐在角落里的一张矮凳上,卑恭地答道:"我的二爷,您只要找一个安分守己的女人给他就行了。让他有个女人转转他的心。他这人用情太深太怪了,干什么事都用全副心思扑上去,就像着了迷似的。那女人死了他还想着她。几个月都过去了,还念着丢不开,这样长期下去对他身体没好处。"

"她怎么死的?"王掌柜好奇地问。

豁嘴是个忠心耿耿的人,处事小心谨慎。他刚想答话,却又把话头缩了回去。他忽然想到,那些没有打过仗的人对杀人之类的事情肯定会大惊小怪的,他们听不得杀人的可怕事。可当兵这份职业就是杀人或被别人杀,如果不用计谋保住自己,就会死在别人手里,死人的事是不足为奇的。一想到此,他只简单地回答说:"她突然血崩死的。"

王掌柜听过也就算了。然后他吩咐伙计送豁嘴住进一家小客栈,好菜好饭招待他。他们走后,王掌柜自己坐在账房里暗暗思忖:"这种事得去问老大,只要是与女人有关的事,他知道的可多着呢。我自己的话,除了老婆我还认识谁?"

他站起身走出去找老大,随手从墙上的钉头上取下挂在那里的灰色绸袍。他出门穿着它,等回到账房就又脱下来挂在墙上,这样可以省着点穿。来到老大家门口,他问门房他哥哥是否在家,门房请他进屋,可是他宁可在门口等。门房进去问了仆人,仆人说王大去了一家赌馆。王掌柜听了,转身回到街上,在鹅卵石铺的街上缓缓向赌馆走去。昨夜刚下过雪,天很冷,满街积雪,只有路中央才露出一条小路,那是过往小贩或是王地主那种出外作乐的人踏出来的。

到了赌馆刚问了伙计,他便听到老大从一间小房间里传出来的声音。他走进那间小房间,看见老大和他的一帮赌友围着牌桌正赌着呢,小房间里放着一只炭盆,暖烘烘的。

王地主看到老二进来,不觉暗暗高兴,此时他正希望有人找他,他就可以顺势离开牌桌。他赌钱的本事不大。由于王龙对儿子管教很严,从来不许他们赌钱,所以他到了很大年纪才学着赌,而他自己的儿子却是从小就精于此道,就连他的二儿子也是赌到哪儿赢到哪儿。

一看到老二的脑袋从半开的门探进房里，王地主马上起身对他的赌友说："今天到此为止，我家老二找我有事呢。"他一边说一边拿起搁在一边的皮袍，走到王掌柜等着的地方。但王地主没有说他很高兴老二到赌场找他，因为让老二知道自己赌输了钱可太丢面子了，精明的人是不该输钱的。见了老二，他只是问："有什么事要对我说？"

王掌柜阴阳怪气地答道："我们找个地方谈谈吧，不知此地有没有清静些的房间？"

王地主把老二带到一间饮茶的房间，选了一张离别人较远的桌子坐下，他吩咐茶房送茶，然后又要了酒、一碟肉、几碟小菜。老大点菜时，老二坐着闭目养神。待茶房送上酒菜离开后，老二才开始直截了当地说："老三的老婆死了，派了个人来说要我们给他再找一个，对这种事你比我精明。"

王掌柜一边说，一边抿着嘴唇暗暗发笑，王地主没看出来，他得意地哈哈大笑，笑得脸上的两块肥肉一抖一抖的。他说："要说我精明，就精明在这种事情上，但是可不能在我老婆面前这么讲！"

他边笑边扫视了一下左右，生怕别人听到，男人一讲起女人就是这么副鬼头鬼脑的样子。王掌柜也无心和他打趣，只等着他说下去。王地主略加思索后接着说："这事倒也赶巧，这阵子为了我儿子的婚事，我把城里人家的闺女都打听过了，哪几个合适我心中都有数。我打算让我大儿子娶县老爷的兄弟的女儿，那闺女十九岁，门第好，人品也很好。我老婆看到过那闺女的绣品和其他手工艺品。她人长得不漂亮，但出身门第好呀。可讨厌的是我那儿子太糊涂了，他竟然说要自己找媳妇，这种新潮思想他是从南方听来的。

"我对他说，这儿的人不时兴那么干，再说娶了媳妇以后他还可以找别的女人嘛。我那个可怜的驼背儿子呢，他妈许愿家里有个儿子出家做和尚，总不能让不驼背的儿子白白被送去当和尚——"

老二对老大家里的事丝毫没有兴趣，哪家的儿子不结婚呀？他自己的儿子也要成家的，但他才不想去费那个心思，这些都是女人管的事，交给自己的老婆去一手操办就得了，他只要求进门的媳妇讲究三从四德，身体壮实，做事勤快。他听老大说个没完，就不耐烦地打断他的话说："你知道的闺女当中有哪些配得上我们老三？她们的父亲愿意让自己的女儿当继室吗？"

王地主认为这件事马虎不得，便把他所了解的闺女一个一个仔细地在脑子里做了一番比较后才说："有一个挺不错的，年纪不轻了，她父亲是个读书人，没有儿子，又想把自己的学问传下去，就教自己的女儿念书。这闺女有学问，不缠小脚，用现在的话来说是个新潮女子。因为她与众不同，婚姻也就耽搁下来了，没有人敢娶这样的女人，谁愿意招惹麻烦呢？听说在南方，这样的女人不少，我们这里是小地方，守旧，男人不会要她的。她甚至常常上街，我有一次在街上看到过她。她走起路来目不斜视，仪态大方。其实，她知书识礼，也不像别人说的那么可怕。年纪虽说不轻了，但是最多不超过二十五六岁。你说老三会喜欢这么个不同一般的女人吗？"

王掌柜留有余地地回答说:"你说她会持家吗?对老三会有用吗?老三自己也能看会写,就算他不识字,也可以雇一个读书人替他办事。我想他不会对老婆有能看会写这种要求的。"

王地主一面和老二说话,一面不停地吃菜,茶房已经来回添了几次菜了。听了老二的回答,他停住手,手里那只舀满了汤的瓷勺举在半空中,他大声嚷道:"那么他也可以雇个仆人,或者随便找个女人好了。并不是能做家务的女人就是好老婆,关键是看她能不能讨男人喜欢,尤其是像老三那种不寻花问柳的男人。有时候我想,要是有个老婆能够坐下来给丈夫念念诗词呀,念念传奇故事呀,做丈夫的躺在床上听着,那倒是很舒服的。"

但这不对王掌柜的胃口。这时,他那双筷子正在他手里灵巧地拨动着,从一碟乳鸽炖栗子当中挑拣他喜欢吃的东西。他说:"我喜欢勤俭持家的女人,会养孩子又会省钱才好。"

王地主从小就爱发脾气,这会儿见老二与自己意见不合,就突然冒起火来,一张大圆脸涨得绯红。王掌柜知道自己无法与老大在这件事上达成一致,又不愿意为这种事白白费掉时间,反正女人终归是女人,管她是哪一类的,她总得为男人服务吧,于是他赶忙说:"好了,好了,咱们的老三也不算穷,给他娶两个媳妇吧。你先把你找的那个送给他去成亲,过段时间我再给他挑一个。他要是后一个也喜欢,就娶两个吧。像他那样地位的男人,娶两房也不算多。"

经过妥协,兄弟俩达成一致意见。尽管这有点多管闲事的味道,但是王地主觉得很高兴,因为毕竟是他说的那一个送去给老三为妻。老二虽也会去替老三物色一个，但总不会让老三同一天娶两个女人吧。再说，他是家里的长子，是个当家的，凡事得由他做主才是。谈妥分手后，王地主即着手去办这件事，而王掌柜也回家去向老婆叙说一番。

王掌柜的老婆正站在满是积雪的街旁，靠在自家门边，两手伸进围裙里取暖。一个小贩挑着一担活鸡停在街边兜卖。一场大雪使得活鸡价钱下跌，因为养着的鸡在雪地里寻不到吃食，只得廉价卖掉。王掌柜的老婆正想在自家的鸡棚内添一两只母鸡，所以她不时从围裙里把手伸出去摸摸那小贩挑担里的鸡。王掌柜走进家门时，她正低着头挑选，头也没抬起来。他走过她身边时对她说："买好了快进屋。"

她赶紧选中了两只，小贩将鸡腿缚在一起过了秤，两人斤斤计较地讨价还价一番，最后说定了价钱。她进屋将鸡放在椅子底下，在椅子上弯身坐下等候丈夫说话。他干咳了一声，简单地说道："老三要娶个媳妇，原先娶的那个不知怎么突然死了。我不认得什么女人，这一两年你一直在给儿子找媳妇，不知有没有合适的给老三？"

她平时就最喜欢管生孩子啦、办丧事啦、办喜事啦等等的闲事，一开口就离不开这些话题。现在丈夫提起老三的婚事，她马上接口说："有个闺女很不错，就住在我娘家的隔壁。人十分贤惠，我想她要是再年轻点就可以配给我们家老大。她没有脾气，又懂得节俭，长得也没啥缺陷，只是牙齿从小就发黑，听说是蛀虫蛀黑的，掉了好几颗牙。不过她自己觉得难为情，平时总闭着嘴唇不让人家看见她的牙齿，而且说话很少很慢。她家境不错，家里有地。她爹看到她年纪一年比一年大起来,就希望她早日嫁出去。"

王掌柜把刚才与王地主商量的决定告诉了老婆,接着又干巴巴地说:"她说话不多,那倒是个好女人,你张罗着办吧,等他娶了第一个就把这个送过门去。"

他老婆一听大声嚷起来:"哎呀,老三要是娶了老大说的那一个可是倒了霉了!老大知道个什么呀,就会找那些轻浮的女人。他老婆也不行,要是让她给找一个,她准会找一个念经信佛的女人。听说这阵子她就信尼姑和尚的,她甚至会让全家都烧香拜佛。依我看,要是有个病有个灾的,要是女人生不出儿子,那么到庙里去烧一次香求求佛也就够了。神仙和我们凡人一样,要是谁总来要这要那的,那真讨厌死了。"

说完,她吐了口痰在地上,用脚底擦了擦。她说话说得忘了椅子底下有两只鸡,两脚一缩,碰到了那些鸡,鸡一受惊,咯咯地大声叫起来。王掌柜站起来,不耐烦地嚷道:"怎么搞的,鸡也养到房间里来了!"

她一边着急忙慌地把两只鸡拖出来,一边向丈夫解释现在买鸡怎么便宜,他打断她的话说:"算了,算了,我得回店里去。你去把这件事办了,过两个月就叫她出来。记牢不要乱花钱,我们用不着再为老三的婚事花什么钱,一切费用以后跟他算账。"

不久,两门亲都定了,并写了婚约。同时王掌柜把账目也都记清了,定好一个月后成亲。

转眼到了农历年底,王虎得知一切就绪,就准备动身回老家去完婚。他虽然并不迫切要成个家，但既然已下了决心要办，也就干脆把别的事务暂搁一边，一门心思地去做了。他指定了三个亲信代理执掌军务，留下侄子在大营，以防自己不在时有什么不测，也有个报信的人。

军务安排停当之后，他装模作样地去请示县太爷是否准自己离开五六天时间，县太爷连忙同意。王虎还弦外有音地对县太爷说，他的军队和亲信都留在驻地不动，因此不怕有人趁机轻举妄动造他的反。然后，他穿上很好的衣服，把自己打扮得整整齐齐，还把最好的衣服打成一包放在马鞍上驮着，随身带了一小队卫兵，五十个人，个个荷枪实弹，往南边老家出发。他胆大，因此并不像其他军阀那样，一动身就里里外外围上几百个卫兵。

一路上寒风凛凛，泥路冻得坚硬，两边田野灰蒙蒙的一片，偶有农户的房子，也都是泥灰墙、草屋顶，看上去和田野的颜色差不多，甚至人的肤色也由于北方的寒风和尘土而看上去灰蒙蒙的。这单调的颜色使得王虎的心情在途中的三天一点也好不起来。他们这样日行夜宿，三天后回到了老家。

他先到大哥的家里，婚礼要在那儿举行。和家里人寒暄几句之后，他突然提出在完婚之前想到父亲的坟上去看看，尽尽孝心。大家都表示同意，尤其是王地主的老婆更加支持，因为她认为王虎长期出门在外，不比家里人可以定期去上坟，现在趁回家成婚之机，先上坟祭扫一下是很应该的。

王虎自己也完全知道为人之子有此责任，在条件许可时是应该这么做的，但是他现在决定去上坟并不是出于一种责任心，而是想排遣一下连日来的郁闷。他自己也不知道是怎么回事，总之,他无法闲坐在哥哥的家里,他受不了他哥哥那种对办婚事所表示的虚假的殷勤,他感到压抑,必须找点什么借口出去一下,离开他们那些人,因为这屋子似乎不是他自己的老家。

他派了个士兵去买纸钱、香烛及上坟所需要的其他东西。然后,他带着这些东西出了城,士兵们扛着枪跟在他的坐骑后面走着。看到街上行人盯着他看,他模模糊糊地感到一些安慰,虽然他紧绷着脸,昂首挺胸,目不斜视,好像什么也没看见或听见似的,可他心里觉得挺光彩的,而且他还听到士兵们的大声吆喝:"让路,让路!给将军让路,给我们老爷让路!"他看到老百姓敬畏地退到墙脚边,缩在门口,心里感到自己确实了不起。对那些平民百姓来说,他显然是高高在上的。于是他更加摆出一副耀武扬威的样子来。

王龙的坟旁有一棵枣树,王龙当时选上这块坟地时,那棵枣树还是一棵枝干光洁的小枣树,而现在它已长得盘根错节,并且旁边又长出了一些小枣树。王虎离坟还很远就下了马,缓步前行,以示他对父亲的尊敬。一个士兵站在远处替他看着马,另有几个士兵跟他走到坟前,替他在坟前摆好了纸钱、香烛。他们在王龙的坟前摆得最多,其次是王龙父亲的坟前和王龙兄弟的坟前,摆得最少的是阿兰的坟前,王虎只依稀记得阿兰是他的生母。

然后,王虎庄严地缓步上前,在各个坟头前点燃了香烛和纸钱,并且在各个坟前下跪磕头,磕头的次数都是按照传统的规矩来的。磕完头后,他一动也不动地站着沉思了一会儿,坟地上的纸钱已燃尽,变成了灰,香火还在燃着,在冬日的空气中散发出

265

一阵阵香味。那天没有太阳,也不刮风,是个灰蒙蒙的阴冷天,好像要下雪。士兵们默默地守候在一旁,耐心地等待着他们的将军悼念他父亲的亡灵。最后王虎转身离开了坟地,骑上马沿原路返回家里。

其实,他在坟前静思之时,并非在想念他的父亲王龙,而是在想他自己。他想到,如果自己死了,躺在那片坟地里,他没有儿子来悼念他的亡灵,一想到这一层,他就觉得这次结婚是件值得庆幸的事,原来那忧郁的心情似乎也有所好转,因为他的心灵深处正怀着生儿子的希望。

他返回的路正好经过他家土屋前的打谷场,梨花和驼背就住在这儿。王虎随行士兵的喧闹声传进了土屋,驼背以最快的速度跌跌撞撞地跑出来看热闹。他压根就不知道骑在马上的那个人就是他的叔叔王虎,只是睁大了眼睛看王虎和他身后的一大帮子人。王虎也看着他,驼背差不多有十六岁,很快就是成年人了,但是他的个头还像六七岁的小孩,隆起的脊背就像挂在身后的一顶笠帽。王虎看到这个人觉得新奇,便拉住缰绳问道:"你是谁?怎么住在我的土屋里?"

那小子听说过他有一个叔叔是当将军的,他常常梦想着有朝一日能当面看看这位叔叔长什么样子。现在他知道自己面前这个人就是了,因此兴奋得直叫起来:"你就是我叔叔吗?"

王虎记起来了,他看着那小子仰起的脸,慢吞吞地说:"是了,我听说哥哥有个像你这样的儿子。但是太奇怪了,我们王家人都很健康,身板挺直,爹在生前也一样,到很老了身板还是笔直的,身体健壮得很,怎么会出了个像你这模样的?"

那小子对这类问题似乎早已习以为常,他两眼只顾贪婪地盯着那些扛枪的士兵和那匹高大的枣红马,心不在焉地答道:"但我已经被抛弃了。"说完他伸出手去摸王虎的枪,那张怪异而显出成年相的脸上长着一对下陷的神色忧郁的小眼睛,此时这对小眼睛盯牢了那支枪看,他热切地说:"我从来没有摸过洋枪,给我摸一会儿好吗?"

王虎看到他伸出的手干瘪得像老头的手一样,顿时对这个丑小子动了恻隐之心。他解下自己的枪递给他,让他随便摸摸看看。他等着让他摸个够。这时有个人来到门口,那是梨花。王虎立即认出了她,她没怎么变样,只是人比以前更瘦了,一向苍白的鹅蛋脸上布满了细细的皱纹,但一头秀发依然又黑又亮。王虎在马上僵硬地朝她深深鞠了一躬,梨花也略略屈身回礼,要不是王虎开口问她,她早就转身回屋去了:"那傻子还活着吗?"

梨花轻声细气地答道:"还活着。"

王虎又问:"你的那份钱,每月都拿得到吗?"

她还是轻声细气地回答:"谢谢,每月都能拿到。"她说话时垂着头,眼睛瞅着打谷场的结实的地面,这次她一答完话就赶紧转身走了,只剩下王虎呆望着空荡荡的门庭。

他突然对丑小子说:"她为啥穿跟尼姑一样的袍子?"他刚才看到梨花身上那件灰长袍的领口像尼姑袍一样交叠着,觉得好生纳闷。

丑小子心不在焉,完全被那支枪迷住了,他一面轻轻抚弄枪把一面答道:"等傻子死了以后,她就要到离这儿不远的庵堂里当尼姑,现在她已经背熟了很多佛经,一直吃素,早已是半个尼姑了。因为祖父把傻子留给了她,所以傻子死了以后她才能把头发剃光,真的去当尼姑。"

王虎默默地听他说完,心里隐隐感到一阵难过,然后他带着怜悯的神情对丑小子说:"那时你怎么办?你这可怜的驼背的丑八怪?"

丑小子答道:"她一进尼姑庵,我就到庙里去做和尚。我年轻,有好多年要活,她等我死可等不及。做了和尚就有饭吃,要是病了——我背上的那团东西常使我生病——她可以来照料我,因为我们是亲戚嘛。"他说这些话时毫不动情,但接下来他的声音变了,带着哭腔,情绪颇为激动,他抬头看着王虎大声说道:"我是要去做和尚了——但是,啊,我的背要是直的就好了,那我就可以当兵了——你收我就好了,叔叔!"

少年深陷的黑眼睛中好像有一团火,王虎心地仁慈,他感伤地说:"我很愿意收你,但像你这样子怎么能当兵呢?就当和尚算了吧!"

少年耷拉着怪难看的脑袋,声音微弱地应了一声:"我知道。"

他再没多说什么,把枪还给王虎,转身一颠一跛地穿过打谷场走了。王虎继续上路,他要回去举行结婚大礼。

对王虎来说,这是一桩奇怪的婚姻。这一次他一点也不着急,白天黑夜都没什么两样。他默默地经历着一切,就像履行公事一样,他彬彬有礼地做所有的事情,不发脾气时他总是那么彬彬有礼的。现在,爱情和坏脾气似乎都离他那麻木的灵魂很远。

穿大红婚服的新娘像是远处模糊不清的一个人影，与他自己毫无瓜葛。非但如此，他甚至觉得自己与所有的宾客、两位兄长、嫂子和他们的孩子们，还有那个胖得异乎寻常、由杜鹃搀扶着的荷花都毫无瓜葛。然而，他也看了荷花一眼，因为她的身子太肥胖了，呼吸起来气喘吁吁，声音大极了，令人生厌。出于礼仪，他站着向这些人以及其他所有非得施礼的宾客一一鞠躬。

喜宴开始后，王虎几乎没去碰鱼肉之类的菜肴。王地主说开了笑话，因为即使是在二婚的喜宴上，也应该是热热闹闹、高高兴兴的。有一位客人听了笑话大声笑了出来，可是一看到王虎那严肃铁板的面孔，一下子又把笑声收了回去。王虎在自己的婚宴上沉默寡言，只是当别人替他斟上酒时，他才捧起酒碗呷上一口，好像渴了似的，然后放下酒碗粗声粗气地说："早知道这酒比不上我那儿的，我就带一坛来了。"

婚礼结束后，他骑上枣红马走了。他让新娘和女仆乘坐一辆骡车，车窗挂着帘子。他对新娘连看一眼的兴趣都没有，只管骑着马往回赶路，就好像跟来时一样是独自一个人似的。士兵们跟在后面，骡车在队伍后面颠簸着。王虎就这样把新娘带到了自己的地方。一两个月以后，第二个女人由她父亲领着来到了王虎的家，他也留下了她。一个还是两个老婆，对他来说都无所谓。

新的一年又来到了，元旦和春节也很快过去了，树上虽然仍是光秃秃的，但春天已在土壤中开始萌动。阴冷的下雪天再也留不住积雪，因为雪很快就被南方突然吹来的暖风融化了。田里的麦子还没长高，却呈现出一片新绿。农民结束了冬天里那种闲散的日子，又开始忙着整理锄头、犁耙，并且把牛喂得好一点，准备下田干活。路边的野草钻出了路面，孩子们拿着镰刀或是削尖的木片和铁片四处寻找新长出来的野菜，挖起来充当粮食填饱肚子。

整个冬天屯扎在营地的军阀们也开始兴奋起来了。士兵们在冬天里个个养得壮壮实实，现在开始蠢蠢欲动，他们对赌牌、吵闹、进城闲逛那一套玩意已经腻烦了，现在脑子里想的是自己在春天的新的战争中命运如何，每个人或多或少抱有一丝希望，最好自己的顶头上司在战斗中丧命，那么自己就可以往上爬一级了。

王虎也有他自己的梦想，他已经设想了一个很好的计划，现在是实现这个计划的时候了。现在的王虎已经不是被情欲困扰和折磨的王虎了，那种情欲已不复存在，即使还在，也是被深深地埋藏着。每当这种欲念起来的时候，他就随便到两个女人中的一个那儿去发泄一阵，如果觉得身体没劲，他就靠拼命喝酒来提神。

王虎是办事公道的男人，他对两个女人一视同仁，没有偏爱之心。其实，这两个女人极不相同。一个有学问、爱整洁、朴素、温存、安静；另一个则有些笨拙、粗野，但也不失为一个好心肠的贞淑的女人，她最大的缺点就是那一口黑牙，一走近她就会闻到一股口臭。好在这两人从不吵闹，在这点上王虎是相当幸运的，当然，他的公正态度也是她们不吵闹的原因之一。在这件事上，他是很审慎的，他轮流到她们的房间去，她们俩虽然完全不同，但对他来说一样是女人。

他再也不用孤身独眠了，然而，尽管两个女人轮流陪他睡，他却始终不与她们亲密。他进她们房间的目的就是睡觉，他始终摆出一副当家人的架子，从不多说一句话。他和以前死去的那个女人之间的那种坦率、无拘无束的关系，永远不会在他与这两个女人之间出现。

有时候，他默默地思考着一个男人对女人的不同态度，他痛苦地认识到，以前的那个女人其实从来没有对他坦诚过，即使是当她像妓女般放肆时也没有真正地坦诚过，因为她内心深处无时无刻不在谋划着对他的反叛。每当想起这些情况，他总是有意关闭自己的心扉，而通过在这两个女人身上发泄情欲来安慰自己。这样做的另一个动机是他抱有一丝希望，希望两个女人中的一个会给他生个儿子。这种希望也进一步鞭策他实现取得辉煌胜利的梦想，他发誓要在这一年的春天打一场大仗，去赢得权力和地盘，而且他自认为此仗必胜无疑。

二十二

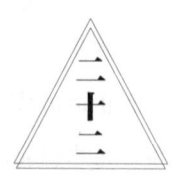

春暖花开的时节,那白色的樱花和粉红色的桃花就像一团团淡淡的云雾轻轻地飘浮在绿色的原野上。这时,王虎和他的心腹们正在商讨开战大计。他们在等待两件事情的结果。一件是要看南北军阀如何重新开战,他们年前的休战协议实际上非常脆弱,他们之所以在冬季休战只是因为在风雪泥泞中不便打仗而已。此外,南北军阀本性各异,一方是体大气粗、行动迟缓、凶狠残暴,另一方是灵巧精悍、足智多谋、善打埋伏。双方脾性上如此不同,甚至血统和语言也大不相同,也在某种程度上决定了双方无法长久休战下去。另一件是要看年初派出去打听消息的探子回来如何报告。他们边等待边商讨着向哪个方向以及如何扩张自己的地盘。

他们聚在王虎的大房间里议论,每人按官衔坐在座位上,老鹰照例有话先说:"我们不能去打北方,我们已经效忠北方了。"

屠夫不管老鹰说什么总要拙劣地重复一遍,因为他不愿让别人认为他不及老鹰聪明,再说他自己确实也想不出什么新花招,所以就附和着老鹰的观点大声说道:"是不能打北方,即使占了北方的地盘,那也是长不出好东西的地,那里的猪真他妈的瘦,宰了也没有肉,我见过那种猪,不吹牛,那猪背脊尖尖的,就像弯弯的大镰刀,母猪还没下崽就能数出肚里有几个,谁他妈的愿意上那儿去打仗,什么便宜也捞不到。"

王虎慢条斯理地说:"然而也不能去打南边,那样的话岂不是打了我自己的乡亲,打了我父母的乡亲?再说打赢了也不能无所顾忌地对自己的乡亲征收税金呀。"

豁嘴总要等别人都说过了才开口,这回轮到他了:"有一个地方,以前算是我的家乡,可现在对我来说那里早已无亲无故了。在我们的东南面,一边靠海,整个县沿江伸展到入海处。那地方到处是耕地,也有些小山,很富裕,是个鱼米之乡。县城是那里唯一的一个大镇,但小镇集市也不少,百姓的日子过得挺富足。"

王虎听完后发问:"那地方是不错,但那么好的地方不可能没人霸占,不知是谁霸占着?"

豁嘴说出了那人的姓名。他原来是个强盗头子,一年前刚投奔南方的军阀。听到那姓名,王虎立即决定去打。他十分憎恨那些南方人,憎恨南方人煮的烂饭、撒上胡椒粉的猪肉,一个人即使有一口好牙齿,也无法嚼着吃那些烧得烂糊的东西。他至今记得他年轻时那可恨的岁月,于是他大声嚷了起来:"好,就打那个地方,打那个人!既扩大了我的地盘,也算参了战。"

一旦决定好了这件大事,王虎马上吩咐侍卫拿酒来,他与心腹们一起喝酒,同时下达命令,让所有的官兵做好行动的准备。

等第一批探子回来报告南北方确切的开战时间，他们就立即开赴新区作战。除老鹰外，几个心腹都起身告辞传达命令去了，老鹰故意留下，把嘴凑到王虎耳边，呼出的热气直冲王虎的脸，他用又轻又沙哑的声音说："打完仗后得给大伙几天时间抢一把乐他一乐。当兵的都在底下抱怨你管他们管得太严，没个自由，别的军阀都给下面自由，如果不让他们抢上几天，他们是不愿意去打仗的。"

王虎咬一咬嘴唇边又黑又硬的胡子，这些天他连胡子都没心思刮，随它长着。他心里极不情愿，却又知道老鹰说得有道理，只得答应说："好吧，跟他们说，打了胜仗后给三天时间，只给三天！"

老鹰高高兴兴地走了，王虎坐在原处，心中有点闷闷不乐。他憎恶抢劫，但又无法阻止。如不给那伙当兵的一点好处，那他们谁也不愿冒生命危险去打仗。他虽同意了这件事，却又放心不下，脑子里尽想着老百姓受苦的情景。他自己选定了带兵这一行当，却又硬不起心肠来，他只恨自己太软弱了。在这种情况下，他强迫自己硬起心肠并自我安慰地想，不管怎样，穷人并没什么值钱的东西被抢，总是富人被抢的多，而且富人也承受得了几天的抢劫。他知道自己有软弱的一面，害怕见到别人痛苦，但他又害怕别人了解到他的软弱后会看不起他。

派出的探子陆续返回驻地，一个接一个地向将军报告消息。他们都说，虽然尚未正式开战，但实际上南北军阀都忙于从国外购买武器，到处是扩军备战的气氛，肯定马上就会打起来的。王虎不敢耽搁，当天就命令全军人马到城门外集合。他手下人马为数众多，城里已无法容纳。他骑着那匹高大的枣红马，身后紧跟一队侍卫，右边是他的麻脸侄子，这回他骑的可不是毛驴，而也是一匹高头大马，因为王虎已经给了他一个官职。骑在马背上的王虎昂首挺胸，傲气十足。全体官兵肃静地望着他，他那目空一切的神态、两道凶狠倒竖的浓眉以及嘴唇上长长的胡子，使他显得已不止四十岁。像他这样威武的将军现在确实少见。他骑在马背上一动不动，有意让大家望了一会儿，然后猛地提高嗓子开始训话："士兵们、好汉们，六天以后我们就要向东南方进军，去开辟新的地盘，那是个沿江临海的鱼米之乡，我和你们将同享胜利的果实。我们兵分两路，一路由老鹰带领从东进攻，另一路由屠夫带领从西进攻。我亲自带五千精锐部队等在北路，待东西两路夹攻县城时，我带的五千人马从北门切入，形成包围圈猛打，直至消灭最后的抵抗。那里的军阀只不过是个强盗，弟兄们，你们早已向我证明了你们是如何英勇地消灭强盗的。"

接着他极不情愿地补充说："如果打了胜仗，在攻占的县城里给你们三天自由，第四天一早就归队，到时我叫人吹号收兵，谁要是不归队我就毙了他。告诉你们，本人不怕死，也不怕杀人。好，命令完毕！"

士兵们一阵欢呼雀跃。解散以后，大家都急着去检查自己的武器弹药，把武器擦净、磨尖，还要看看究竟还剩多少子弹。当时时兴用弹药换东西，那些平时迷恋酒色的士兵早已偷偷地拿子弹去换了。在临战时，他们就心急忙慌地查看剩下的子弹是否够用。

第六天一清早，王虎率领队伍浩浩荡荡出了城。尽管这是一次重大的军事行动，他还是留下了一小半部队守护驻地。他也照例到县太爷府上告辞。那老头一直卧床不起，身体变得很虚弱。王虎告诉他，他留了部队保护他和他的宅院，老头声音微弱而彬彬有礼地表示感谢，心里却十分清楚，王虎留下部队是防着他的。留守队伍由豁嘴率领，这是个苦差事，因为士兵们都不愿意留下来。王虎无奈，只好答应他们如干得好，恪尽职守，每人多给一份额外的银钱，而且下次打仗一定轮到他们去。这样才让那些留守的士兵稍感满意。

出发前，王虎派人散布消息说，南面敌军要入侵他们的县城，因此他发兵抵抗。这样他的百姓听了都感到害怕，赶紧设法讨好他，当地商会捐款表示支持。队伍出发那天，城里很多人赶到大军出发地点，等着观看升旗、宰猪、焚香等以求旗开得胜的仪式。

祭旗仪式完毕，王虎开始率大军南下。他这次行动还带了大笔银钱，因为他善于谋略，在正式开战之前将设法用钱买通内线，若不战而胜则最好，至少也可买通敌方的一些人为他打开城门。

时值阳春三月，辽阔的田野上是一片一望无际的绿油油的小麦，麦已有一尺多高，正待灌浆抽穗。王虎骑在马上放眼望去，心中得意扬扬，因为这是他管辖的土地，他爱这片土地就像一个君王爱自己的疆土一样。他心里也十分明白，为了维持他那庞大的军队，为了不断充实自己的私囊，就得不断开辟新的地盘向百姓征税。

部队往南走了好久，来到一片石榴林，其时别的树早已长满了绿叶，但火红的石榴新叶才从多节的枝杈爆出。他知道他们已走出自己的辖地，这已是别人的地盘了。他东张西望，只见到处是肥沃的土地、肥壮的牲畜、胖胖的孩子，这一派景象令他不禁大喜。但是，当他的大队人马踏上这片土地时，田里的农民皱起了眉头，聚在一起说说笑笑的女人们顿时闭口，脸色吓得苍白，许多做母亲的慌忙用手捂住了孩子的眼。在走过有些地方时，队伍像往常行军时那样大声唱起战歌，田里的百姓听到了就会大声咒骂，他们不愿看到大队当兵的打破农家田园平静的气氛。村子里的狗狂吠着朝这伙陌生人奔去，但奔到队伍跟前看到是这么一大帮人，就又惶恐地夹着尾巴退缩了。不时还可以看到因受惊而在田里四处乱逃的耕牛，有的牛身上套着犁具，农夫就跟在牛的后面追赶。士兵们见到这种情景便发出阵阵哄笑，王虎却制止大家起哄，以示对当地百姓的礼貌。

　　大队军马走过村庄集市时，老百姓看到这些士兵拥挤在家家户户的门口要茶要酒、要馒头要肉，又是喧闹又是狂笑，感到非常悲痛，但他们默默无言地忍受着。店铺老板站在柜台边横眉怒视这帮士兵，生怕他们拿了东西不付钱，有的店铺干脆装作打烊的样子上起了门板。王虎在这之前已经发给每人一些零花钱，供他们吃喝花用，而且下过拿东西必须付钱的命令，但是他心里明白良将难带饿兵，更何况那成千上万无法无天惯了的乱世之兵，更是难以控制。他也嘱咐过各队队长要对自己统领的队负责，但他们又怎么能担保人人都循规蹈矩？在这种场面下，他唯一能做的就是对乱哄哄的士兵大声嚷道："谁要让我知道干了坏事我就毙了他！"他相信这么一嚷嚷以后，大伙总会有所收敛。他也只能如此而已,事实上他对小事也只能睁一只眼闭一只眼。

但王虎想出了一个办法,在一定程度上控制住了他手下的人马。那是他们又行进到一座市镇时,王虎命令大队人马暂时停留在镇外,他自己则带了几百人先进镇里,找到一家看上去是当地最富的店铺。他命令这家店铺的老板召集镇上所有的店铺老板,聚集在他的铺子里议事。他们见到王虎诚惶诚恐、毕恭毕敬,王虎对他们则以礼相待,他发话说:"别害怕,我不会敲诈勒索,不会有过分要求。我有上万人马等在镇外,只要你们给一笔相当数目的银子支持我这次军事行动,我就让我的队伍在这里只宿一夜,第二天一早即开路南下。"

这些老板个个吓得脸色发白,推选了一个代表上前结结巴巴地提了个数。王虎一听就知道这个数对他们来说太小了。他冷笑着,两道浓眉往下一压说:"我看你们的店铺挺多,油铺、粮店、绸缎行样样齐全,老百姓丰衣足食,街道热热闹闹。你们这么个市镇还小吗?还向我哭穷吗?这么一小笔数目,亏你们有脸拿得出手!"

他就是这样温文尔雅地逼他们拿出钱来,而不像别的军阀那样粗暴地威胁,说什么要是不给钱的话就把队伍拉进去抢劫等等。王虎不会那样笨拙地吓唬他们,他运用巧妙的手段照样能达到目的。他常说百姓也要过日子,索取钱财要合理,数目必须在他们拿得出的范围内。王虎这样做的结果自然令双方满意,他不动肝火地拿到了钱,那些开店铺的老板也乐得轻易地摆脱一支军队。

王虎的队伍继续朝东南方的海边行进,每经过一个市镇就停留一下，从商人那儿索取一笔钱财，第二天一早继续开路，老百姓都没什么怨言。经过穷乡僻壤时，王虎只停下来要一些食物，并不多拿。

这样，经过七天七夜的行军，大伙吃饱喝足，军心稳定，王虎的钱囊也肥了许多，已远远不止出发前带着的数目了。他计算了一下路程，还有一天就可抵达将要攻打的中心市镇，他策马朝一个小山坡骑去，从那里可以望见那座市镇。那是一座不大的有城墙围住的城，背衬着湛蓝的天空，就像一块宝石嵌在连绵起伏的绿野中。城南濒临一条江，江水像一条银链，城又像是穿在链上的珍珠。王虎当即派出一名信使去给这座有千把人守卫的小城送口信，宣告驻守在北方的王虎已兵临城下，要将当地百姓从强盗手中解救出来，为了不动干戈，强盗应乖乖地退出，他们可以拿到一笔钱作为退出的条件，倘若不肯退出，王虎手下上万个荷枪实弹的勇士动起手来，那就怪不得谁了。

管辖那城的军阀是个剽悍的强盗，长得又黑又丑，老百姓见他长得像庙堂里守门的神像，背地里给他取了个诨号，叫"黑面门神"。他姓刘，故又称作"刘门神"。刘门神听了王虎派人送来的口信，那大胆狂妄的口气气得他半晌说不出话来，过了一会儿他才回答说："回去告诉你们头领，要想打，就来吧！谁会怕他？我还没有听说过什么叫王虎的狗崽子呢！"

信使回来对王虎如实做了汇报。这回轮到王虎大发雷霆了，他的自尊心受到了伤害，那个军阀竟然说没有听过他的名字。他心里暗忖，是不是平时对自己估计过高了，但他表面上还是气愤极了，把牙齿咬得咯咯直响，并立即下令大队人马当天进军到城边扎营,把一座小城围得密密实实。城门紧闭,一时无法入城,王虎便布置士兵们在护城河边扎一排营帐,大家静待天明。护城河边扎营的士兵负责监视敌方的行动并随时向他报告。

第二天天一亮,王虎就起身叫醒了侍卫,随后下令鸣号击鼓召集全体人马训话。他命令全体官兵严阵以待,哪怕要围攻一两个月也不可松懈。训话完毕,他带着卫队登上城东的一座小山,山上有一座古塔,他留下卫队在塔下警卫,看着寺庙里那几位老僧人,自己只身登上塔顶观察城内的情况。从塔上向城内望去,只见这座不大的城内约莫住着不到五万的居民,居民房屋盖得很好,一色黑瓦房顶,瓦片层层相叠,远远望去就像鱼背上的鳞片。他回到扎营处又将队伍召集起来,下令渡过护城河开始进攻,可是,一阵弹雨从城墙上射下,士兵们只得赶忙退回到护城河外面。

王虎无奈,只得伺机行事。他与各队队长商议如何攻城,大家建议围城封锁。围城久了,城里人无法解决粮食问题,到时自然容易攻取。王虎认为这主意不错,如果硬攻的话就要损兵折将,而且城门很坚固,门柱和门梁都是用铁皮包裹起来的,要攻破有一定难度。再说,只要封锁住城门出口,外面的粮食无法运入城内,一两个月以后敌方就会军心涣散,被迫投降。眼下敌方兵强马壮,他们只能拖延时间,等待有必胜的把握时再攻打也不迟。

他们便开始围城封锁,在城墙射程范围外扎营,没有人能进出城。他们在城外,吃喝全部依赖附近田里出产的东西,家禽、蔬菜、水果、粮食都取自当地农民。由于他们吃啥都给钱,城外的老百姓也就不反对他们。这地方今年风调雨顺，夏天快要到了，地里的庄稼长势很好，准又是一个丰收年。有人传说西面山区久未降雨，有可能闹饥荒，而王虎和他的部队在此，日子却过得挺舒服。他不禁暗暗庆幸命运之神再次赐福于他，帮助他在此大大作为一番。

一个多月过去了，王虎在营帐内日日等待转机，可是从没有一个人出得城门来，他又等了二十多天，渐渐有点不耐烦了，士兵们也开始急躁起来，但敌方仍然很顽固。要是有人敢冲过护城河去，就立即会被城墙上射出的子弹逼回原地。王虎百思不得其解，气冲冲地说："他们还有什么东西可吃的，怎么还有力气拿得动枪？"

站在他身边的老鹰对敌人的顽固勇猛也不得不感到钦佩，他吐了口痰，用手擦干嘴边的唾沫，说道："到了这种时候，他们肯定把狗呀、猫呀，还有各种牲畜，甚至屋子里能抓到的耗子都吃得精光了。"

时间一天天过去，城内依然毫无动静，转眼已是盛夏。一天早上，王虎像往常一样走出营帐视察一番，看看有无任何微小的变化。突然，他发现北城门上飘起一面白旗，他兴奋得立即吩咐士兵也从营地升起一面白旗。他心中暗暗庆幸，胜利的一天终于来到了。

北门开了一条小缝，小到只容得一人通过，门里走出一人后，城门随即关上，站在护城河之外也可以听见城门关闭时铁闩的铿锵声。王虎焦急地盯住护城河的那一边看，只见一个年轻人手拿竹竿挑起的白旗慢慢地朝这边走来。他赶紧召唤部下列队成行，自己则在队列尽头站定，等候来人。

那人走近一些，大声喊道："我是来谈和的，我们答应赔偿你们一笔钱，只要你们撤兵，要我们给什么都可以商量。"

王虎轻蔑地冷笑一声说："我们大老远地跑来难道就为你们几个钱？在我们自己的地方照样可以搞到钱，我要的是这座城，这个地盘必须归我管辖，你们非投降不可！"

年轻人撑着竹竿，眼睛像死人一般盯住王虎恳求说："发发慈悲撤兵吧！"他一面说一面跪倒在王虎面前。

王虎不由得怒火中烧，遇到有人有意同他作对时，他就会怒不可遏，于是他对那人大声吃喝道："我不夺此城决不收兵！"

年轻人听得王虎这么蛮横，就干脆站起身来，头朝后一仰，傲慢地说："那你们就待着吧，只要待得住，我们奉陪到底！"说完便朝城门走去。

王虎感觉到自己的杀机又冒上来了，同时又感到万分奇怪，这么火烧眉毛的事，对方竟然派这么个冒失鬼前来谈和，连起码的礼仪规矩也不懂。他越想越气，猛然命令身边的一个士兵："给我瞄准那家伙毙了他！"

士兵枪法很准，年轻人应声倒在护城河上的窄桥上，旗杆在河面上漂浮着，白旗浸泡在泥水里。王虎随即命令手下士兵跑上去把尸体拖过来，执行命令的士兵们跑得飞快，生怕城墙上放冷枪，可是城上却一枪未放。王虎心中好生纳闷，更令他吃惊的是，那具尸体拖过来被剥下衣服后，他们发现此人身体虽不算胖，但结实强壮，毫无挨饿的样子，显然城里还是有东西吃的。

这事实使得王虎十分沮丧泄气，他嚷了起来："这家伙真他妈壮实，城里究竟吃什么能维持这么久？真见鬼！"接着又赌咒道，"好吧，他们能这么待着，我们也就这么待下去，看谁厉害！"

这天他实在是气坏了，此后他便让手下士兵们自寻快乐，不再严加控制。若看到士兵们拿老百姓的东西白吃白用，也不再阻止。逢上老百姓向他告状或别人报告说亲眼看到士兵闯入民房为非作歹，他也只是紧绷着脸说："你们这些该死的，肯定暗地里把粮食运进城里去了，要不这么长时间里边靠什么活？"

但这些农民赌咒说绝对没那回事，有的农民可怜地说："谁在上头发号施令我们都无所谓，您以为我们拥护那个逼我们交税让我们挨饿的老强盗？老爷，如果您对我们慈悲，不让您手下人作恶，那我们是宁愿让您来管辖这块地方的。"

夏日炎炎，污浊的护城河水中滋生出无数蚊子，那么多士兵每日的粪便又成了苍蝇产卵繁殖的温床。王虎的心情越来越坏。他在心烦意乱时不禁思念起他自己的小城，那里有他自己的宅院，两房妻室，而这里除了令人讨厌的蚊蝇和污水之外什么也没有。这种心情使他变得与以前判若两人，他的部下也越来越无法无天，眼看着部下为非作歹，他只是听之任之。

一天夜里，明月高悬，天气异常闷热，王虎无法入眠。他走出营帐散步纳凉，随身只带了几名侍卫。侍卫哈欠连连，睡眼蒙眬地跟在他后面。王虎边散步边盯着城墙那边。月光下，城墙又高又黑，一副不可征服的样子。看着看着，王虎不觉又来了气，说实在的，这些天来，他的怒气一刻也未曾平息过。他暗暗赌咒说，有朝一日他要让全城的男女老少都尝尝这场战争的厉害。就在这时候，他忽然看到城墙上有一个黑影移动。一开始他还以为自己看花了眼,但他一动不动地站着,再仔细看了一会儿,终于看清楚那是个人。那人正如螃蟹那般攀附着伸展到城墙上的藤蔓和树枝慢慢往下爬着,快到墙脚时,他朝地上一跳,便隐没在淡淡的月色之中,紧接着黑暗中显出一块摇晃着的白布。

王虎叫一名侍卫也扯一块白布走上前去把那人带过来,自己在原处等着,准备问个究竟。那人过来后伏地跪下,磕头求饶。王虎一声怒吼:"把他拎起来让我好好看看!"

两名侍卫上前把那人架起让王虎看清楚,他发现那人虽然看上去有些憔悴,长得又黑又瘦,但并没有挨饿的样子,因此他越看越气,仿佛喉咙口有什么东西噎着似的。他过了一会儿才又喝问道:"是来献城的吗?"

那人回答说:"不是的,我们的头领不投降,现在他还有吃的,他手下当官的也有吃的,只是饿了老百姓,不过现在也顾不上他们了。城里还能支撑一阵子,现在正等着南路来救兵,我们早些时候已派人偷偷越城去讨救兵了。"

王虎听了,顿时不安起来,他强按住心头之火,疑惑地问:"你不是投降来的,那来干什么呢?"

"我逃出来完全是为了我自己。我们的司令是个令人憎恶的粗人,十分野蛮,一点教养也没有,他待我很不好。我出身书香门第,一向知书识礼,他却常在士兵面前羞辱我。一个人对有些事情可以宽恕,但侮辱怎么受得了呢!他不仅当众侮辱我本人,而且侮辱我的祖宗,也正是为了祖宗,我才多次忍受下来。他也是有祖宗的,从祖辈上来说,也许他的祖上还是我家的佃农呢。"

"他是怎样羞辱你的?"王虎问道,同时心中暗暗庆幸事态有了转机。

那人怒气冲冲地回答说:"譬如说,我练得一手好枪法,百发百中,他却当众耻笑我持枪的姿势。"

王虎看到了一丝希望,因为他清楚嘲笑和轻视最能激发起痛苦和仇恨,即便是朋友之间也是如此,一个人蒙受耻辱,就会千方百计寻求报复。恃才傲物的人更是如此,现在面前的这个人的神态就说明他属于这一类型。王虎直截了当地问:"要什么代价,你说吧。"

他看看王虎身旁的一队侍卫,他们都听得入了神,连嘴巴张着都不知道。他凑近王虎的耳朵说:"让我到您营帐里去,以便直说。"

王虎转身回到帐内,只留下五六个贴身侍卫以防不测,但其实他看得出来,这个人不像奸细,只是图报复而已。那人被带入帐内后说:"我恨透了他,因此我愿意爬回城内为您打开城门作为内应。但有一事请您答应,收留我和几个同伴在您手下,万一那老强盗不死,还求您保护我们,他是个杀人不眨眼的强盗,不死的话肯定会派人暗算我的。"

王虎不是那种白白接受别人的厚礼而无所表示的人,因此他对站在面前的那人说:"你是个正派的人,当然受不了那种侮辱,没有一个好汉能够忍受侮辱。你勇敢、有教养,能投奔我,我很高兴。回去告诉你的朋友和其他士兵,凡投降者我一概收留,同你一样带了枪来的,各赏五块大洋,对你我另赏二百大洋,还封你当我手下的队长。"

那人一听,原来一直惴惴不安的面容才舒展开来,他兴奋地说:"我一辈子都在寻找像您这样的将领,现在终于找到了。天已快破晓,待到太阳照顶时,我一定大开城门恭候大军!"

话毕,他即告辞回城。王虎起身走出军营,目送他沿原路回去。他像猴子般敏捷娴熟地攀附着藤蔓和树枝,一下子越过城墙,在夜色中消失了。

待到太阳如一面铜锣冉冉升起在地平线上时,王虎命令叫醒全体士兵,并吩咐大家轻手轻脚起床,准备出发,不准弄出任何声响,以免敌军察觉到这边的行动而产生疑虑。其实在半夜里已有不少士兵知道城里有人偷越出来联络,估计到第二天一早必有行动,因此不等王虎下达命令,都已纷纷起床。是夜风清月明,用不着点燃蜡烛,大家都穿戴停当,枪械就绪,静待命令。王虎见大家准备完毕,就又吩咐全体官兵饱吃一餐,大块的肉、大碗的酒,足以鼓起官兵的斗志。吃饱喝足之后,大伙只等擂鼓出发了。

等了一会儿,太阳已升得老高,阳光照着大地,热得人们喘不过气来。王虎一声令下,队伍排成六条长蛇阵。队列随着司令发出一阵阵呐喊,高举上了刺刀的步枪向城门冲去。一些人踏桥而过,大部分人跳进护城河涉水而过,围聚在北城门四周。这时,众队长劝王虎不要站得离城太近。在这最后关头,他们仍怀疑那人是否有诈,但王虎胸有成竹,他相信一个人的复仇心是最可靠的。

起初的一刻,城里似乎没有反应,也没听到有枪声,王虎仍坚持让大家等着。不一会儿,太阳当头照下时,城门突然被微微打开,一人从门里探出身子,王虎即刻大吼一声,领着大军拥进城门，冲上街道。冲锋的士兵犹如洪水决堤，迅速攻下了这座城。

王虎片刻不停，率队直奔老强盗的宅院，一路上冲着手下左右喊道，先要逮住老强盗才能放大家自由活动。贪婪之心驱使士兵们快步向前冲，去寻找老强盗的住宅，他们边冲边抓住一两个胆小怕事者问路。待到王虎在鼓声和号角声中冲进老强盗宅院时，只见宅内空无一人，老强盗早已逃之夭夭。也不知道他是如何获悉自己手下的人变节的，反正当王虎的大队人马冲进北门时，他已带着心腹部队从南门落荒而逃。王虎从留下的士兵嘴里得知他逃跑的消息，于是立即赶到南面城墙上，远远望去，但见南路上飞起一团尘土。是否要去追赶杀绝，王虎犹豫不定，转念一想，他所需要的乃是一座城池，这一区域的钥匙已得，何必再去穷追一个强盗和他的一小伙人呢？

回到那幢空宅后，他稳坐在厅堂上，扬扬得意地看着留在城内的敌兵成群结队走进厅来向自己举手下跪以示投降。这些人有的十来岁，有的二十来岁，个个面黄肌瘦，只有在灾荒年月才能看到这般模样的人。他们把枪缴了，王虎对他们一概收编，并吩咐拿出食物让他们放开肚子大吃一顿，还发给每人五块大洋的赏钱。他也没忘了前一天夜里出城投降的那个人，当那人带着同伴走进厅堂时，他履行诺言，亲手赏给他二百大洋，并叫人送上队长的制服，将他视作亲信。

一切处理停当之后，王虎意识到该是对手下官兵履行诺言的时候了。对他们的控制已到了极限，非放松一下不可了，尽管他心里不情愿，但也无法不兑现自己许下的诺言。说来也奇怪，攻城之前，他恨透了城里的百姓，可是一旦夺得了城，他的怒气立刻消失得无影无踪，剩下的只是对百姓的恻隐之心。当他下达让全体官兵自由活动三天的命令之后就躲在宅内，闭门不出，只让卫队与自己在一起。然而，这一百来个在宅院内的卫队士兵也按捺不住，于是王虎只得让外面已经自由过了的士兵代替他们执勤，把他们也放出去自由一番。前来替换的士兵进来时，眼睛里欲火未尽，面色兴奋得黑里透红，野性毕露。王虎抑制着自己不去看他们，他不忍心去想象城里此刻的情景。他的侄子一向被他看管在身边，这时好奇心被激发起来，也想出去看个究竟，但王虎一阵严词呵斥，一肚子的怒火尽出在这小子身上："我王家的人难道也要学这帮粗坯去掠夺百姓？"

他将侄子看管得很严，不许他离开半步。为了不让他分心，他一天到晚使唤他拿这拿那，不是拿吃的，就是拿喝的，或是拿穿的用的，忙得他团团转。有时宅院外传进百姓受欺凌的哭叫声，他就迁怒于侄子，对他更加专横暴戾，吓得那小子大汗淋漓，不敢出言。

其实，王虎只有在生气时才变得无情，发了火才会杀人，他做不到杀人不眨眼，这种个性对军阀来说显然是一大弱点。他也知道对普通老百姓恨不起来也是一大弱点。他想强迫自己恨那些老百姓，因为他们对他攻城无动于衷、袖手旁观，迟迟不来帮忙打开城门，那是应该记恨他们的。可是，当他的士兵回来战战兢兢地向他要求发放粮食时，他的怒气又发泄到他们头上："什么？你们去抢东西，还要我供吃的？"

他们回答说:"整个城里找不出一把粮食,总不能拿金子、银子、绸缎当饭吃。都找遍了,就是没有粮食。农民现在仍不敢把粮食送进城里来。"

王虎绷紧了脸,心里闷闷不乐,他知道他们说的是实话,所以尽管他呵斥了他们一通,还是派饭给他们吃。但有一次,有个家伙粗声粗气地说着下流话:"唉,这些女人瘦得像脱毛鸡,在她们身上一点劲也没有!"

王虎听到这话突然无法忍受,便独自走进一间房间,坐下来呻吟了片刻,才又慢慢恢复过来。他让自己想到那一大片无边的土地,想到他是如何扩充了自己的力量,又如何在这场战争中扩大了一倍多的地盘,他告诉自己这就是他的事业,这就是他的伟大之所在,最后,他欣慰地想到他的两房妻室中肯定有一个会给他生儿子。他心里暗暗喊道:"为了这一切,让别人在短短的三天内吃点苦,我都忍不下这个心吗?"

在这三天中他克制着自己,没有收回诺言。

第四天一清早,他就自己辗转不眠的床上爬起,下令向四处发信号、吹号角,通知所有的官兵归队。由于王虎清早一起身就沉着脸,神情比往日更加严肃,两道剑眉不停地在眼窝上跳动着,因此没有人敢违抗命令。

但有一个人除外。王虎一走出那紧紧关了三天的大门,就听到附近巷口传来微弱的哭声。憋了三天,他对这类哭声特别敏感,赶忙甩开大步朝那哭声处走去,想看个究竟。原来是一名士兵在归队时碰见了一个老妇,发现她手指上戴了一只细细的金戒。这本来是一件并不怎么值钱的东西,因为这老妇只不过是个干粗活的人，不可能有什么了不起的昂贵物品，但是想占有这最后一点金饰的欲望使得这个士兵不顾一切地猛拉老妇的手指，痛得老妇恸哭起来："这戒指戴在我手上快三十年了，怎么还拿得下来呢？"

此时归队号已经吹响，士兵一着急，拔出刀子将老妇的手指砍了下来，尽管手指瘦如细柴枝，却也血流如注。那士兵不顾一切地抢戒指，竟然没注意到王虎来了。这一幕发生在王虎的面前，目睹如此惨状，他顿时怒不可遏，尽管此人是自己的部下，他的杀心却再也按捺不住。他向士兵猛喝一声，抽剑跳将上去，朝那家伙身上一剑刺去。士兵没吭一声便倒下了，殷红的鲜血泉涌出来，淌了一地。眼见此情景，老妇简直吓破了胆，也不管这是不是为了救她，她匆匆将受伤的手裹在破旧的围裙里便逃开了，不知躲到了何处。王虎再也没有看到她。

他在士兵的军服上将剑上的血迹擦净，命令侍卫卸下死了的士兵的枪，然后就转身离开，以免过后对自己的一时火起感到后悔，但人已被杀死，即使后悔也没有用。

他继续在城里巡视，看到一些可怜巴巴的人慢腾腾地几乎是爬着回到自己的家门口，无力地坐到跨在门槛上的条凳上，他们精疲力竭，没有一点生气，就像死尸一般地坐着。王虎在灿烂的阳光下走着，卫队神气活现地尾随其后，那些坐在家门口的人连抬头望一眼的气力都没有，这使得他惊诧不已，而且感到一种莫名的羞耻。他不好意思停下来与任何人谈话，只是昂头走路，装出不见有人而只见沿街商店的样子。店铺里的商品很多，不少东西他从来没有见过。因为这是南方沿江的城镇，江与海相通，货物可从水路运入，所以有许多商品是外国货。但那些商品放得乱七八糟，积满灰尘，显然是久未有人光顾的缘故。

城里少了两样东西：一是不见有食品卖；二是不像常见的城镇那般热闹，沿街竟没有叫卖的小贩和固定摊贩，街市空寂无人，而且也不见小孩。起初，他还没有意识到街上的寂静气氛，后来一经意识到那可怕的寂静，他就禁不住怀念起通常家家户户屋里传出的各种声音和孩子们的欢笑声，怀念起孩子们在街上嬉戏的情景。忽然，他感到无法再看着那些幸免一死的男男女女的阴沉脸色。他的所作所为并未超出别的军阀，再说他也是为了壮大力量而迫不得已这样做的，因此这并不能算是自己的一条罪行。

不过，干他这一行的人中，王虎确实是过于心慈手软了。他再也不忍目睹这座已归属自己的城里的一情一景，转身返回宅院。他神情沮丧，心态不佳，诅咒着部下，冲他们大声吼着，叫他们滚开。他实在无法忍受士兵们如痴似醉的狂笑、心满意足后闪烁的目光，一看到这伙人手指上戴的金戒、身上挂的进口表，还有别的掠夺之物，就一肚子气。甚至他两个心腹的手指上也戴上了不义之物，老鹰硬邦邦的无名指上戴着一只大金戒，屠夫的拇指又粗又大，竟然也套着一枚翡翠戒指，尽管套不过指关节，他也得意地那么戴着。这一切使得王虎感到自己距离他们是那么遥远，他喃喃自语道：他们不过是些丧失了人性的下贱的畜生。他独自坐在自己的房间里生闷气，谁要是走近他，哪怕为一点小事，也会惹起他的无名之火，他痛苦地觉得，自己已孤零零地沉入了无底的深渊之中。

这么闷坐了一两天后，士兵们见司令气成这样，开始害怕起来，行动上自然有所收敛。同时，王虎也一再克制自己，并聊以自慰地想，战争就是这么回事，既然已经走上了这条路，就得一干到底，也许自己命中注定如此。想到这儿，他终于又振作了起来。他已经三天未洗脸和刮胡子，这时，他漱洗了一番，穿戴整齐，然后派一名信使到县老爷府上去请他屈尊来一趟，自己则走进厅堂坐等。

过了一两个小时，县老爷由两名当差的搀扶着，匆匆忙忙地赶来了，他的脸色如死人般煞白，恭敬地朝王虎鞠躬请安，等候问话。王虎见他是读书人的打扮，看上去颇有教养，就起身回了一礼，并示意他坐下。此人的脸和双手的颜色与模样真是怪极了，且不说他瘦得皮包骨头，那颜色就像风干了一两天的猪肝。

打量了他一会儿，王虎惊叫起来：“怎么，你也挨饿了？”

县老爷简单地回答说：“是呀，百姓都在挨饿呀，这也不是头一回了。”

"但是最初派出来谈和的那人吃得可不坏呀。"王虎说。

"是的，那人一开始就是个重点照顾对象，"县老爷回答，"那样会给你们一种印象，如果不同意停战，他们还有粮食吃，还可以挺那么一阵子。"

对这种策略，王虎不得不表示佩服和赞赏，可是他又有些疑惑地说：“那个偷跑出城的队长也没有挨饿呀！”

县老爷回答：“他们给当兵打仗的吃最好的，把最后的粮食都留给他们吃，而老百姓只得饿肚子，饿死了好几百人，老幼病弱的都饿死了。”

王虎叹了口气:"怪不得襁褓中的婴儿一个都看不到。"他盯住县老爷看了一会儿,终于开口谈到正题:"你现在该归顺我了,原先那个军阀逃跑了,这个地区由我接管。这里同我北部管辖的地区合并,从现在起由我征税,我会要一笔固定的钱,其他税收也按比例每月上缴给我。"

对此王虎并未多说客套话,他已经够客气的了。县老爷哆嗦着干瘪的嘴唇,露出一口大得不相称的白牙,用微弱的声音说道:"我们愿受你管辖,但是请宽限一两个月的时间,好给我们恢复生计。"稍停一会儿,他又沉痛地说,"不管谁来统治都一样,只要能够让我们安居乐业、生儿育女就行。有一点可以保证,只要你有能力抵御别的军阀,保护百姓不受掳掠,那么我和百姓们向你缴税,这是没二话可说的。"

这些话正中王虎的下怀。当他看到县老爷饿得说话轻微、连连喘息的样子时,不觉大发善心,立即大声吩咐手下:"备酒菜请他和随从用饭!"酒饭端上桌后,他又吩咐心腹:"马上带兵出城,叫农民把粮食运进城来,好让城里百姓买到吃的东西。战事已经结束,百姓的生计得好好恢复。"

这样一来,王虎在百姓眼中显然成了一个体察民情的统治者,县老爷也大受感动,立即向他表示感谢。王虎也觉得这位县老爷彬彬有礼,不失教养,虽然人已饿得发慌,见到菜肴端到桌上,眼睛里放出了光彩,但他仍然控制住自己,努力把抖动着的双手紧紧捏在一起,慢慢吞吞地行宾主之礼,让主人先坐,然后自己落座。而且即使在用饭时,他也还是彬彬有礼。最后,王虎实在不忍心,就找了个借口离席,留下他一人用餐。他的随从也在另一桌上吃。这样，县太爷就可以爽爽快快地饱吃一顿。饭后，王虎听到部下大惊小怪地议论说，那些人吃过的菜盘饭碗真是干净极了，简直不用洗，他们显然把盘碗都舔过了。

过了不久，市面逐渐恢复了生机，沿街小贩的篮筐里、店铺的柜台里又摆满了食品。看到这种情景，王虎甚感欣慰，他想，照此下去，老百姓的身体一定会逐渐复原，脸上的青灰色也会褪去，红润健康的面色将会重新出现。整个冬天，他留在城里制定治理大计，安排税收。经过几个月的努力，除了市面的复兴，另一个明显的可喜现象是城里又看到了新生的婴孩和敞怀哺乳的妇女。他心里感到高兴，同时也产生了一些莫名其妙的激情。他平生第一次思念起家里的两房妻室，他渴望着回到自己家中，于是决定到年底时回去团聚。

话说攻城得胜之后，王虎先前派往外地探听军情的探子陆续回来了。他们报告说，南北之仗打得非常激烈，最后是北方获胜。王虎立即派专使备了银钱、绸缎等礼物，还带上书信一封，去见省里的都督。信是王虎亲笔书写，他想趁机炫耀一下学问，军阀中有几个会动笔头呢？除了亲笔写信，他还在信上盖了他新添置的朱红大印，以此显示他已有了相当的权力。信中当然是叙述一番他是如何与南方军阀作战，如何击败敌方，如何为北方赢得了一大片沿江的土地的。

专使很快带回了佳音。都督充分赞扬王虎的胜利，并封了他一个名正言顺的新头衔，唯一的条件是要求他每年上缴一笔款项作为省军的开支。王虎知道自己现有的力量尚未强大到可以反抗的程度，于是欣然接受了条件。就这样，他在省里站稳了脚跟。

年底时，王虎盘点了一下自己的势力。现在，在扩大了一倍多的地盘里，除了山区有少量土地比较贫瘠，其余都是稻麦兼种的肥田。这些地方还出产海盐、花生油、豆油和芝麻油。王虎十分得意，而且尤其令他高兴的是，他现今掌握了内外互通的水路，今后若再需要从外国买枪，他就不必求助于二哥王掌柜了。

他确实渴望获得一大批洋枪，尤其是在这场攻城所得的战利品中看到了两门大炮之后，他的这种渴望变得更强烈了。这两门炮的体积之大、质量之好，前所未见。炮身用高级钢材制造，光洁无比，找不到任何气泡或小孔之类的疵点，肯定出自技艺高超的匠人之手。而且这种炮出奇地重，非得二十多人同时使足了劲方能抬得起。

他对这两门大炮甚为好奇，很想弄明白如何发射，但军中无人知道，也找不到供发射用的炮弹。后来有人在一间破旧的贮藏室里找到两颗大铁球，王虎估计那必是炮弹了。他极其兴奋，叫人将一门炮抬到一座破庙前的开阔地上，庙的后面是一片荒田。起初，没有人敢站出来试炮，他就出重金悬赏。毕竟重赏之下有勇夫，那个新投诚的队长自告奋勇来试放一炮。以前他曾经见到人发射过这种大炮，这次就根据回忆做好发射前的准备。一切就绪之后，他很巧妙地将一支火炬缚在一根长杆的顶头，人站得远远地给炮点火。只见一团烟雾腾起，大家立刻跑到远处等着看好戏，接着一声巨响，惊天动地，火光闪处顿时烟雾弥漫。王虎看得傻了眼，紧张得似乎心跳都停止了。待到烟雾散去后，大家发现原先的破庙已变成废墟。他面露喜色，心想这玩意打起仗来可派得上大用场，嘴里脱口叫了起来："要是早有了这玩意，也用不着围城,只要用大炮一轰就把城门轰开了!"他想了一会儿,问那队长:"你们的头领先前为什么不用这门大炮对付我们?"

队长回答:"当时可根本没想到这两门大炮,这两门炮是他从我以前跟过的另一个头领那里缴获的,弄到这里后从来没使用过,也不知那间破屋里有两颗大铁球,即使看到大铁球也想不到这就是炮弹。这两门炮放在前院里,已很久没人管了。"

王虎十分珍爱这两门大炮,把它们安置在室内以便经常可以看到,另外,他还打算买几发炮弹回来备用。

现在是万事如意,就看如何安排凯旋的事宜了。他留下大批人马驻守城内,由亲信执掌,新收编的队伍及那位新任队长都被带回原驻地。留下驻城的两位最高指挥官是老鹰和麻脸侄子。他侄子已长得挺像样了,个头虽不高,但魁梧健壮,美中不足的是一脸麻点恐怕到老死也褪不掉了。王虎认为这两人正好搭档,侄子太年轻,独当一面恐有难处,老鹰老谋深算,不可过于信任,故而将这两人搭配在一起是再好不过了。任命宣布后,王虎秘密嘱咐侄子:"如果你发觉老鹰要谋反,立即派人日夜兼程向我报信。"

侄子对自己的高升感到喜悦兴奋,连声做出保证请叔叔放心。王虎确实放心,人总相信自己家里的亲戚。一切安排妥帖后,大队人马随王虎凯旋,回到北方。

至于城里的百姓,他们早已淡忘了战争的创伤,正毫无怨言地忙于重整家业。过去的已经成为过去,一切都是天意。

二十三

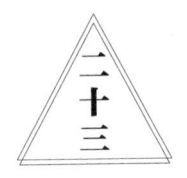

　　王虎急匆匆往家赶路,说是不放心家里的那支队伍是否太平无事,这确实是他急于回家的一个原因。但其实,他自己也不明白,最主要的是他想回家看看两个妻子替他生下了儿子没有。他离家已足足十个月,在这期间,他也曾收到读过书的妻子写来的两封信,但是信上都是些谦恭的套话,仅仅一两句言及家中平安,欲知究竟,只有回家亲眼看了。

　　一踏进自家的宅院,他即刻意识到福星高照,必有好运。院内风静日暖,两个妻子一人怀里抱一个婴孩,正在迎接自己。两个婴孩从头到脚裹着大红缎袄,小脑袋上各戴一顶小圆帽,唯一不同之处是那位没有读过书的妻子怀里抱着的婴儿戴了一顶绣着金菩萨的帽子,而读过书的妻子怀里抱着的婴儿戴一顶绣了花的帽子,也许她不信菩萨保佑之类的那一套。王虎眨巴着眼睛看呆了,他没料到一下子就有了两个,不觉张口结舌,不知说什么是好:"怎么……怎么……"

　　读过书的妻子一向说话机灵流利、文雅优美,话间还常常插进一句古诗或什么深奥的词语,而且一开口就露出一排洁白晶亮的牙齿。此时,她站起身来笑着说:"你离家在外时我们各生了一个,孩子都长得结结实实的。"一面说着一面将自己怀里的孩子抱过去给王虎看。

另一个妻子平时很少说话,怕别人看到自己的一口大黑牙,此刻却不甘示弱,因为她生了个儿子,而读过书的妻子生的是女儿。她忙不迭也站起身来,微微张开嘴唇说:"老爷,我生了个儿子,她生的是女儿。"

王虎听了没说什么,他确实不知说什么才好,他不知道拥有这样两个属于自己的小生命是种什么感觉,只是默默地站在那里凝视着他们。小家伙们似乎根本没有看见他,好像他只不过是竖在那里的一棵树或一堵墙,一点也没有引起他们的好奇。他们的小眼睛在温暖的阳光下眨巴着,一闪一闪的。那男孩块头虽小,打起喷嚏来声音可不小,想不到小小的躯体里竟喷得出偌大的一股气。那女孩呢,像只小猫似的张开嘴巴打着哈欠,王虎呆呆看着她打哈欠。他刚开始做父亲,以前从未抱过小孩,因此对眼前的两个孩子也不碰不抱。在这种时刻,他当然不便谈打仗之类的事,但除了打仗,他说不出别的话来,于是只得尴尬地冲着两个妻子笑。他的部下看到司令得贵子,大家一齐拥上前来向他道喜,他心中着实乐滋滋的,嘴里却好不容易才挤出一句话来:"啊,我看女人真会生孩子!"说完就一头走进自己房里,这件事太使他高兴了,他要独自一人好好享受一下突如其来的喜悦。

王虎在房里洗了脸,吃过饭,然后脱下硬挺的军装,换上一件藏青色软缎袍子。其时天色已黑,降了霜的夜晚安静又寒冷,他坐在炭盆边一边取暖一边回想着所发生的一切。

他自觉命运一直偏袒他,这种偏袒使他得到了自己渴望得到的东西。现在既然有了儿子,一生的抱负就有了实际意义,凡事也都有了明确的目的。想到这些,他情绪高涨,忘却了以往经历过的全部痛苦与孤独,突然情不自禁大声地自言自语起来。他的声音划破了寒夜的寂静:"我一定要把儿子培养成真正的勇士!"说罢,他高兴地站起身来,用手在大腿上重重地拍了一下。

他在房内来回踱步,满脸挂笑,心里美美地想着这桩喜事。有了儿子,自己就能传宗接代,他的儿子会继承并开拓领土,今后也不必单单指望侄子了。王虎又想到,他还有一个女儿,该让她成为什么样的人呢?他站在花格窗边,手指捋着胡子,默默思索了一会儿,一时竟想不出女儿该成为何等样人物,最后犹豫不决地自言自语道:"到时候或许替她找个带兵打仗的丈夫,这是我能为她做的所有了。"

从此以后,王虎在两个妻子身上有了新的目标。他需要更多的儿子,只有儿子才真正忠实于他,永远不会背叛他,若不是亲骨肉,则很难做到完全忠诚。他再也不需要利用两个妻子的身体来满足情欲,排解内心的烦恼。他的烦恼已经在看到儿子的一刹那被抛到九霄云外去了。至于情欲,他本来就不看重,只视它为一种解脱烦恼的手段,现在不再需要了。他只要将来年老不中用时有儿孙服侍左右就行了。自从有了儿子以后,他对两房妻子更加公正不偏,次数相等地轮流到两房过夜;尽管两房妻子用尽了手段来设法多得一些他的欢心,他却摆出不偏不倚的态度,因为他的目的只是一个,并不想从其中的一个获得比另一个更多的东西。如今，他没有爱某个女人这件事也不再使他烦恼，因为他已经有儿子了。

冬天过得轻松愉快，很快又到了农历年底。因为流年吉利，王虎对手下官兵很慷慨，除了用酒肉慰劳、分赏银圆之外，还发给大家一些日用必需品，如烟草、毛巾、袜子之类的东西。对两房妻子也不例外，他各赏了一些礼物。过年时，整个宅院里里外外喜气洋洋，只有一件事发生得有点不合时宜。县太爷在一天夜里死掉了，不知是他抽鸦片抽得过量而一觉不醒呢，还是一场重伤风送了他的命。不过这事发生在节后，所以并没有影响大家过节的兴致。王虎得知这一消息后，立即叫人定做了一口上等棺材，并操办这位老好人的一切后事。县太爷不是当地人，所以办完丧事的第二天，他们就准备把棺柩送回他的老家去安葬。不料这时又有人来报告说，县太爷的老伴吞了丈夫留下的鸦片也死去了。她本来就是风烛残年，老弱多病，从不出门，王虎甚至从来没有看到过她本人，所以她的死没有引起什么人的悲伤。于是王虎又叫人定做了一口棺材把她入了殓，并专门派了三个仆人将两口棺柩护送至老两口在邻省的老家。另外，他备了书信，派豁嘴带上几名士兵把书信送到省里有关上司那里去报丧。豁嘴临出发前，王虎私下嘱咐他："有些话不便写在信上，你到了省里见机行事，陈述我的意思，让上面明白应该由我来决定谁接替此地行政长官的位置。"

豁嘴点头称是，王虎对他感到满意。其实，在这种乱世他并不希望上面匆匆委派个什么人下来充当地方行政长官，因为他自己完全可以管理好这个地方。派人去报丧后,他很快把这事抛到了脑后,甚至似乎忘记了县太爷老两口死前住在何处,他安排自己的两房妻子住进了县太爷的府上,似乎这宅院本来就是他王虎和两个妻子居住的地方。

时光如流水,冬去春至。新地盘不断传来好消息,各项税收源源不断流入王虎的腰包,士兵们由于军饷充足,对王虎赞声不绝。清明节前,王虎决定回乡祭扫祖坟,顺便想与二哥王掌柜结算一下欠款。这样一个大家庭是该一起祭拜,尤其是这个季节,儿子们应该为父亲修墓。于是他派人先去向两位兄长送信通报,信上非常有礼貌地说他将携带家眷仆役在清明前回乡省亲。对此,王地主和王掌柜都十分客气地表示欢迎。

回乡路上,王虎骑着枣红马缓缓而行,身后跟着妻子儿女的骡车以及一队侍卫和仆役。他祖祖辈辈都未曾有过这种威风,所以他怀着一种自豪感,有意格外缓慢地前行。在他看来,他的土地从未如此美好,杨柳吐绿,桃花盛开,远远望去,青山绿水沐浴在和煦的阳光中,春色美景令人心旷神怡。他忽然回忆起童年时的春天,父亲总是喜欢折一枝嫩柳或一枝桃花,放在儿子的手中或插在土屋的门上。想到父亲,又想到自己的儿子,他再也不觉得孤独,而是在漫长的人生中找到了自己的位置,以前与家人的那种隔阂感消失了。他生平第一次从内心完全原谅了父亲,消除了自己年轻时对父亲的那种深深的怨恨。这完全是一种不知不觉的原谅,实际上他并没有明确意识到,他只感到少年时代的气恼和痛苦似乎被一阵春风吹得无影无踪,他终于取得了心灵的平静。

王虎回到家乡，与其说他是以王家最小的儿子和最小的弟弟的身份回乡，还不如说他此番是成家立业后的衣锦荣归。两位哥哥待他敬如上宾，两位嫂子也争先恐后地向他显示热情的欢迎。

事实上，在王虎到达之前，王地主的大老婆和王掌柜的老婆为了争得招待王虎一家的权利还闹了一番。王地主的大老婆认为王虎住在她家是理所当然的。王虎已经有了名声地位，她觉得让他住在她家是一件荣耀的事。她对丈夫说："住我们家合适，他大老婆还是我们做的媒，又有学问又有涵养，她能跟老二家那女人合得来吗？那女人无知无识的，要是她愿意，就让她把她找的那个小老婆接到家里好了。一定要老三住我们家，说不定我们的儿子会讨他喜欢的，有好处在后头呢，至少别让老三被老二的女人要这要那地纠缠不休。"

王掌柜的老婆对丈夫也叨咕个没完："那女人做得了那么多人的饭吗？她只会给和尚尼姑做饭，烧不出荤菜来的。"

这两个女人还面对面地争论不休，嗓门越来越大，兄弟俩进进出出不得安宁。日子一天天临近，他们见两个女人毫无让步的意思，只得约个时间到茶馆去。那是他们议事的老地方，总得商量出一个两全其美的办法来。王掌柜说出了他早已考虑好的方案："不管你怎么想，我看还是把老三一家子安置在父亲那空着的院子里住好了，你说呢？当然，那院子归荷花使用，但是她年纪这么大，自从停了赌，就没有使用过。如果老三住那儿，一切费用我俩平摊，我们就说是为了平摊费用才这么办的，女人也就不会再争了。"

王地主本来也想出个主意，但随着年龄的增长，他的肚子越来越肥胖,已变成一个庞然大物,人也懒得出奇,大白天差不多每时每刻都昏昏欲睡,他只想求个太平,避免争执。所以,尽管他很想特别讨好有权有势的小兄弟,却也懒得去否定老二的主意。况且,他已经不像以前那样喜欢款待宾客了,这不是轻松容易的事,必须随时注意礼仪,还不如没有客人住在家里来得随便,他对此感到厌烦。于是两兄弟各自回家把妥协方案告诉了老婆,她们似乎都已经暗下决心,要对老三他们到来后是否觉得舒适负责,而现在根据老二的安排,她们各自只需要付这巨大开销的一半,所以两个女人听了也都没有意见。

王龙的老院子划归荷花所有,但实际上荷花用不了那么大的屋子,有些房间她从未踏进去过,难得有几个女仆进去坐一会儿。荷花本来块头就大,现在年事渐高,人愈发显得又高又肥,眼睛却渐渐变得模糊不清,最后连骰子上的数字都分辨不清。那些经常陪她赌钱的老太婆一个接一个地离开了人间,剩下的几个也都卧床不起,只有贴身丫头杜鹃还陪着她。

荷花对奴仆刻薄异常,随着双眼视力的衰退,一张舌头变得更加尖刻。王家兄弟俩只得高薪雇佣仆人,因为谁也不愿忍受她那张利嘴。至于几个卖身的女仆,因无钱赎身,只得受尽虐待,其中有两个被逼得自寻短见,一个吞了玻璃耳坠丧生,另一个在厨房里悬梁自尽。荷花对仆人出言不逊,还要用指尖掐她们的肉。虽然年轻时的俏丽容貌早已荡然无存,但她那肥胖的手指仍然滑净雪白,而且会把女仆的胳膊掐出一块块的乌青来。有时掐人尚不解心头之火,她就干脆从烟斗里取出煤块去烫女仆的细嫩皮肉。除了杜鹃之外,她对谁都是虐待成性。她害怕杜鹃,因为她的衣食起居等一切事情都离不开她。

杜鹃也很老了，样子变得越来越干瘪，但一把老骨头倒还是和年轻时一样有劲，脸上虽布满皱纹，却仍是红光满面。她眼尖嘴凶，且贪婪阴险，名义上为女主人监视手下仆役有无偷窃行为，实际上自己就贼胆包天。反正荷花老眼昏花，哪里还管得了自己的珠宝绸缎。偶尔，荷花想起什么来，突然间大喊大叫，杜鹃便先想方设法转移她的注意力，到万不得已时，就把已经入了自己箱子的赃物取出来应付她一下，等到她忘记了，再偷回自己的房里。

杜鹃可以说是这里真正的女主人，奴仆们没一个敢有怨言，即便是王家兄弟俩对她也另眼相待，不敢得罪。他们心里很明白，荷花已老得快不能动弹了，能贴身服侍她的只有杜鹃一人。荷花确实走动不便，昔日她的两只笋尖般的小脚曾受到王龙的百般钟爱，而今年迈力衰，那双小脚再也支撑不住她那巨大的身躯。她每天的活动不外乎从床边走到雕花的红木椅旁，在午饭后，她照例要在那椅子上坐一会儿再回床上。即使走这几步路，她也少不得要四五个奴婢搀扶。这么一个风烛残年的老太婆对杜鹃自然言听计从，任她摆布。有时仆役们明明看到杜鹃拿了主人的东西，也是敢怒而不敢言，她们知道要是自己流露出什么情绪来，杜鹃是不会放过她们的。这个女人毒如蛇蝎，什么坑人的事都干得出来，大家都十分惧怕她。

一天，荷花听到隔壁院里有嘈杂声，打发人去一问，才得知王虎将携妻小回乡过清明节，还要会同两个哥哥一起去祭扫王龙的墓。荷花问明情况，立刻暴躁地大叫起来："我讨厌小鬼，不准小鬼住在我这儿！"

她从未生育，对小孩抱有一种莫名其妙的恶感。听到她大叫大闹，王地主和王掌柜匆忙赶来劝慰她："别急，我们让他们从边门进出，绝对不到你院里。"

荷花仍是闹个不停："他是我那死老头的第几个儿子呀？记得那小儿子以前总是盯着我的一个丫头，后来死老头让这丫头做了偏房，却气走了自己的儿子！"

兄弟俩面面相觑，不知所措，他们以前从来没有听说过这件事。荷花真是老糊涂了，年轻时候那些丢脸的事情都一件件讲出来。他们平时不敢让自己的儿子走近她，就怕她把家丑张扬出来。现在她又在肆无忌惮地出王虎的丑，王掌柜慌忙接口说："我们一点也不知道这种事。我可要告诉你，老三现在是有权有势的将军，如果听到有人毁他的名誉，他是不会罢休的。"

荷花大笑，轻蔑地朝砖地上吐了一口唾沫："什么名誉不名誉！你们男人当它一回事，我们女人却最清楚你们的名誉是什么货色！"她听到杜鹃也在笑，荷花叫道："嗯？杜鹃？"杜鹃仍在一旁，尖声尖气地跟着荷花大笑，她故意站在那里，看着那两个一本正经的中年男人的那副窘相。两个男人在两个老太婆的一阵狂笑声中狼狈不堪地走了，继续去督促仆役们把房间整理完毕。

王虎带着一家人终于返抵家乡，住进了他父亲的旧院子。现在，这里曾经有人住过的痕迹早已打扫干净，对王虎来说，这院子是只有他和他的儿子住的。

这次，全家人放下私人恩怨一起过节。当他们聚在一起时，即使是王大王二的老婆们彼此之间也变得彬彬有礼起来。王家三兄弟对这次祭拜都有事情要做，一切都井然有序地进行着。

清明节前两天正巧是王龙的生日，要是还活着的话，他该九十岁了。既然三个儿子聚到一起，大家决定向在地府的父亲尽一下孝心。王虎已经准备好了，毕竟在他有了自己的儿子后就不再抱有对父亲王龙的愤怒了，他渴望着在父子传承的行列中找到他自己的位置。

那一天，王家大宴宾客，为王龙做九十寿诞，宾客满座，纷纷向王家三兄弟道贺，热闹得很，就像王龙仍然在世一般。兄弟三人当着众宾客的面，一起敬立在父亲王龙的牌位前深深鞠躬，表示对他的悼念。

王地主还特别显阔地雇了几名和尚来念经，超度王龙的灵魂，但实际上这份钱事后是由兄弟三人共同负担的。王龙牌位前摆满了祭奠用品，有大半天时间，厅堂里不时传出阵阵抑扬顿挫的和尚念经声和单调的木鱼敲击声。

清明节那天，王家三兄弟各自带着家小来到郊外的祖宗坟地。他们扫净每座坟上的杂土落叶，在坟顶上添上新土。每座坟顶上放一块土块，土块下压一条白纸，一条条白纸在轻轻的春风中飘拂着。然后，他们各自领着自己的儿子在王龙坟前点燃香火，依次在坟前鞠躬膜拜。在三兄弟中，王虎显得最得意了，他抱着自己漂亮的儿子向父亲王龙肃穆地行礼，同时用手轻轻按着儿子的小脑袋，表示让他也向祖父行礼。通过这个小孩——他的儿子，王虎感到自己与父辈们和两个兄长紧密地结合到了一起。

在回家的路上，到处能看到别的人家也在祭扫祖坟，王地主不无感慨地说："前几年我们很少有机会合家出来扫墓，今后应该年年来一趟。再过十年,父亲满一百岁,就要重新投胎做人,那时再来扫墓意义也就不大了。"

王虎想到自己已做了父亲,很有感触:"是呀,想到我们自己也要儿辈孝顺,那更应该对父亲尽孝。"

其他几个人默默地往回家路上走着,心里也都十分感慨,他们都觉得在这样的气氛中,亲属关系比平时更显得密切。

这些做完后,所有人沉浸在节日的气氛之中。当天晚上,天气温暖,当空一轮皓月,清朗皎洁,像琥珀一样。大家都聚集在荷花的院内,因为那晚荷花忽然变得伤感起来,她说:"我这个孤苦伶仃的老太婆,谁也不来亲近我,谁也不把我当作家里的人。"

她一面说一面呜咽着,眼泪从她那双差不多失明的眼睛里流淌出来。杜鹃将这一情况告诉了王家三兄弟。大家一听都有点动情,因为王龙的生日刚过,大家在白天又刚扫过墓,亲属之间的温情还萦回在心头。现在,既然荷花感到孤独,大家便取消了原定在王地主家里的晚宴,而将宴会改在荷花的院内举行。荷花的院子宽敞美丽,院子一角种了几株从南方移植过来的石榴树,中央有一个八角形的水池,一轮春月正倒映在池中。一家老老小小围坐在一起把酒畅饮,桌上摆满了精美的糕点。孩子们趁大人们叙谈之际,四处奔跑,在树丛中窜进窜出,一会儿到桌边顺手抓一块糕,一会儿又啜一口酒,玩得心花怒放。这一晚是王家难得的聚会,老小和睦相处,连仆役奴婢也无拘无束,有人躲在门后偷吃,或者假装去拿酒,女主人即使发现了也不说什么,以免破坏了这个夜晚。

王地主的大儿子和四儿子平时喜欢丝竹，席间为了给大家助酒兴，他们一个吹笛，一个弹古琴，合奏了一曲《春江花月夜》。他俩的演奏确实动听，这使得王地主的大老婆喜形于色，一曲刚完，她就高声喝彩："孩子们，再来一个，在月光下演奏真是太好听了！"做母亲的既欣赏儿子的演出，又为儿子的一表人才而感到骄傲。

王掌柜的儿子没读什么书，更谈不上弹琴弄曲的，因此他的老婆这会儿哈欠连连，而且故意拉高嗓门跟左右邻座说东道西，不过，在座的人当中，她主要的谈话对象是王虎的小老婆。她很明显地亲热自己做媒的那个而冷淡王地主家做媒的那个，她甚至对王虎的千金不屑一顾，对小公子却没完没了地亲呀吻呀，使别人看了会以为王虎中年得子的功劳全在于她似的。

王虎的大老婆毕竟有点知识，尽管心怀妒意，眼光中露出不满的神色，但脸上仍是一副坦然的样子，别人难以察觉。唯有王掌柜的老婆一人心里明白，并且暗暗得意。其时，王地主起身吩咐仆人上菜摆席，正式开始清明节晚宴。宴席由王地主一手操办，菜肴之丰盛令众人惊讶不已，不少菜都是王掌柜和王虎闻所未闻的，如五香鸭舌炖掌蹼之类的菜，色香味样样俱佳，众人吃得赞不绝口。

吃得最开怀的要数荷花，她坐一张雕花高背椅，身旁站一名婢女，专门为她夹菜送入嘴里。有时她要婢女把菜夹到小饭碗里，自己用瓷匙舀起，哆哆嗦嗦地放到嘴里，津津有味地吃得啧啧作响。她人虽老，牙齿仍很好，因此菜呀肉呀什么都能吃。

荷花越吃越开心，不时停下给大家讲粗俗下流的故事，引得后生小辈笑出声来。他们在长辈面前不敢太放肆，想笑又不敢开怀大笑，越是这样，荷花讲得越兴奋。后来就连王地主也难摆出一副一本正经的长辈面孔，但他的大老婆坐在一边闷声不响，他的小老婆见大老婆不笑，只好咬紧嘴唇，用袖子掩脸偷偷暗笑。王掌柜的老婆喝酒喝得脸膛发红，旁若无人地大笑着，见大嫂子一本正经的样子，就肆无忌惮地笑得更凶了。

荷花一开了口就不知什么叫作羞耻，听到人们的笑声，她越说越离谱。王家老大老二想劝她住嘴，以免她说什么冒犯王虎的话，让王虎生气，因此他们最好的办法是劝她多饮几杯，让她喝醉后去睡觉就万事太平了。由于怕荷花那张利嘴，他们那天不敢坚持请梨花参加合家欢晚宴，事先他们曾派人给梨花捎过口信，梨花推说家里走不开，他们也就随她，不再去催。她不来参加也可少一些麻烦，免得荷花想起那段不愉快的往事。

愉快的夜晚悄悄流逝，很快已是中夜，此时明月当空，穿行于柔云之间。小孩子们已经在各自母亲的怀里安睡。王地主大老婆的孩子都大了，最小的女儿也已芳龄十三，亭亭玉立，早些时候订了婚，是她母亲的掌上明珠。王地主的小老婆怀抱两个孩子，一个一岁多，另一个才满月没几天。王虎的两个老婆各抱一个，那儿子将小脑袋枕在他母亲的胳膊上甜甜地睡着，洁白的月光泻在小脸蛋上，引得王虎不时地将他看上一眼。

到了后半夜，热闹的气氛消失了。王地主的儿子们一个个地溜走了，到别的地方去寻欢作乐，长时间地和这些上了年纪的长辈待在一起使他们感到乏味。王掌柜的二儿子虽然也想溜走，但是惧于他父亲的威严，不敢擅自离开。忙了一天的仆人们感到十分倦乏，只想早一点收拾完了休息，他们无精打采地靠在几扇门上，大口大口地打着哈欠，嘴里嘟囔着："他们的孩子到天亮睡醒了要我们侍候，这帮老的吃到半夜还不散，也要我们侍候，还让不让我们睡觉了？"

最后，宴席终于散了。王地主喝得差一点醉了，他的大老婆差仆人扶他回房上床。王虎向来海量，这回也醉了八九分，但是他还能走回自己的房间。只有王掌柜面无醉色，一张皱脸依然是黄黄的，他是属于酒喝多了脸色转白、言语不多的那类人。

荷花吃得最多，喝得也最多。她真的老了，快七十八岁了，如此高龄的人暴饮暴食显然是受不了的。三更天时，她只觉得肚中的酒后劲发作，热火上冲，荤腥肉食在胃中囤积如石，想吐却吐不出来，她在床上辗转反侧，呻吟不休，一会儿要这，一会儿要那，但一切都无济于事。忽然，她声嘶力竭地呼喊，杜鹃急忙跑到床前。听到杜鹃的声音后，她含糊不清地说了些什么，两只眼睛直勾勾地盯着杜鹃，手脚舞动了一阵子以后就直挺挺地躺着不动了，脸色也逐渐发黑变紫。然后，她开始急促地喘粗气，呼呼的喘气声大得可以传到隔壁院内。王虎要不是有八九分醉，睡得很熟的话，准能听到这边的动静。

王虎的大老婆向来很警醒，她从睡梦中听到隔壁的呼叫声，立刻翻身起床来到荷花的房间。她的父亲是个郎中，因此她也略懂医道。她拉开窗帘，在清晨的光线下看清了荷花的脸色，禁不住惊叫起来："老太太的积食要是吐不出，恐怕就难熬过今天了！"

她叫人弄好热开水和生姜，又找出家里备着的常用药，一一试用都不见效。荷花已经失去知觉，怎么叫她也听不到。她们把她发黑的嘴唇用力扒开，但她牙关紧闭，怎么也撬不开。说来奇怪，七十八岁的老太婆一副牙齿竟仍然雪白，而且完整无缺。现在，正是这副好牙齿送了她的老命，要是有个蛀洞或缺掉一颗牙齿，那么也就多少可以灌点药汤进她嘴里，至少可以让杜鹃口含药汤嘴对嘴地硬灌进去，但是现在一点空隙都找不到。

第二天整个上午，荷花就这么躺着一动也不动地喘气，到了中午，她突然之间断了气，一张脸孔变得蜡黄。王家的清明节最后以丧事告终。

王地主和王掌柜负责派人购买棺材。荷花的身躯实在太肥胖了，整个城里买不到那么大的现成棺材，只得定做，而最快的速度要一两天，于是只得让她的尸体躺在床上等棺材。

在等着收殓的一两天内，杜鹃哭得着实伤心，毕竟这么多年来她一直服侍荷花，少不得与她有主仆之情。但是，在伤心哭丧的同时，她翻箱倒柜地把荷花所有值钱的细软统统收罗起来，偷偷地从一扇不引人注目的后门运了出去。荷花入殓的那天，侍候她的奴仆简直难以相信，荷花的衣柜里竟然找不出一件像样的衣服做寿衣。由此，大家怀疑王龙留给荷花的一大笔钱款也不翼而飞了。按理，荷花近几年来早已罢赌，那一大笔钱款到这种时候应该有个交代的。杜鹃偷得起劲，却也没有忘了为荷花流几滴眼泪，她这个人是从来不为别人掉眼泪的，这次也总算难得。在出丧的时候，棺柩里装满石灰，因为荷花的尸体已经开始发臭了。杜鹃紧紧地跟在后面，以便让人家看明白唯有她杜鹃忠心耿耿地伺候了荷花一辈子。最后棺柩停放在祠堂的一间空房内,要选定吉日才能下葬。杜鹃把荷花送到祠堂后就离开了王家,她在别的地方买了一块地,并搬到那里,安下了自己的家。

王虎原定十天后回驻地,但是没过几天,他就对两个哥哥和他们的儿子感到厌烦,清明节家人团聚时所体验到的天伦之乐已经烟消云散。他百无聊赖地消磨时日,有时就这家走走,那家看看,感到他两个哥哥的儿子们都是些没出息的无用之辈。王掌柜的两个小儿子似乎只晓得伏在柜台上嬉笑闲聊,不务正业,最小的那个才十二岁已经在店里学生意,只要他老子不在,他就整日与街头一帮穷小子赌铜板,赌输了就向店里的账房先生要一把,他既然是店里的少爷,账房当然不敢不给他。这两个小子看来最大的出息就是站站柜台了。他们偷懒贪玩,怕老子看到,但其实他们的老子心里只有赚钱的事,哪里顾得上管教儿子。殊不知,老子辛辛苦苦赚钱,顾不上管教儿子,而将来儿子一日之间就可败尽家产,老子在世之日,儿子还能忍耐着站柜台,老子一闭上眼,儿子哪里还肯干活呢?

王虎眼见这些小辈娇生惯养,变成十足的纨绔子弟,心中十分气恼。他们夏穿凉绸冬裹皮袄,起居用品体面考究,一日三餐挑精嫌肥,甜酸咸辣差一点也不行,一不称心就把饭碗一推。为了这几个难待候的少爷,奴仆们直忙得团团转。

一天晚上,王虎一人步入以前他父亲住的院子,忽然听到女人的咯咯笑声,然后看见一个姑娘,也许是哪个仆人的女儿,跑进院子的月洞门。她看到王虎在,吓得弯腰低头,一溜烟地逃窜而过,但是王虎一把抓住她的手臂,对她喝道:"你这个女人笑什么？"

看到王虎瞪得滚圆的眼睛，这女孩吓得缩头缩脑的，拼命想挣脱，可是王虎紧紧抓住她不放，她只得垂下眼睛吞吞吐吐地说："少爷把我姐姐拉去了。"

王虎厉声问："拉到哪儿？"

女孩指了指后院的一间空房，那里是以前荷花堆米的房间，现在空了。王虎松手放了女孩，她像一只野兔那样即刻慌慌张张地逃走了。他大步走到那间空房前，发现房门用搭链锁住，锁链很松，两扇门板可以启开一尺左右，瘦一些的人甚至能进出。他站在门口听着，里外都是漆黑的一片，他听到里边一个女人的浪笑和一个男人气喘吁吁的声音，他们在说些什么外面却听不清，但从语调中能感觉到是些热辣辣的情话。王虎向来厌恶偷鸡摸狗的事，一想到里边在干的勾当，顿时火冒三丈，正欲一脚踢开门板时，又转念一想："这老家里的肮脏勾当关我什么事？"这种鄙夷的情绪一起，倒是把火气压了下去。

但是他余气仍旧未消，回到自己的院子后依然坐立不安。此时月亮刚起，趁着微明的月色，他又来到后院，踱步等着空房里的一对男女出来亮相。不一会儿，一个年轻的婢女潜出门来。王虎在月光下看得分明，她站在门外，机灵地朝四处张望了一下，若无其事地用手拢齐头发，然后脚步轻捷地穿过院子，在石榴树下略略停了一会儿，紧了紧裤腰带。

王虎一动不动地站在一边，他的心出于一种半恶心半甜蜜的厌恶感而怦怦直跳。又过了一会儿才见那男的出来，他装作在夜里出来溜达溜达的样子。王虎对他突然大喝一声："谁？"

一个漫不经心、轻松愉快的嗓音回答道："叔叔，是我！"

王虎一看，果然是自己的大侄子，只觉得一阵恶心。他平生最恨淫荡行为，尤其痛恨自己王家的人搞那种下流勾当，此刻他恨不得一下子扑上去宰了那小子，但是他还算理智，总不至于亲手宰了自己的侄子，再说他十分了解自己的脾气，若不加以控制就会无法收拾，于是他硬压住火气，不让自己动手。他对侄子气呼呼地哼了一声，然后转身径直回到自己的房内，自言自语道："两个哥哥一个爱钱如命，另一个放荡不羁，在这种地方如何熬得下去，赶快回去吧。自由自在地在沙场闯荡惯了，看到院子里这种同女人鬼混的事情，真叫人憋得透不过气来。"他一肚子无名之火无处发泄，简直想寻点事情杀个人，好像只有动刀动枪见了血才能罢休似的。

为了冷静下来，他强迫自己的思想转移到宝贝儿子身上。他蹑手蹑脚走进儿子睡的房间，儿子正在床上和母亲一起安静地睡着。母亲的睡相很难看，她的嘴张开，口吐浊气，奇臭无比，王虎在俯身看儿子时不得不用手捂着鼻子。儿子的睡相却十分安恬，看着自己的儿子，王虎心里想，儿子长大了绝不会像这个老家里的任何一个不肖子孙，绝不会的。他的儿子从小就要受到严格的教育，长大后学各种知识，带兵打仗，成为一个真正的男子汉。

第二天，王虎率全家大小和原班随从向老家众亲戚告辞，临行前，老家里的人自然设宴饯行，热闹了一番。但是，尽管在饯行席上三兄弟同坐一桌，王虎还是感觉到自己和两位哥哥无法从感情上接近，这次返乡之行并没有填补相互之间由于多年来不同的生活方式形成的感情隔阂。大哥那副臃肿疲倦的样子同行尸走肉无异,二哥那副瘦削尖刁的脸相,一看就知道他在酝酿什么鬼点子。在王虎的心目中,他的两个哥哥是只为自己而不为子孙将来着想的又瞎又聋又哑的老糊涂。

当然,在众人面前他并不公开评论两个哥哥。他正襟危坐,一言不发,大部分时间在考虑儿子将来的发展,一想到儿子的将来,他的心中就有一种说不出的得意。

告别时,表面上大家礼仪周到,互相躬身言别,说尽好话,大哥、二哥和他们的太太们,还有家丁女仆全部走出大门,送至街上,真是一片盛情,可是王虎心中在想,在今后相当长的一段时期内,他再也不会回这个老家来了。

王虎回到驻地时,百姓燃放鞭炮夹道迎接。到了家门前,他跃身下马,院子里十来个士兵见是司令回府,赶忙出门,其中一个接住了王虎随手一甩的缰绳。他的百姓和士兵的举动和热诚的态度使他感到分外亲切,这里才是自己的家、自己的土地,这里的土地是最好的土地,这里的老百姓最坚强。回到家中,他有一种心旷神怡的感觉。

春天渐渐逝去,处处呈现出初夏的景象。王虎又开始日复一日地操练军队,同时,一方面派出探子打听军情,另一方面派人到新吞并的领地去视察。他的一些亲信也被派出去四处收税,但现在收税的气派非同往日,以前收税的独自一人就能把收得的钱款装在麻袋里背回司令部,现在却需要一队全副武装的卫兵才能把钱款安全带回。

白天他忙于军务,一到晚上就想亲近儿子。春末夏初的夜晚很暖和,这种时刻人容易变得温情脉脉,爱心满怀。王虎常常吩咐奶妈把他的儿子抱到他房间去,其实他一点也不懂如何逗孩子玩,不知道如何亲近孩子,即使对自己的儿子也有点不知所措。他只是叫奶妈抱着儿子坐着让他看个够,他盯着儿子的每一个动作,看着他小脸上每一个一闪而过的表情,对他来说,这是最能倾注自己感情的一种方式了。他尤其喜欢在晚上没人看到时亲自教儿子学走路,奶妈给孩子腰上围了条布带,他在儿子的背后拉住这条布带的结头,让他摇摇摆摆地走来走去。

如果有人问王虎,他在盯住儿子看时心里是怎么想的,他一定会支支吾吾地说不出个所以然。他只是对儿子抱有极大的希望,儿子将来必定有权有势。有时候他会从自己现有的地位权势想开去,认为眼下是没有皇帝的共和时代,时势造英雄,每个有足够能力的人都有可能飞黄腾达,有可能取得地位、权势。想到这一层,王虎自言自语道:"我就是这样的人!"

王虎的爱子之心还引出了一段插曲。那位知书识礼的妻子听说了丈夫每天晚上要叫人把儿子抱到他房里逗玩一番的事,可是他对女儿却从来没有这么做过。一天,她把女儿打扮得漂漂亮亮,让她穿一身鲜艳的新衣服,小手腕上套了一副银镯,用一根粉红色头绳扎起乌黑的头发,然后她把女孩抱到她父亲跟前,希望他喜欢她。王虎很窘,眼睛转向一边,一时不知说什么才好。妻子以悦耳的嗓音对丈夫说:"我们的小女儿你也要多加关心,同你的儿子比较起来,她哪一点及不上?"

王虎和妻子还相当陌生,除了在轮到和她过夜时在黑暗中有身体的接触之外,他对她毫无了解,现在看到她如此落落大方地说话，倒是有一些奇怪。他彬彬有礼地对妻子说："作为一个女孩子，她确实够漂亮的了。"

孩子的母亲对这样的回答并不满意，再说作为孩子的父亲，他竟看也不看自己的女儿一眼，这太不近情理了。

"夫君，至少看她一眼吧，要知道，这孩子非同一般。她比你儿子早三个月学会走路，现在她两岁还不到，但说起话来就像一个四岁的孩子。我特意来请求你答应将来培养她读书，而且你要像对待你的儿子那样对待她，分给你儿子的也都要分给她。"

王虎惊讶地说："我可没办法让一个女孩子家当兵呀！"

孩子的母亲用和蔼而又坚定的语气说："当不了兵，总可以进学校学得一技之长嘛。夫君，你要知道，当今社会女子进学校的多的是。"

王虎确实感到窘迫，这个妻子不像别的女人那样称丈夫为"老爷"，却用了一个与众不同的称呼。由于茫然失措，他转眼看着女儿，发现这孩子果然逗人喜爱。她长得圆圆胖胖，朱唇小嘴，秀眉明眸，小手白洁，十指尖尖。她的指甲染成了红色，脚上穿一双粉红色的软缎鞋，显得格外可爱。她母亲一手托住她的腰，一手托住双脚，她就在母亲的手掌上一蹦一蹦地嬉闹着。看到丈夫在注意女儿，她温柔地说："我不给她缠小脚，我们送她上学念书，将来让她做个适应时代的女子。"

"但是那样的话还嫁得出去吗？"王虎仍然接受不了妻子的观点。

妻子胸有成竹地回答："我相信那样的女子会嫁个称心郎君的。"

王虎想了一会儿,然后抬头朝妻子打量着。他以前可从来没有仔细看过妻子,因为他认为妻子只是侍候他的一个女人而已,而女人都一样。现在他第一次看清楚她长着一张漂亮聪慧的脸,言谈举止泰然自若而又充满自信。他朝她看的时候,她也大胆地看着他,但是一点也没有另一个妻子咯咯痴笑或耷拉着嘴发呆的样子。王虎心中暗忖:"这女人比我想象中的要聪明得多,我以前对她太不了解了。"于是,他站起身有礼貌地说:"到时候看着办吧,如果你说的有理,我不会反对的。"

说来也奇怪,这女人向来是冷静镇定、从容不迫的,但王虎这两句温文尔雅的话语竟然使她激动起来。她脸颊微红,眼露深情,默默无言而又满腔热忱地看着丈夫。王虎见到这种感情的显露,内心固有的对女人的反感又冒头了,于是他舌头像被锁住了似的,不再说话。他不喜欢女人那样动情地望着他,在这种情况下,他只会感到肉麻,于是他嘴里含含糊糊地说,他突然想起一件需要即刻就去做的事,便转身快步离去。

这次谈话的收获甚大。有时,女孩的母亲知道王虎把儿子叫到他房里去了,于是赶紧唤仆人把女孩也抱过去,让兄妹俩同时出现在父亲跟前,王虎也就把女儿留下了。起初他害怕女儿的母亲会因此而来到他房里,养成同他谈话的习惯,后来他发觉她自己并不来,每次只是打发仆人把孩子抱来抱回,所以他也就很放心地留女儿在他房里玩一会儿。尽管女儿还只是刚刚开始学走路的小女孩,但毕竟是个女性,王虎不好意思盯着女儿看。但女儿长得实在可爱,非常讨人喜欢,王虎常常忍不住要看看她,尤其当她撒娇或咿呀学语时,他忍不住暗暗发笑。儿子长得又大又壮，但总是不大肯笑，女儿却娇小玲珑，脸上一直笑眯眯的。她的一双眼睛不停地朝父亲看，如果父亲不朝她看，她就立即迁怒于哥哥，并且夺走哥哥手中的东西，动作敏捷得很。王虎不知不觉地越来越喜欢女儿。有时候，仆人抱着她在大门口的街上看热闹，周围有很多人抱着孩子，王虎可以一下子在人群中认出自己的女儿，甚至还会走上前去摸摸女儿的小手，盯住她的一双晶莹的大眼，引她发笑。

　　看到女儿带着甜甜的笑脸回到家中，王虎感到心满意足。现在，他有妻子有儿女，在这样的家庭中，他再也不感到孤独了。

二十四

　　现在王虎心里总是想，为了儿子，他必须扩充地盘，提高地位。他常常琢磨并计划该在何处偷偷下手，如何取得最后的胜利，该怎样向南推进，趁着旱涝荒年侵吞毗邻的地域。可是偏巧几年中没有大规模的战事，一个接一个的无能的平庸之辈占据了政府要职，没有稳定的和平，但也没有大规模战争的爆发，就没有军阀大显身手的时机。

　　王虎的另一件心事是他似乎不能像过去那样用全部精力来实现自己的野心，扩大自己的势力，因为他有这么个儿子要操心、照料，还有他的兵和他辖区里的许多事情需要费神，至今还没有人来接替那位老县太爷的职位呢。也有人给王虎推荐过人选，但他总是很快就否决了，他更愿独断专行。现在，他的儿子已渐渐长大，不再是毛头小儿了。王虎有时想，如果他能将自己的地位再巩固几年，待他老了，不适宜再过戎马生活时去做个地方官，让儿子接替他指挥军队，倒是个很好的主意。他私自这样盘算着，现在就把这些想法提上议事日程尚为时过早。说实在的，那孩子才六岁，但王虎急切地盼他长大成人。有时他觉得光阴过得飞快，可有时他又觉得日子简直慢得难熬。望着儿子时，他不把他当小男孩，而视他为年轻人、年轻的武士，就像他所期望的那样。他在不知不觉中已开始多方面地强迫儿子。

孩子才六岁，王虎就把他从他母亲身边拉出来，离开女人的院子，带去与自己同住。他这样做一方面是为了避免孩子受女人的爱抚、女人的谈吐和行为的影响而心肠太软，另一方面也是因为他急需孩子的长期陪伴。起初孩子十分羞怯，在父亲面前无所适从，他到处窜，眼里流露出恐惧。当父亲伸手想把他拉近时，他沉默着站着不动，几乎受不了父亲的亲近。王虎感觉到了孩子的惊恐，爱怜地凑过去，却无话可说。他不知道该说什么，只好又放开他。王虎的本意是想把孩子的生活同母亲及其他一切女人的生活隔离开，由当兵的侍奉左右。但他很快就发现，如此断然的分隔这么小的孩子承受不了。孩子一声不吭，安稳沉静，默默地忍受着，但他从不快乐。父亲命他坐在旁边，他就坐下；父亲一进屋，他就立即站起来，像是在执行任务。他跟随每天来教他的老先生读书，从不多说一句话。

一天吃晚饭时，王虎望着他，那孩子感觉到父亲的目光，将头低了下去，他装作在吃饭，可无法下咽。王虎很生气，他真是为这孩子尽了一切努力，还曾带他去检阅部队。他骑马将孩子放在他前面的马鞍上，士兵们向小将军欢呼时他心里着实得意，孩子淡淡地笑笑，头扭向一边。王虎喝道："头抬起来，他们是你的部下、你的兵，儿子！终有一天你要率领他们去打仗！"

孩子被迫抬起了头，满面通红。王虎俯下身来，发现儿子根本没注意那些当兵的,他的目光远离操场,盯着远处的田野。王虎问他看到了什么,他指着旁边田里一个正骑在牛背上看操练的、晒得黝黑的光屁股男孩说:"我想当那个男孩,躺在水牛背上。"

王虎对这种平庸低微的愿望感到不快,他严厉地说:"嗯,我想我儿子该有比当牧童更高的志向。"

然后他厉声命令儿子注视着队伍,看他们如何走步、转身、举枪射击。孩子顺从父亲的旨意做了,再也没有看那小牧童一眼。

王虎为他儿子的心愿烦恼了一整天。他望着他,看他把头垂得低低的,无法咽东西,因为他在低声啜泣。王虎吃了一惊,担心儿子有什么病痛。他站起身走近孩子,拉起他的手喊道:"你是发烧了还是怎么了?"

小手又冷又湿,孩子连连摇头,半天都不肯回答问话,即便他父亲强迫也不行。王虎无奈,只好叫豁嘴来帮忙。王虎焦虑不安,又有些气恼、急躁,孩子太犟了。他冲来人喊着:"把这个小傻瓜拉出去,看看他到底怎么回事。"

孩子哭开了,他把头埋在臂弯里,把脸藏起来哭。王虎气呼呼地坐在那儿,自己也快哭出来了。他的脸抽搐着,手揪着胡子。豁嘴把孩子抱走了。王虎等了一会儿,心里烦躁,眼睛盯着儿子碰都没碰的那碗饭。豁嘴只身返回来了,王虎吼道:"说,都说给我听!"

那亲信吞吞吐吐地回道:"什么病也没有,他吃不下饭是因为太孤单。以前他有别的孩子做伴,他想他娘,想他的妹妹们。"

"可他这年纪不能再玩、再白耗光阴了，况且是和女人在一处。"王虎一手捻着胡子，在椅子里扭动着。

"不对，"豁嘴平静地说，他知道主子的脾气，并不怕他，"孩子有时也该去看看他娘，他的妹妹们也可来玩玩，他们毕竟都还是孩子。这样他才能顺心点，要不他真要病了。"

王虎沉思了片刻，一股妒火涌了上来，以前他也曾有过这样的痛苦。他又想起了他杀掉的那个女人，心里一阵恼怒，她爱那个死去的强盗头子胜过爱他。现在他感到嫉恨，因为儿子并不全心全意地爱他，还在想着别人。他为儿子感到高兴和骄傲，而儿子对这种厚爱竟不知足、不珍重，在父爱的包围下竟然还依恋女人的温情。王虎在心里暗暗地说，他憎恨一切女人。他一边想一边激动地站了起来，冲豁嘴嚷开了："他要是这么软蛋，就让他滚！要是他也长成像我哥哥们的儿子那样，他干什么我都不管了。"

豁嘴轻声道："司令，你忘了他还是个孩子啊。"

王虎又坐下，嘟囔了两句，说："算了，我没告诉你叫他走吗？"

此后每隔五天左右，那孩子就到他妈那里去一次，每次去时，他父亲就坐在那里咬着胡子，等着他回来。孩子回来后，王虎就盘问他，好像亲自看到和听到了什么似的："她们在那儿干什么呢？"

孩子一看见父亲的神色就害怕，常常说："没什么，父亲。"

王虎坚持要问，并提高了嗓门："她们在玩呢，做针线呢还是干什么？女人除了嚼舌，根本就不会在那儿干坐着，翻闲话也是活！"

那孩子绞尽脑汁,皱着眉,费劲地、慢吞吞地回答说:"我娘用一块红花布给我小妹裁衣裳,我大妈家的妹妹坐在那儿看书,看得出她看书识字的能力很强。妹妹里我最喜欢她,她懂我说的话,不像其他的那么爱傻笑。她长着一双大眼睛,辫子梳下来都过腰了,不过她看书的时间不很长,因为她坐不住,好说话。"

这下王虎高兴了,得意了:"女人都这样,她们天生就会说废话。"

王虎的嫉妒心很怪,他与家里人越来越疏远,哪个老婆那儿也不去了,看起来就像王虎只有这么一个孩子。他那位念过书的老婆只有一个女儿,而那位不识字的老婆有两个女儿。年复一年,不知王虎是血脉欠热还是对女人没有兴趣,或是对儿子的爱使他心满意足,反正他再不去老婆那儿了。也许是儿子与他同住后他产生了一种怪癖,不好意思在夜晚到女人那里去。他不像其他军阀那样,有钱有势后就日日饮宴、搞女人。他把钱花在枪上,枪和兵多多益善。他只留些钱防老,逐步积攒,以备灾祸。他过得节俭、克己,只有儿子与他相伴。

有时,王虎唤大女儿前来与她的兄弟玩耍,她是到他住所来的唯一的女子。头两次她母亲带她过来,也坐了一会儿。有她母亲在,王虎很不自在,他觉得她在责备他,或有求于他,因此总被一种莫名的困扰折磨着,只好找一些冠冕堂皇的借口躲开。终于,她似乎不再期待什么,他也再见不到她了,女儿仅来的几次也改由仆人陪着来了。

一两年后女儿也不再来了,她母亲带话来说,她带女儿去学校读书了。王虎很高兴，因为女儿到他俭朴的住所来会扰乱他。她穿着鲜艳，头发上戴着一朵红红的石榴花或白色的、芳香扑鼻的茉莉花。她最爱的是在辫子上戴一朵桂花，而王虎最忌桂花香，那香太甜太浓，他受不了。女儿十分快活、任性，主意很多，他恨女人的这些品性，使他最恨的是，每次女儿来时，儿子眼中就闪现出光芒、笑意，嘴角也会荡漾着笑容。她一个人就能引得儿子开心，惹他撒欢，在院中跑来跑去。

王虎感到，对儿子的爱使他的心扉关闭了，对女儿也关闭了。在她小的时候，他曾对她有过一丝激情，而现在消失了。她已长成了一个苗条的姑娘，并终将成为一个女人。她母亲准备把她送走，他为此高兴，痛痛快快地拿出银子，毫不吝啬。现在，儿子只属于他自己了。

他想尽快地充实儿子的生活，免得儿子感到孤寂。他对儿子说："孩子，你和我都是男人，除了必要的请安外，别再去你妈那儿了。在女人身上花费时间就是浪费时间，跟你妈和你妹妹们在一起也同样。她们是女人，既无知又愚蠢。我要你学会战士的种种本领，老的、新的都学。我的心腹们能教你老的那套，屠夫懂得使拳脚，豁嘴会舞剑舞棒。至于新玩意，我只听说过，也没见过。我已派人去沿海为你请新的老师了，他是在外国学的军事知识。他首先教你，剩下的时间再教我的兵。"

他儿子什么也没说，像往常父亲跟他说话时一样，静静地站着听训。王虎温和地看着儿子的脸，但看不出什么反应，等了一会儿，儿子仍不说话，只是问："我可以走了吗？"王虎点点头，叹了口气，全然不知自己为什么这样做，以及为什么叹气。

王虎教导和训诫着儿子,一切都由他亲自安排,除了吃饭和睡觉,儿子的全部时间都要用在学习上。他督促儿子早起,和他的心腹操演格斗攻击,早饭后读书,午饭后的整整一个下午则由年轻的新老师教他各种本领。

新老师是个年轻人,属于王虎从未见过的一种类型。他穿西式军装,鼻子上架着眼镜,身材挺直、灵巧。他能跑善跳,会骑马跃过障碍,还会使用各式洋武器。有的他拿在手里,扔出去便爆炸起火,有的他手扣扳机就能像枪一样发射,还有其他许多武器。儿子学时王虎总坐在一旁,虽然嘴上不说,自己也学会了许多见所未见、闻所未闻的玩意,他感到以前自己那么引以为豪的仅有的两支旧式洋枪实在不值一提。他认识到他对战争了解甚少,要学的东西很多。现在他常与儿子的老师长谈至深夜,得知了多种巧妙的杀戮手段,空中的、海上的、远程的,都能致敌死命。王虎惊奇地听着,说:"我发现外国人的杀人手段十分高明,这我以前可不知道。"

他开始认真考虑,一天,他对新老师说:"我有一片富庶的领地,十年八年也遭不了一次灾,而且我还有些银子。现在我明白了,我对我的士兵太满意了,但如果我儿子把所有的这些新式战术学到手,他还必须有一支具备这种种本领的军队。我想买一些外国现代武器,由你来教我的部队,这样,等我的儿子带兵时,他就有了一支训练有素的队伍。"

年轻老师的脸上很快闪过一丝微笑,欣然说道:"我已尝试过教育你的队伍,但糟糕的是他们极其散漫,好吃好喝。你若想购买新式武器,得先给他们每天规定出操练和学习的时间,看看他们能不能培养。"

王虎听罢,心中暗暗不快,他这一生为了培训自己的士兵毕竟耗费了大量的时间。他固执地说:"你一定得先教我的儿子。"

"我把他教到十五岁,"老师说,"这以后,假若你允许我向你这样的大人物进一言的话,我得说,你该送他去南方的一所军事学校学习。"

"什么?还能在学校学打仗?"王虎吃惊地问。

"有这种学校,"老师答道,"那里的人一出来就是国家正规军的上尉。"

王虎对此嗤之以鼻,说:"我儿子才不稀罕到国家军里去弄个什么小上尉当呢,好像他自己没队伍似的。"过了一会儿,他又说:"另外,我也怀疑南方出得了什么好东西?我年轻时在一位南方将军手下干过,那是个游手好闲、贪心好色的家伙,他的兵就像一群小猴子。"

见王虎有点不高兴,老师笑了笑就告辞了。王虎坐在那里,又想起了儿子。无疑,他已为儿子做了他能做的一切。他不无痛苦地回想起自己年轻的时候,他记得,他曾经渴望有一匹自己的马。第二天,他给儿子买了一匹小黑马——蒙古草原上的一匹强壮的好马,那是他从认识的一个马贩子那儿买来的。

在把马交给儿子时,王虎叫儿子出来看看给他买了什么。小黑马就站在院子里,新皮做的红色马鞍架在马背上,红笼头上装着铜的饰件。一个专门侍弄它的马夫牵着它,手里拿着红皮编成的马鞭。王虎自己得意地想着,这就是自己年轻时梦寐以求的马啊,他热切地望着儿子,盼望看到儿子的微笑与眼中必定会闪现的兴奋。

可是儿子却无动于衷。他看了那匹马一眼,照旧静静地说道:"谢谢,父亲。"

王虎等待着,但儿子眼中依然毫无兴奋的光彩,也不跳过来抓笼头或试鞍子,他好像在等着获准离去。

王虎极其失望地走开了。他回到自己屋里,把门关上,然后坐下来用手撑住头,再一次想起儿子来。他生气、痛苦,他对儿子的爱得不到回报。伤心了一会儿,他又像以往一样坚定了,他顽固地想:"他还能要什么呢?我像他这么大时梦想过的东西他都有了,甚至还更多。我给他找了一个这么好的老师,给了他一把这么出色的外国枪,一匹这么闪光溜滑的小黑马,外加马鞍、笼头和一支带银把的红鞭子,他还能要什么呢!"

他自我安慰了一番,命令老师不能放松儿子的学习,不要在意孩子是否疲倦,因为这对成长中的孩子来说是常有的事,不必加以理会。

夜里,王虎在醒来时总感到不安,他听得到房内儿子静静的呼吸声,这时,他的胸中就会涌起一种难以自制的温存,他一再想着:"我一定得为他做得更多些——我一定得再想出一些能为他做的事。"

王虎就这样在儿子身上耗费着时光,他是那样专注,如果不是发生了一件事,把他从那种过分的慈爱中叫醒,使他再投入战事,也许他就会这么不知不觉地老去了。

春天里的一日,儿子快满十岁了,王虎掐算着日子。他和儿子坐在一棵粗壮的石榴树下,孩子被火一般的新叶子迷住了,突然喊叫起来:"我敢说,这些红红的叶子比什么花都美!"

王虎全神贯注地注视着那些树叶,想看看他是否能领会儿子的想法。正在这时,大门口一阵骚动,一个勤务兵跑来报告有人来了,话还未说出口,王虎已看见他的麻脸侄子一瘸一拐地进来了。他是因为马骑得太快跌瘸的,由于昼夜骑马,麻子疲惫不堪、满面灰尘,十分憔悴,看上去怪模怪样的。王虎并不生气,刚想说话又止住了,只盯着侄子看。

侄子气喘吁吁地说:"我骑了一匹跑得飞快的马,连日连夜赶到这儿,来向你报告老鹰正在阴谋搞分裂的事。他已经把你的部队拉出去另立了山头,把你攻下的城做他的大本营,他还和这几年一直想报仇的那个强盗头子结了伙。我知道他扣下了这几个月的税款,早担心有这种后果,可我忍着,为的是把事情弄清楚,免得虚惊一场,老鹰被惹恼了的话会把我暗杀的!"

小伙子一口气说完了这些话,王虎两眼直视,双眉紧锁,眼睛深陷。他感到怒不可遏,喝道:"这条该死的恶狗!这个强盗!是我把他从一个无名鼠辈一手提拔起来的!他的一切都是我给的,这狗杂种竟敢背叛我!"

王虎满腔怒火,把儿子丢到了脑后。他大步跨进了那些军官、亲信及士兵住的外院,狂叫着说要在午前集合五千人马,并命人给他牵马,取来他那柄细长的利剑。宁静、平和、充满春天气息的院落中顿时一片骚动,孩子和仆人们也都从女眷住的后院里往外探头,他们满脸惊恐,被这种战争的喧嚣吓呆了。那些马匹显得躁动不安,蹄子踏着院内的砖地嗒嗒作响。

王虎见所有人都已奉命行动,便对这位困惫不堪的报信人说:"去吃点、喝点,歇一歇。你干得好,为了这我得提拨你。我知道,很多黄毛小子都会跟着叛变,他们从心里就有股反劲。可你还没忘了我们是骨肉至亲,仍站在我这边,我一定亏不了你。"

那小伙子东张西望了一阵,悄声问:"是,叔叔。可你会杀老鹰吗?他看见你去会疑心的,我跟他说我病了,到我妈那儿去些天。"

王虎怒声道:"你用不着求我,我会用剑刺穿他!"

小伙子满意地走了。

王虎率领部队急行军三天,来到了新地界。他只带了那些老部下和亲信,把那些倒戈过来的兵及背叛强盗头子的那些军官都留下了,在关键时刻他们也会背叛他的。他向士兵许诺说,只要他们为他英勇作战,他们就可以进城劫掠,此外,他还要多发一个月的军饷,且是银圆。那些兵立时振作起来,脚下也利索了。

他们行动极为迅捷,当老鹰听说王虎来到时,还不知道大难就要临头。事实上,他没有想到王虎的侄儿竟那样狡猾并诡计多端,那小子一贯乐呵呵、油嘴滑舌的,长满麻子的脸显得愚蠢无知,他不过偶尔在一伙士兵中打个哈哈、搞个恶作剧而已,所以老鹰一直认为自己的所作所为是神不知鬼不觉的。那小子说他肝有病,要回家去,老鹰还很高兴。随即他决定宣布叛乱,考验一下哪些人是忠于他的,那些不忠分子得处死。他答应追随他叛变的人可在城中任意抢夺战利品。

近来老鹰加固了工事，加紧往城中运粮。他对王虎的脾气了如指掌，不敢稍有懈怠，可怜的百姓们则惊慌地准备再次遭受浩劫。王虎兵临城下的当天，目睹一队队农民用扁担挑着柴火，骡子和驴驮着粮食，筐里装着嘎嘎叫的鸡鸭，人们赶着牛，担着猪，捆在扁担上的猪拼命地尖叫着。看着这一切，王虎恨得咬牙切齿，若不是及时识破这一阴谋，攻城将会困难重重，城里将粮食充足，严阵以待。老鹰比那个没头脑的强盗头子厉害多了，他机敏、凶残，还有两门洋炮，可以架在城墙上向攻城的人开火。王虎想到他差点栽了个大跟头，不禁怒气冲天，两眼发红，拼命咬着自己的胡子。他听任自己的火气上升，策马向前，命令士兵直驱老鹰的驻地。

已有人向老鹰报告，说他大祸临头，王虎已经到了。老鹰感到大事不妙，犹豫了一下，算计着他能否耍手腕应付过去，或干脆偷偷逃掉。他根本无法指望他的人现在能站在他一边，王虎毕竟带来了大批人马，他明白自己是孤立无援的。就在他犹豫的一刹那，王虎策马进了大门，命令要不惜一切代价抓住老鹰，由他亲手杀死。他一边喊着一边下了马，士兵们一窝蜂拥进了院子。

见末日已到，老鹰跑去藏了起来。纵然他是个勇敢的人，他还是跑去藏到了一间厨房的草堆里。他有什么希望能阻止那群急于得到奖赏的兵勇来抓他呢？他也不敢指望自己手下的人看见他藏的地方而不告密。他在草堆里等着，虽是躲藏，却并不发抖，因为他毕竟是个勇敢的人。

他是逃脱不了的，士兵们搜索着每个地方，都希望能获取赏金。前后大门及所有能逃跑的小门都有人把守着，庭院的墙也很高。有一小撮士兵看见老鹰蓝上衣的一角在草中露了出来，他们跑出去，拍着门叫人。约有五十人跑来了，他们十分小心翼翼，因为不知道老鹰有什么武器。其实他除了一把小匕首外手无寸铁，根本对付不了这么多人，他是吃早饭时慌慌张张跑出来的。他们一下子都扑到他身上，将他绑了，带去见司令。老鹰脸色阴沉，眼中凶光毕露，头发上、衣服上还沾着草屑。他被带到大厅里，王虎正坐在那儿等候，他的佩剑早已拔出，像一条银蛇一样闪闪发光地横放在他的膝上。他的双眼从那对浓眉下凶狠地盯着老鹰，厉声说："你竟背叛我，是谁把你从无名小卒提拔到现在的地位的？"

老鹰的眼睛一直不离王虎膝上那个闪光的东西，沉着脸答道："是你教我怎么背叛的，你是什么东西？不过是个叛逃的家伙，你难道不是老将军栽培的？"

听到这么放肆的对答，王虎怒发冲冠，向站在旁边看的士兵嚷道："我本想用剑刺穿他，可那么死太便宜了他！把他拉出去，一片片地割他的肉，就像对罪犯、对十恶不赦的人、对不孝之子和叛国贼一样！"

眼见死期已到，老鹰出其不意地从胸前拔出匕首，刺进自己的肚子，用力搅了一下，匕首就插在他的肚子上。他站着摇晃了一下，死瞪着王虎，艰难地、满不在乎地说："我不怕死，二十年后我又是一条好汉！"他倒了下去，匕首还插在身上。

这一切来得那么突然，王虎连气也没来得及喘一下，老鹰已倒在地上。他的怒气渐渐地消了。他是被复仇之心攫住了，在盛怒之后，他也后悔，他损失了一个勇敢无比的人。他沉默了一会儿，低声对左右说："把他的尸体抬走，随便埋在哪儿，他是个光棍儿。我不知道他有没有父亲、儿子或家。"过了一会儿，他又说："我知道他有胆识，不料他的性子竟这么烈。给他弄一口好棺材。"

王虎坐了一会儿，有点难过，心肠都变软了，甚至忘却了他允许士兵抢掠的许诺。他正伤心时，城中的商人们来了，恳请见他。他唤他们进去，问他们有何要求。他们毕恭毕敬地走进来，献上银子，恳求他不要让士兵们在城里为非作歹，因为人们胆子都吓破了。王虎一时怜悯心大发，他收了银子，答应分发给他的兵，让他们不再去哄抢。商人们千恩万谢地走了，边走边赞叹着这个军阀的大慈大悲。

王虎费了九牛二虎之力来安抚他的士兵，他给他们每人发了一大笔钱，并吩咐备酒饭犒劳他们，士兵们这才不再拉长着脸。他又提醒他们，一定得对他忠心耿耿，并说打仗的机会以后还有的是，这样，士兵们就不再怨气连天了。实际上，在商人们走后，王虎又两次派人去找他们要钱，在使他的那些士兵心满意足之后，这件事才算了结。

随后王虎准备回家，他急切地想见到儿子。他走得匆忙，没顾得上替儿子把这些天安排好。现在王虎将心腹豁嘴留下，同那些士兵一起守城，等他侄子回来。他自己则带着老鹰留下的人回去，把他带来的经过考验的兵留在此城。为小心起见，王虎带上了那两门洋炮。他发现老鹰已让城里的铁匠为大炮做了铁球，另外还有火药，他现在把炮带走，就不用再担心他们会反他了。

王虎穿过街道还师时，人们向他们投来怀着敌意的目光。每户人家都被摊派了税款,用来支付王虎犒赏士兵的巨额款项和这次远征的费用。王虎无视这些眼神,他横下心来我行我素,他还能自找理由。这里的人应自愿为和平付出代价,要是他不来拯救他们,在老鹰和他的部下手里,他们可就得吃大苦头了。老鹰是很残暴的,这些男女对他来说一文不值,他从小就习惯打仗。王虎觉得,人们对他实在不公平,这些天他们如此艰苦地行军,百姓们却这么不懂好歹。他垂头丧气地想着:"他们不知感恩,我的心肠太善了。"

想着想着,他又硬下了心肠,他对普通百姓再也不那么宽容了。他的心胸更窄了,在老鹰那里他没有亲信,他伤心地寻思,与他无血缘关系的人都不值得信任。他越来越感到要依仗他亲爱的儿子,他聊以自慰地说:"我还有儿子,只有他才不会背叛我。"

他快马加鞭,加紧行军,渴望早日见到儿子。

王虎的侄子听说老鹰已死,才松了一口气,于是他回家去待了一些天。他见人就炫耀自己勇敢、机智,自夸尽管老鹰是个足智多谋的勇士,又长自己一辈,但自己还是胜过他一筹。他到处自吹,他的兄弟姐妹都围着听他讲。他母亲喊道:"这孩子吃奶的时候我就知道他不寻常,他那么使劲,拼命拽我的奶。"

王掌柜坐在那儿听着,脸上带着干巴巴的笑容。他为儿子感到骄傲时是不夸他的,只说:"得记住,三十六计走为上计。"又说,"好计谋胜过好武器呢。"

儿子的谋略才是最使他感到得意的。

他的麻脸儿子去伯父院里拜见王地主和他老婆,又讲起自己大智大勇的那段经历,王地主莫名其妙地嫉妒开了,他为自己死去的儿子嫉妒,为另外两个儿子嫉妒。他欣赏他们的外表和气派,但又隐隐有些担忧,他们似乎并不完美。侄子讲话时他像是在耐心听着,其实不过是过了耳朵罢了。那位少爷讲得津津有味,王地主却一个劲地叫茶、要烟。太阳下山了,他觉得凉,想穿一件薄的皮袍。他太太勉强朝侄子歪歪头,给点最起码的面子。她拿起点东西绣着,装作很忙的样子,又拿块绸子比画着式样,一面大声打着哈欠,一面不断地向丈夫打听这样那样的家务事或佃户的事。那位少爷终于看出她厌烦了,便住了口,急忙走了。还没走远,就听见那老太太说:"幸亏我们没有儿子当兵!过那种日子,把个好端端的年轻人弄得又粗又俗。"

王地主懒懒地答道:"是啊,我可要到茶馆去坐会儿了。"

麻子可不知道这两位在想着他们死去的儿子,只觉得心里不是个滋味。到了门口,见王地主的小老婆站在那儿,手里抱着她最小的孩子。她一直在听他讲,不过比他先走了两步。她若有所思地对他说:"我觉得这是个非常动听的、了不起的故事。"

于是小伙子欣慰地回到了母亲那儿。

王虎的这位麻脸侄子在家待了三十天,他妈利用他那未过门的媳妇把他拴住了,那是她几年前替儿子挑的。这姑娘是邻居的女儿,父亲是织丝的,但不是替人做工的穷工人。他自己有机器,有二十个学徒,织成匹的彩缎和花绸。因为城里做这项生意的人不多,他赚钱不少。这个女孩也长于此道,若春天天寒,她就把蚕卵贴在身上直至孵出幼蚕。学徒去采桑叶,她管喂养,她还会缫丝，样样能来，这在这座城里是很稀罕的。她家是在上一代由外地迁来的。自然，她将嫁的男人并不在乎她的手艺，但王掌柜的老婆认为姑娘有这方面的能耐总是好的，因为这些活计会使她勤快、节俭。

对那位少爷来说，她有什么才干是无关紧要的。他结婚总是喜事一桩，他差不多快二十四岁了，常常想入非非。这姑娘干净、整洁，长相还过得去，似乎也没什么脾气，他知足了。

婚礼既体面又不铺张，结束后他按王虎的吩咐，带着新娘回城了。

二十五

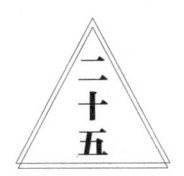

每当冬去春来时，王虎就会蠢蠢欲动，渴望打仗，伺机扩大地盘。他派出探子去打听那年的战争动态，以便制定自己较小规模的战争部署。他等待着，等待探子返回，等待天气转暖，等待命运召唤。然而王虎已不年轻了，况且他有儿子，这使他感到充实和满足，他那份想出征打仗之心也日渐淡薄。年年春天，他都鼓动自己，要为儿子去实现自己这一辈子既定的目标，但每一次他似乎又都能找到理由将行动延宕到下一年。他儿子的少年时代没什么大的战争，但全国有众多小军阀，每人占据一块地盘，谁也统治不了他们，因此王虎认为观望等待更为保险，他深信终有一天他会取得预想的胜利。

这一年春天，他儿子快十三岁了，王虎的两个哥哥派人带来个坏消息：王大的大儿子被关进了监狱，快不行了。两个哥哥恳求他在省法院帮忙，放出侄子。王虎问明了经过，认为这是一个检验他在省府的力量及在全省的影响的好机会，于是他暂时放下打仗的念头，决定帮助他们。他很得意，哥哥们毕竟来求他了，他看不起他们,他们的儿子竟被下了狱,这种事绝轮不到他自己儿子头上。

事情已经发生,可王大的大儿子是怎么被关进监牢的呢?

他二十八岁了,尚未婚配。年轻时他进了城里的一个学堂,在一两年里学到了不少东西。其中之一是年轻人受父母之命与某女子结婚是对旧风俗的卑劣屈从,年轻人应选择自己见过面、谈过话并且产生了爱情的姑娘。因此当王大挑遍了待嫁的女子,为儿子选中了一个时,儿子极力反对,暴跳如雷,大发脾气,扬言要自找老婆。

一开始,王大和太太对儿子的做法很生气,他们总算在一件事上达成了一致。母亲对儿子发脾气说:"你怎么去接近一个良家女子,跟她交谈,并知道你喜不喜欢她?谁还能像你爹妈这样给你挑?我们养大了你,摸得清你的脾气和秉性。"

可是她儿子振振有词,脾气又大,他卷起绸衣袖子,把白皙前额上的黑发往后一甩,跟着嚷道:"你和我爸除了该死的老一套外什么都不懂。你们哪知道南方有知识的富人家都让儿子自己挑媳妇!"见父母对视着,父亲用袖子擦额头,母亲噘起了嘴,他又嚷:"好吧,给我定亲吧,我马上离家出走,再也不见你们!"

这一招着实把他父母吓住了,王大忙说:"那你告诉我们你看上了谁,我们想想办法。"

其实他儿子心目中并没有相准的姑娘,他所见过的女人都是能轻易搞到手的。可他不愿承认他没有意中人,只是噘着嘴,垂着头,看着自己整齐的手指甲。他固执、蛮横,像以往一样,每谈到这个话题，他父母最后只能一遍一遍地安慰他："好了，好了，先这样吧。"王大有两次都不得不退掉他相妥的姑娘。他儿子只要一听到这种事，就发誓要像弟弟一样在房梁上吊死，这使他父母害怕，只好一次次地作罢。

日子一天天过去，王大和太太越来越心急，盼着儿子快娶亲。大儿子是主要的继承人，他的儿子又将是孙子辈中最重要的。王大也了解，儿子每天不是去这个茶馆就是去那个茶馆，在那些地方消磨光阴。他知道，凡是家里有钱、不用为衣食操劳的公子哥都如此，他自己则是年老图清静了。儿子的情况使他越来越不安，老两口都担心，儿子如果不娶亲，难免有一天从茶馆那种地方弄个游手好闲的女人来，这种女人只能做小老婆，做正室可太丢人了。他们若跟儿子谈心事，儿子就会冷冷地说，如今青年男女已不受父母管束，男女自由、平等，还有许多诸如此类的傻话。这两个当爹娘的束手无策，只好不再吭声。儿子伶牙俐齿，没人说得过他。他们早学会了不吭声。儿子一有不满，目光就在二老身上扫来扫去，不时甩他的长发，然后又用那双又白又软的手去理平。他待不住，说完就扬长而去，他一走，老太太就埋怨丈夫："都是你老不正经给他做的好样子，他都是跟你学的，不交正经女人，偏去跟那些下流坯子混，还高兴呢。"

她边说边用袖子擦眼睛，委屈得要命。王大慌了，一场风暴是免不了的了。这老太太越老越计较，脾气也越大。他急忙起身离去，和气地说："你知道我现在上年纪了，不像从前了，那些地方也不去了。我听你的，你要是有办法整这烂摊子，叫我干什么都行。"

问题是老太太对这个混账儿子也无计可施,她得自己想法排解。王大一见她要发火,就赶紧跑出去了。他穿过院子时,看见小老婆正在太阳下照看孩子,急忙对她说:"进屋给大太太拿点什么,她正生气呢。给她端杯茶或拿她的经文什么的,拍拍马屁,就说那些和尚又夸她呢,反正说一些这类的话吧。"

这女人顺从地站了起来,手里抱着孩子去了。他来到街上,考虑着在哪儿拐弯。他庆幸正好碰上他的小老婆,否则他一人陪大老婆在那儿可够他受的。小老婆这些年来比以前更温顺、沉静。这是王大的福气。一般来说,一个财主的大小老婆肯定常吵架,尤其是当她们中的一个或双方爱着丈夫时,那更是家无宁日了。

王大的小老婆在诸多小事上都体贴他,甚至肯做那些仆人都不做的事。仆人们对谁当家一清二楚,王大要是传唤他们,他们只答应着:"噢,来啦!"可就是磨蹭着不来,一旦他火了,他们就推说:"太太叫我干活呢。"老爷也就无可奈何了。

他的小老婆总是暗中照顾他,只有她才能宽慰他。他从田地回来,又累又烦,她会给他备好热茶,夏天则在井里冰上西瓜,他吃的时候,她还在一边给他打扇,给他打洗脚水,拿干净鞋袜。他也对她吐真情,说烦恼,主要是关于佃户的一些事:"今天西边那块地的佃户,那个龇牙的老婆子往管家过秤的粮食里倒水。管家是个笨蛋,要不就是无赖,被他们买通了,我都看见那秤是如何打起来的。"

她则安慰他:"他们不会那样骗你的,你多精明,我还不知道有比你更精明的人。"

他也对她讲那个忤逆的儿子给他带来的苦恼，她照样抚慰他。在街上，他边走边琢磨着怎么对她讲大老婆的苛责，他想象着她的温柔细语，她一定会像往常一样说："依我看，你是最好的人，再好也没有了，大太太不知道外边的男人都是什么样子，不知道你比他们好多少倍！"

抛却眼前的那些烦恼，什么儿子、大老婆，还有那些不敢一下子卖掉的地，王大就依恋这个小老婆。在与他有过瓜葛的所有女人中，数这个最称他的心了。他琢磨着其中的道理，自言自语地说："在靠我养活的人当中，她是最了解和最看重我的。"

那天，他正因为儿子的事，心里特别烦闷，只怪那个宝贝儿子老给他添麻烦。

正当王大沿着大街默默走着时，他儿子在一位朋友家偶然碰上了一个姑娘，并立刻看中了她。那位朋友是城里警察局长的儿子，跟他是最能玩到一块儿的。他们在一起赌博，那是犯法的，但万一有了事，局长儿子能躲过，做朋友的也能幸免。局长可是城里举足轻重的人物。那天，王大这位大公子正想去玩一会儿，消消心中的火，散散在爹妈那儿惹的烦气，于是他去了这位朋友的家里。

门开时他通报了姓名，然后坐在厅里等着，有点焦躁不安。突然里屋门开了，走进一个年轻美貌的女子。一般姑娘看见一个年轻男人独自坐在那儿，就会用袖子挡住脸赶紧进去了，可这位却不是，她不慌不忙地把小伙子上下打量了一番，没有媚态，也不害羞。看到这样的目光，那大少爷先垂下了眼。可以说，她虽然落落大方，但仍不失为一个规规矩矩的姑娘，一个新潮时尚的女性。她留着齐耳短发,不缠足,穿着新式女子穿的长袍,时值春天,袍子是绸的,淡鹅黄色。

尽管王大的大公子总爱夸夸其谈,其实他很少见得到他理想中的姑娘。平时如果不去赌,不赴宴或不出去玩,他总是看恋爱小说来消磨时间。他不喜欢老套的故事,他热衷的是新编的男女自由恋爱的故事。他梦想着出身名门的大家闺秀,而绝不是妓女,这种大家闺秀在男人面前应当不羞不怯,虽为女子,但同男子能够自由交往。他要寻求的是这样的女子,可这种女子他一个也不认识,那样的自由都是书里写的,现实生活中却绝无仅有。现在,他面前正站着一位这样的女性。她平静、大胆的目光使他的心燃烧起来,他的心如一触即发的火种,一经引燃即蔓延成熊熊大火。

一瞬间,他就爱上了这位姑娘,他自己也为之感到迷茫。虽然他一个字也没说,她也走了过去,可是他坐在那儿,已不知身在何处。他朋友进来时,他正喘着气,口干舌燥,心跳得胸口都要裂开了。

"刚才过去的小姐是谁?"

他朋友漫不经心地说:"那是我妹妹,她在一个沿海城市的教会学校上学,回来过春假的。"

这位痴公子无法控制自己,他结结巴巴地问:"她结婚了吗?"

当哥哥的笑了:"没有。她最任性,总为这个和我爹妈争吵,她绝不嫁给他们替她选定的男人。"

听了这话,王公子犹如久旱逢甘露,再没说什么就去赌了。

玩的时候他依然心神不定,感到心里就像有一团火在燃烧,于是他连忙找了个借口回家了。进了自己的房间,他关上门独自胡思乱想,感到自己已和那个姑娘拴在一起了。他自言自语地说,她真不该和他一样受父母的窝囊气。他决心像现时男女自由交往那样与她往来,要不就不再见她。他不要媒人,不论是他的父母还是她的哥哥,他都不要。然后,他热切地取出他看过的那些书,仔细琢磨着书中主人公给情人写情书的模式,他也要照样写一封。

于是他给那个姑娘写了一封信,签上了名。信的开头写得礼貌而得体,但他同时宣称自己是追求自由的,相信她也是,因此她对他来说是阳光,是艳丽的牡丹、美妙的乐曲,她在眨眼间就征服了他的心。信写完后他派专人送去,自己则在家中心焦地等待着,他父母简直不知道他是怎么回事。仆人回来说,得过一段时间才能有回音,于是他只好继续等待下去。他极不耐烦,看什么都不顺眼,弟妹们一靠近他就打,还责骂仆人,甚至连他父亲那温和的小老婆也抗议了:"你简直像条疯狗!"她边说边把自己的孩子拉走了。

三天后,一个人送来了信。这位公子几天里一直在大门口转悠,这时抢过信来直奔房内。他飞快地打开信,抽出两张信纸,她的字体豪放、秀美,先是一番客气的言辞和解释,然后她写道:"我也是自由不羁的,我不在任何事上屈从于父母。"她巧妙地表达了对他的倾慕,这使那少爷乐得晕头转向了。

他们虽不断通信,但总觉得无论如何得见见面,于是他们在女方家的边门见了一两次。他们都害怕,又竭力不表现出来。匆

343

匆忙忙的约会，频繁的信件往来，使他们之间的爱越来越热烈。他们贿赂仆人，信中隐瞒姓名。这两人想得到的从没有得不到过，这次也是一样，所以第三次见面时，小伙子热烈地说："我不能再等了，我要娶你，我要禀告我爹。"

姑娘也斩钉截铁地说："我也要跟我爹说，我要是不能嫁你，我就服毒自杀。"

他们回去禀告了各自的父亲。王大欣喜异常，他儿子竟选中了这么一个好人家的女孩，他立刻准备去定亲了。可女方的父亲却很固执，不肯把女儿嫁给此人。他是警察局长，到处都有他的密探，他了解这位年轻公子的种种劣迹，别人不见得知道。他对女儿吼道："什么？那个游手好闲的花花公子？他整天就泡在那些不三不四的玩乐场所里。"

他命令仆人把女儿锁在房间里，等到开学时再放出来。她气冲冲地来跟他讲理，进而哀求他，他都不加理睬。他很冷静，她如吵闹，他就哼小调、看书，她气得把姑娘家不该说的话都嚷了出来。他转脸对她说："我早该把你关在家里不让你上学，现时学堂把女孩子家都教坏了。要是咱们从头来，我就把你管教得像你妈一样规规矩矩、一字不识，早早给你找个好男人嫁出去。对！我就得这么做！"他这样突如其来的大吼使她吓得发抖。

这对小情人互相写了不少哀艳的信件，仆人们在中间跑腿，得了不少好处。少爷闭门不出，人越来越憔悴，父母见状忧虑重重。王大设法给警察局长送礼，尽管这位局长非常贪贿，这次却拒绝了。全家人都绝望了，大公子开始绝食，并扬言要上吊，王大心烦意乱。

一天傍晚，这位年轻公子来到了心上人家的后门，看见旁门开着，给小姐传信的丫头从里门钻了出来，招手叫他进去。他心里一动，便战战兢兢地去了，他的情人站在小院里。她很坚定、执拗，蛮有主意。两人一旦相对，反倒说不出话来，不像写信时那么容易表达了。少爷斗胆跨入禁地，满心惊慌，就怕有人发现。小姐从容镇定，身为有知识的人，她要实现自己的愿望。她对他说："我可不管这些老顽固，我们一起逃走吧。等到生米煮成熟饭，他们就会同意我们结婚的。我知道我爹爱我，我是他唯一的女儿，我妈又死了。而你是你父亲的长子。"

这位公子还没来得及对这一番热情的表白做出反应，警察局长突然出现在院子门口。原来事先已有跟小姐的丫头作对的仆人去通风报信了，局长冲仆人们喊道："把他捆起来送监狱，他毁了我女儿的名声！"

王大的大儿子真是不幸，情人的父亲偏巧是警察局长，想送谁进监狱都易如反掌，要是换个人就没这么大权力，想送人进监狱还得花钱呢。仆人们把那小伙子拉走了，姑娘尖叫着，拖住他的胳膊，宣称她不会再嫁给其他任何人，并要吞食戒指。

可是她父亲镇定沉着，对女仆说："看住她，要是她离了人，寻了短见，我就要你抵命。"

说完他就走了，似乎听不见她的哭喊。丫头们寸步不离小姐，她们害怕失职，在她们的严密看守下，小姐无法寻死，只好活下去。

警察局长派人通知王大，他的儿子已因企图败坏他唯一的女儿的名誉而入了狱，然后他就在家里的厅堂里坐等。王大家里可是慌作一团，老爷完全昏了头，失去了主张。他立即拿出手头所有的银子想去贿赂，他套上了最讲究的袍子，亲自去找警察局长道歉。可局长不想如此轻易地解决这件事，便传话说病了，谁也不见。送去的钱退了回来，王大又送了去。人家说他误解了局长，局长不是那种受贿的人。

王大颓丧地回了家，心知钱数太少。正值麦收前，他缺钱，他得向弟弟求援。儿子在牢里，他为此受折磨，可还得给儿子送饭、送铺盖，免得儿子再受苦。这里刚安排好，王掌柜到了。王大坐在房中，太太也忘了往日的规矩，愁眉苦脸地进来了。她丈夫手撑着头坐着，她则叩拜诸神，请他们明察她家中遭受的苦难。

王大直起了身子，她在哭诉着，并往前靠。他从心底里感到害怕，因为儿子竟落到了警察局长的手里。王掌柜泰然自若地走了进来，面容平静，像是不知道有什么事发生了似的。其实此事早已传开，人人皆知，这种丑闻连仆人们都知道。他老婆闻听后告诉了他，还添油加醋地一再说："我就知道那女人的儿子好不了，当父亲的也不是正经货。"

王掌柜坐在那儿听这两个当爹妈的讲述，他们把儿子的罪名轻描淡写地说了一遍，王掌柜俨然是个法官，好像他当然认为侄子无辜，而且有锦囊妙计搭救他。他得知哥哥想借一大笔钱时，就在思忖如何推却。王大老婆话一说完就哭开了。王二说："不错，跟各级官吏打交道，钱确实重要，可更有效的是武力。趁咱们还没倾家荡产，去求求兄弟。他现在是个大官，咱们求他出个头，用他在省府的影响，从上边给这儿的市长下个命令，市长就会叫警察局长放了你儿子，然后咱们再少花些银子各处去打点。"

这可是个绝妙的高招，王大奇怪自己怎么就想不到这点。他们当天就给王虎写了信，王虎便得知了此事。

除了应对哥哥们尽点责任以外，王虎还认为这是检验他的权势及影响的好机会。因此他写了一封措辞恰当、态度谦恭的信给省督，还备了礼品，派他的亲信前往并责成一名卫兵护送，免遭抢劫。那位长官收了礼，读了信，沉思了片刻。如果他行这个方便，就可以笼络王虎，以防不测。王虎会感恩，而这代价却很低，只要将一青年放出狱就行了。他毫无顾忌，一个小城的警察局长微不足道。他给了王虎一个回话，跟省长谈了，省长下了个命令给那地区的长官，后者又给王家所在地区的长官下了命令。

王掌柜比以前更机灵了，他在每个环节都使钱，使人人都觉得受了益，但他又不给太多，以免那些贪官还想尝尝类似的甜头。警察局长也接到了命令，王大王二办事十分小心，他们深知人都怕当众出丑，所以马上带了厚礼去见局长，说了许多好话求他，好像完全出自本意，装作根本不知道上面的事。他们打躬作揖地求他开恩，他终于随随便便、大大方方地收了礼，像是给个面子，然后传令释放那小伙子。他将小伙子训斥了一通，便放他回了家。

王家两兄弟盛宴款待了局长，此事才算了结。小伙子又自由了，他的热情也因被监禁而降了温。

可那位小姐比以前更拗了，整天同父亲吵闹不休。这回做父亲的可有点动心了，他看出了王家是有势力的。王老三那么强大，王掌柜又那么富有。他派了个媒人去王大家，说："让这两个孩子成亲吧，我们两家也交个朋友。"

一切都张罗着办起来，行了订婚礼，又定下一个黄道吉日为

347

成亲的日子。王大和太太都兴高采烈，新郎虽为这种突变感到莫名其妙，但又感到他原有的热情已恢复了，他心满意足，那位小姐则春风得意。

对王虎来说，他明白了自己是省里一个举足轻重的人物，省督把他当作宠儿，他心里为此很得意，除此之外，这整件事对他来说没什么意义。时已入夏，王虎自思，他一直这么忙，春天又已过去，他只有再把扩张计划推延到下一年。这无须犹豫，现在他已明白了自己的地位，而且密探们回来报告，传闻南方正在打仗，但不清楚是什么战争，也不清楚以谁为首。王虎听后完全明白了他的部队对省督的价值及他受宠的原因。他拭目以待，看下一个春天将会如何。

像以往一样，王虎又守着儿子度光阴了。那小子出来进去的神色极严肃，王虎欣赏儿子的沉静，常盯着儿子细看。他喜欢儿子庄严的面孔，那张年轻又带孩子气的面孔。他研究着儿子的容貌，在儿子低头看书或干活时，他常觉得儿子的高颧骨和嘴部坚定的样子十分眼熟。这张嘴长得不漂亮，但对这么大一个孩子来说却显得很坚毅、很果断。

一天晚上，王虎突然判定儿子长得像他的祖母——王虎的亲生母亲。对，就是像她。虽然他只清楚地记得她临死时躺在那里的模样，这孩子红扑扑的脸与她苍白的面容当然不同。但王虎内心深深地感到，儿子像他的祖母一样沉稳，他的嘴唇、眼睛继承了祖母的庄严。王虎在儿子身上发现了这种遗传后心里更感温暖，更加爱怜儿子，无形中与儿子也联结得更紧了。

二十六

　　王虎的儿子是这样一个孩子：该尽的责任他都会尽到，叫他做什么就做什么。他学习操演战场上如何佯攻，模仿老师示范的姿势，马骑得虽不像王虎那么自如，可也挺好。但他做什么都没有乐趣，他之所以做这一切，似乎全是为了完成任务。王虎向老师了解儿子的情况，老师犹豫不决地说："我不能说他表现不好，他做什么都达到了一定标准，并完全按要求去做，可是他从来不多做，好像心里有疙瘩。"

　　这可使王虎犯愁了，以前他就觉得儿子脾气随和，轻易不生气，什么也不恨，什么欲望也没有，只是严肃、耐心地照章办事。王虎知道勇士不是这样的，勇士一定要有血气、有个性、倔强，同时又易发怒。他很发愁，不知如何才能改造儿子。

　　一天，儿子在老师的指导下练瞄准射击，王虎坐在一旁看着。老师下达口令后，那个孩子站稳，迅速举枪，果断地扣响了扳机。王虎看着儿子的脸上似乎显出一种勉强应付差事的神色，实际上他也许憎恶这一切。王虎叫住了他，说："儿子，要是你想让我高兴,就用心些。"

孩子飞快地看了父亲一眼,手里的枪还在冒烟,他的眼神难以捉摸,张了张嘴像是要说什么。王虎坐在那儿,神色严峻,眉毛又黑又浓,又黑又硬的胡须竖起,嘴巴不经意地紧闭着。那孩子移开了眼神,轻轻叹了口气,缓缓答道:"是,爹。"

王虎看了看儿子,有点伤心。他虽然外表严厉,心却很软,也不知道如何表达他的心迹。过了一会儿,他叹了口气,静静地观看着,直到下课。儿子询问地看了看他,问:"爹,我可以走了吗?"

王虎留意到儿子常常独自离去,不知躲到哪儿去了,他只知他指派的跟随他儿子的士兵的确尽职了。他看着儿子,心里起了疑团,不知儿子是否去了他不该去的地方,他不是小孩子了。王虎心里突然起了一阵嫉妒,于是他尽力放轻声音问道:"我的儿,你到哪儿去呢?"

孩子犹豫了一下,低着头,终于胆怯地说:"哪儿也不去,爹。我想到城外的田里走走。"

儿子若说是去什么淫秽场所,王虎倒不会这么吃惊,他诧异地问:"一个当兵的到那儿有什么可看的?"

他儿子眼光朝下,手指玩弄着皮带,用他惯常的那种不紧不慢的腔调低声说:"没什么,只是那儿安静,果树都开花了,很好看。我有时爱和农夫谈谈,听他们讲讲怎么种田。"

王虎惊呆了,简直不知如何是好。他自言自语道,一个军阀竟有这么一个怪儿子,他自己从年轻时起就一直恨当农民种田这种事。他愤怒地叫喊起来,但又有些失望,他不知道为什么:"随你的便吧,这跟我有什么相干?"他心情沉重地坐了一会儿,儿子早已溜走了,他敏捷得像只被放生的小鸟,早逃离了父亲。

王虎坐在那儿,痛苦地沉思着,不知心中为何那么酸楚。最后,他变得不耐烦了,横了横心,想着自己应该满意这个儿子,他毕竟不放荡,还是听话的。于是,王虎又一次把烦恼抛诸脑后了。

近年又有传闻说,时局动荡不安,战争又将爆发。王虎的密探又带回消息,说南方学校里的男女学生正在准备打仗,老百姓也在备战。这可是前所未闻的,战争本是军阀的事,与老百姓有什么关系?王虎大吃一惊,问为什么这些人要打仗,他的密探们也不知道。王虎认为,这一定是校方或老师做了什么错事,若是普通百姓闹事则必定是地方官太恶劣,人们忍无可忍,所以奋起杀了他,免遭祸害。

王虎始终没参战,他要弄清新的战事是如何兴起的,怎样才能适应。他储备了资金,按自己的意愿买了武器。现在他不用向哥哥王掌柜求援了,他自己在河口有了通商港,可以轻而易举地雇船从外国走私武器。上级即便知道了也不会干涉,因为他们知道,他是自己一派的,他的每支枪有朝一日都将为他们的战争服务,和平不可能持久。

王虎如此武装了自己,等待着时机,同时儿子也已长大,快十四岁了。

这十五年以来,作为一个大军阀,王虎在多方面都是幸运的,尤为主要的是,他的领地内一直没发生过大灾荒。小灾荒在这里或那里时有发生,那是老天不作美,但他的领地没有遭受过全局性的灾荒。一个地方闹灾,他用不着再去压榨它,可以少征点税,缺额则从其他无灾的地区弥补。他乐于这样做,因为他秉性公允,不像有些军阀那样穷凶极恶,从垂死的人身上夺走所有。因此人们感激他、赞扬他,并这样议论着他:"我们见过许多比王虎坏的军阀,反正到处有军阀,我们摊上这么一个还算运气好,他不过收税养兵罢了,不像那些人大吃大喝、搞女人。"

王虎确实尽量体恤百姓。至今还没有新县长来接任,上面曾指派过一个人来,但那人一听说王虎是个凶狠的人就迟迟未来。他推说父亲已年迈,在给老父养老送终后他才能来。这样他来以前王虎就自己办案。他亲自审理,庇护了许多穷人,跟富人和高利贷者作对。他用不着怕有钱人,他们若不按他的指令缴税,他就把他们打入大牢。所以该城的地主、放债的等人都从心里恨他,竭力避免犯案,以免被他惩治。王虎可没把他们的憎恶放在心上,他有权势,没什么可怕的。他定期给士兵发饷,虽然有时他对太散漫的兵很粗暴,但仍按月给他们发钱,比起其他军阀来,他慷慨多了,那些军阀都是靠抢掠来笼络士兵的。王虎不会为了他的兵参战,他可以随意推延参战的时间。目前,他在该地区民众及自己部队中的威望不坏,地位也很稳固。

但是不管一个人声望如何卓著,也会碰到不顺遂的命运,王虎也不例外。那年他儿子十四岁,他正计划来年送他进军事学校去学习,这时,他的地盘上遭受了全面的严重饥荒,饥荒像瘟疫一样蔓延。

春季适时下了雨,可不要雨时它仍不停地下,日复一日,直至夏天还在下。地里长的麦子都烂在地里,泡在了水中,好好的农田都成了烂泥水洼。小河本是平静的溪水,现在汹涌地咆哮着,把两岸的泥土冲塌、卷走,接着又摧毁了内堤,然后一泻而下,连同泥沙一起涌入大海,沿途数十里清澈碧绿的水全被污染了。人们开始还住在家里,把桌子和床搭在水面的木板上。待到水淹没了房顶,土墙坍塌下去,他们就挤在船里或木盆里,或是爬到依然露在水面之上的堤坝和土丘上,他们还爬到树上,待在那儿。不光是人,连野兽和田野里的蛇都如此。那些蛇成群地爬上树,攀在树枝上,也不再怕人,在人群中乱爬,人们简直不知洪水和蛇哪样更可怕了。日子一天天过去,洪水却丝毫不退,然而,真正可怕的还是饥饿。

王虎面临从未经历过的难题,他比任何人都困难。别人只需要养活自家人,而他则有一大群人要靠着他呢。他们愚蠢无知,动不动就发牢骚,只有吃得好、钱拿得多才能满足,只有得了报酬才尽忠心。王虎统辖区各处的收入都不能全数交来了,洪水害了整整一个夏天,秋天颗粒无收,等冬天来时,一点税收也得不到了。只有从外面走私进来的鸦片赚了些钱,但这钱也少多了,因为人们买不起,走私犯们便把货运往别处去了。洪水冲垮了盐井,盐务收入也已泡汤。陶匠也不做酒罐了,因为该年没有新酒可酿。

王虎陷入了极大的困境,这是他做了军阀以来未曾有过的局面。年终时,他山穷水尽,没钱给士兵发饷了。面对这种现实,他只能苛刻些。他不敢施怜悯,不然他们会认为他软弱可欺。他召集军官,冲他们乱吼,好像是他们做了坏事,他在向他们发火:"这些日子,别人在挨饿,我的人可都有吃的,还有薪水。往后伙食就是薪水,我没钱了,得挨过这段时间才能有钱进来。

再过个把月，我连养活你们的钱都没有了，若要让你们饿不着，若要我和我的儿子不同你们一块儿挨饿，我就得去借一大笔钱。"

说话间他脸色阴沉，眉毛下那双眼瞪着他们，手捋着胡子，但他在偷看那些军官有什么反应。有些人面露不满，他们一声不响地走了。他的密探们回来说："他们说没有报酬就不打仗。"

听到这种话，王虎闷闷不乐地在大厅里坐着，他感到那些人真没良心，这几个月遭灾，老百姓都在挨饿、丧命，他们却仍然吃得很好，可是他们并不感激他。有两次他甚至动了心，想动用他的私库，那是他留着自己用，以防战败撤退的，现在他决定不能为这些人牺牲自己和儿子。

饥荒仍在蔓延，到处都是水，人们在忍饥挨饿。既然死后也无干地葬尸，人们便把死尸扔在水中。水面上漂着许多小孩的尸体。那些大人让孩子们无穷无尽的哭声搅得要疯了，因为孩子们完全不理解他们为什么没吃的。趁着黑夜，一些人绝望地把孩子扔到水里。有的是不忍看着孩子受罪，所以采用了更快、更容易的死法；有的则是因为剩下的食物太少，不愿意多一张嘴来瓜分。一家若只剩下两人，这两人就会相互暗算，强者生存。

新年到了，没人记得起过节。王虎只给他的兵供应半数粮食，他家也不吃肉，只吃粥一类的简单饭食。一天，他正坐在屋里思量着他已到了何种田地，是否气数已尽，这时进来了一个卫兵，他是昼夜在门口站岗的，他报告说："有六个人有话要说，他们代表全体士兵。"

王虎阴沉而尖利地扫了他一眼，问道："他们带枪了吗？"

卫兵答道："我没看见枪，可是人心难测啊。"

王虎的儿子此时在他的小桌旁坐着,正用心看着书。王虎看了看他,想打发他离开,儿子这时站了起来,像是要走。王虎见此突然下了决心,他要让儿子学学怎么对付叛逆者和粗野之人,他叫道:"别走。"儿子慢慢坐下来,满怀疑虑。

王虎吩咐卫兵:"叫卫队都来站在我旁边,荷枪实弹,准备开火。叫那六个人进来。"

王虎坐在一把旧的大扶手椅上,那原是县长的椅子,椅背上搭着一张老虎皮以保暖。卫兵们进来站在了他的左右,王虎坐定后,用手摸着胡子。

六个士兵来了,一色的小伙子,壮实、容易激动、冒失,年轻人个个如此。看到长官坐着,周围站着卫兵,枪口在他头上闪闪发光,他们很有礼貌。他们的代表鞠了一躬,说道:"司令慈悲,我们代表伙伴们来再要点粮食,我们没的吃。现在世道艰难,我们不提饷银,也不要欠的饷了。我们没东西吃,身子一天不如一天,我们是当兵的,身子是本钱,我们一天才一个馒头,我们就为这来找您评理。"

王虎摸透了这些大老粗的脾气,非得吓唬住他们,不然他们不服。他狠狠地捋了下胡子,压压心中的怒气。自己待下属真够宽厚的,打仗时爱惜他们,攻占了城还违心地放他们去抢,给他们发钱,给好衣服穿。他自己也不像多数军阀那样荒淫、奢华无度,还是够廉洁的。一想到这些,他顿时火冒三丈。这些人不能和他共艰苦,何况这是天灾,又不是他的过错。他越想越火,趁着这股怒气喝问道:"你们是不是来拔老虎胡子的?我愿意让你们挨饿?我什么时候饿着过你们?我筹划好了,从外地调来的粮食随时可到，可是你们这些逆种，你们不信任我！"他大怒，对卫兵大声吆喝着："给我把这六个叛贼杀了！"

那六个人慌忙趴在地上求饶，可王虎不敢放了他们。不行，为了儿子和他自己，为了全家和全体百姓，他不能放过他们。倘若他控制不了他的部队，他们就会去抢老百姓，现在他不能发善心，他喊道："开枪，左右开火！"

卫兵开枪了，枪声、硝烟充斥着整个大厅，烟散处，横陈着六具尸体。

王虎立即起身，命令卫兵："把死尸抬走，交给派他们来的人，告诉他们这就是我的回话。"

卫兵们还未来得及弯腰抬走那些尸体，王虎那个平时那么沉默，好像对周围的一切漠不关心的儿子，这时却出人意料发疯似的跑过来，他父亲从未见过他这副模样。他弯下身去细看其中一具尸首，注视着，又一一看过去，摸摸这儿摸摸那儿的，睁大眼睛望着他们瘫软的四肢，然后冲着父亲大哭："你杀了他们，他们都死了！我认识这个人，他是我的朋友！"

他绝望地瞪着父亲。看着儿子那双眼，王虎突然觉得毛骨悚然，他朝下看着，找词辩解："我是被逼的，要不他们会领头造反，把我们杀光。"

那孩子哽咽着，低声说："他就要点馒头。"随后大哭着跑了出去，他父亲茫然地看着他的背影。

卫兵们各自散去，只剩下王虎一个人，他把平日昼夜守卫在身边的两个兵也遣了出去，手抱着头，独自呆坐了一两个小时。他沉吟着，后悔不该杀了那六个人。他按捺不住，派人叫儿子来。一会儿，儿子慢慢蹭进来了，脸朝下，眼睛也不看父亲。王虎叫他走近点，他拉起儿子细长有力的手握了一会儿，以前他可从未这样做过。他低声说道："我这都是为了你。"

那孩子沉默不语，横下了心，不自然地接受着父亲的爱抚。王虎叹了口气，放他去了。他不知该跟儿子说些什么，怎么让儿子理解他的爱。王虎心中甚觉凄凉，感到整个世界上唯他最孤独。难过了一两天后，他也横下心，不再去想它了，他这么做也实在是出于无奈。为了帮助儿子忘却这件事，他要给儿子买块外国表，或一支新枪之类的东西，以挽回儿子的心。王虎主意已定，也感到心安了。

六人事件也确实说明了王虎所处的困境。他明白，要使部队效忠他，他得设法去弄粮食。他说已从外地调粮，那是假的，现在他必须出去筹措了。他又想起了哥哥王掌柜，自认此时同胞弟兄应可共患难。他要去察看他老家那儿的情况怎样，看看他能得到些什么帮助。

他跟部下们说，他这次是去为他们搞粮食和钱，还许了很多承诺。他们都很兴奋，立刻振作了起来，对他充满希望，并表示忠贞不贰。他挑选了一队卫兵，派他们守卫着他的家，然后命令自己的卫兵做上路的准备。定好日期，叫了船，他和儿子及一些士兵牵着马上了船，准备渡过水面，到达堤坝岸边的路上，然后骑马往哥哥们住的小城去。

在狭窄的堤坝上，马慢腾腾地走着，两边都是水，坝上挤满了人。大老鼠、蟒蛇等都在跟人争地方，不怕人，尽它们微弱的力量与人竞争，人们的生活中积聚着愤懑。毒蛇、野兽越来越多，无情地残害着人们。有的时候，人已无心去争斗，听任毒蛇到处爬行,他们只是麻木地呆坐着。

王虎穿越这片地带全靠卫兵和枪保护着,不然人们会袭击他。时常有人站起来挣扎着拽他的马腿,且一言不发。王虎从心里怜悯他们,他拉住马,免得踩着他们。卫兵上来把人拉开,放倒在地,王虎头也不回地朝前走去。有时被拉开的人就势躺在了地上,有的惨叫一声,投了水,了结了一生,也结束了他的灾难。

儿子一路上都骑马走在父亲身边,寡言少语。王虎也不跟儿子说话,六人事件仍在他们之间留有阴影。王虎不敢问儿子,儿子脸朝下,偶尔偷偷朝路边饥饿的人群看上一眼,满脸惊恐。王虎受不住了,终于说道:"他们都是普通乡民,每过几年就有这么一次,他们已经习惯了,成千上万的人都是如此。对死去的人,人们慢慢就淡忘了,很快又会生出一批人来。"

儿子突然开了口,声音变得像只小鸟,尖尖的,他情绪激动,又不敢在父亲面前哭出来:"他们要是像我们一样是当官的,就不会死了。"说话时他尽量抵住嘴。这景象确实太惨了,他的嘴唇不断地哆嗦着。

王虎想说几句安慰他的话,儿子的话使他感到震惊。他从没想过这些百姓所受的罪他也可能受,人天生就不一样,谁也代替不了谁。他不爱听儿子那一套,对一个军阀来说那太心软了,他不能因为有人受苦就停止步伐,就动情,因此,他想不出什么话来安慰儿子。没东西吃的这些日子里,只有吃死人肉的乌鸦在水面上来回盘旋着。王虎只说了句:"老天爷对我们都一样狠心。"

从此王虎不再干涉儿子。他既然了解了他的思想,也就无须再盘问了。

二十七

王虎常想，要是他把儿子留在家里该多好，实际上他又不敢，万一有人为死去的六人闹事呢！他不仅怕儿子死掉，也怕带儿子去哥哥们那里。那儿的年轻人太软弱了，生意人又没命地爱钱。他叮嘱儿子的老师和亲信豁嘴，叫他们寸步不离小主人，又派出十名老兵日夜守护着儿子。他还吩咐儿子要像在家里时一样每天读书。可他不敢对儿子说："儿子，你不能去有女人的地方。"他不知道儿子转过这种念头没有，这么多年来，他把儿子带在身边，住在一起，这儿是没有女人的，没有女仆，也没有妓女。除了母亲及姐妹外，这孩子不认识别的女人。近年来他根本不许儿子单独出门，连儿子偶尔去看望母亲也派卫兵跟着。他就这样管束着儿子，他因儿子产生的嫉妒甚于其他男人因所爱女人产生的嫉妒。

尽管有这么多顾虑，王虎与儿子并肩骑马来到哥哥家时心里还是甜滋滋的。他很高兴，他的裁缝给他儿子做的外套跟他自己的一模一样。儿子穿着洋式衣服，佩着镀金的纽扣和肩饰，戴着和父亲一样的有标记的帽子。儿子十四岁生日时，王虎甚至派人去蒙古买回两匹非常相似的马,其中一匹稍小些。两匹马同样强壮,又都呈深红色,它们的眼睛是白的,不时滴溜溜地转动着。因此父子俩连坐骑都是一样的。当街上的人们停住脚看过往的队伍时,他们的赞叹声使王虎心花怒放:"看老帅和少帅,像得就似同一个人的两颗门牙。"

他们来到王大的院子门口,儿子像父亲一样跳下了马背,手按剑柄,静静地走在父亲身边,完全没有意识到自己的动作与父亲的一样。王虎被迎进了哥哥家,哥哥和侄子们听说他到了都前来问候。见他们用羡慕的眼光赞赏着他儿子,王虎心里就像饥渴的人喝了美酒一样舒适。在他逗留的那段日子里,他不由自主地热切地观察着侄子们,迫不及待地想证实自己的儿子比他们优秀。他为有这样的儿子感到欣慰。

王虎可以感到欣慰的地方很多。王大的长子现在已美满地成了亲,尚未生子,夫妻俩与父母住在一起。大侄子已长得颇像父亲,肚子圆了起来,优美的身段开始发胖,也带着疲倦的神色。不过他确有繁难的事,他媳妇与婆婆相处不睦。媳妇是新派的,没规矩,和丈夫单独在一起时,他试图劝说她,但她会大喊大叫:"什么?我难道是那个傲慢的老女人的奴隶?她难道不知道现在的年轻人是自由的?我们不再侍候婆婆了。"

媳妇一点也不怕婆婆。当婆婆架子十足地说:"我年轻时伺候婆婆是分内事,早上端茶得毕恭毕敬,那是家教。"媳妇一甩头发,那双没缠过的脚跺着地,回说道:"可今天女子翻身了,再也不向人弯腰了!"

由于这类争吵,这位大少爷常感心烦,可他又不能像以前那样去消遣解闷。媳妇盯着他,会打听到他的玩乐场所。她胆子大,不怕跟他上街,会闹着要一起去。她会说,现在的女人不再把自己关在家里,男女平等,这些话会招惹街上的人围观。因为怕丢人,丈夫只好放弃老嗜好。他毫不怀疑她的胆量,这女人嫉妒心强,她要丈夫改掉毛病,限制他的欲望。他不能对漂亮的丫头多看两眼。要是他跟朋友们沾了妓院的边,待他回来,她就大哭大闹一场,闹得家里天翻地覆。一次,他跟一个朋友发牢骚,那人出主意说:"吓唬她说你要娶小老婆。这对女人来说是最没脸的事。"

当他这么尝试时,他媳妇毫不服帖,她喊着,圆瞪着的眼里直冒火:"在如今这个时代,我们妇女绝不会忍受这种屈辱!"

在他毫无防备的情况下,她冲了上来,伸出两手像猫一样抓他的脸,顿时他脸上出现了四道红的指甲痕,谁看了都心中有数。他五天出不了门,更觉丢脸。他也不敢让她公开丢丑,因为她哥哥是他的朋友,她父亲又是警察局长,地头蛇。

到了晚上他仍恋着她,她也会温柔地缠住他,用好话哄他,好像真的十分懊悔,于是他就立即不计前嫌,热切地爱着她,温顺地听她说话。

每逢此时她就会喋喋不休,要他向父亲要一笔钱,他们小两口好搬出去,到一个沿海城市,和同类人为伍,过一种新的生活。她会伸出美丽的臂膀钩住他,甜言蜜语一番,或发脾气,哭,或躺在床上不起来,不进食,逼他答应。她使用了千条妙计来纠缠丈夫,他终于答应了。但他去跟父亲一说,父亲抬眼看看他,说:"我到哪儿去弄你要的这笔钱?办不到。"过了一会儿，这位父亲又有点稀里糊涂、瞌睡懵懂了，近来他差不多总是在这种状态中打发光阴。他又补充说："男人总得让着女人，她们差不多都爱吵闹，有没有教养都一样。受过教育的更糟，什么都不怕。我总说，让女人当家吧，我乐得图个清净，我劝你也这样做。"

那个媳妇可不肯轻易罢休，她逼着丈夫一次次去找她公公。为了图安宁，王大最后让步了，答应动动脑筋看。他清楚唯一的办法就是卖掉他的一大半地产。哪怕八字还只有一撇，那媳妇就嚷得满城风雨，说她要走了，而且还盘算开了，唠唠叨叨地说在沿海城市玩的路子多的是，那儿的女人打扮得漂亮，她也要买件新外衣和皮大衣，她现在的衣服像破烂，只能在这种乡下地方穿穿。她这番话把丈夫的心煽活了，他也急着要走，急于去见识一下她描绘的那些新鲜事物。

王大的小儿子也成人了，他步哥哥的后尘，只关心一件事：哥哥有什么他也得有什么。他暗地里对漂亮的嫂子起了意，下定决心，只要哥哥一离家，他马上就紧跟去，到有嫂子那样漂亮、新派的女人的城市去。

他机灵，什么都不透露，哥哥走后他整天在家里和城里闲逛，伺机行动。他看什么都不顺眼，毕竟他耳闻了海滨城市的美妙，那里到处是稀奇事和洋派的新潮人物。他甚至暗暗小看王虎的儿子，王虎察觉到了，从而很恨他。

王掌柜家的小辈表面上更谦和些，晚上从店里回家后，他们歪坐在椅子上看着叔叔和堂弟。这些小商人看着他儿子的神情让王虎心中暗喜，他注意到他们盯着他儿子和他佩带的镀金小宝剑看。他儿子有时解下来递给他们，让他们摩挲把玩。

在这种时候，王虎就会为儿子感到自豪，忘记了儿子曾对他那么冷冰冰的。儿子站起的动作干净利落，完全同老师教的一样；每次进门他都向父亲及伯父敬礼，长辈就座后，他才有礼貌地坐下。就儿子的年龄来说，他长得高大，而侄子们则不然；他儿子肌肉结实、身材挺拔，不像堂哥们那么萎靡、苍白。看到这些，王虎心里真欢喜，他加倍爱儿子，比以前任何时候都开心。

在哥哥家的这些日子里，王虎派人谨慎地护卫着儿子。在宴席上，儿子就坐在他旁边，他亲自照料儿子喝酒。酒过三巡后，他就不让人再给他儿子斟了。堂兄弟们约他儿子上各处去玩，王虎就让儿子的老师、豁嘴及那十名老兵跟着。每天晚上他都找借口亲自去儿子房间看儿子上床睡觉，不然他不安心。儿子单独睡，门口有卫兵站岗。

王虎的两个哥哥仍舒适地住在父亲的老房子里，好像没有天灾，没有洪水，没有饥荒似的，其实王大和王掌柜对外面的情形了如指掌。王虎向他们叹了苦经，说明了来意，最后他说："救我一把对你们也有益，我的权势也能保证你们的安全。"他们深知这是实话。

该城城外也有饥民，许多人对这弟兄俩深恶痛绝。王大有地，不干活，而他们无论寒暑，风里雨里都弯着腰在田里干活，好不容易种得的粮食还得和王大分，田地和粮食应该归他们自己才对。世事太不合理，秋收时他们得把一大半送给住在城里坐享其成的人，遇到灾荒也得照样分。

王大确实是地主，可他也卖地，地主也不好当啊。他这么个软弱的人也会骂人、吵架。他恨他的土地，就拿给他种地的人出气。他不光为土地恨他们，他还得为家计发愁，因为负担太重，他感到更苦恼的是，他的佃户们故意拖欠地租，那可是他父亲传下来的收入呀。眼下双方已变得相当敌对，他的佃户们一见他来了就仰脸看天，并说："鬼出来了，一定有雨！"

他们还常辱骂他："你可算不上你父亲的好儿子，他有钱，可是心好。他没忘了他也和我们一样受过苦，他从来不逼租，灾年还不收租。你从来没受过苦，因此不会有好心肠！"

人们的这种仇恨情绪在这种艰难的日子里更显突出。晚上大门关了以后会有人来敲门，他们躺在台阶上呻吟："我们饿着肚子，你们还有大米吃，还有米做酒！"有的人路过时会大叫，甚至白天也喊："我们要杀了这些阔佬，夺回他们从我们这儿抢去的东西！"

起初弟兄俩还不在意，后来就雇了城里的兵站岗，把闲人都赶开。之后城里和乡下的许多有钱人都被抢了，无数强盗蜂拥而起，他们穷凶极恶，所到之处全都被一抢而光。王龙的这两个儿子还算安全，本城的警察局长兼部队司令把女儿嫁在这家了，军阀王虎又离得近，因此在王家大院前人们还不敢放肆，不过哼几句，骂一骂罢了。

人们憎恨他们，但也没抢他们的土屋。水渐渐退了，那房子在小山上露出来，梨花和那两个残废在那儿安全地过了冬。人们知道她善良，也知道她从王家要了粮食，于是很多人都划着小船撑着盆到她那儿去,她给他们吃的。一次,王掌柜去她那儿说:"现在时局不安全,你得搬进城去住在大院里。"

梨花平静地答道:"我不能走,我不怕,还有人靠我过活呢。"

随着冬天越来越冷,她也怕了。有些人走投无路,饥寒交迫,住在结了冰的水面上停着的船里,或窝在树顶。梨花还养着那个傻子和驼背,他们感到气愤。他们手拿着她给的东西,当着她的面嘴里叨咕着:"壮汉子和活着的健全孩子都饿着呢,还给那两个吃?"

这类话越来越多,梨花也开始犹豫是否该把那两人送到城里去,不然说不定哪天他们会给人杀了,因为他们还要吃啊,她保护不了他们。那可怜的傻子,虽然五十二岁了,可还像个小孩。一天,她突然死了。那天她像往常一样吃了饭,又拿块布玩,她在门外遛着,一下子掉到水里去了。她不懂那不是干地,她经常在那儿坐。梨花赶上去时,她身上已经湿透了,在水里冷得发抖,回来就冻病了。尽管梨花细心地照料她,几小时后她还是死了,跟她活着时一样,死时也一无所求。

梨花给城里捎了信,向王大要一口棺材。既然王虎也在,弟兄三个就一起来了,王虎还带着儿子。他们看着傻子入了殓,她这辈子头一回显得严肃、聪慧,死神给了她一副庄重的面容。梨花虽然悲痛,但看见她的神情,又多少感到一些安慰。她平静地自语道:"死神治好了她的病,使她变聪明了,她现在跟我们一样了。"

几个弟兄没给她举行葬礼,她不过是个傻子。王虎把儿子留在土屋里,自己坐着船和哥哥们、梨花、一个佃户的老婆和一个工人到另一块高地上的祖坟去了。他们把傻子埋在一块低地上，但还是在土围墙的里面。

一切完毕后，他们回到了土屋前，准备回城。王虎看着梨花，头一次跟她说了话。他沉静地、冷冷地说："现在你打算怎么办，夫人？"

梨花抬起了脸，一生中头一次有这么大的勇气面对着他。她的头发灰白了，脸也不再年轻、细嫩。她说："我早说过，这孩子一死我就到附近的尼姑庵去，那儿的尼姑都准备好了。这些年我跟她们住得近，我已经发了好多愿，那些尼姑认得我，我在那儿会过得很好。"她又转脸对王大说："你和你太太已经把你们这个儿子安排好了，他的庙跟我的挨得很近，我还得照看他。我已经老了，老得能当他妈了，他总是生病发烧，我会去照顾他的。和尚和尼姑早晚都一起念经，我一天总能见他两次，哪怕不说话。"

弟兄三个又看了看围在梨花身边转的那个驼背，他曾和梨花一起照顾傻子，现在她死了，他有点呆呆的。他们看着他，他勉强笑了笑。王虎有些感触，他自己的儿子那么高大，正站在一旁惊异地看着这陌生的一幕。见儿子对着驼背微笑，王虎和蔼地说："我愿你如意，可怜的孩子。要是你行，我会像带走你堂哥一样带你走，也会像对他一样对待你。我会给寺庙和尼姑庵都捐些钱，夫人。钱是万能的，我敢说，在庙里也一样。"

梨花打定主意，慢条斯理地答道："我自己什么都不需要，也不带什么。尼姑们了解我，我也了解她们，我的也是她们的，我和她们同甘共苦。可我得给这孩子带些东西，他用得着。"

她言外之意是有点责怪王大，他和驼背的娘商定的给儿子的费用少得可怜。王大没作声，坐下等着弟弟们，身子显得笨重，好像再起来都有困难。王虎仍盯着驼背看，又对他说："你还是决意去庙里，而不愿去别的地方？"

那小子先还贪婪地望着他那高大魁梧的堂弟，这时才把眼睛移开，垂下头，看着自己短小弯曲的身体，慢悠悠地说："是，看我这个样。"过了一会儿又沉重地说，"和尚的袍子也许能遮住驼背。"

他又转脸去看堂弟，蓦地，他好像受了刺激，连那镀金宝剑也不能再看了。他低下眼睛，转身一瘸一拐地走了。

那天晚上，王虎回到哥哥家，去照看儿子睡觉时发现他没睡着。他问父亲："爹，那儿也是我祖父的房子吗？"

王虎奇怪地答道："当然，我小时候就住在那儿，后来这房子盖了才都搬过来。"

那孩子眼朝上看，头枕在手上，急切地看着父亲，热切地说："我喜欢那房子，我愿意住盖在田里的房子，就像那间土屋一样，那么安静，有树，还有牛。"

王虎不耐烦地答，自己也觉得有点莫名其妙，儿子毕竟没说什么不甚得体的话："你都说了些什么呀！我小时候就在那儿，每天那么无聊，我时刻都想着离开那儿。"

可儿子很固执，又说："我喜欢那样——我就是喜欢那样！"

儿子说这些话带着强烈的感情色彩，王虎有点生气，便站起来走了。他儿子那晚真的梦到那土屋就是他的家，他就住在田野里。

梨花去了尼姑庵，王大的儿子到了庙里，三个人住了多年的土屋现在空了。王龙的土地上已没有王家的人住了，只剩老佃户两口子守在那儿。有时那老妇会拿出她藏在土里的干白菜，或她省下的一点食物，包起来送到尼姑庵给梨花。她在侍候他们的那些年里学会了爱护这个文静、温和的女人。日子这么艰难，她还拿出仅有的一点东西给她，她愿意在门口等着穿灰尼姑袍的梨花出来，她会上去悄悄地说："这儿有个新鲜鸡蛋，是我留下的那只鸡下的，给你。"

然后她把手伸进前襟里掏出了一个小鸡蛋，攥在手里，塞到梨花的手上，轻声劝着："吃了吧，太太，我敢说尼姑都这样，别听她们发愿。我看见过和尚吃肉喝酒。站在这儿吃，没人看见，趁着新鲜。你脸色多难看！"

可梨花不肯，她真心发过愿。她摇摇头，头上戴着灰帽子。她轻轻推开老妇的手说："你吃，你比我更需要补养，我已经吃得够好了。即便我没的吃，也不能吃，因为我发过愿了。"

那老妇人可不死心，她把蛋硬往梨花怀里塞，梨花袍子的前襟是从领口搭过来的。随即她赶紧坐到盆里，把盆从门边推开到了水里，梨花就够不着了。她满意了，笑着离开了那里。但不一会儿，梨花就把鸡蛋给了一个可怜的女人，她刚从庙门前的水里爬出来。她是个母亲，抱着个营养不良的孩子，贴着她干瘪的乳房。梨花听见她微弱的声音，走了过去，她哀求着："看看我这两个奶吧，原来可是胀鼓鼓的，孩子也胖得像个佛爷。"她凝视着怀里那垂死的小东西，他的嘴还紧贴着那干瘪的奶。梨花从怀里掏出了鸡蛋，给了那女人，庆幸自己有这么好的东西可以给人。

自那以后，梨花一直平静地度着光阴，王虎再也没见过她。

王掌柜是完全可以帮助王虎渡过难关的，他有大批存粮。灾荒使别人穷困，可让他和像他那样的人发了财。他看清了形势，赶紧囤积了大量的粮食，不时以高价卖给有钱人。他还从外地买进面粉和大米，甚至派人去临近的外国买这类货物。他的仓库里已堆满了粮食。

王掌柜现在空前地富有，他的粮食运往富户和市场，换回了银钱，这年他钱多得都发愁搁在哪儿、怎么样才安全。他是个商人，不想买地，这年头又没个靠得住的人可以把钱借出去，一旦借给别人，就只有指望靠他们泡在水里的地来还。这对他是种冒险，所以他要高利，他把注押在将来的收成上。一旦田里的水排干了，那片地区的所有收成都会流入王掌柜的粮仓。没有人确切知道他到底有多少钱，他对儿子花钱都加以限制，在儿子们面前装穷，逼着他们在店里或市场上干活。除大儿子以外，所有的儿子都盼着父亲死。老大已被送到王虎那儿去了，他不必待在店铺里或市场上，他可以花钱去玩乐或买好衣服，而其他几个现在则不行。

不光他的儿子们对他这样感到痛恨，乡下还有许多农民也恨。其中有一个大龅牙，在王龙死后买了他大部分地，现在地几乎都让水泡了。他省吃俭用、挨饿，眼看孩子们也要挨饿了，除非他向王掌柜借贷。他等着田里的水退下去，这期间他带着孩子到南方去了，不情愿让王掌柜把他的地弄到手。

王掌柜自认为公道,他对所有来借贷的人都说,谁也别指望在荒年以平价买粮或借钱,不然商人还赚什么钱?在他看来,这是天经地义的事,他做得并不过分。

但他也是个聪明人,明白人们在非常时期不讲公道,知道大家都恨他。他知道王虎对他有用,因此他尽自己的力,答应借给王虎大批粮食及一大笔钱,利息也不高,大约百分之二十。一天他们在茶馆签借据,王大在一旁深深叹息:"小兄弟,我要是像咱这商人兄弟就好了,可我越来越穷,不像他生意兴隆,我只有一点放出去的钱和爹留下的一点地。不过我们三人中有一个人有钱,这对我们来说还是好事。"

听见这话,王掌柜不禁尴尬地笑了笑,他不善言辞,又不懂客套,直截了当说道:"就算我有点钱,那都是因为我干活,也支使儿子们在铺子里干,他们从不穿绫罗绸缎,我呢,也只娶一个老婆。"

尽管王大这些年来脾气已磨得随和多了,但还是不愿这么直来直去地谈,他知道弟弟这番责备是因为他卖了大部分地产,以便打发两个儿子去沿海。他坐在那里气鼓鼓的,最后提了提神,大声说:"好了,当父亲的总得供养儿子,我有点太宠儿子了,不舍得让他们年纪轻轻的在柜台旁耗费年华。我要是还看重咱爹的名誉,能让他的孙子挨饿吗?养活他们是我的责任,也许我不该把他们当成公子哥供着。"他讲不下去了,这几年来他一直咳嗽得厉害,这阵儿又咳开了,使他憋得难受。话说不出来,他就坐在那儿生闷气,眼睛下陷,脖子都红了。王掌柜干瘦的脸上露着微笑,他哥哥理解了他的含意,无须多言了。

借据该签字盖章了，王掌柜要求当场画押。王虎惊讶地说："什么？难道我们不是亲弟兄吗？"

王掌柜抱歉似的说："这是防备我记不住，现在我记性坏极了。"

他把毛笔递给王虎，后者不得不接过来写了名字。王二仍笑着问："你的图章也带来了吗？"

王虎只好从腰带里取出石刻图章，在那张纸上盖了印，然后王掌柜将借据折好，收到自己腰间的小口袋里。尽管借到了钱，王虎却越看越气，他发誓要扩展地盘。这些年要不是白白错过了机会，他就不至于再靠哥哥了。

王虎的部下有救了，他叫儿子准备好，叫卫兵集合，准备动身。春天，地很快就干了，人们都急需新种子种田。他们忘了冬天，忘了死去的那些人，对春天又重新充满了希望。

王虎也盼着新的转机。他向哥哥们告辞，他们为他举行了告别宴会。宴会后，王虎来到祖先的牌位前，点燃了香，儿子就站在一旁。香烟缭绕，他先向祖先鞠躬，然后叫儿子也照做。看着儿子鞠躬时那英武挺拔的身姿，王虎深感骄傲，他觉得似乎先人的灵魂都聚在那里，正欣赏着他们后代的精英。他心想，自己为家族争了光。

礼仪行毕，香烧成了灰烬，王虎上了马，儿子也跃上了自己的小马。他们与卫兵们一道，沿着晒干的大路回到了自己的领地。

二十八

那年春天,王虎的儿子满十五岁了。一天,儿子的老师独自来到王虎的住处说:"司令,我已尽力教了小将军,他该进军事学校了,和同伴们一起行军、打仗,进行战争实践。"

王虎也知道早晚有这一天,可他仍觉得岁月过得太快了。他派人去叫儿子来,自己则坐在一棵杜松下的石凳上等着儿子。骤然间,他感到了衰老和疲惫。儿子穿过圆洞门走了过来,步履矫健,王虎以一种新奇的目光打量着他。儿子确实够高,像个大人,脸上出现了粗硬的线条,嘴唇紧闭着,俨然一副成人的面相。王虎看着儿子,觉得不可思议,记得他曾那么殷切地盼着儿子长大成人,好像儿子老长不大似的,现在他突然从一个孩子变成了大人。王虎长叹一声,暗自思量:"学校要不在南方就好了,我不愿他跟那些南方人一块儿学习!"他大声问站在旁边捋着上唇小胡子的老师:"他非去那所学校不可吗?"

老师肯定地点了点头。王虎恋恋不舍地看看儿子,终于开口问:"我的儿,你自己愿意去吗?"

王虎极少征询儿子的好恶,一贯自作主张,替儿子决定。这时他抱着一丝希望,儿子若拒绝去,他就有借口了。儿子一直看着树下的白色百合,这时迅速抬起头说:"如果能够进另一种学校,那我十分乐意。"

王虎并不期望听到这种回答,他皱着眉,捻着胡子,气恼地说:"除了军事学校,你还能进什么学校?你要做军阀,书本有什么用?"

儿子胆怯地小声回答:"近来我听说,有的学校可以学种田或跟种田有关的事。"

这种蠢话使王虎感到震惊,他从来没听说过这种学校,于是他猛然大吼起来:"要有这种学校,那真可笑透了。好啊,现在个个种地的都得学怎么耕、怎么播种、怎么收了!我记得我爹说过,种地用不着学,看别人怎么干就怎么干!"他又冷冷地说,"可这跟你我有什么关系?我们是军人,你要么去军事学院,要么什么学校也不进,就在这儿跟着我带兵。"

王虎发怒时,他的儿子叹了口气,退后一步,平静且又极耐心地说:"那我愿意去军事学校。"

他的态度仍使王虎不满,他瞪着儿子,捻着胡子,他希望儿子直言不讳,但知道儿子说出来他又得生气。他喊道:"你准备一下,明天就去!"

孩子向他躬身告退,一句话也没说就走了。

晚上只剩王虎一个人时,想到儿子将要远离他,一种恐惧感攫住了他。在那种地方,人那么狡猾奸诈,儿子会遭遇什么?他吩咐卫兵传他的亲信豁嘴来见他。豁嘴来后,王虎望着那张丑陋

373

但忠诚的面孔,他全然不像个主子,半恳求地说:"我的独生儿子明天要去军事学校了,即便他老师也去,可人心难测,况且那人又在国外待了这么多年。他的眼睛藏在眼镜后面,嘴又埋在胡子里。一想到我得把儿子完全托付给他,我就觉得他有点不可捉摸。你跟我儿子去吧,我了解你,再没有比你更使我放心的人了。我贫穷孤单时你就跟着我,现在我有钱有势了你还是这样。我的儿子是我生命中最珍爱的宝贝,你替我尽心照看着他吧。"

王虎说完这番话后,豁嘴一反常态,迫不及待地咝咝说道:"司令,恕不从命,我得留在你身边,小将军去,我会挑五十名优秀的亲兵,不太年轻的,我会给他们交代任务。我得跟着你,你不知你多需要一个靠得住的人跟随左右。在一个这样规模的军队里,难免有不满和牢骚,不是这人发脾气就是那人对长官不满,现在又盛传南方在准备开仗。"

听到这儿,王虎固执地说:"你把自己看得太重了,不是还有屠夫吗?"

豁嘴露出轻蔑的表情,激动地扭了一下他那张吓人的脸,说:"就那个……那个笨蛋!他打打苍蝇还凑合。我叫他打谁、什么时候打,他能挥大拳头,可他自己什么也看不出来,除非有人告诉他往哪儿看!"

他坚持己见,王虎只好命令他服从,并宽恕了他的不驯行为。换个人这么不服命令,他是绝不轻饶的。最后豁嘴一再说:"好吧,我自刎算了,我的剑和头都在这儿。"

王虎实在无奈,只好让步。虽然刚刚还在悲哀地讲死,一见王虎让步了，豁嘴的情绪马上高涨起来，当晚便跑去挑了五十名好汉，把他们从梦中叫醒。这些人迷迷糊糊地站在那儿，打着哈欠，在院子里冻得发抖。他豁着嘴大声呵斥着他们："小将军要是有个小毛小病的，就是你们的过失，你们就该死，你们的任务就是跟着他，在他身边保护他！晚上睡在他床铺周围，别轻易相信外人，谁的话也不要听，也别光听他的。他要是任性不要你们，说你们累赘，你们就说：'我们是你父亲的兵，他养活我们，我们只服从他。'你们得保护他。"他将他们臭骂一顿，吓唬了一番，使他们认识到任务的重要性。最后他说："你们要是干得好，有赏。没人比老司令更大方了，我会替你们请功的。"

他们都应了。他们知道，除了司令的儿子以外，豁嘴就是司令最亲近的人了，再说，他们也愿意出去见见世面。

早晨王虎起身了，他一夜未曾合眼。他催儿子启程，并送了一段，他实在不忍心与儿子分别。其实这只不过是暂时的分别，而且迟早会有这一步。与儿子并排骑了一阵，他勒住了马缰，突然说："儿啊，古人言，送君千里，终有一别。你我得分手了，再见！"

他直挺挺地坐在马上，儿子向他鞠躬，他眼看着儿子又跳上了马背，和那五十个兵士及老师一道离去了。王虎掉转马头，骑回了他自己的空房子，再也没有回头看儿子一眼。

整整三天，王虎难过得什么也干不下去，什么也想不出来，直到他派去跟着儿子的人带回口信。他们每隔几小时就从不同的地方回来报告。头一个说："他很好，比平常还开心。他下了两次马,走到田里和种田的说话。"

"他和那种人有什么话好说?"王虎诧异地问。

那人一五一十地答道:"他问那人下的什么种,他看了种子。他还问牛是怎么被拴到犁上的。那些兵都笑他,可他不介意,仍盯着看。"

王虎迷惑不解,喃喃自语:"我不明白为什么一个军阀要去注意牛是怎么拴的,种子是什么样的。"一会儿,他又不耐烦地问:"除了这个,你还有什么说的没有?"

那人想了想答道:"晚上他住了店,高兴地吃馒头吃肉,还有饭和鱼,只喝了一小杯酒,之后我就离开了。"

一个个陆续回来的人向他报告他儿子都做了什么、吃了什么、喝了什么,一直到他儿子在河口搭上了驶向大海的轮船。王虎此后只能等信了,去的人无法再跟着走了。

王虎无法预计儿子不在身边时他能不能忍受得了那种不安的情绪。但有两件事转移了他的注意力。第一件事是密探们从南方带回消息,他们说:"我们听说南方闹起了一场古怪的战争,是什么造反、革命的,而不是军阀之间的那种战争。"

王虎近来脾气很坏,他不屑地答道:"一点也不新鲜,我年轻时就听说过革命,我也参加过,自以为很了不起,其实不过是打仗而已。军阀们在反对当权政府时联合一致,可是在推翻政权,获得成功后,他们又分道扬镳、各自为政了。"

不过,密探们回来异口同声地说:"这是一种新的战争,叫作'人民战争',是为黎民百姓打的。"

"百姓怎么打仗？"王虎大声问道，冲这些蠢货扬了扬眉毛，"他们有枪吗？难道他们用棍子、板子、矛子和镰刀去打不成？"他盯着探子们看，看得他们发毛，咳嗽一下，互相望望，其中一人赔着小心开了口："我们说的都是我们打听来的。"

王虎大度地不再追究，说道："是啊，那是你们的差事，可你们尽听些废话。"他打发他们走了，可他毕竟得思考一下他们的话，他得密切注意战争动态，弄清来龙去脉。

他还没来得及多考虑这事，他的地盘上就出了另一档子事，使他顾不上别的了。

夏天将到，老天的变化真快，天气格外好，时雨时晴。洪水退了，露出了肥沃的土地，人们把凡能找得到的种子都播到了阳光照耀下的温湿的土地里，大地又有了生机，丰收在望。

但是，在等待收获的期间，仍有许多人在挨饿。那年在王虎的地盘上强盗盛行，情况严重，甚至出没于他屯兵的地方。他们成帮结伙，公然不把他放在眼里。他派兵去追又找不见他们的人影，真有点神出鬼没。探子们回来报告："昨天，强盗在北边烧毁了荆家庄子。"又说："三天前，一伙强盗劫了商人，杀了他们，抢走了鸦片和绸缎。"

王虎勃然大怒，竟有这样无法无天的事。他最气愤的是商人们竟敢逃税，他还指望靠税收来摆脱王掌柜呢。他怒不可遏，顿起杀机。他站在院中传唤下属带兵分头去地界上搜，砍一个强盗人头赏一块银圆。

一听有赏，他的兵都争先恐后奔了出去，可一个强盗也捉不着。很多所谓强盗其实就是普通庄稼人。他们在没人追时才出来作案，若看见了有兵在追，他们就在地里干活，大讲他们是怎么遭了一伙伙强盗的祸害，可从不暴露自己。听到有人谈起他们，就环顾左右，说从来没听说过这名字。但王虎既已悬了赏，他那些贪心的兵士就尽杀人割头，谎报杀的是强盗，又没人能证明不是，赏钱就到手了。很多无辜的人就这么丧了命，谁也不敢抱怨，因为王虎派兵出来是有道理的。再说，抱怨多了让当兵的听见，自己的头也保不住。

盛夏，高粱长得比人高，强盗四起，像火一样蔓延开来。王虎愤怒到了极点，决定亲自出马剿灭强盗，他已好久没有出头露面了。他听说某村有一小股盗匪，探子们发现他们白天是农民，夜晚做强盗。那个村地势低洼，当时还无法耕种，不像别的村子。所以他们没东西充饥，已饿了一冬一春了。

王虎了解到，这些人铤而走险，晚上跑到别处去抢粮食，谁反抗就杀谁。他火了，亲自带了人去那个村子。他命令将那村子围了个水泄不通，随后带了些人闯进了村，把人都抓了起来，连大带小共一百七十三个人。他们被抓住后用绳子捆了起来，王虎命令把他们都带到村子对面的大打谷场上，他坐在马上，恶狠狠地盯着这些家伙。有的人哭着、抖着，有的人脸色灰白，还有的人阴沉着脸站在那儿，毫无惧色，他们知道在劫难逃。老人们十分平静，听天由命，反正他们已老了，早晚都得死。

见人都给抓住了，王虎的杀机又平息了些，他不能像上次那样冒失杀人了。从他杀了那六个人，见到儿子的表情后，他心里就怯了些。为掩盖自己的怯意，他皱起了眉，噘了噘嘴，冲他们喊道："你们都该处死！这么多年了你们还不了解我？我最容不得强盗！可我心慈手软，念及你们上有老、下有小，姑且饶了你们。下次你们再违反我的规矩，再抢，那就活不成了。"他命令围村的士兵："拿刀把他们的耳朵都割下来，让他们记住我今天的话！"

那些兵站了出来，在鞋底上磨了磨刀，割下了强盗们的耳朵，扔到王虎跟前。王虎看到每个强盗的脸颊上都有两道血流了下来。他说："耳朵能帮助你们记牢！"

他掉转马头走了，心中又有些疑惑，也许他该杀了这些人，以绝后患，杀一儆百。也许他年纪大了，变得过于软弱和慈悲了。可他又自我安慰道："我是看在儿子的分上才饶了他们的命的，总有一天我要告诉他，为了他，我赦免了一百七十三个人，他会高兴的。"

二十九

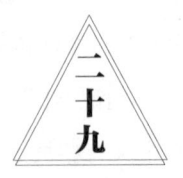

王虎就这样消磨着儿子走后的寂寞光阴。他镇压了强盗后，秋收时节又到了，这可帮了他的忙，人们又有吃的了。正是秋高气爽的时候，没有风吹，也没有日晒，他带上了一小股军队去领地巡视。他要在儿子回来时把一切都为他准备妥帖，他计划等儿子一回来，他就把这片地区的统领权移交给他，把庞大的军队交给他，自己只留几个卫兵。那时他已将近五十五岁，儿子也快二十了，已经是一个男子汉了。王虎骑在马上这样梦想着，好似已看见了孙子，他还观察着路边的人们和田野，估计着他的税收和田里的好收成。洪水过去，土地又复苏了。尽管人和地本身还留有那两年灾害的痕迹：庄稼还未熟，人们的脸还是瘦塌塌的，很少见到老人和孩子。然而，毕竟到处是一片生机盎然的景象，王虎欣喜地看到，女人们又挺起了大肚子。他默默地对自己说："兴许是老天爷用天灾来给我指示，前些年我太舒服、太满足了。老天爷许是用这场灾来激励我，有这么一个儿子继承我的事业和财产，我该更发奋才是。"

如果说王虎比他父亲当年聪明,他不信土地爷,但王虎确实信命,信老天爷。他信一切不是巧合,生和死是注定的,都是老天爷安排的。

那年九月,他带着人马到处察看,人们都向他致意,他们都知道他有势力,长期统治着他们,而且他执法也明断,人们的脸上洋溢着笑容。他若是在某处停留,城里或村里的长辈们就会给他摆宴。但那些土庄稼人不懂礼貌,很多人一见当兵的就转身走开或埋头干活,当兵的走过去时,他们就不停地吐口水以发泄愤恨。如果当兵的厉声责问,他们就会装没事人,手捂着脸说:"因为马蹄翻起来那么多土,都飞到我嘴里了。"

不论是在城里还是在乡下,王虎都用不着顾忌谁。

途中,他来到了他攻占的那座城。这些年,他的麻脸侄子在这里驻扎着。王虎一面派人去通知侄子他到了,一面环顾左右,想看看该城在他侄子的管辖下有没有什么起色。

小伙子已不年轻了,他长大成人了,娶了织绸人的女儿为妻后已生了两个儿子。听说叔叔莅临且已到了城门口,他大吃一惊。这些年不打仗,他一直过着太平日子,几乎都忘了自己是军人了。他总是悠闲自在,怡然自得,总是寻求快活和新奇,他享受这种生活。他有权威,人们尊敬他,他没什么活干,只是收收税,他开始发福了。近些年他甚至脱下了军装,换上了宽松的袍子,看上去像个富有的商人。他也确实与这城中的一些买卖人成了好朋友,每当他们把上交王虎的税送到他手里时,他总是抽些头,跟做生意一样。有时他也以叔叔的名义派点新名目的轻税,即便商人们知道了也不怪他,换作他们自己,也会如法炮制。他们喜欢这个麻子，不断给他送礼，他们明白他可随意向他叔叔报告，让他们倒霉。

王虎的这位侄子就这样过着舒心日子，他老婆也令他满意。他不是那种精力过盛的人，不易受其他女人的引诱，只是偶尔有朋友请吃饭时规模较大，为了特别招待，会雇几个漂亮的姑娘陪至半夜。每逢这种宴席，他们总会请他到场，一为他在该城的地位，二也为他本人，因为他诙谐有趣，他的三寸不烂之舌能使人捧腹大笑，这在他们微醉的时候尤其妙。

听说叔叔来了，他着急了，赶紧吩咐妻子翻箱倒柜，找出他的军装，又立刻下令召集士兵，士兵们已懒散惯了，一贯是做他的仆人而不像是士兵。他把两条肥腿伸进裤子里，纳闷他过去怎么能穿这么紧的衣服，他的肚子已滚圆了。年轻时他总觉得衣服宽松，还得用一条宽腰带扎住。好歹穿上了军服，士兵们也总算集合好了，他们列队迎接王虎的到来。

通过几天的观察，王虎心里已明白商人们和地方官盛宴招待他的用意，也看清了侄子把自己塞进那套军装里是何等费劲。一日晴朗无风，太阳火辣辣的，他侄子脱去了上衣，他太热了。他的腰带胡乱系着，衣服都拖出来了。王虎冷笑着暗想："我庆幸自己有个威风凛凛的儿子，不像我哥哥这个小子，他不过是块商人的料罢了！"

他不大理睬侄子，也没怎么夸奖他，只冷冷地说："你替我掌管的兵都忘了怎么使枪了，毫无疑问，他们得打仗了，你何不在明春带他们去适应适应？"

听到这话，他侄子结结巴巴的，直冒汗。他算不上胆小鬼，要是让他当个兵他会成个好兵的，但他不是带兵的料，士兵不怕他。他最喜欢现在这种生活。王虎见他那么不安，暗自笑了，突然手拍佩剑高声说道："好了，侄儿，既然你们过得这么好，这城这么富，我们该加税了，我儿子在南方花费很多，趁他不在时，我想多挣些。那你就俭省些吧，给我多交一倍来。"

他侄儿私下早与商人们商议过了，如果王虎要加税，他就哭穷，叹苦经。他若能说服叔叔，他自己就能得一大笔报酬。这时他理不直气不壮地诉说开了，可这种哀叹一点也打动不了王虎，王虎终于大吼道："我看得出来这儿怎么样，你即便拿出比老鹰还多的办法敷衍我也是白搭。"

外快赚不到了，他侄儿垂头丧气地向商人们讲了实情，他们送来了申诉，说："我们不只交您这一份税，还得交市税、省税。您的税已经是最高的了，这样下去，我们做生意的还赚什么钱呢？"

王虎看准这是他使威风的时候，于是先说了几句客套话，然后直截了当地说："是啊，可是我有权，如果好言好语不管用的话，休怪我先礼后兵了。"

王虎如此责罚了侄子后仍叫他任领军之职，这样，他就保证了自己对该城及所有属地的控制。

一切安排妥当后，他又回到家里，等待冬天过去。他忙着派出侦探、制订计划，梦想着春天进行新的征战，以他的年纪，或许他仍能为儿子征服全省。

整个冬天王虎都怀着这种梦想。那个冬天最长，由于太寂寞，他竟时常到家里女人们的住处去，这似乎有点反常了。但那里没有他的位置，他那没文化的老婆与几个女儿同住，而王虎与她们无话可谈。他只不过在那儿闷闷地独坐一会儿，心里只是感到她们是他的家眷而已。有时他感到那个有文化的老婆很古怪，这些年来她不在家中，而住在女儿念书的学校附近。有一次，她寄了一张她与女儿的合影给王虎。王虎凝视了一会儿，女儿很漂亮，有一张活泼的小脸，大胆地从照片里望着他，她剪着短发，眼睛乌黑。他无法感到她是属于他的，他知道她也跟当今那些快快活活、叽叽喳喳的姑娘一样。在她们面前，他是没话的。他又看看老婆，他竟一点也不了解她，即便在他晚上去她那儿住的那个阶段也不了解。他长久地注视着她，她也在照片里望着他。他又像以往一样感到在她面前不自在，好像她有话说而他不想听，她有所求而他不曾答应一样。他把照片拿开，自言自语道："一个男人一生中没时间应付这些事，我很忙，没工夫陪女人。"

他又硬起了心肠，认为自己这么多年没有去找过妻子们，这是一种高尚品德。他从来没有爱过她们。

夜晚独自一人坐在火盆边时是他最孤独的时刻。白天他总可忙一阵，但到了晚上，他们就留他一人在那儿，又黑又凄凉。每逢此时他会怀疑自己，感到自己老了，他甚至怀疑自己能否在春天再去征战。面对此情此景，他会对着炭火凄惨地笑笑，咬着胡子，悲哀地想："也许从没有人能随心所欲。"过一会儿，他又会想起什么，然后说："一个人有了儿子后，他一辈子就会替三代人着想。"

豁嘴观察着老主人，见他夜晚对着炭火沉思，白天对士兵漠不关心,任他们无所事事、为所欲为。于是他不声不响地抱来了一罐好酒、一些咸肉,让他喝一盅,他能巧妙地做些小事使主人平静下来。过了一会儿,王虎果然清醒了些,他喝了些酒,兴奋了一下,便能入睡了。睡前他想:"我有儿子,我这辈子做不了的,他还可以干。"

那年冬天,王虎不知不觉地比以往任何时候喝酒都多,这对他那老亲信是一种安慰,他爱这位主人。如果王虎将酒坛推开,这老人就会真心实意地劝慰他:"司令,喝吧!人老了都有个嗜好,图一点小小的乐趣,你对自己太苛刻了。"

为了表示自己看重他,也为了使他高兴,王虎就会喝点。于是,即使在这种孤寂的冬天,他也可以安然入睡。酒后他会对儿子充满信心,他忘了他们之间有差别,他从没预料到他儿子的理想会与他的不同。他等待着春天。

冬末的一个晚上,王虎坐在房中半睡着,浑身暖烘烘的。酒在他身边一张小桌上凉着,那把解下的剑放在酒的一边。

突然,在冬天夜晚的一片寂静中,他听到院中马的骚动声,士兵们一拥而进,脚步声在院中停住了。他半站了起来,双手按着椅子扶手,弄不清那是谁的兵,不知自己是否在做梦。他还没来得及再动一动,有人跑了进来,高兴地喊道:"是小将军,你儿子来了!"

那晚因为天寒,王虎喝得很多,一时还没清醒过来,他把手放在嘴边,喃喃地说:"我梦中还以为是敌人来了。"

他尽力克服自己的睡意,站起身,从大门走到院里,院子被许多人举着的火把照得通明,他在亮光中看见了儿子。他已下了马,正站在那儿等着,看见父亲时他鞠了一躬,并露出陌生的、半含敌意的眼神。王虎冷得一哆嗦,裹紧衣服,迟疑了一下,惊异地问儿子:"你的老师呢?你怎么来了,儿子?"

那青年答着,嘴角几乎一动不动:"我们分开了,我离开了他。"

这时王虎从迷茫中清醒过来了,他明白出了些岔子,不能当着这些士兵的面说,他们黑压压地站了满院,想听争吵。他转过身去叫儿子跟他走。到了房内,王虎命来人都出去,他与儿子单独留下了。他没有落座,儿子也站着,他从头到脚打量着儿子,好像从未见过儿子似的。终于,他慢吞吞地问:"你穿的是什么怪军装?"

儿子抬起头,静静地、顽强地回答:"这是新的革命军的军装。"他用舌头舔了舔嘴唇,站在父亲面前等着。

王虎立刻明白了儿子在干些什么,明白了他是什么人了。他明白这就是传言说的那场新战斗中的南方军队的军装,他喊道:"这军队是我的敌人!"

他突然坐了下来,一口气堵在嗓子眼上,憋得慌。一股怒火从心中升起,自从杀了那六个人后,他还没这么怒过呢。他握住那柄剑,像以往一样狂吼着:"你是我的敌人,我应该杀了你——我的儿子!"

说着,他喘开了。这一次,他的怒火来得突然、来得奇,使他感到非常难受,他不由自主地一个劲喘气。

他儿子此时倒不像小时候那样缩头缩脑了,他沉静、顽强地站着,双手解开了外衣,在父亲面前露出他的胸膛,带着深深的痛苦说道:"我知道你想杀掉我,那是你的老一套。"他眼盯着父亲,麻木地说:"那就杀吧。"他站在那里等着,在烛光下,他的面容清晰、坚毅。

王虎不能杀儿子,尽管他有这个权力,尽管他认为谁都可以杀掉自己叛逆的儿子,对他来说那是公正的,但他仍不能那样做。他感到怒不可遏,他的怒火立刻会迸发出来,他把剑掷到了花砖地上,用手遮住嘴,嘟囔着:"我太软弱了,我一贯软弱,不配做个军阀。"

看着父亲坐在那里,手捂着嘴,剑靠在胸前,儿子平静、理智地说着,像是在跟一个老人讲着道理:"父亲,你不明白,你们老人都不懂,你们看不到我们整个民族是多么弱小,被人看不起——"

可是王虎笑起来了,笑出了声音,他的手仍然捂着嘴,大声说:"你以为以前就没这种说法?我年轻时——别以为只有你们是年轻人——"

王虎又大笑起来,笑声奇特,很不寻常,他儿子从未听到过他的这种笑声,这像一种怪诞的武器一样刺伤了他,激起了他的火气,父亲从未见过他这么发火。他突然喊道:"我们和你们不一样,知道我们怎么称呼你们吗?你是一个叛徒,是一个强盗头子,如果我的同志们知道你,他们会称你为'叛徒',但他们连你的名字也不知道,你不过是个小城镇上的小军阀而已!"

王虎的儿子一贯忍耐,这次爆发了。他看着父亲,霎时间又感到羞愧,于是沉静下来,脖子都红了。他眼向下望,慢慢解开了皮带，任它落到地上，子弹落地时噼啪作响，他再没开口。

王虎也一声不吭，他呆坐在椅子上，手遮着嘴。儿子的话启发了他，使他身上的某种力量消失了。儿子的话在他心中回荡着，没错，他只是个小小军阀，一个小城的小小军阀。他无力地轻声说着，像是习惯成自然了："我可从没做过强盗头子。"

儿子现在真的感到惭愧了，他立即答道："不，不是的。"像是为了掩饰自己的愧意，他又说，"爹，我得告诉你，当我们部队北上去打胜仗时，我得藏起来，这些年，老师把我训练得挺好，他信任我，他是我的长官。他不会轻易原谅我的，因为我选择了你，我的父亲——"他的声音弱了下去，飞快地看了父亲一眼，眼神里含有一股隐秘的温柔。

王虎一言不发，呆坐在那里，似乎什么也没听见。儿子继续说着，不断地看着父亲，似在恳求："我可以藏在那间土屋里，我可以到那儿去，他们若是在那儿发现了我，不会认为我是军阀的儿子，不过是个普通庄稼人罢了！"说完，他轻轻一笑，仿佛希望用这种无力的俏皮话来哄父亲。

王虎仍不说话，他不懂儿子说的"我选择了你，我的父亲"是什么意思，他仍旧坐在那儿，回想着自己一生的困苦。突然，他从梦想中惊醒，恰似一个人从长久的混沌中清醒过来一样，他看着儿子，就像他是一个陌生人。王虎曾牵肠挂肚地想念儿子，并按照自己的梦想塑造着儿子，可眼前这个儿子他不认识了。一个普通的农夫！看着儿子，他感到往日那种失望的情绪又复燃了，这和他年轻时被禁锢在土屋时怀有的无可奈何的心境一样。看来，他的父亲，那长眠地下的老人，又一次伸出他那只满是泥巴的手,搭在了他的儿子肩上。王虎瞟了儿子一眼,自言自语地说:"你不配做军阀的儿子!"

王虎骤然感到自己的手已抑制不住发抖的嘴唇了,他一定是哭了。正在这时,豁嘴开门进来,带来了一罐酒。酒刚刚烫过,还散发着热气和酒香。

这个忠心耿耿的老人进门时照旧望着主人,他快步走上前来,往桌上一个空碗里斟了酒。

王虎终于把手从嘴边挪开,急切地伸向酒碗,把酒送到嘴边喝了一大口。酒是好的——又热又醇。他举着碗轻声说道:"再来一点。"

——不管怎么说,他不会哭出来了。